REALEZA AMERICANA

KATHARINE McGEE

REALEZA AMERICANA

TRADUÇÃO DE ISABELA SAMPAIO

Rocco

Título Original
AMERICAN ROYALS

Esta é uma obra de ficção. Todos incidentes, diálogos, com exceção de algumas figuras históricas e bem conhecidas, são produtos da imaginação da autora e não devem ser interpretadas como reais. E onde figuras públicas ou históricas da vida real aparecem, as situações, incidentes relativos a essas pessoas são fictícios, sem a intenção de retratar eventos reais para mudar a natureza fictícia dessa obra. Em todos outros aspectos, qualquer semelhança com pessoas reais, vivas ou não, é mera coincidência.

Copyright © 2019 by Katharine McGee e Alloy Entertainment

Todos os direitos reservados.

Edição brasileira publicada mediante acordo com Rights People, London.

Edição original produzida por Alloy Entertainment, LLC

Direitos para a língua portuguesa reservados
com exclusividade para o Brasil à
EDITORA ROCCO LTDA.
Rua Evaristo da Veiga, 65 – 11º andar
Passeio Corporate – Torre 1
20031-040 – Rio de Janeiro – RJ
Tel.: (21) 3525-2000 – Fax: (21) 3525-2001
rocco@rocco.com.br
www.rocco.com.br

Printed in Brazil/Impresso no Brasil

Preparação de originais
CATARINA NOTAROBERTO

CIP-Brasil. Catalogação na publicação.
Sindicato Nacional dos Editores de Livros, RJ.

M429r

McGee, Katharine
    Realeza americana / Katharine McGee ; tradução Isabela Sampaio. – 1. ed. – Rio de Janeiro : Rocco, 2022.

    Tradução de: American royals
    ISBN 978-65-5532-242-2
    ISBN 978-65-5595-118-9 (e-book)

    1. Ficção americana. I. Sampaio, Isabela. II. Título.

22-77001
    CDD: 813
    CDU: 82-3(73)

Gabriela Faray Ferreira Lopes – Bibliotecária – CRB-7/6643

O texto deste livro obedece às normas do
Acordo Ortográfico da Língua Portuguesa.

PARA ALEX

PRÓLOGO

Você já conhece a história da Revolução Americana e do nascimento da monarquia dos Estados Unidos.

Você deve conhecê-la dos livros ilustrados que leu quando criança. Das suas apresentações de teatro na escolinha — quando tudo que queria era interpretar o rei George I ou a rainha Martha, mas acabava no papel de cerejeira. Você conhece a história das músicas, dos filmes, dos livros de história e daquele verão em que visitou a capital e fez o passeio pelo Palácio de Washington.

Já ouviu a história tantas vezes que poderia contá-la de cor. Como, depois da Batalha de Yorktown, o coronel Lewis Nicola ficou de joelhos diante do general George Washington e implorou para que, em nome de toda a nação, ele se tornasse o primeiro rei dos Estados Unidos.

O general aceitou, é claro.

Os historiadores adoram debater se, em um outro mundo, as coisas poderiam ter sido diferentes. E se o general Washington tivesse recusado a coroa e, em vez disso, pedido para ser um representante eleito? Um primeiro-ministro — ou quem sabe até inventasse um nome totalmente novo para o cargo, como *presidente*. Talvez, inspirados pelo exemplo dos Estados Unidos, outros países — França, Rússia e Prússia, Áustria-Hungria, China e Grécia — acabariam abolindo suas próprias monarquias, dando origem a uma nova era democrática.

Mas todos sabemos que isso nunca aconteceu. E você não veio aqui para ler uma história de faz-de-conta. Você veio aqui para ler a história do que aconteceu a seguir. Para saber como estão os Estados Unidos duzentos e cinquenta anos depois, com os descendentes de George I ainda no trono.

Esta é uma história de salões de baile exorbitantes e bastidores velados. De segredos e escândalos, de amor e desilusão. É a história da família mais famosa do mundo, que encena seus dramas no maior palco de todos.

Esta é a história da realeza americana.

BEATRICE

Presente

Beatrice conseguia traçar de cabeça sua linhagem, que remontava ao século X.

Na verdade, era só pelo lado da rainha Martha, embora a maioria das pessoas evitasse mencionar esse fato. Afinal, o rei George I não passava de um agricultor arrivista da Virgínia até se casar bem e lutar ainda melhor. Tanto que ajudou a conquistar a independência dos Estados Unidos e foi recompensado pelo povo com a coroa.

Mas, pela linhagem de Martha, pelo menos, Beatrice podia traçar sua linhagem por mais de quarenta gerações. Entre seus antepassados havia reis, rainhas e arquiduques, acadêmicos e soldados, e até mesmo um santo canonizado. "Nós temos muito a aprender olhando para o passado", o pai dela sempre a lembrava. "Nunca se esqueça de onde você veio."

Era difícil não se lembrar dos ancestrais quando carregava seus nomes, como era o caso de Beatrice: Beatrice Georgina Fredericka Louise da Casa de Washington, princesa real dos Estados Unidos.

O pai de Beatrice, Sua Majestade o rei George IV, lançou-lhe um olhar de aviso. Instintivamente, ela endireitou a postura para ouvir o alto condestável repassar os planos para o Baile da Rainha do dia seguinte. Seus dedos estavam entrelaçados sobre a saia-lápis sóbria, e as pernas cruzadas na altura dos tornozelos. Porque, como seu professor de etiqueta lhe ensinara — batendo em seu pulso com uma régua toda vez que ela vacilava —, uma dama nunca cruza as pernas nas coxas.

E as regras eram especialmente rígidas para Beatrice, porque ela não era apenas uma princesa; era também a primeira mulher na linha de sucessão para herdar o trono americano. A primeira que seria rainha por direito próprio, não uma consorte, casada com um rei, mas uma verdadeira rainha reinante.

Se tivesse nascido vinte anos antes, a linha de sucessão teria passado por cima dela e recairia em Jeff. Mas seu avô tinha abolido a lei secular, determinando que, em todas as gerações posteriores, o trono passaria para o herdeiro mais velho, independentemente do gênero.

Beatrice deixou o olhar vagar pela mesa de conferência diante dela. Estava coberta de papéis e xícaras de café cujo conteúdo já havia esfriado horas antes. Era a última sessão do Gabinete até janeiro, o que significava que haviam revisado uma infinidade de memorandos anuais e longas planilhas de análises.

As reuniões do Gabinete sempre aconteciam ali, na Câmara Estrelada, assim nomeada por conta das estrelas douradas pintadas em suas paredes azuis e da famosa claraboia em forma de estrela no teto. O sol de inverno se derramava através de sua abertura e salpicava fachos de luz convidativos sobre a mesa. Não que Beatrice tivesse a chance de desfrutar daquilo. Mal tinha tempo de sair, a não ser nos dias em que se levantava antes do amanhecer para se juntar ao pai em sua corrida pela capital, acompanhados pelos agentes de segurança.

Por um instante breve e atípico, ela se perguntou o que os irmãos estariam fazendo naquele momento, se já haviam voltado de sua viagem-relâmpago pelo Leste Asiático. Samantha e Jeff — gêmeos, e três anos mais novos do que Beatrice — eram uma dupla perigosa. Eles eram energéticos e espontâneos, cheios de ideias ruins e, ao contrário da maioria dos adolescentes, tinham o poder de realmente *levá-las adiante*, para o desgosto de seus pais. Seis meses depois de terem terminado o ensino médio, estava claro que nenhum dos dois sabia o que fazer da vida — a não ser comemorar o fato de que tinham dezoito anos e podiam beber legalmente.

Ninguém nunca esperou nada dos gêmeos. Todas as expectativas — dentro da família e, na verdade, do *mundo* — estavam voltadas para Beatrice, como um holofote incandescente.

Pelo menos o alto condestável havia terminado seu relatório. O rei acenou graciosamente com a cabeça e se levantou.

— Obrigado, Jacob. Se não houver mais nenhum outro assunto, isso encerra a reunião de hoje.

Todos ficaram de pé e começaram a sair da sala em passos lentos, conversando sobre o baile do dia seguinte ou sobre os planos para o recesso. Pareciam ter deixado as desavenças políticas temporariamente de lado — o rei mantinha seu Gabinete igualmente dividido entre federalistas e democratas-republicanos —, embora Beatrice tivesse certeza de que essas rivalidades voltariam com força total com a chegada do novo ano.

Seu segurança pessoal, Connor, ergueu os olhos do posto à porta da sala, ao lado do agente de segurança do rei. Ambos eram membros da Guarda Revere, o corpo de elite dedicado ao serviço à Coroa.

— Beatrice, pode ficar um minuto? — pediu seu pai.

Beatrice parou na porta.

— Claro.

O rei voltou a se sentar e ela fez o mesmo.

— Obrigado mais uma vez pela ajuda com as indicações — disse-lhe ele.

Os dois voltaram os olhos para o papel diante dele, em que se via uma lista de nomes impressos em ordem alfabética.

Beatrice sorriu.

— Fico contente que tenha aceitado os nomes.

A festa anual de fim de ano do palácio, o Baile da Rainha, aconteceria no dia seguinte; o nome remetia ao primeiro baile de Natal, em que a rainha Martha havia incentivado George I a dar títulos de nobreza a dezenas de americanos que tornaram possível a Revolução. A tradição tinha persistido desde aquela época. Todos os anos, no baile, o rei condecorava americanos por seu serviço ao país, de modo que passavam a ser lordes ou ladies. E, pela primeira vez, ele tinha deixado Beatrice sugerir os candidatos ao título.

Antes que ela pudesse perguntar sobre o que ele queria falar, alguém bateu à porta. O rei soltou um suspiro de alívio audível quando a mãe de Beatrice entrou.

A rainha Adelaide era nobre pelos dois lados de sua família. Antes do casamento com o rei, ela herdaria o Ducado de Canaveral *e* o Ducado de Savannah. O povo a chamava de "duquesa dupla".

Adelaide havia crescido em Atlanta e nunca perdera seu etéreo charme sulista. Seus gestos ainda apresentavam certo toque de elegância, a forma como inclinava a cabeça enquanto sorria para a filha, o giro no pulso ao se acomodar na cadeira de nogueira à direita de Beatrice. Algumas mechas cor de caramelo iluminavam seus cabelos castanhos volumosos, que ela cacheava todas as manhãs com bobes térmicos e usava envolvidos por uma tiara.

O modo com que estavam sentados — um de cada lado de Beatrice, confinando-a — lhe dava a nítida sensação de ter caído numa emboscada.

— Oi, mãe — disse ela, num tom levemente intrigado. A rainha não costumava fazer parte das discussões políticas.

— Beatrice, sua mãe e eu gostaríamos de discutir seu futuro — começou o rei.

A princesa piscou os olhos, desconcertada. Ela estava sempre pensando no futuro.

— Em um nível mais pessoal — esclareceu a mãe. — Estávamos nos perguntando se existe alguém... especial na sua vida no momento.

Beatrice se assustou. Esperava ter aquela conversa mais cedo ou mais tarde e tinha feito seu melhor para se preparar psicologicamente. Só não presumiu que seria tão *cedo*.

— Não, não existe — garantiu a eles. Seus pais assentiram distraidamente; os dois sabiam que ela não estava namorando ninguém. O *país inteiro* sabia.

O rei pigarreou.

— Sua mãe e eu esperávamos que você pudesse começar a procurar um parceiro. A pessoa com quem vai passar sua vida.

As palavras pareciam ecoar, amplificadas, por toda a Câmara Estrelada.

Beatrice não tinha muita experiência quando o assunto era romance — não que os vários príncipes estrangeiros por volta de sua idade não tivessem tentado. O único que tinha conseguido um segundo encontro foi o príncipe Nikolaos, da Grécia. Os pais dele o incentivaram a participar de um programa de intercâmbio em Harvard durante um semestre, claramente na esperança de que ele e a princesa americana se apaixonassem perdidamente. Beatrice saiu com ele por um tempinho para agradar as famílias, mas acabou não dando em nada — por mais que, como filho mais jovem de uma família real, Nikolaos fosse um dos poucos homens de fato *elegíveis* a sair com Beatrice. A futura monarca só poderia se casar com alguém de sangue nobre ou aristocrático.

Beatrice sempre soube que não poderia namorar a pessoa errada — não poderia nem beijar a pessoa errada, como todo mundo na faculdade parecia fazer. Afinal de contas, ninguém queria ver sua futura monarca voltando para casa com as mesmas roupas na manhã seguinte após uma festa da faculdade.

Não, era muito mais seguro que a herdeira do trono não tivesse nenhum passado sexual que a imprensa pudesse vasculhar, nenhuma bagagem de antigos namorados, ou um ex que pudesse vender segredos íntimos para um livro de memórias revelador. Não poderia haver altos e baixos nos relacionamentos de Beatrice. Uma vez que namorasse alguém publicamente, acabou: eles teriam que ser felizes, estáveis e comprometidos.

Só isso já era o bastante para que ela ficasse longe de relacionamentos quase que por completo.

Durante anos, a imprensa havia aplaudido Beatrice por ser cuidadosa com a própria reputação. Mas, desde que completara vinte e um anos, ela percebeu uma mudança na forma com que falavam de sua vida amorosa. Em vez de dedicada e virtuosa, os repórteres começaram a chamá-la de solitária e digna de pena — ou pior, frígida. Se nunca namorasse ninguém, reclamavam, como é que ela ia se casar e começar a importantíssima tarefa de prover o *próximo* herdeiro do trono?

— Vocês não acham que sou um pouco nova para me preocupar com isso? — perguntou Beatrice, aliviada ao perceber que falava com muita calma. Afinal, havia recebido um longo treinamento para manter as emoções escondidas dos olhos do público.

— Eu tinha sua idade quando seu pai e eu nos casamos. E engravidei de você no ano seguinte — a rainha a lembrou. Um pensamento verdadeiramente assustador.

— Isso foi há vinte anos! — protestou Beatrice. — Ninguém espera que eu... Quer dizer, as coisas são diferentes hoje em dia.

— Não estamos dizendo que você deveria correr para o altar amanhã. Tudo que estamos pedindo é que você comece a pensar a respeito. Não vai ser uma decisão fácil, e queremos ajudar.

— Ajudar?

— Existem vários rapazes que adoraríamos que você conhecesse. Convidamos todos eles para o baile de amanhã à noite. — A rainha abriu sua bolsa de couro granulado, pegou uma pasta com divisórias coloridas de plástico despontando da borda e a entregou para a filha.

Cada divisória era etiquetada com um nome. Lorde José Ramirez, futuro duque do Texas. Lorde Marshall Davis, futuro duque de Orange. Lorde Theodore Eaton, futuro duque de Boston.

— Vocês estão tentando *me arranjar alguém*?

— Só estamos trazendo algumas opções. Te apresentando rapazes que talvez sejam uma boa escolha.

Beatrice folheou as páginas sem emoção. Estavam cheias de informações como árvores genealógicas, fotos, históricos escolares e até o peso e a altura dos rapazes.

— Vocês usaram suas credenciais de segurança para conseguir tudo isso?

— O quê? Não. — O rei pareceu chocado com a insinuação de que ele abusaria de seus privilégios com a Agência de Segurança Nacional. — Todos os jovens e suas famílias forneceram essas informações voluntariamente. Eles sabem ao que estão se candidatando.

— Então vocês já falaram com eles — disse Beatrice friamente. — E amanhã à noite, no Baile da Rainha, vocês querem que eu faça uma entrevista com cada um desses... possíveis *maridos*?

A mãe dela arqueou as sobrancelhas em protesto.

— *Entrevista* faz parecer tão impessoal! Tudo que estamos pedindo é que você converse com eles, conheça os rapazes um pouco melhor. Quem sabe? Um deles pode te surpreender.

— Talvez *seja* como uma entrevista — admitiu o rei. — Beatrice, quando você escolher alguém, ele não vai ser apenas seu marido. Vai ser também o primeiro rei consorte dos Estados Unidos. E ser o cônjuge da monarca reinante é um trabalho de tempo integral.

— Um trabalho sem interrupções — a rainha acrescentou.

Pela janela, lá embaixo, no Pátio de Mármore, Beatrice ouviu uma explosão de risos e burburinhos, e uma única voz lutando bravamente para se sobressair em meio ao tumulto. Provavelmente uma excursão de ensino médio passando, no último dia antes do recesso de fim de ano. Aqueles adolescentes não eram muito mais jovens do que ela, mas, ainda assim, Beatrice se sentia irremediavelmente distante deles.

Ela usou o polegar para folhear as páginas da pasta e as deixou cair de novo. Apenas uma dúzia de rapazes tinha sido incluída.

— A pasta está bem fininha — disse ela em voz baixa.

Claro, Beatrice sempre soubera que estaria pescando em um lago restrito, que suas opções românticas eram incrivelmente limitadas. Não era tão ruim quanto havia sido cem anos antes, quando o casamento do rei era mais uma questão de ordem pública do que do coração. Ao menos não teria que se casar para selar um acordo político.

Mas as expectativas de que ela pudesse se apaixonar pareciam altas demais para uma lista tão pequena.

— Seu pai e eu fomos bem meticulosos. Inspecionamos todos os filhos e netos da nobreza antes de fazer essa lista — disse sua mãe com gentileza.

O rei concordou.

— Essas são boas opções, Beatrice. Todos os que estão nesta pasta são inteligentes, atenciosos e de boa família. O tipo de homem que vai te apoiar, sem deixar que o próprio ego interfira.

De boa família. Beatrice sabia exatamente o que aquilo significava. Eles eram filhos e netos de nobres americanos do alto escalão, porque os príncipes estrangeiros que tinham mais ou menos a idade dela — Nikolaos, ou Charles, da Eslésvico-Holsácia, ou o grão-duque Pieter — já haviam sido riscados da lista.

Beatrice alternava o olhar entre o pai e a mãe.

— E se meu futuro marido não estiver nesta lista? Se eu não quiser me casar com *nenhum* deles?

— Você ainda nem os conheceu — interrompeu o pai. — Além disso, meu casamento com a sua mãe foi arranjado pelos nossos pais, e veja o resultado. — Ele encarou a rainha com um sorriso afetuoso.

Beatrice assentiu, um pouco mais tranquila. Sabia que seu pai tinha escolhido sua mãe exatamente assim, a partir de pequena lista com opções pré-aprovadas. Eles só tinham se encontrado umas dez vezes antes do casamento. E, a partir do casamento arranjado, acabou desabrochando uma relação de amor genuíno.

Beatrice tentou levar em conta a possibilidade de que seus pais estivessem certos, de que ela poderia se apaixonar por um dos jovens listados naquela pasta assustadoramente fina.

Não parecia provável.

Ainda não tinha conhecido aqueles nobres, mas já podia adivinhar como eles eram. O mesmo tipo mimado e egocêntrico que a cercava havia anos. O tipo de caras que ela havia cuidadosamente rejeitado em Harvard toda vez que a convidavam para uma última festa dos clubes sociais ou uma noite de encontros da fraternidade. O tipo de caras que olhavam para ela e não viam uma pessoa, mas uma coroa.

Às vezes, pensou Beatrice traiçoeiramente, também era assim que seus pais a enxergavam.

O rei apoiou as palmas na mesa de conferência. Na pele bronzeada de suas mãos brilhava um par de anéis, sua aliança de casamento, de ouro simples, e, ao lado dela, o pesado anel de sinete marcado com o Grande Selo dos Estados Unidos. Seus dois casamentos, com a rainha e com o país.

— Nossa esperança para você sempre foi de que pudesse encontrar alguém que amasse e que também fosse capaz de lidar com as exigências que acompanham essa vida — disse-lhe ele. — Alguém que seja a escolha certa para você *e* para os Estados Unidos.

Beatrice entendeu a mensagem nas entrelinhas: se não conseguisse encontrar alguém que cumprisse os dois requisitos, os Estados Unidos teriam que vir na frente. Era mais importante que ela se casasse com alguém que estivesse à altura do cargo, e o exercesse bem, do que seguir seu coração.

E, para dizer a verdade, Beatrice já tinha aberto mão de seu coração havia muito tempo. Sua vida não lhe pertencia, suas escolhas nunca foram inteiramente dela — entendia isso desde a infância.

Seu avô, o rei Edward III, lhe dissera o mesmo em seu leito de morte. A lembrança ficaria gravada em sua mente para o resto da vida. O cheiro estéril do hospital, a iluminação fluorescente, a forma categórica como avô tinha dispensado todas as outras pessoas do quarto.

— Preciso dizer algumas coisas à Beatrice — declarou ele, naquele rosnado assustador que só usava com ela.

O rei moribundo envolvera as mãozinhas de Beatrice nas suas, tão frágeis.

— Há muito tempo, as monarquias existiam para que o povo pudesse servir ao monarca. Agora, o monarca é quem deve servir ao povo. Lembre-se de que é uma honra e um privilégio nascer um Washington e dedicar sua vida a esta nação.

Beatrice assentiu solenemente. Sabia que era seu dever pôr o povo em primeiro lugar; todo mundo lhe dizia aquilo desde seu nascimento. Os dizeres "A serviço de Deus e do país" estavam literalmente pintados nas paredes de seu berçário.

— De agora em diante, você será duas pessoas ao mesmo tempo: Beatrice, a menina, e Beatrice, herdeira da Coroa. Quando elas quiserem coisas diferentes — dissera o avô seriamente —, a Coroa deve vencer. Sempre. Jure para mim. — Seus dedos se fecharam nos dela com uma força surpreendente.

— Eu juro — sussurrara Beatrice. Não se lembrava de ter conscientemente escolhido dizer aquilo; era como se uma força maior, talvez o próprio espírito do país, a tivesse dominado temporariamente e arrancado as palavras de seu peito.

Beatrice vivia para honrar aquele juramento sagrado. Sempre soubera que aquela era uma decisão iminente em seu futuro. No entanto, tudo estava sendo tão repentino que ficou sem fôlego — os pais esperavam que ela começasse a escolher um *marido* no dia seguinte, a partir de uma lista de candidatos muito reduzida.

— Você sabe que esta vida não é fácil — disse o rei gentilmente. — Que muitas vezes, olhando de fora, parece ser bem diferente do que de fato é. Beatrice, é essencial que você encontre o parceiro certo para compartilhá-la com você. Alguém que te ajude a superar desafios e com quem dividir os sucessos. Sua mãe e eu somos um time. Eu não conseguiria ter feito nada disso sem ela.

Beatrice engoliu em seco, com um aperto na garganta. Bem, já que precisava se casar pelo bem do país, não custava nada *tentar* escolher uma das opções de seus pais.

— Será que deveríamos dar uma olhada nos candidatos antes que eu os encontre amanhã? — disse ela por fim, e abriu a pasta na primeira página.

NINA

Nina Gonzalez subiu ruidosamente os degraus da parte de trás do auditório, seguindo em direção ao seu lugar de sempre no mezanino. Abaixo dela, havia centenas de assentos vermelhos com mesas de madeira fixas. Quase todos estavam ocupados. Era a aula de Introdução à História Mundial, matéria obrigatória para todos os calouros da King's College, assim decretado pelo rei Edward I quando fundou a universidade, em 1828.

Ela arregaçou as mangas da camisa de flanela, expondo a tatuagem em seu pulso, com suas linhas anguladas gravadas na pele marrom. Era o caractere chinês para "amizade". Samantha tinha insistido para que a fizessem juntas, em homenagem ao aniversário de dezoito anos das duas. Sam, é claro, não poderia ser vista com uma tatuagem, então a dela ficava num lugar definitivamente mais íntimo.

— Você vai hoje à noite, né? — A amiga de Nina, Rachel Greenbaum, na cadeira ao lado, inclinou-se para ela.

— Hoje à noite?

Nina colocou uma mecha do cabelo escuro atrás da orelha. Um garoto bonitinho sentado no final da fileira estava olhando em sua direção, mas ela o ignorou. Era parecido demais com o garoto que ainda tentava esquecer.

— Vamos nos encontrar na sala comunal para assistir à cobertura do Baile da Rainha. Fiz tortinhas de cereja usando a receita tradicional, aquela do livro de receitas de Washington. Até comprei as cerejas na lojinha do palácio, para ser autêntico — disse Rachel com entusiasmo.

— Parece delicioso.

As tortinhas de cereja eram famosas no mundo todo. O palácio as servia em todas as recepções ou festas ao ar livre por gerações. Nina se perguntou o que Rachel diria se descobrisse o quanto os Washington secretamente odiavam os docinhos.

Para dizer a verdade, teria sido mais autêntico se ela fizesse um churrasco. Ou tacos de café da manhã. A família real comia isso com uma frequência chocante.

— Então você vai, né? — pressionou Rachel.

Nina se esforçou ao máximo para parecer pesarosa.

— Não posso. Na verdade, tenho que trabalhar hoje à noite.

Ela trabalhava na biblioteca da universidade organizando livros como parte do programa de trabalho e estudo que financiava sua bolsa. Mas, mesmo que não estivesse ocupada, Nina não tinha a menor vontade de assistir à cobertura do Baile da Rainha. Já tinha ido ao baile por vários anos, e toda vez era basicamente a mesma coisa.

— Eu não sabia que a biblioteca ficava *aberta* às sextas à noite.

— De repente você deveria vir comigo. Alguns dos alunos do último ano ainda não terminaram as provas finais; quem sabe você não encontra um cara mais velho — provocou Nina.

— Só você para fantasiar sobre um encontro romântico na biblioteca. — Rachel sacudiu a cabeça, depois soltou um suspiro pensativo. — Quero saber o que a princesa Beatrice vai usar hoje à noite. Você se lembra do vestido que ela usou ano passado, com a gola de tule? Era *tão* elegante.

Nina não queria falar sobre a família real, muito menos com Rachel, que era um pouco obcecada demais por eles. Certa vez, ela dissera a Nina que havia batizado seu peixinho-dourado de estimação de Jefferson — e todos os dez que se seguiram. Contudo, uma profunda lealdade a Samantha fez Nina se pronunciar.

— E a Samantha? Ela está sempre linda também.

Rachel soltou um ruído vago de discordância e ignorou a pergunta. Era uma reação bem típica. O país adorava Beatrice, sua futura soberana — ou a maioria das pessoas a adorava, com exceção dos grupos machistas e reacionários que ainda protestavam contra a Lei de Sucessão à Coroa. Essas pessoas odiavam Beatrice simplesmente por ousar ser a mulher que herdaria um trono que sempre pertencera a homens. Eles eram minoria, mas eram cruéis e eloquentes, sempre fazendo piadas na internet com fotos de Beatrice e vaiando-a em comícios.

Mas, se a maioria do país amava Beatrice, o que sentiam por Jefferson era adoração absoluta; às vezes pareciam deixar escapar um grande suspiro coletivo. Ele era o único menino da família, e o mundo parecia disposto a perdoá-lo por tudo, embora o mesmo não se pudesse dizer de Nina.

Quanto a Samantha... Na melhor das hipóteses, as pessoas se entretinham com ela. Na pior, o que acontecia com relativa frequência, elas a reprovavam ativamente. O problema era que elas não *conheciam* Sam. Não como Nina.

Ela foi salva de responder pelo professor Urquhart, que subiu no pódio com passos pesados. Fez-se uma rápida agitação conforme todos os setecentos alunos interrompiam as conversas sussurradas e abriam os laptops. Nina — provavelmente a última pessoa que ainda fazia anotações à mão, num caderno de espiral — equilibrou o lápis numa página em branco e ergueu os olhos com expectativa. Partículas de poeira pairavam suspensas nos fachos de luz que atravessavam as janelas.

— Como discutimos neste semestre, as alianças políticas ao longo da virada do século eram tipicamente bilaterais e facilmente rompidas, e por isso muitas delas foram seladas por meio do casamento — começou a dizer o professor Urquhart. — Isso mudou com a formação da Liga dos Reis, um tratado entre diversas nações, com o objetivo de garantir segurança e paz coletivas. A Liga foi fundada em 1895 no Acordo de Paris, organizado por...

"Luís", completou Nina mentalmente. Aquela era a parte mais fácil da história francesa, seus reis foram chamados de Luís um atrás do outro, até chegar ao atual Luís XXIII. Os franceses eram ainda piores com o nome *Luís* do que os Washington eram com *George*.

Ela copiou as palavras do professor no caderno, desejando poder parar de pensar nos Washington. A faculdade deveria ser um novo começo, uma chance de descobrir quem realmente era, livre da influência da família real.

Nina era a melhor amiga da princesa Samantha desde a infância. As duas se conheceram doze anos antes, quando a mãe de Nina, Isabella, fez uma entrevista no palácio. O antigo rei — Edward III, avô de Samantha — tinha acabado de falecer, e o novo rei precisava de uma governanta. Isabella trabalhava na Câmara do Comércio e, por um milagre, seu chefe a recomendara para Sua Majestade. Não havia como se "candidatar" para empregos no palácio. O palácio fazia uma lista de candidatos e, se você fosse um dos poucos sortudos, *eles* entravam em contato com *você*.

Na tarde da entrevista, a mãe de Nina, Julie, estava fora da cidade, e a babá regular delas cancelou em cima da hora, deixando sua outra mãe, Isabella, sem opção a não ser levá-la consigo. "Fique aqui", advertiu ela, levando a filha até um banco no corredor do andar de baixo.

Nina tinha achado surpreendente que sua mãe estivesse sendo entrevistada no *palácio de verdade*, mas, como descobriria mais tarde, o Palácio de Washington não era apenas o lar da família real na capital. Era também o centro administrativo da Coroa. Dos seiscentos cômodos, quase todos eram escritórios ou espaços públicos. Os aposentos privados no segundo andar eram todos marcados por maçanetas ovais, em vez das redondas no andar de baixo.

Nina se sentou com os pés debaixo do corpo e abriu silenciosamente o livro que tinha levado consigo.

— O que você está lendo?

Um rosto coberto por uma montanha de cabelos castanhos espiava do canto. No mesmo instante, Nina reconheceu a princesa Samantha — embora ela não se parecesse muito com uma princesa com aquela legging de zebra e o vestido com lantejoulas. Suas unhas estavam pintadas como um arco-íris, cada uma com uma cor primária diferente.

— Hm... — Nina escondeu a capa no colo. O livro era sobre uma princesa, e mesmo que fosse fictícia, parecia estranho confessar aquilo a uma princesa *de verdade*.

— Meu irmão mais novo e eu estamos lendo uma série sobre dragões — declarou Samantha, e inclinou a cabeça para o lado. — Você viu o Jeff por aí? Não estou conseguindo encontrar ele.

Nina sacudiu a cabeça.

— Pensei que vocês fossem gêmeos — comentou ela, não conseguindo se conter.

— Sim, mas eu sou quatro minutos mais velha, o que faz do Jeff meu irmão mais novo — respondeu Samantha com uma lógica irrefutável. — Quer me ajudar a procurar?

A princesa era uma explosão de energia; pulava pelos corredores, abria uma porta atrás da outra e espiava por trás dos móveis em busca do irmão. Manteve um fluxo constante de bate-papo o tempo inteiro, dando sua própria visita guiada pelos maiores sucessos do palácio.

— Essa sala é assombrada pelo fantasma da rainha Thérèse. Sei que é ela porque o fantasma fala francês — declarou sinistramente enquanto apontava para o salão fechado no andar de baixo. — Eu costumava andar de patins por esses corredores, até meu pai me pegar no flagra e proibir. A Beatrice fazia a mesma coisa, mas o que ela faz nunca importa. — Samantha não parecia ressentida, só reflexiva. — Ela vai ser rainha um dia.

— E o que você vai ser? — perguntou Nina, curiosa.

Samantha sorriu.

— Todo o resto.

Ela levou Nina de um lugar incrível a outro, passando por depósitos de guardanapos de linho prensados e uma cozinha maior do que um salão de baile, onde o chef lhes deu biscoitos açucarados de um pote pintado de azul. A princesa devorou o biscoito, mas Nina guardou o dela no bolso. Era bonito demais para morder.

Quando voltaram para o banco, Nina ficou surpresa de ver sua mãe cruzando o corredor, conversando à vontade com o rei. Os olhos deles pousaram em Nina, que congelou instintivamente.

O rei sorriu, um sorriso cordial e juvenil que fazia seus olhos brilharem.

— E quem é essa aqui?

Nina nunca tinha conhecido um rei antes, mas um instinto espontâneo — talvez por todas as vezes que já tinha visto aquilo acontecer na televisão — a levou a fazer uma reverência.

— Essa é minha filha, Nina — murmurou Isabella.

Samantha foi pulando até o pai e puxou a mão dele.

— Pai, a Nina pode vir aqui de novo? — implorou ela.

O rei voltou seus olhos calorosos para a mãe de Nina.

— A Samantha tem razão. Espero que você traga Nina para cá todas as tardes. Afinal, não é como se tivéssemos um expediente curto.

Isabella piscou os olhos em surpresa.

— Sua Majestade?

— As meninas claramente se deram bem, e sei que sua esposa tem uma agenda apertada também. Por que a Nina deveria ficar em casa com uma babá quando pode ficar aqui?

Nina era nova demais para entender a hesitação de Isabella.

— Por favor, mamã? — ela entrou na conversa, entusiasmada. Isabella cedeu com um suspiro.

E foi assim que Nina acabou envolvida na vida dos gêmeos reais.

Eles logo se tornaram um trio: o príncipe, a princesa e a filha da governanta. Na época, Nina ainda nem tinha noção das diferenças entre a própria vida e a de Samantha para se sentir insegura. Porque, por mais que fossem gêmeos, e fizessem parte da *realeza*, Jeff e Sam nunca fizeram com que Nina se achasse uma intrusa. Pelo contrário, todos eles eram igualmente excluídos do glamoroso e inacessível mundo adulto — do qual até mesmo Beatrice fazia parte; aos dez anos, a princesa herdeira já estava matriculada em inúmeras aulas particulares, além das matérias regulares do ensino fundamental.

Sam e Jeff eram sempre os organizadores dos planos, enquanto Nina tentava, sem sucesso, mantê-los na linha. Eles escapavam da babá dos gêmeos e partiam em alguma aventura: nadar na piscina coberta aquecida, ou encontrar os quartos de pânico e abrigos contra bombas que, supostamente, estavam espalhados por todo o palácio. Certa vez, Samantha os convenceu a se esconder debaixo de uma toalha de mesa e bisbilhotar uma reunião particular entre o rei e o embaixador austríaco. Foram pegos depois de apenas dois minutos, quando Jeff puxou a toalha e derrubou uma jarra d'água, mas, àquela altura, Samantha já tinha esguichado mel dentro do sapato do embaixador. "Se você não quer mel nos seus sapatos, então não os chute para baixo da mesa", disse ela mais tarde, com os olhos brilhando de malícia.

O fato de Samantha e Nina terem mantido a amizade durante todos esses anos era uma prova da determinação da princesa. Ela se recusava a deixar que as duas se afastassem, por mais que tivessem estudado em escolas diferentes, mesmo depois que a mãe de Nina deixou o cargo de governanta e foi nomeada ministra da Fazenda. Samantha continuou chamando Nina para dormir no palácio, para visitar as casas de veraneio dos Washington em fins de semana prolongados ou para comparecer a eventos do governo como sua acompanhante.

As mães de Nina tinham sentimentos conflitantes a respeito da amizade da filha com a princesa.

Isabella e Julie tinham se conhecido anos antes, na faculdade. Agora, eram um dos casais mais influentes de Washington. Isabella trabalhava como ministra da Fazenda, e Julie era a fundadora de um negócio de e-commerce bem-sucedido. Elas não costumavam discutir muito, mas o relacionamento complicado de Nina com os Washington era um assunto em que nunca conseguiam concordar.

— Não podemos deixar a Nina ir a essa viagem — protestou Isabella, depois que Samantha convidou Nina para ir à casa de praia da família real. — Não quero que ela passe tempo demais com eles, muito menos quando não estamos por perto.

Nina aguçou os ouvidos enquanto as vozes ecoavam pela antiquada tubulação de aquecimento do prédio. Ela estava no quarto, no terceiro andar, sob o sótão. Não era sua intenção bisbilhotar... mas nunca tinha confessado a facilidade com que conseguia ouvi-las quando as duas conversavam na sala de estar, bem abaixo.

— Por que não? — perguntou Julie, com a voz estranhamente distorcida pelos tubos de metal antigos.

— Porque eu me preocupo com ela! O mundo que os Washington habitam, com todos aqueles aviões particulares, os bailes da corte e os protocolos, não é a vida real. E não importa a frequência com que eles a convidem ou o quanto a princesa Samantha goste dela, a Nina nunca vai ser um deles. — Isabella suspirou. — Não quero que ela se sinta como uma parente pobre em um livro da Jane Austen.

Nina se aproximou mais do colchão para ouvir a resposta.

— A princesa tem sido uma boa amiga para a Nina — protestou Julie. — E você deveria ter um pouquinho mais de fé na forma como criamos nossa filha. No mínimo, acho que a Nina vai ser uma influência positiva para a Samantha e vai lembrar a ela do que existe fora dos portões daquele palácio. A princesa *precisa* de uma amiga normal.

No fim das contas, as mães de Nina decidiram deixá-la ir, com a condição de que ela ficasse longe dos olhos do público e nunca fosse citada ou fotografada pela cobertura de imprensa da família real. O palácio aceitou de bom grado. Eles também não queriam que a mídia se voltasse para a princesa Samantha.

No ensino médio, Nina já estava acostumada com os planos excêntricos da melhor amiga e sua empolgação contagiante. "Vamos levar o Albert para um passeio!", dizia a mensagem de Sam, que batizara assim o Jeep amarelo-limão que havia implorado aos pais para ganhar de presente no seu aniversário de dezesseis anos. O carro já era dela, mas Sam fora reprovada algumas vezes na baliza durante a prova de direção e ainda não tinha conseguido passar. Isso significava que Nina acabava dirigindo aquele Jeep amarelo escandaloso por toda a capital, enquanto Samantha sentava de pernas cruzadas no banco do carona e implorava para que ela passasse no McDonald's. Depois de um tempo, Nina deixou de se preocupar com o agente de segurança que olhava furioso para elas do banco de trás.

Com Sam, era muito fácil esquecer as inúmeras diferenças entre as duas. Nina a amava incondicionalmente, do jeito que amaria uma irmã, se tivesse uma. Acontece que sua irmã era a princesa dos Estados Unidos.

Mas o relacionamento entre elas mudara sutilmente nos últimos seis meses. Nina não contara a Sam o que tinha acontecido na noite da formatura — e, quanto mais guardava o segredo, maior era a distância que parecia se impor entre as duas. Depois da formatura, Sam e Jeff partiram para uma viagem-relâmpago enquanto Nina se preparou para começar seu primeiro ano de faculdade, o que talvez fosse melhor. Aquela era a chance de Nina de se estabelecer numa vida mais normal, sem aviões particulares, bailes da corte e protocolos que tanto preocupavam Isabella. Poderia voltar a viver seu lado mais comum e pé no chão.

Nina não tinha contado a ninguém da King's College que Samantha era sua melhor amiga. As pessoas provavelmente presumiriam que ela era uma mentirosa — ou, se acreditassem, poderiam tentar usá-la por conta de suas conexões. Nina não sabia o que seria pior.

O professor Urquhart desligou o microfone, indicando o fim da aula. Todos se levantaram numa confusão de laptops se fechando e fofocas abafadas. Nina fez mais algumas anotações no seu caderno antes de guardá-lo em sua bolsa transversal, depois seguiu Rachel escada abaixo até chegar ao pátio.

Outras garotas do mesmo corredor se juntaram a elas, todas falando com animação sobre a festa em que assistiriam ao Baile da Rainha. Elas seguiram em direção ao centro acadêmico onde todo mundo costumava almoçar depois da aula, mas Nina reduziu o passo.

Um movimento próximo à rua chamou sua atenção. Um carro preto de luxo estava parado no meio-fio, roncando baixinho. Apoiada na janela do carro estava uma folha de papel branco com o nome de Nina rabiscado.

Ela reconheceria aquela letra em qualquer lugar.

— Nina? Você vem? — gritou Rachel.

— Desculpa, tenho uma reunião com meu orientador — inventou Nina. Ela esperou mais um pouco antes de correr pelo gramado em direção ao carro.

No banco de trás estava a princesa Samantha, vestida com uma calça de moletom aveludada e uma camiseta branca, através da qual Nina conseguia ver seu sutiã rosa. Nina correu para se juntar a ela e fechou a porta do carro antes que alguém percebesse.

— *Nina!* Que saudade! — Sam envolveu a amiga em um de seus típicos abraços efusivos.

— Também senti saudade — murmurou Nina no ombro da amiga. Um milhão de perguntas rodavam em sua cabeça.

Por fim, Samantha se afastou, inclinando o corpo para a frente, e falou com o motorista:

— Pode só dar a volta pelo campus por um tempinho — disse-lhe ela. Típico de Sam, querer estar em constante movimento mesmo que não estivesse indo a lugar nenhum.

— Sam, o que você está fazendo aqui? Não deveria estar se arrumando para hoje à noite?

Sam baixou a voz num tom conspiratório.

— Vou sequestrar você e te arrastar para o Baile da Rainha como minha acompanhante!

Nina sacudiu a cabeça.

— Desculpa, mas tenho que trabalhar hoje à noite.

— Mas suas mães vão estar lá, tenho certeza de que elas adorariam ver você! — Sam deixou escapar um suspiro. — Por favor, Nina? Seria ótimo poder contar com uma ajudinha agora com minha mãe e meu pai.

— Você não acabou de chegar em casa? — Pelo que seus pais já poderiam estar bravos?, pensou ela.

— Na última manhã na Tailândia, eu e o Jeff fugimos dos nossos agentes de segurança — admitiu Sam, olhando pela janela. Estavam subindo a College Street em direção à imponente arquitetura gótica da Biblioteca Dandridge.

— Vocês despistaram os seguranças? Como?

— A gente fugiu — repetiu Samantha, incapaz de conter o sorriso. — Literalmente. Eu e o Jeff nos viramos, disparamos na direção do trânsito, passamos no meio dos carros e depois conseguimos uma carona até uma locadora de quadriciclos. Andamos de 4x4 pela selva. Foi incrível.

— Parece perigoso — observou Nina, e Sam deu uma risada.

— Você está falando *igualzinho* aos meus pais! Olha, é por isso que preciso de você. Eu esperava que você fosse comigo hoje à noite...

— Para te manter na linha? — Nina completou. Até parece que alguma vez ela já tivesse sido capaz de controlar a princesa. Nenhum poder na Terra seria capaz de impedir Samantha de fazer algo que ela estivesse determinada a fazer.

— Você sabe que é a boazinha!

— Eu só sou a "boazinha" em comparação a você — rebateu Nina. — Isso não é lá muita coisa.

— Você deveria agradecer por eu ter estabelecido expectativas tão baixas — brincou Sam. — Olha, a gente pode sair cedo da festa, pegar um pouco de massa de biscoito caseiro da cozinha e ficar acordada até tarde assistindo a reality shows ruins. Já tem séculos que a gente não faz uma festa do pijama! Por favor — disse ela de novo. — Eu realmente senti saudades.

Era difícil ignorar esse tipo de apelo vindo de sua melhor amiga.

— Acho que... poderia pedir a Jodi para trocar de horário comigo — admitiu Nina, depois de um momento de hesitação tão pequeno que Samantha provavelmente nem percebeu.

— Obrigada! — Sam soltou um gritinho animado e se inclinou para a frente para informar ao motorista o novo destino. Depois, virou-se para Nina e pôs sua bolsa mole de couro no colo. — Aliás, trouxe uma coisa para você de Bangkok.

Ela vasculhou a bolsa e, por fim, tirou um pacote de M&M's de pretzel. O saco azul brilhante estava repleto de lindas voltas e curvas do alfabeto tailandês.

— Você lembrou. — M&M's eram os doces favoritos de Nina. Sam sempre trazia um pacote de suas viagens internacionais; tinha lido em algum lugar que a fórmula era diferente em cada país, e decidiu que ela e Nina teriam que fazer uma degustação de todos.

— E aí? O que achou? — perguntou Sam quando Nina pôs um pouco do chocolate na boca.

— Deliciosos. — Na verdade, estavam um pouco secos, mas não era surpresa, já que tinham viajado por muitos quilômetros esmagados no bolso lateral da bolsa de Samantha.

Dobraram uma esquina e o palácio surgiu diante delas — cedo demais para o gosto de Nina, mas a King's College ficava a apenas alguns quilômetros de distância. Pinheiros se estendiam, altos e soberbos, nos dois lados da rua repleta de escritórios burocráticos e apinhada de gente. O palácio brilhava, um branco resplandecente contra o azul esmaltado do céu. Seu reflexo dançava nas águas do Potomac, de modo que parecia haver dois palácios, um verdadeiro, e o outro aquático e onírico.

Os turistas seguravam-se nos portões de ferro do palácio, onde uma fileira de guardas aguardava em posição de sentido, com as mãos erguidas em continência. Acima da rotatória, Nina viu a borda tremulante do Estandarte Real, a bandeira que indicava que o monarca estava oficialmente na residência.

Ela respirou fundo e se preparou. Não queria voltar ao palácio e correr o risco de vê-lo. Ainda o odiava pelo que tinha acontecido na noite da festa de formatura.

Mas, mais do que isso, Nina odiava a pequena parte de si mesma que secretamente desejava vê-lo, mesmo depois de tudo que ele tinha feito.

DAPHNE

Daphne Deighton girou a chave na porta da frente e parou. Por força do hábito, olhou para trás, por cima do ombro, com um sorriso, embora já fizesse meses que os paparazzi não se reuniam no gramado dela, como faziam quando namorava Jefferson.

Do outro lado do rio, ela via só uma pontinha do Palácio de Washington. O centro do mundo — ou, pelo menos, o centro do seu mundo.

Era lindo daquele ângulo, com o sol da tarde percorrendo os tijolos brancos de arenito e as janelas altas em arco. Mas, como Daphne sabia, o palácio não era nem de longe tão ordeiro quanto parecia. Construído na locação original do Mount Vernon, casa do rei George I, a propriedade havia passado por diversas reformas conforme os vários monarcas tentavam deixar sua marca nela. Agora era um ninho confuso de galerias, escadas e corredores, sempre abarrotado de gente.

Daphne morava com os pais nos arredores de Herald Oaks, o bairro com imponentes casas aristocráticas a leste do palácio. Ao contrário das propriedades de seus vizinhos, que haviam sido passadas por gerações ao longo dos últimos dois séculos e meio, a casa dos Deighton era bem nova. Assim como sua nobreza.

Ao menos a família tinha um título, graças a *Deus*, mesmo que ficasse num nível hierárquico meio baixo para o gosto de Daphne. O pai dela, Peter, era o segundo baronete de Margrave. O título fora concedido ao avô de Daphne pelo rei Edward III, por um "serviço diplomático pessoal" para a imperatriz Anna da Rússia. Ninguém da família jamais havia explicado a natureza exata daquele serviço indeterminado. Naturalmente, Daphne tinha tirado suas próprias conclusões.

Ela fechou a porta ao entrar, tirou a mochila de couro do ombro e ouviu a voz de sua mãe na sala de jantar.

— Daphne? Pode vir aqui?

— Claro. — Daphne se forçou a amenizar a impaciência de seu tom de voz.

Ela já esperava que os pais fossem convocar uma reunião familiar naquele dia, assim como já haviam feito tantas vezes antes. Quando Jefferson chamou Daphne para sair pela primeira vez, quando a convidou para passar as férias com sua família, e no impensável dia em que terminou com ela. Cada marco no relacionamento com o príncipe fora reforçado por uma daquelas discussões. Era simplesmente o modo como a família dela operava.

Não que seus pais tenham contribuído tanto assim. Tudo que Daphne conquistara com Jefferson fora graças a si mesma e a mais ninguém.

Ela sentou na cadeira da sala de jantar em frente aos pais e pegou a jarra de chá gelado com indiferença, para se servir de um copo. Já sabia o que a mãe diria a seguir.

— Ele voltou ontem à noite.

Não havia necessidade de esclarecer quem era o "ele" a quem sua mãe se referia. Príncipe Jefferson George Alexander Augustus — o mais novo dos três herdeiros reais de Washington, e o único homem.

— Estou sabendo. — Como se Daphne não tivesse definido uma dezena de alertas na internet com o nome do príncipe e não verificasse as redes sociais constantemente para toda e qualquer informação sobre seu status. Como se não conhecesse o príncipe melhor do que qualquer um, provavelmente melhor até do que a mãe dele.

— Você não foi atrás dele no avião.

— Junto com todas aquelas fãs histéricas? Não. Vou ver o Jefferson hoje à noite, no Baile da Rainha.

Daphne se recusava explicitamente a chamar o príncipe de *Jeff*, como todo mundo. Parecia tão *anti*-realeza.

— Só se passaram seis meses — seu pai lembrou. — Tem certeza de que está pronta?

— Acho que vou ter que estar — respondeu Daphne, seca. É claro que ela estava pronta.

Sua mãe se apressou em intervir.

— Só estamos tentando ajudar, Daphne. A noite de hoje será importante. Depois de tudo que fizemos...

Um psicólogo poderia presumir que Daphne havia herdado sua ambição dos pais, mas seria mais acertado dizer que as ambições dos pais foram ampliadas e concentradas nela, da mesma forma que uma lente de vidro curva foca feixes dispersos de calor.

A escalada social de Rebecca Deighton começara muito antes do nascimento de Daphne. Becky, como se chamava na época, deixou sua cidadezinha em Nebraska aos dezenove anos, munida apenas da beleza estonteante e inteligência afiada. Ela fechou contrato com uma agência de modelos de alto nível em semanas. Seu rosto logo estava estampado em revistas e outdoors, anúncios de lingerie e comerciais de carros. O país se apaixonou por ela.

Depois de um tempo, Becky se reinventou como Rebecca e passou a ficar de olho em um título. Depois que conheceu o pai de Daphne, foi só uma questão de tempo até que se tornasse lady Margrave.

E, se as coisas corressem conforme o planejado e Daphne se casasse com Jefferson, seus pais certamente seriam promovidos além do modesto título de baronetes. Eles poderiam se tornar condes... Talvez até marqueses.

— Nós só queremos o melhor para você — acrescentou Rebecca, com os olhos fixos nos da filha.

"Quer dizer, o melhor para *vocês*", Daphne sentiu-se tentada a responder.

— Vou ficar bem — disse ela em vez disso.

Daphne sabia há anos que se casaria com o príncipe. Era a única palavra adequada: *sabia*. Não *esperava* se casar, *sonhava* em se casar, ou mesmo *sentia-se destinada* a se casar. Essas palavras envolviam um elemento de acaso, incerteza.

Quando era pequena, Daphne sentia pena das meninas da escola que eram obcecadas pela família real, aquelas que copiavam tudo que a princesa vestia, ou que tinham uma foto do príncipe Jefferson pendurada em seus armários. O que é que elas estavam fazendo quando tinham um treco com um pôster dele, fingindo que o príncipe era namorado delas? Fingir era um jogo para crianças e idiotas, e Daphne não era nenhum dos dois.

Então, no oitavo ano, a turma de Daphne fez uma excursão para o palácio, e ela percebeu por que seus pais eram tão obsessivamente apegados ao status aristocrático que tinham. Porque esse status era sua janela para *aquilo*.

Conforme olhava para o palácio em toda sua grandeza inacessível — enquanto ouvia suas colegas de turma sussurrando como devia ser maravilhoso ser uma princesa —, Daphne percebeu, para sua surpresa, que elas estavam certas. *Era* maravilhoso ser uma princesa. E por isso que Daphne, ao contrário das outras, realmente se tornaria uma.

Depois daquela excursão, Daphne decidiu que sairia com o príncipe e, como todas as metas que estabelecia para si mesma, a alcançou. Ela se inscreveu na St. Ursula, a escola particular só para meninas que as filhas da família real frequentavam desde os tempos mais antigos. As irmãs de Jefferson estudavam lá. E não fazia mal que a escola de Jefferson, a Forsythe Academy, só para meninos, ficasse bem ao lado.

Como era de esperar, até o fim do ano o príncipe já tinha chamado Daphne para sair, quando ela estava no primeiro ano e ele, no segundo.

Nem sempre era fácil lidar com alguém tão espontâneo e descuidado quanto Jefferson. Mas Daphne era tudo que uma princesa deveria ser: graciosa, talentosa e, é claro, muito bonita. Ela encantou o povo americano e a imprensa. Ganhou até a aprovação da Rainha-Mãe, e todos sabiam como era difícil agradar a avó de Jefferson.

Até a noite da festa de formatura do ensino médio de Jefferson, quando tudo deu terrivelmente errado. Quando Himari se machucou e Daphne foi procurar Jefferson — e o encontrou na cama com outra garota.

Definitivamente era o príncipe; a luz refletia de forma inequívoca no castanho profundo de seu cabelo. Daphne tentou respirar. Sua visão se desfez em manchas. Depois de tudo que tinha acontecido, depois de como tinha ido longe para…

Ela cambaleou para trás e fugiu do quarto antes que qualquer um dos dois pudesse vê-la.

Jefferson ligou na manhã seguinte. Daphne sentiu uma pontada momentânea de pânico ao imaginar que ele, de alguma maneira, soubesse de tudo — soubesse da coisa terrível e impensável que ela fizera. Em vez disso, ele balbuciou um discurso de término de relacionamento que mais parecia ter sido escrito por sua equipe de relações públicas. Não parava de dizer como eles eram jovens, como Daphne ainda não tinha nem terminado o ensino médio, e que ele ainda não sabia o que ia fazer no ano seguinte. Que talvez fosse melhor para os dois se passassem um tempo separados, mas que esperava que ainda pudessem ser amigos. A voz de Daphne saiu assustadoramente calma quando lhe disse que entendia.

No momento em que Jefferson desligou, Daphne ligou para Natasha do *Daily News* e plantou a história do término. Aprendera há muito tempo que a primeira versão do fato era sempre a mais importante, porque ditava o tom de todas as seguintes. Então, certificou-se de que Natasha noticiasse o término como se tivesse sido mútuo, que Daphne e Jefferson haviam concordado que era melhor assim.

Pelo menos, era o que a matéria sutilmente insinuava, por enquanto.

Nos seis meses desde a separação, Jefferson estivera fora da cidade, numa viagem da realeza, e, depois, numa viagem boêmia de formatura com sua irmã gêmea. Assim, Daphne tivera muitas oportunidades de pensar sobre o relacionamento — no que os dois tinham feito e no que aquilo lhe custara.

Mesmo depois de tudo que havia acontecido, mesmo sabendo o que sabia, ela ainda queria ser princesa. E pretendia reconquistar Jefferson.

— Só estamos tentando cuidar de você, Daphne — continuou Rebecca, com a seriedade de quem discutia um diagnóstico médico potencialmente fatal. — Ainda mais agora...

Daphne sabia o que a mãe queria dizer. Agora que ela e Jefferson estavam separados, era temporada de caça outra vez, e hordas de garotas tinham começado a segui-lo. "Caçadoras de príncipe", como os jornais as chamavam. Particularmente, Daphne gostava de pensar nelas como "cadelinhas do Jefferson". Não importava a cidade, elas eram sempre iguais. Usavam saias curtas e salto alto, esperavam por horas em bares ou em saguões de hotéis, só para ter um vislumbre dele. Jefferson — alheio, como sempre — flanava alegremente de um lugar a outro como uma borboleta, enquanto as garotas o perseguiam com redes a postos.

As caçadoras de príncipe não eram de fato suas rivais; nenhuma estava no mesmo nível que ela. Ainda assim, toda vez que via uma foto de Jefferson cercado por bandos delas, Daphne não deixava de se sentir preocupada. Eram *tantas*.

Sem falar daquela garota na cama de Jefferson, seja lá quem tenha sido. Um lado masoquista de Daphne queria, desesperadamente, saber. Depois daquela noite, ela continuava esperando que a garota se apresentasse numa sórdida matéria que revelasse tudo, mas nunca aconteceu.

Daphne olhou para o espelho acima do aparador para se acalmar.

Não havia como negar que era linda — bonita daquele jeito raro e deslumbrante que parecia justificar todos os sucessos e perdoar boa parte dos fracassos. Ela herdara os traços vívidos de Rebecca, sua pele de alabastro e, sobretudo, seus olhos. Aqueles olhos hipnotizantes, verdes com um brilho dourado, que pareciam insinuar segredos jamais revelados. Mas o cabelo vinha de Peter. Era uma profusão gloriosa de cores, que variavam do cobre ao bordo, passando pelo madressilva, que caía em cascata até a cintura.

Ela deu um sorriso fraco — reconfortada, como sempre, pelo próprio reflexo cheio de promessas.

— Daphne. — O pai interrompeu seus pensamentos. — Aconteça o que acontecer, saiba que estamos do seu lado. Sempre.

Aconteça o que acontecer. Daphne olhou para ele. Será que ele sabia o que ela tinha feito naquela noite?

— Vou ficar bem — repetiu mais uma vez, e parou por aí.

Sabia o que esperavam dela. Se um plano não funcionasse, precisava de outro; se escorregasse e caísse, deveria sempre cair para a frente. Para a frente e para cima eram as duas únicas possibilidades.

Seus pais não faziam ideia do que Daphne era capaz — do que ela já havia feito para conquistar aquela coroa.

SAMANTHA

Naquela noite, Samantha foi até uma porta inconsistente com a decoração do palácio e escondida no corredor do térreo, como se o arquiteto tivesse decidido acrescentá-la no último minuto. Podia não ser vista, mas era a Porta dos Suspiros, a entrada particular da família real para o grande salão de baile. Recebia esse nome porque várias gerações de princesas ficaram paradas ali, quando eram novas demais para participar do baile, e suspiravam romanticamente enquanto assistiam à dança.

— Seus pais vão ficar furiosos — observou Nina, andando ao lado dela.

— Talvez. — Contudo, Sam duvidava que os pais tivessem percebido que estava atrasada. Eles nunca notavam nada que ela fazia, a não ser que passasse tanto dos limites que seria impossível não perceber.

O agente de segurança de Sam andava depressa ao lado delas, com os lábios comprimidos. Sam sabia que Caleb ainda estava bastante bravo por causa daquela façanha na Tailândia. Bem, Sam não *queria* correr na direção dos carros; Caleb simplesmente não tinha lhe dado escolha. Nada tinha funcionado com ele, nem persuasão, nem súplica, nem mesmo seu truque mais recente, que em geral envolvia uma queixa sobre cólicas ou absorventes internos. Quando tentou essa com ele, o segurança só lhe entregou dois comprimidos de analgésico e uma garrafa d'água.

— Entrando com o Faisão — murmurou Caleb no walkie-talkie. Sam engoliu uma onda de irritação ao ouvir o nome de segurança. Todos os membros da família real recebiam nomes de pássaros. O rei era Águia, a rainha era Cisne, Beatrice era Falcão e Jeff era Azulão. Fazia só dois anos que Sam tinha descoberto por que a equipe de segurança sempre a chamava de Faisão.

Porque o faisão nunca era o primeiro prato servido num restaurante. Ou seja, não era o prato principal, *a herdeira*. Sam era a filha extra, uma apólice de seguro, uma bateria reserva ambulante.

O arauto, que estava em posição de sentido na Porta dos Suspiros, não ousou comentar sobre o atraso de Sam. Ele esperou enquanto a princesa remexia a bolsa de contas peroladas para retocar o brilho labial em um tom de peônia personalizado. Ela recebera a oferta de um acordo de licenciamento multimilionário por ele — a empresa queria chamá-lo de American Rose e estampar o rosto de Sam na embalagem —, mas ela recusou a proposta. Gostava da ideia de ter a cor só para ela.

Quando Samantha lhe deu um aceno de cabeça, o arauto entrou no salão de baile e bateu seu enorme bastão dourado no chão. O som ricocheteou por cima dos ruídos da festa, do tilintar de taças de vinho, do chiado de solas de couro e do zumbido baixinho de bate-papos.

— Sua Alteza Samantha Martha Georgina Amphyllis da Casa dos Washington!

Samantha lançou a Nina um último olhar e entrou no salão.

Centenas de olhos se voltaram para Samantha, brilhando com cálculos mentais. Todos eles se perguntavam quanto peso tinha ganhado no exterior, quanto custava seu vestido, ou quanta inveja sentia da irmã mais velha. Sam tentou não vacilar. Havia se esquecido do tamanho da cerimônia, com toda a corte, todos os nobres e políticos presentes e, até mesmo, os membros vitalícios e suas esposas.

Garçons de luvas brancas passavam com taças de champanhe, e um quarteto de cordas tocava jazz ao fundo. Faixas com vegetação natalina estavam penduradas por todo o salão, decorado com poinsétias e enormes laços de veludo vermelhos. Em um canto estava a árvore de Natal oficial do palácio, com os galhos carregados de guirlandas antiquadas de pipoca e cerejas, do jeito que a família real decorava as árvores havia centenas de anos.

Sam avistou Jeff do lado de fora. As portas francesas estavam abertas, e os cortesãos se espalhavam pelo terraço com colunatas, amontoados em torno das lâmpadas de calor. Vários dos amigos dos gêmeos já haviam chegado. Jeff a encarou, seus olhos brilhando em alerta no instante em que a mão de alguém se fechou ao redor do cotovelo de Samantha como um torno.

— Samantha. Precisamos conversar.

A rainha Adelaide usava seu vestido preto sem alças com uma elegância serena, e seu cabelo brilhoso estava amarrado para trás com antigos grampos de diamante — aqueles que George II havia ganhado do rei francês, Luís XVI, num jogo de cartas. As pessoas chamavam esse jogo de Aposta de Louisiana, já que havia resultado na França cedendo o território da Louisiana para os Estados Unidos.

— Oi, mãe — disse Sam, animada, embora soubesse que fosse inútil.

— Esse não é o vestido que separei para você. — Adelaide tinha a habilidade única de fazer cara feia e sorrir ao mesmo tempo, o que Sam sempre achou assustador, embora um pouco impressionante.

— Eu sei.

Sam tinha ignorado o vestido que a mãe selecionara, escolhendo um modelo de um ombro só coberto por lantejoulas prateadas. Ousado e inapropriado demais para um evento tão formal, mas Sam não se importava. Seu cabelo escuro e rebelde estava solto e bagunçado, como se tivesse acabado de acordar. Ela também pegara emprestado a gargantilha da avó da coleção de Joias da Coroa, feita de enormes rubis cabochão intercalados com diamantes. Mas, em vez de prendê-la no pescoço, ela a havia enrolado ao redor da cintura, transformando a elegante joia em algo quase sexy.

Sam decidira havia muito que, se não podia ser bonita, deveria ao menos ser interessante. E ela não era bonita, não no sentido tradicional. Sua testa era grande e inclinada demais, as sobrancelhas, muito espessas, e as feições, muito marcadas, como as de seus primos distantes de Hanover.

Só que as pessoas tendiam a esquecer tudo isso no momento em que Samantha começava a falar. Ela emanava uma energia nebulosa e contagiante, como se, de alguma maneira, fosse mais *viva* do que os demais. Como se todos os seus nervos disparassem ao mesmo tempo, logo abaixo da superfície.

A rainha conduziu a filha com firmeza para um canto do salão, longe de ouvidos bisbilhoteiros.

— Seu pai e eu estamos desapontados com você — começou Adelaide.

"Que novidade", pensou.

— Desculpa — disse Sam, cansada. Ela conhecia o roteiro, sabia que era mais fácil simplesmente dizer à mãe o que ela queria ouvir. Sam tinha conseguido evitar os pais quando chegara de viagem tarde na noite anterior, e eles estiveram ocupados demais com os preparativos do baile para confrontá-la durante o dia. Mas ela sabia que não daria para postergar aquele momento para sempre.

— *Desculpa?* — sibilou a rainha. — Isso é tudo que você tem a dizer em sua defesa depois de fugir dos seus agentes de segurança? Samantha, esse tipo de comportamento é inadmissível! Esses seguranças põem a própria vida em risco por você todos os dias. O trabalho deles é, literalmente, se colocar entre você e a morte. O mínimo que poderia fazer é lhes mostrar respeito!

— Você já fez esse discurso para o Jeff? — perguntou Sam, como se já não soubesse a resposta. Sempre que estava encrencado, Jeff saía ileso.

Não era justo. Não importava o quanto os Estados Unidos alegassem ser progressistas, ainda existia um padrão machista de dois pesos e duas medidas que se impunha discretamente na base de tudo. Ela e Jeff eram prova disso, como naqueles estudos científicos em que bebês gêmeos eram tratados da mesma forma, a não ser por uma variável-chave, e depois era feito um rastreio de como aquilo os afetara.

A variável aqui era que Jeff era um menino e Sam, uma menina, e mesmo quando os dois faziam *exatamente a mesma coisa*, as pessoas reagiam de forma diferente.

Se os paparazzi flagravam Jeff gastando um pouco mais em compras, ele estava esbanjando para uma ocasião especial, enquanto Samantha era mimada.

Se surgissem fotos de Jeff visivelmente bêbado e cambaleando na saída de um bar, ele só estava precisando extravasar um pouco. Samantha era uma baladeira inconsequente.

Se Jeff fosse grosso com os paparazzi, estava apenas sendo firme, protegendo sua privacidade. Samantha era uma vadia impiedosa.

Ela adoraria ver como a imprensa reagiria se *Beatrice* fizesse qualquer uma dessas coisas, mas é claro que Beatrice nunca pôs nem um dedinho para fora da linha.

Sam sabia que nada daquilo era culpa de Jeff. Ainda assim… era o suficiente para fazê-la desejar mudar as coisas. Não que tivesse algum poder para tal.

— Não vejo por que tornar isso um problema — protestou ela, sem forças. — Ninguém se machucou. Por que você não me deixa curtir minha vida, só pra variar?

— Samantha, você nunca foi conhecida por não aproveitar a vida — rebateu Adelaide.

Sam tentou não demonstrar como aquilo a magoou.

Sua mãe deu um suspiro.

— Por favor, você pode pelo menos *tentar* se comportar da melhor maneira possível hoje? É uma noite importante para sua irmã.

Algo no tom de voz dela fez Samantha hesitar.

— Como assim?

A rainha apertou os lábios. O que quer que estivesse acontecendo, não confiava em Sam para receber a informação. Como de costume.

Sam desejou poder voltar àquele momento na Tailândia quando se virou para Jeff, com uma sobrancelha erguida, e o desafiou a fugir. Ou antes ainda, para uma época em que sua mãe não a olhava com decepção tão evidente. Ela se lembrava do jeito que a mãe costumava sorrir quando Sam chegava em casa com histórias de seu dia na escola. Adelaide segurava a filha no colo e fazia uma trança embutida em seu cabelo, com mãos suaves que penteavam as mechas e as puxavam uma por cima da outra.

Mas Sam sabia que era inútil. Ninguém se importava com o que ela pensava; só queriam que ela ficasse quieta e parasse de desviar a atenção da mídia da impecável Beatrice. Que ficasse em segundo plano. Que fosse vista e nunca ouvida.

Manteve a cabeça um pouco inclinada para o lado, com ar teimoso, enquanto caminhava pelo salão. Bem, agora todo mundo poderia fofocar sobre seu vestido, que era tão brilhante quanto um globo espelhado aceso. Por baixo dos cílios, seu olhar era determinado e tumultuoso.

Sam estava quase chegando às portas quando viu a irmã mais velha, que usava um vestido comportado de gola alta, provavelmente o primeiro da noite; ela costumava mudar de peças várias vezes em cerimônias oficiais. Estava conversando com uma mulher de feições marcadas e cabelos grisalhos. Sam levou um tempo para perceber que não estavam falando inglês.

Ela passou rápido por Beatrice e foi se postar no bar, esgueirando-se para o canto para que ninguém a visse.

Aonde Nina tinha ido? Sam pegou o celular e digitou uma mensagem rápida: "Pegando bebida, vem me encontrar." Em seguida, ela se inclinou para a frente para fazer contato visual com o barman.

— Me vê uma cerveja?

Ele lhe lançou um olhar desconfiado. Os dois sabiam que o palácio nunca servia cerveja nesses eventos. Era considerado rústico demais, seja lá o que isso significasse.

— Por favor — acrescentou Sam, com o sorriso mais meigo que sabia dar. — Você não tem nem *uma* garrafa aí atrás?

O barman hesitou, como se ponderasse os riscos, depois se agachou para baixo do bar, surgindo no instante seguinte com duas garrafas geladas de cerveja.

— Não fui eu que te dei isso. — Ele deu uma piscadela e se virou, afastando-se das provas do crime.

— Ah, que bom, eu estava procurando por uma dessas — exclamou uma voz à sua esquerda, puxando uma das garrafas do bar.

— Ei, isso é meu!

Sam girou em seu salto de fitas.

O garoto parado ao lado dela apoiou os cotovelos no bar, e uma luz brilhou em seus olhos surpreendentemente azuis. Parecia alguns anos mais velho, por volta da idade de Beatrice, com cabelos loiros desgrenhados e traços bem-delineados. Se não fosse pelo par de covinhas, sua beleza seria quase intimidadora.

Ela se perguntou quem ele seria. Ao contrário da maioria dos nobres, que, pela experiência de Sam, eram fracos e molengas, ele tinha o corpo musculoso de um atleta.

— Calma aí, matadora. Não tem necessidade de ficar com duas bebidas logo no início da noite.

— Você acabou de me chamar de *matadora*? — questionou Sam, sem saber se deveria se sentir insultada ou intrigada.

— Prefere Sua Alteza? — Ele fez uma semi-reverência para Sam. — Sou Theodore Eaton, a propósito. Meus amigos me chamam de Teddy.

Então ele *era* nobre. Bastante nobre, na verdade. Mas Samantha até gostou de ele ter se apresentado apenas com o próprio nome, quando, como herdeiro de um ducado, era tecnicamente *lorde* Theodore Eaton.

Os Eaton eram uma das famílias mais proeminentes da Nova Inglaterra desde o Mayflower. Alguns diriam que eram mais americanos até mesmo que os Washington, que haviam se casado com realezas estrangeiras pela maior parte dos últimos dois séculos. O pai de Teddy era o atual duque de Boston: um dos treze ducados originais, aqueles concedidos por George I no primeiro Baile da Rainha. Por vezes, aquelas famílias eram chamadas de Velha Guarda, porque não havia mais ducados à disposição. O Congresso proibira a criação de novos em 1870.

— Nós acabamos de nos conhecer e já somos amigos? Você é bem presunçoso, *Teddy* — provocou Sam. — De onde veio *Teddy*, afinal? É Teddy, tipo o ursinho de pelúcia?

— Exatamente. Minha irmã mais nova me chamava assim, e o nome pegou. — Teddy estendeu os braços num gesto inocente e divertido. — Não pareço o ursinho de pelúcia da sua infância?

— Eu não tinha um ursinho de pelúcia. Só um cobertor de bebê que eu, muito criativa, chamei de Cobertorzinho — contou Sam. — Bem, eu *costumava* ter o Cobertorzinho. Agora só tenho metade dele.

— Onde está a outra metade?

— Está com o Jeff. — O que tinha dado nela para contar essa história, afinal? Culpou Teddy e aquele sorriso charmoso dele. — O Cobertorzinho foi um presente do nosso avô antes de morrer. Ele deu para nós dois.

— Um cobertor para duas pessoas?

Sam girou a garrafa de cerveja preguiçosamente na superfície de mármore do bar.

— Acho que ele queria que a gente aprendesse a dividir. Não funcionou, claro. Quando meu pai viu a gente brigando por causa do Cobertorzinho, ele pegou uma tesoura e o cortou bem no meio. Agora cada um tem uma metade.

Teddy olhou para ela — olhou *de verdade* para ela, e aqueles olhos superazuis encontraram os dela por um instante a mais do que era socialmente aceitável. Sam se viu louca para saber o que ele estava pensando. O que ele achava dela.

— Ter um irmão gêmeo parece ser difícil. Fico feliz por todos os meus irmãos serem mais novos — concluiu.

Sam encolheu os ombros bronzeados. Pelo menos a briga não tinha sido com Beatrice; o rei simplesmente teria dado o Cobertorzinho para sua irmã sem pensar duas vezes.

— E fico bem aliviado que minha irmã teve um ursinho de pelúcia em vez de um cobertor — prosseguiu ele, com outro lampejo daquelas malditas covinhas. — Senão, como as pessoas me chamariam?

— Ah, sei lá. Cobertorzinho Eaton até que soa bem. Pelo menos é memorável. — Sam tentou lutar contra um sorriso, que parecia estar vencendo. — Então, Teddy-tipo-ursinho-de-pelúcia, você está tão apreensivo para a cerimônia de hoje quanto eu?

— Eu deveria estar?

— Você claramente nunca participou de um Baile da Rainha. Meu pai e Beatrice têm que nomear cada um dos candidatos à nobreza, um de cada vez, *em ordem alfabética*. É tipo a pior formatura de ensino médio do mundo, só que cada formando recebe um título de nobreza em vez de um diploma.

— Parece que eu me enganei sobre ser cedo demais para ficar com duas garrafas de uma vez.

— Um brinde a isso. — Sam encostou a garrafa dela na dele, sem se importar que brindar com cerveja desse azar (ou aquilo era só na França?), e tomou um gole. Parecia que o resto da sala estava atrás de um vidro curvo e embaçado, como se não existisse ninguém a não ser eles dois.

— Eu tenho que perguntar. — A voz de Teddy era calorosa e um pouco rouca. — Por que você está se escondendo aqui no bar, em vez de cumprimentar os convidados, como o resto da sua família?

— Acredite, a minha família está ótima sem mim. Agora mesmo, minha irmã está conversando com a embaixadora da Alemanha, *em alemão* — contou-lhe Sam, e revirou os olhos.

— Uau — disse Teddy devagar. — Isso é...

— Detestável?

— Eu ia dizer impressionante — respondeu ele, e Sam corou ao ser pega. Mas, muitas vezes, parecia que Beatrice se esforçava para fazer com que todo mundo parecesse inadequado.

Quando era criança — parecia fazer muito tempo —, Sam se considerava inteligente. Ela amava ler, passava horas ouvindo histórias sobre antigos reis e rainhas, e tinha uma memória aguçada para os detalhes. Então começou a estudar no St. Ursula, onde minaram sistematicamente aquela confiança inata.

Ela não tinha a paciência da irmã mais velha, nem seu talento para os números, nem o desejo de presidir clubes e comitês. Em mais de uma ocasião, Sam entreouviu os professores conversando sobre ela em voz baixa: "Não é uma Beatrice", diziam, com frustração evidente. Pouco a pouco, Sam foi convencida a acreditar nisso. Beatrice era a futura rainha, inteligente e bonita, enquanto Sam era apenas a Outra Irmã Washington.

Ela olhou de relance para Teddy, que começava a se mover como se fosse embora. Mas Sam não queria que ele saísse, ainda não.

— A gente pode ir para a sala do trono, se você quiser. A cerimônia já vai começar — sugeriu ela.

Teddy estendeu o braço numa demonstração de cavalheirismo natural.

— Depois de você, Sua Alteza.

— Meus amigos me chamam de Sam. — Ela enlaçou o braço no dele, ainda segurando a garrafa de cerveja pela metade na outra mão.

Os sons da festa os acompanharam, a música e as risadas ecoavam pelas velhas salas de teto alto. Um fluxo constante de movimento — lacaios vestidos de fraque, equipes de relações públicas e de filmagem — zunia para cima e para baixo do corredor.

Teddy parou na porta da sala do trono e encarou o teto abobadado que se erguia por cima deles. Ele foi pintado com o famoso mural do rei George I cruzando o céu numa carruagem voadora.

— Foi Charles Wilson Peale que fez — murmurou Sam, ignorando os olhares confusos da equipe de apoio que estava postada do lado de dentro. Caleb já estava ali (Sam tentou não fazer contato visual com ele), parado ao lado do agente de segurança de Beatrice, um jovem alto e de aparência feroz com o uniforme da Guarda Revere.

— Da família Peale, da Pensilvânia? — perguntou Teddy.

Sam deu de ombros. Ela preferia muito mais Charles Wilson a seus descendentes. Tinha certeza de que as garotas Peale haviam começado o boato de que Sam fora mandada para a reabilitação, no décimo ano — só porque ela havia dançado com o ex-namorado de uma delas numa festa.

— Ele foi tenente na Guerra de Independência. Pintou os pilares também. — Sam acenou com a cabeça para os cantos da sala, onde quatro colunas se elevavam. — Eles representam os quatro pilares da virtude americana: verdade, justiça, honra e família. Aquele estranho ali, com todos os fardos de feno e leitõezinhos, representa a família, caso você não tenha entendido.

Os olhos de Teddy brilharam.

— Como você sabe tanto de história?

— Eu costumava fugir da minha babá e me esconder no meio das visitas guiadas pelo palácio — confessou Sam. — Às vezes, as pessoas nem me viam. Ou, se viam, eu cochichava que estava brincando de esconde-esconde com meu irmão, então será que poderiam me ajudar a me esconder, por favor? Geralmente, elas ajudavam. Minha babá vasculhava por toda parte, mas nunca pensava em me procurar no meio de uma multidão.

Teddy balançou a cabeça, maravilhado.

— Acho que você é esperta demais para o seu próprio bem.

Clarins soaram do outro lado do corredor, indicando que a cerimônia começaria em quinze minutos. O timbre foi seguido por um trovão de passos em resposta, conforme centenas de pessoas começavam a lenta procissão em direção à sala do trono.

O coração de Sam deu um pulo. A etiqueta, assim como o bom senso, determinavam que ela deveria levar Teddy ao seu assento — mas ela não queria. Ainda não estava satisfeita. Queria que a cálida energia dourada de Teddy se concentrasse *nela* por mais um momento.

Ela pegou a mão dele e o arrastou pelo corredor, depois abriu uma porta e a fechou atrás deles.

A chapelaria cheirava a casaco de pele, cedro e o perfume de Samantha, Vol de Nuit. Uma luz fraca se infiltrava pelo batente da porta.

Sam ainda segurava firme sua garrafa de cerveja. Ela a levou até os lábios, bem ciente da contradição que apresentava: vestida com um traje de alta costura e as inestimáveis Joias da Coroa, enquanto tomava goles de cerveja. Teddy arqueou a sobrancelha, evidentemente entretido, e não tentou ir embora.

Ela pôs a garrafa vazia no chão e se virou para encará-lo, enquanto o tecido de lantejoulas de seu vestido se contorcia ao seu redor.

— Você deve estar ciente de que sou uma autoridade — sussurrou ela, em tom de brincadeira.

— Já mencionaram uma ou duas vezes.

Ela ergueu as mãos até os ombros dele para puxar a extremidade de sua gravata, que caiu no chão.

— Sou autoridade — repediu Sam — e, como princesa, ordeno que me dê um beijo.

Teddy hesitou e, por um instante, Sam temeu ter interpretado mal. Mas então o rosto dele relaxou, formando um sorriso.

— Acho que os monarcas não têm mais o direito de dar ordens despóticas como essa — disse ele gentilmente.

— Não sou uma monarca — ela o lembrou. — Então, você se recusa?

— Nesse caso, fico feliz em obedecer. Mas não ache que isso significa que vou obedecer a todas as suas ordens.

— Por mim, tudo bem. — Sam agarrou sua camisa e o puxou para a frente.

A boca de Teddy estava quente, e ele retribuiu o beijo com entusiasmo, quase com desespero. Samantha fechou os olhos e se reclinou na escuridão, caindo em cima do vison de alguém. Seu sangue efervescia, tão leve e efervescente quanto champanhe.

Do outro lado da porta, ela ouviu a manada ruidosa de cortesãos marchando em direção à sala do trono. Em um acordo tácito, ela e Teddy ficaram em silêncio absoluto, deixando-se levar ainda mais pelo beijo.

Não tinha importância se Samantha aparecesse ou não na cerimônia. Ninguém notaria sua ausência. Afinal de contas, ela era apenas o Faisão.

5

BEATRICE

Beatrice manteve os olhos fechados, lembrando a si mesma de respirar.

Certa vez, durante a prova do vestido que usaria para levar as flores no casamento de seu tio, estava tão inquieta que a mãe gritara para ela não mover nem um músculo. Então, foi o que fez — não mexeu nem os pulmões. A Beatrice de sete anos prendera a respiração com tanta determinação que chegara a desmaiar.

— Poderia olhar para cima, Sua Alteza Real? — murmurou a maquiadora.

Beatrice ergueu o olhar relutante, tentando ignorar o lápis que cutucava sua linha d'água. Com os olhos fechados tinha sido mais fácil controlar a ansiedade.

Ela estava no centro da Sala das Noivas, uma sala de estar no térreo, em frente ao salão de baile, que recebeu esse nome graças às muitas gerações de noivas da realeza que usaram o cômodo para se vestir no dia do casamento. Beatrice já havia se arrumado ali em inúmeras ocasiões; muitas vezes, precisava de uma rápida mudança de roupa no meio de um evento. No entanto, o nome da sala nunca havia lhe causado tanta inquietação até então.

Se tudo corresse de acordo com o plano de seus pais, ela voltaria a se arrumar ali muito em breve.

A Sala das Noivas era a epítome da feminilidade, com seu papel de parede cor de pêssego decorado com delicadas flores brancas pintadas à mão. Tinha poucos móveis, apenas uma pequena poltrona e uma mesinha lateral com uma tigela de pot-pourri feito com antigos buquês de noiva. O espaço fora mantido intencionalmente vazio, para dar lugar aos vestidos com caudas de dez metros.

Diante dela havia um enorme espelho triplo, embora Beatrice estivesse fazendo o possível para não olhar para ele. Lembrou-se de como ela e Samantha entravam ali escondidas quando eram pequenas, hipnotizadas pela visão de si mesmas refletida até o infinito. "Olha, são mil Beatrices", sussurrava Sam, e

Beatrice sempre se perguntava, com um quê de desejo, como seria atravessar o vidro e entrar em uma de suas vidas, daquelas outras Beatrices em seus estranhos mundos de espelho.

Às vezes, Beatrice desejava ser mais parecida com a irmã. Ela vira Sam entrar se pavoneando no salão de baile mais cedo, sem se preocupar nem um pouco com o fato de estar quarenta minutos atrasada. Sam sempre gostara de entradas teatrais e saídas ainda mais dramáticas. Já Beatrice vivia com medo do que sua mãe chamava de "fazer uma cena".

No momento, ela estava em pé numa plataforma de costura provisória, cercada de funcionários que a ajudaram a sair do primeiro vestido da noite e a colocar o novo, azul de ombros descobertos. Eles estavam fazendo sua rápida transição de um traje passeio para algo mais formal, de chefe de Estado. Beatrice se sentia ausente, como se fosse a Barbie Princesa, prestes a ser coberta de acessórios.

Permaneceu imóvel enquanto a maquiadora pressionava seu nariz com um papel mata-borrão antes de aplicar o pó e, depois, retocava o batom.

— Terminei — disse ela. Ainda assim, Beatrice não se olhou no espelho.

Uma das outras ajudantes pôs sobre o vestido a faixa da Ordem Eduardiana, a maior honra de cavalaria dos Estados Unidos. Depois, pôs o manto de Estado sobre os ombros, com seu acabamento de arminho. O manto pressionava Beatrice com seu peso insistente, quase como se pretendesse sufocá-la. Ela abria e fechava as mãos nas laterais de seu corpo.

A ajudante pegou um broche de ouro. Mas, antes que pudesse prender a capa no pescoço de Beatrice, a princesa deu um salto para trás abruptamente. A ajudante arregalou os olhos, surpresa.

— Desculpe, eu só… preciso de um momento sozinha. — Beatrice se sentiu um pouco confusa; nunca tinha reagido assim antes.

Mas os adornos cerimoniais de sua posição nunca haviam sido tão sufocantes.

Todas as ajudantes e estilistas presentes fizeram uma rápida reverência antes de deixarem a sala. Quando se foram, Beatrice se forçou a olhar para o próprio reflexo.

A faixa de marfim era uma linha que cortava perfeitamente o azul do vestido e ressaltava os tons frios de sua pele macia e bronzeada. As várias medalhas e prêmios brilhavam na luz, junto com os enormes brincos em forma de pera e o colar com várias correntes de diamantes. Seu cabelo escuro estava preso em um coque tão apertado que os grampos cravavam furiosamente sua cabeça. Parecia muito pomposa e mais velha do que os vinte e um anos que tinha.

Bem, o mais provável era que precisasse parecer madura na cerimônia daquela noite, já que supostamente encontraria o homem com quem ia se casar. Seja lá quem fosse.

"Eu sou Beatrice Georgina Fredericka Louise da Casa de Washington, futura rainha dos Estados Unidos, e tenho um dever a cumprir." Era o que sempre repetia a si mesma quando começava a sentir o pânico se apoderar dela — quando sentia como se a vida fosse areia escorrendo pelos dedos por mais que tentasse agarrá-la, quando não se sentia capaz de recuperar o controle.

Alguém bateu na porta da Sala das Noivas.

— Dez minutos. Está pronta?

Beatrice sentiu o alívio crescer em seu peito. Ali estava uma pessoa que ela *de fato* queria ver.

— Pode entrar, Connor — chamou ela.

Seria inadequado pensar em Connor como o guarda-costas de Beatrice. "Guarda-costas" não abrangia a honra que era ser um membro da Guarda Revere: os anos de disciplina e treinamento brutal exigidos, o incrível sacrifício necessário. A Guarda era o mais importante grupo de elite das forças armadas. Havia milhares de fuzileiros navais e centenas de membros das Forças de Operações Especiais da Marinha, mas a Guarda Revere era composta por apenas algumas dezenas de homens.

Fundada após o assassinato do rei George II durante a Guerra de 1812, a Guarda Revere — nomeada em homenagem ao herói da Guerra de Independência, Paul Revere — respondia diretamente à Coroa. Seus homens muitas vezes serviam ao monarca em missões secretas no exterior, protegendo aliados ou resgatando americanos que haviam sido capturados. Mas os membros da Guarda sempre acabavam voltando para casa, para servir a seu propósito original: garantir a segurança da família real. Era um trabalho com tantas exigências e tanto risco, tantas viagens e incertezas, que muitos membros da Guarda Revere só se estabeleciam ou se casavam depois da aposentadoria.

— Você está muito bonita, Bee — disse Connor, esquecendo-se das formalidades, já que estavam sozinhos. Ele começara a usar o apelido desde que ela lhe confessara que era como Samantha costumava chamá-la.

Claro, fazia um bom tempo que Beatrice e a irmã não se chamavam por apelidos.

Ela sorriu, reconfortada pelo elogio.

— Você também não está nada mal.

Ele vestia o uniforme de gala da Guarda, um blazer azul-marinho transpassado. Não havia distintivos nem insígnias, exceto o tradicional broche de lanterna dourada: em memória das duas lanternas de Paul Revere, o seu sinal de alerta contra a invasão britânica. Na cintura de Connor estava pendurada uma espada cerimonial de ouro. Beatrice a teria achado ridícula e ultrapassada se não suspeitasse de que ele sabia muito bem como usá-la.

Connor fora designado para trabalhar com ela no outono anterior, no último ano da princesa em Harvard. Beatrice jamais se esqueceria daquela manhã, quando Ari, o agente encarregado de sua segurança há dois anos, apareceu para levar Beatrice à sua aula acompanhado de um desconhecido alto vestindo um moletom cinza-escuro. Ele parecia um ou dois anos mais velho do que Beatrice.

— Sua Alteza Real, este é Connor Markham. Ele será responsável pela sua segurança a partir de amanhã, com a minha saída — explicara Ari.

Beatrice assentiu. Tentou não encarar o jovem, mas era difícil tirar os olhos dele, com aqueles olhos azul-acinzentados e a pele clara. Seu cabelo castanho-claro era curto, realçando os traços duros e precisos de seu rosto.

Connor inclinou a cabeça numa reverência tão curta que beirava a impertinência. A gola de seu moletom deslizou um pouco, revelando um traço de tinta preta. Uma tatuagem.

Beatrice se viu pensando sobre aquela tatuagem, até onde ela descia pelo peito de Connor, seus ombros largos, seu torso. Seu rosto ficou quente e ela olhou para cima. Connor encontrou seu olhar — e não desviou os olhos.

Embora o rosto dele continuasse inexpressivo, Beatrice não pôde deixar de imaginar que Connor havia suspeitado dos rumos rebeldes que seus pensamentos tomaram.

Ela e o novo guarda pouco disseram um ao outro durante aqueles primeiros meses. Não que Beatrice tivesse o hábito de conversar com seus agentes de segurança. Mas Connor era mais taciturno do que a maioria, quase… melancólico. Nunca compartilhava nada sobre si, nunca batia papo. Era apenas uma figura alta e silenciosa ao lado de Beatrice, que a acompanhava nas aulas ou ao refeitório, sempre com uma mochila nas costas e um suéter carmesim. Ao contrário da maioria de seus agentes de segurança, que tinham pelo menos trinta e poucos anos, Connor poderia passar por estudante. Só que, àquela altura, todo mundo no campus estava ciente dos guardas "anônimos" de Beatrice.

Desde o início, Beatrice sabia que Connor se sentia frustrado com o trabalho. Talvez ele tivesse presumido que ficaria encarregado da segurança do pai dela, no palácio e no centro da ação, em vez de andar para lá e para cá atrás da princesa no campus, feito uma babá. Ele era profissional demais para comentar, mas às vezes — quando Beatrice estava em um grupo de estudos ou comendo uma pizza tarde da noite com os amigos —, ela via uma expressão em seu rosto que se traduzia em uma mistura de tédio e entretenimento. Estava claro que ele achava que protegê-la estava aquém de suas aptidões. Bem, Beatrice pensava, não era culpa dela. Certamente não tinha *pedido* para Connor estar ali.

Certa noite em novembro, Beatrice foi ao Museu de Belas Artes de Boston, acompanhada, como sempre, por Connor. Ela cursava uma matéria de história da arte, obrigatória para sua especialização em Estudos Americanos, e o professor passara um trabalho sobre uma das pinturas da coleção. Os outros alunos tinham visitado o museu naquela tarde, mas Beatrice não queria se juntar a eles. Teria causado uma cena e tanto — todo mundo olhando, tirando fotos escondidas nos celulares, cochichando e dando cotoveladas uns nos outros. Ela se sentiu muito mais confortável pedindo ao curador do museu para aparecer depois do horário de encerramento.

Seus passos ecoavam pelo museu vazio enquanto buscava o quadro. Estava convencida de que todos os retratos de Whistler ficavam no andar de baixo, mas não os encontrava. Não parava de consultar os números das salas, enquanto desejava ter parado para pegar um mapa, apesar da pressa.

— Precisamos ir lá para cima. Neste corredor só estão as obras com data até 1875, e o retrato que você está procurando foi feito em 1882.

Beatrice piscou os olhos, surpresa.

— Você se lembra?

— Estive nas mesmas aulas que você, princesa — respondeu Connor laconicamente. Aquele era outro hábito irritante dele: chamá-la de *princesa* em vez de *Sua Alteza Real*. Beatrice não o corrigia porque suspeitava que ele não fazia aquilo por engano. Connor conhecia o protocolo perfeitamente e estava tentando, de modo sutil, provocá-la.

— Achei... — Ela se interrompeu antes de dizer que tinha presumido que ele não prestava atenção a nenhuma daquelas aulas. Ela havia feito anotações, e *mesmo assim* não lembrava de cabeça o ano daquela pintura.

Connor começou a guiá-la escada acima.

— A memória eidética é algo em que trabalhamos no treinamento — explicou ele.

Então, com efeito, ele a levou até a pintura de que ela precisava: o retrato de lady Charlotte Eaton, duquesa de Boston, feito por Sir James Whistler.

Beatrice sentou-se no banco e pegou seu laptop. Anotou uma série de ideias rápidas sobre a pintura enquanto mordia o lábio inferior, concentrada. A sala estava muito tranquila, em silêncio.

Por fim, fechou o laptop com um clique satisfatório e ergueu o olhar. Connor não disse nada, simplesmente acenou com a cabeça na direção da saída.

Beatrice apertou o passo quando chegaram à sala cheia de obras de Picasso e outros artistas pós-modernistas.

— Nunca gostei muito desses. Muito menos aqueles com dois olhos do mesmo lado do rosto — disse ela, para quebrar o silêncio. — Eles sempre me fazem sentir meio bêbada.

— Essa é a ideia — comentou Connor, seco. — Bom, na verdade, é para fazer você se sentir chapado de ácido. Mas bêbado já é perto o bastante.

Beatrice ficou tão surpresa que começou a rir. Connor olhou para ela com algo também semelhante a espanto.

Talvez tenha sido por causa daquela risada que ele se permitiu a diminuir o passo e parou para examinar uma série de gravuras de artes gráficas dos anos 1950 que pareciam páginas arrancadas de um gibi.

Beatrice se aproximou.

— Você gosta de quadrinhos?

Ela viu Connor travar um debate interno sobre o quanto revelar da própria vida.

— Minha mãe gosta — disse ele, por fim. — Quando eu era pequeno, ela trabalhava como artista gráfica. Desenhou para os principais quadrinhos de super-heróis, Rosa Venenosa, o Ranger, Capitão Tormenta.

— Aposto que você amava ganhar quadrinhos de graça — arriscou Beatrice.

Ele voltou a olhar para uma das gravuras, delineada com tinta azul-elétrico.

— Ela desenhava uma tirinha para mim sempre que tinha tempo. *As aventuras de Connor*. Eu tinha um superpoder diferente a cada semana: voar, ser invisível, ter armaduras de batalha de alta tecnologia. Foi por causa dela que quis me inscrever para a Guarda. Achava que era o mais perto que poderia chegar de ser um super-herói do mundo real. Não só pela ação, mas também pelo senso de... honra, acho. — Ele deu de ombros, como se não estivesse certo de por que havia confessado tudo aquilo.

— Faz sentido — respondeu Beatrice, baixinho. Mesmo que não tenha visto todos os filmes de quadrinhos, ela sabia que os super-heróis seguiam um código moral que parecia quase arcaico no mundo moderno. Protegiam os fracos, serviam a uma causa muito mais importante do que eles mesmos. Não era de surpreender que Connor tivesse se sentido compelido a entrar para a Guarda Revere.

— Sua mãe parece muito especial — continuou ela.

Connor fez que sim.

— Ela ia gostar de você. — Foi um comentário casual, mas também insinuava algo mais, uma promessa, ou ao menos uma possibilidade.

As coisas entre eles mudaram depois disso — aos poucos, mas mudaram. Connor começou a se sentar ao lado de Beatrice nas aulas, em vez de na fileira de trás, e depois debater o material do curso com ela no caminho de volta para o dormitório. Eles trocaram livros. Connor tinha um bom senso de humor e imitava os professores e os colegas de classe de Beatrice a ponto de fazê-la chorar de rir. Às vezes, em momentos mais relaxados — quando percorriam as margens do rio Charles e ele apostava corrida com ela, ou quando Beatrice insistia que eles fossem à loja de *frozen yogurt* e ele a desafiava a experimentar todos os sabores —, Connor parecia quase *divertido*.

Quando a acompanhava nas cerimônias reais, Connor já não ficava mais de lado, impassível, mas procurava o olhar de Beatrice sempre que alguém fazia uma piada ruim ou um comentário sem sentido, o que a forçava a desviar o olhar para não cair na gargalhada. Eles chegaram até a desenvolver um sistema silencioso de comunicação, usando a bolsa dela como um sinal. Se ela a deslizava para a frente e para trás de um antebraço ao outro, significava que queria ir embora, então Connor se aproximava com uma desculpa inventada e a ajudava a escapar.

Com o passar do tempo, Beatrice foi pouco a pouco juntando as peças da história de Connor. Ele havia crescido no oeste do Texas, numa cidade chamada *El Real* — "Típico dos texanos chamar uma cidade de *real*, como se o resto do mundo fosse inventado", brincara Connor. Seu pai trabalhava como escriturário dos correios e sua irmã mais nova, Kaela, tinha acabado de começar a faculdade.

Quanto mais descobria sobre Connor, mais Beatrice revelava sobre si mesma: suas opiniões sobre as pessoas, suas frustrações. Ela tentava fazer *piadas*. Por mais estranho e inesperado que pudesse ser, começara a pensar em Connor como um amigo.

Beatrice nunca tivera um amigo próximo, não do jeito que Sam tinha Nina ou Jefferson tinha Ethan. Até no primário tinha dificuldade de se conectar com os colegas de turma. Na maior parte do tempo, não fazia ideia do que estavam falando — ela se perdia nas referências a programas de TV ou à Disney, como se estivessem falando uma língua estrangeira confusa. As outras meninas eram sempre educadas, mas distantes. Era como se *sentissem* por instinto, como gatas selvagens, que ela era fundamentalmente diferente.

No fim das contas, Beatrice desistira de tentar fazer amigos. Era mais fácil ficar na dela, buscar a aprovação dos adultos em vez da de seus colegas.

Até a chegada de Connor, ela não havia percebido o alívio que era ter alguém que a conhecia tão bem. Alguém com quem simplesmente pudesse *conversar*, sem ter que ponderar cada palavra.

Depois da formatura, tinha sido muito difícil deixar a informalidade de Harvard e voltar para a corte, com todas as suas regras e expectativas. Beatrice temia que as coisas entre ela e Connor pudessem mudar. Mas, embora ele tenha começado a chamá-la de "Sua Alteza Real" em público, quando estavam sozinhos voltavam para sua camaradagem descontraída.

— Você está tão quieta — disse Connor, interrompendo os pensamentos da princesa. Seus olhares se encontraram no espelho. — O que está acontecendo, Bee?

— Meus pais querem que eu entreviste possíveis pretendentes hoje.

As palavras soaram tão violentas na sala quanto a salva de disparos de mosquetes durante a Apresentação Anual das Tropas.

Beatrice não sabia o que tinha dado nela para dizer aquilo tão abertamente. Não era sua intenção falar sobre isso com Connor, o que, na verdade, era uma besteira, já que ele sabia praticamente tudo sobre ela. Sabia que ela odiava bananas, que ligava para a avó todo domingo e que sonhava com seus dentes caindo toda vez que se estressava.

Por que, então, parecia tão estranho contar a Connor que seus pais queriam que ela começasse a pensar em casamento?

Talvez seu subconsciente a tivesse obrigado a dizer aquilo na esperança de avaliar a reação dele, ou para provocar uma onda de ciúmes.

Connor a encarou com uma expressão curiosa, tingida com um toque do que parecia ser descrença.

— Deixa eu ver se entendi direito — disse lentamente. — Você vai conhecer uns caras que seus pais escolheram e depois vai *se casar* com um deles?

— Esse é um resumo bem preciso. — Beatrice tinha visto alguns dos rapazes pelo salão durante a hora do coquetel. Tinha conseguido evitá-los até então, mas sabia que teria que encará-los depois da cerimônia.

— São quantos... possíveis pretendentes? — continuou Connor, claramente incerto de como chamá-los.

— Por que você se importa? — Beatrice pretendia soar indiferente, mas saiu um pouco defensiva.

— Só estou tentando fazer meu trabalho.

É claro. Não importava se fossem amigos ou não. No fim das contas, Beatrice ainda era o *trabalho* dele.

Como ela não respondeu, Connor deu de ombros.

— Precisam de você lá fora. Está pronta?

Beatrice pegou uma caixa de veludo plana na mesinha lateral e abriu o fecho. Acomodada lá dentro estava a Tiara Winslow, feita há mais de um século e usada desde então pela Princesa Real, a filha mais velha do monarca reinante. Era deslumbrante, as espirais de seu desenho de renda cobertas por centenas de pequenos diamantes.

Ela a posicionou no ninho rígido de spray de seu cabelo e começou a prendê-la com grampos. Só que suas mãos tremiam, e os grampos escapuliam dos dedos. A valiosa tiara começou a escorregar de sua cabeça.

Beatrice a pegou pouco antes que se estatelasse no chão.

— Espera, deixa eu tentar — ofereceu-se Connor, dando um passo rápido para a frente.

Beatrice dobrou os joelhos, quase como se lhe fizesse uma reverência, embora Connor fosse tão alto que aquilo provavelmente não era necessário. Ela se sentiu estranhamente fora do próprio corpo, como se nadasse nas profundezas aquáticas de um sonho e dali o observasse erguer a tiara. Nenhum deles disse nada enquanto ele usava uma série de grampos para prender a tiara no lugar.

O peito de Beatrice se movia para cima e para baixo com a respiração curta sob a seda de seu vestido. Ele mal tocava nela, mas cada movimento, cada contato com a ponta dos dedos em sua nuca a queimava.

Quando se levantou de novo, Beatrice piscou para o próprio reflexo coroado e reluzente. Seus olhos ainda estavam fixos nos de Connor através do espelho.

Ele segurou a capa de Beatrice, como se pretendesse corrigir algum detalhe imperceptível, apesar de tudo estar perfeitamente no lugar. Era imaginação dela ou ele deixou os dedos nas suas costas por um segundo a mais do que o necessário?

Um toque de clarins ecoou pelo corredor. Connor deu um passo para trás, interrompendo o momento — ou seja lá o que tinha sido aquilo.

Beatrice endireitou os ombros e dirigiu-se para a porta. Ao se virar, o veludo azul intenso de sua capa varreu o chão majestosamente. Aquela capa devia pesar pelo menos sete quilos. Sua tiara reluzia, refletindo brilhos e lançando sombras na parede.

Quando chegaram à porta, Connor instintivamente deu um passo para trás, para que pudesse sair da sala atrás da princesa, como convinha a suas respectivas posições. Aquilo já havia acontecido muitas vezes antes, mas, mesmo assim, o coração de Beatrice se partia um pouco quando Connor se demorava atrás dela. Preferia muito mais tê-lo *ao seu lado*, poder ver seu rosto.

Mas era assim que as coisas eram. Connor estava simplesmente fazendo seu trabalho — e ela deveria fazer o mesmo.

6

DAPHNE

Sentada em meio ao público da cerimônia de concessão de títulos, Daphne pensou que era preciso dar o braço a torcer para os Washington. Eles realmente entendiam de pompa e circunstância.

No que dizia respeito às dinastias, não eram nem de longe a mais antiga. Os Bourbon, os Hapsburg, os Hanôver, os Romanov: a soberania dessas famílias datava de muitos séculos, ou, em alguns casos, *milênios* — os Yamato eram governantes do Japão desde 660 a.C.. Os Washington eram tão *nouveaux arrivés* em comparação que eram praticamente os Deighton das famílias reais.

Mas, o que faltava em tradição, os Washington mais do que compensavam em estilo.

Centenas de cortesãos sentavam em bancos de madeira de frente para um palco com três enormes tronos. O maior era o do rei George IV, localizado no meio e estofado em veludo vermelho com suas iniciais entrelaçadas bordadas em fios dourados. GR, para Georgius Rex. A rainha Adelaide estava sentada no trono ao lado, enquanto a princesa Beatrice se encontrava de pé diante dela, conduzindo a cerimônia de concessão de títulos.

Beatrice tinha em mãos um rolo de pergaminho — uma carta-patente de nobreza, amarrada com uma fita de seda vermelha. O manto de Estado varria o chão atrás dela, com seus bordados brilhantes e detalhes em pele.

— Sra. Monica Sanchez — falou Beatrice pelo microfone preso em sua faixa.

Uma das figuras nos primeiros bancos, aparentemente Monica Sanchez, pôs-se de pé de um salto. Estava tão nervosa que se movia com rigidez, como uma marionete cujas cordas haviam sido cortadas. Sério. As pessoas ficavam tensas demais ao conhecer a família real. Pareciam esquecer que os Washington também eram seres humanos que respiravam, tinham pesadelos e vomitavam como qualquer outro. Por outro lado, Daphne presenciara tudo aquilo em primeira mão.

Monica subiu os degraus e se ajoelhou diante do rei.

— Pelos serviços prestados a esta nação e ao mundo em geral, muito obrigado. De hoje em diante, eu lhe concedo as honras e dignidades de uma Lady Defensora do Reino. — O rei segurava uma espada cerimonial, cujo punho estava gravado com a águia americana: não era a espada que pertencera ao rei George I, porque ela se perdera há muito tempo, mas uma réplica baseada num antigo retrato.

O rei tocou um dos ombros de Monica com a parte plana da lâmina, depois passou a espada por cima de sua cabeça para tocar o outro. Daphne tinha certeza de que vira Monica se encolher. Era provável que ela tenha ouvido falar do que aconteceu no ano anterior, quando Jefferson, bêbado, decidira nomear cavaleiros com uma das espadas antigas da parede. Acabara ferindo a orelha do amigo Rohan. Rohan riu da situação, mas ainda dava para ver a cicatriz.

— Levante-se, lady Monica Sanchez — concluiu o rei, estendendo a mão para ajudá-la a se levantar. Houve uma salva de palmas educadas, visivelmente menos entusiasmada do que havia sido no início do alfabeto. Pelo menos estavam, enfim, na letra S.

— Jeff está *lindo* — sussurrou uma garota na fileira ao lado.

Daphne esboçou um de seus típicos sorrisos. Era verdade, Jefferson estava fantástico ali de pé na lateral do palco, com um evidente espaço vazio ao seu lado, onde Samantha deveria estar. Em um homem normal, o uniforme de gala real pareceria ridículo, com todas as fitas e tranças decorativas, sem falar das ombreiras douradas reluzentes. No entanto, Jefferson dava ao traje um toque distinto, até mesmo sexy.

— Sr. Ryan Sinclair — prosseguiu Beatrice, e Daphne rapidamente se controlou antes que alguém pudesse flagrá-la encarando o príncipe. A sala estava repleta de câmeras, agrupadas em ambos os lados como um emaranhado de olhos, e era impossível saber qual delas poderia estar focada nela. Ela entrelaçou as mãos em cima do colo e olhou para a frente, com todo o aspecto de um manequim na vitrine.

A cerimônia, por fim, terminou. Pouco a pouco, como um animal pesado, a manada de pessoas elegantemente vestidas voltou pelo corredor em direção ao salão de baile. Próximos à entrada, alguns jornalistas falavam rapidamente em seus microfones e concluíam a cobertura da noite. Daphne não se preocupou em procurar seus pais ao atravessar o recinto.

Sabia onde estava Jefferson em cada momento. Podia *senti-lo*, como se ele estivesse segurando a extremidade oposta de um elástico e seus constantes puxões a indicassem para que direção olhar. Mas ela não olhou. Esperaria o momento certo.

Daphne tinha esquecido como era bom estar na corte. Seu sangue vibrava com o que permeava o ar, algo tão penetrante quanto o cheiro da chuva, mas mais cru, primitivo e inebriante, como fumaça. Aquilo a despertou de um modo brutal, cada parte de seu corpo. Era o aroma do poder, pensou, e se você fosse inteligente o suficiente, sabia o que significava.

Não era capaz de dar dois passos sem que alguém parasse para cumprimentá-la. Ali estava a condessa Madeleine de Hartford e sua esposa, a condessa Mexia. Daphne percebeu, com um pouquinho de inveja, que as duas mulheres usavam vestidos saídos diretamente das passarelas. Depois, a ministra da Fazenda, Isabella Gonzalez: sua filha, uma garota tímida e malvestida, era amiga íntima de Samantha. Então a herdeira da rede de *fast-food*, Stephanie Warner, correu para posar com ela para os fotógrafos, certificando-se de ficar à direita de Daphne para que seu nome aparecesse primeiro nas legendas.

— Como está sua amiga Himari? — perguntou Stephanie quando os flashes pararam. A pergunta pegou Daphne de surpresa.

— Continua no hospital — respondeu, talvez com a primeira emoção genuína que havia sentido naquele dia.

Stephanie franziu os lábios em um beicinho para expressar sua solidariedade. Ela estava usando um tom escuro de batom que não era adequado para sua pele pálida. A cor lhe dava um aspecto extravagante, como uma noiva vampira recém-saída da cripta.

— Ela está internada há um tempo, né?

— Desde junho. — Daphne se despediu rapidamente e seguiu em frente pelo salão. Não podia se permitir pensar em Himari e no que lhe acontecera na noite da formatura de Jefferson. Uma vez que o fizesse, a lembrança se apoderaria de sua mente e se recusaria a ir embora.

Aquele era o melhor jogo do mundo, o único que importava de verdade: o jogo das influências na corte. Assim, Daphne olhou ao redor sorrindo para os inimigos, que sorriam de volta.

Esbelta e misteriosa em seu vestido de seda escuro, ela finalmente saiu em busca do príncipe. Os saltos enfatizavam seus passos no piso de madeira do salão de baile. Naquela noite, usava o cabelo solto, e as camadas flamejantes emolduravam o oval perfeito de seu rosto. Até conseguira emprestado um par de longos brincos de esmeralda, que realçavam o verde selvagem de seus olhos.

Quando chegou até ele, Jefferson fingiu olhar para cima como se tomasse um susto, embora provavelmente a tivesse observado cruzar o salão de baile. Depois de tantos anos, estava tão conectado a ela quanto ela a ele.

Daphne fez uma reverência: rígida como uma pá, como uma bailaria na barra. O tecido de sua saia girava de modo arquitetônico. Ela manteve a cabeça erguida o tempo inteiro, olhando-o nos olhos. Os dois sabiam que não havia razão para que ela o cumprimentasse daquele jeito, exceto para lhe dar uma boa visão do decote de seu vestido. Era uma tática meio desesperada, mas era como se sentia.

Após um instante, Jefferson estendeu o braço para que ela se levantasse. Daphne o encarou saudosamente, como se dissesse: "Aqui estamos nós de novo, depois de tudo." Foi um alívio que Jefferson tenha respondido com um sorriso.

— Olá, Jefferson. — Aquelas sílabas tão familiares do nome dele davam voltas por sua boca como balas.

— Oi, Daph.

— Dança comigo? — Ela lhe lançou seu sorriso mais cativante, um a que Jefferson nunca fora capaz de resistir. Como era de esperar, ele assentiu.

Ao chegarem na pista de dança, ele entrelaçou uma das mãos na dela e apoiou a outra em sua cintura, como já fizera tantas vezes antes. Meu Deus, como ele era bonito, tão dolorosamente familiar. A ternura e o carinho de sempre começavam a voltar à sua mente e, com eles, a dor de recordar o que ele havia feito a ela... O que ela havia feito a *ele*...

— Você se divertiu na Ásia? — perguntou ela, para disfarçar sua confusão momentânea.

— Foi incrível. Nada como sentar no topo do Angkor Wat e assistir ao nascer do sol para pôr as coisas em perspectiva. — Jefferson deu um sorriso relaxado. — Como está o último ano? Soube que você foi eleita monitora. Parabéns.

Ela se perguntou como ele soube daquilo — se alguém tinha contado ou se ele tinha lido na notícia que ela havia pressionado Natasha a publicar. Era bom saber que Jefferson ainda estava de olho nela.

— A verdadeira vantagem de ser monitora é que a irmã Agatha não me persegue mais pelos corredores para saber se eu tenho permissão quando não estou na aula.

— Como se alguma vez você tivesse matado aula. — Jefferson girou Daphne habilmente, de modo que as dobras de seu vestido balançassem e se acomodassem ao redor dela em um sussurro agradável.

— Só naquela vez que a gente foi para a World Series de beisebol.

— Foi nessa vez que o Nicholas ficou tão bêbado que trocou os sapatos por um cachorro-quente?

— Os sapatos *e* o celular.

Os dois riram com a lembrança, o tipo de risada relaxada e íntima que eles não compartilhavam há muito tempo e, quando terminou, Daphne sabia que tinha marcado seu primeiro ponto.

Isso sem contar que as pessoas haviam notado os dois juntos. Ela se sentia resplandecer; a atenção coletiva sempre acendia uma faísca dentro dela.

— Daphne — disse o príncipe com hesitação, e ela se inclinou para a frente, ansiosa. — Devo um pedido de desculpas a você. Pela forma como eu terminei as coisas.

— Não tem problema. — Ela não precisava de um *pedido de desculpas* de Jefferson. Ela só precisava que ele a quisesse de volta.

— Você merecia algo melhor — acrescentou ele.

Daphne sabia que ele estava pensando na garota em sua cama e, por um momento, quase o desprezou, por ser covarde demais para lhe contar a verdade sobre o término. Por pedir desculpas sem de fato dizer a ela o verdadeiro motivo de estar se desculpando.

— São águas passadas — disse ela baixinho, escondendo as emoções por trás da máscara de cortesã. — Jefferson… eu senti saudade.

Ela esperou que ele respondesse do mesmo modo. E, por um instante, pareceu que ia.

Mas então ele se afastou e baixou os braços.

— Eu tenho que… Desculpa, mas tenho que ir.

— É claro. — Daphne se forçou a sorrir como se não houvesse nada de errado, embora Jefferson a estivesse deixando sozinha no meio da música. Transformando-a numa fonte de fofocas.

No dia seguinte, várias versões da história circulariam pelas salas de estar e pelos jantares. "Jefferson a abandonou na pista de dança", as pessoas diriam. "Agora não existe nenhuma chance de eles voltarem."

— Posso interromper? — Ethan Beckett, melhor amigo de Jefferson, apareceu ao lado dela tão depressa que era possível que tivesse observado toda a interação entre eles.

Daphne abriu a boca para fazer algum comentário incisivo, mas se conteve. Se dançasse com Ethan, mesmo que só por uma música, as pessoas se distrairiam da saída abrupta do príncipe. E talvez fosse exatamente com isso que Ethan contava.

— Tudo bem. — Ela tentou pousar as mãos nos ombros dele com leveza, procurando quase não o tocar, mas, através do tecido, Daphne sentia o calor de sua pele.

Ethan era o melhor amigo de Jefferson desde o primário. Ele era bonito, com alegres olhos escuros e o rosto salpicado de sardas. Não era nobre: sua mãe era professora de colégio público e criara Ethan sozinha. Daphne sempre presumira que ele era bolsista em Forsythe, porque certamente não havia chance de sua família ter condições de pagar as mensalidades. No momento, Ethan era calouro na King's College — onde Jefferson provavelmente estudaria assim que terminasse seu ano sabático.

Daphne sempre gostara daquilo em Jefferson, que seu melhor amigo fosse alguém como Ethan. Alguém de origens tão drasticamente diferentes das dele.

Por outro lado, era fácil ignorar dinheiro e status quando se tinha quantidades praticamente infinitas de ambos.

Eles dançaram em silêncio por alguns instantes. Sem se dar conta, Daphne assumiu o comando e passou a conduzir Ethan cada vez mais depressa, até superarem o ritmo da música.

Quando, em sua agitação, ela quase tropeçou nos pés de Ethan, ele apertou a mão dela.

— É uma dança. É para a gente curtir, não lutar.

Ela não pediu desculpas, mas recuou. De leve.

— Imagino que as coisas não tenham saído muito bem com o Jeff — continuou ele, em tom descontraído.

Daphne reprimiu sua indignação. Ela não devia explicações a ninguém, muito menos a Ethan. No entanto, ele sempre tivera um talento particular para tirá-la do sério.

— Não faço ideia do que você está falando.

— Fala sério, Daphne, a relação de vocês acabou. Vale a pena se jogar em cima dele desse jeito, só para conseguir uma tiara?

Daphne enrijeceu. Ethan era o único que já a havia acusado de namorar Jefferson pelos motivos errados.

— Eu não esperaria que você entendesse. Relacionamentos nunca fazem sentido para quem olha de fora; as únicas pessoas qualificadas para opinar são as envolvidas.

— Só que você e o Jeff não estão mais *envolvidos* — observou Ethan, sem dó nem piedade.

— Por enquanto.

Os dois falavam em voz baixa, olhando-se nos olhos. Daphne quase se esquecera de que estavam no salão de baile.

— Está perdendo seu tempo. Você não vai estalar os dedos e conseguir ele de volta num passe de mágica — rebateu ele.

— Não *num passe de mágica*. — Não seria fácil, e talvez ela tivesse que esperar um pouco. E daí se Jefferson saísse com alguma daquelas garotas fáceis do seu bando que o perseguiam? Aquelas garotas não significavam nada para ele. Jefferson voltaria para ela porque, no fim das contas, eram feitos um para o outro, e ele sabia disso tão bem quanto Daphne.

Mas, mesmo assim... algo nas palavras de Ethan a fez parar.

— Para onde o Jefferson foi? — perguntou, desejando não soar tão suplicante.

— Você gostaria de saber, né?

— Estou perguntando como amiga. — As palavras eram como facas em sua garganta, mas ela as pronunciou com toda a elegância que foi capaz de reunir.

— Ah, a gente é amigo agora? Pensei que depois...

— *Não* vamos falar disso.

— Cuidado, Daphne — disse Ethan, a sério. — Não queremos que isso pareça uma briga de amantes.

Ele tinha razão. Pela forma com que estavam próximos e de cabeça inclinada, a troca fluida entre os dois, parecia suspeito. Daphne se afastou um pouco e abriu um sorriso frio que saiu tão duro e frágil quanto as taças de cristal alinhadas no bar.

— Você não pode dizer essas coisas — sussurrou ela.

— Não podemos falar sobre a gente?

— Não existe *a gente*! — Daphne sacudiu a cabeça com tanta vontade que seus brincos balançaram e golpearam suas bochechas. — O que aconteceu naquela noite foi um erro péssimo, terrível.

— Foi mesmo? Ou o erro é ir atrás do Jeff?

— Por favor, não fale sobre aquela noite. — implorou Daphne, com tanto medo que recorreu à educação. Normalmente, ela e Ethan não ligavam para sutilezas.

O príncipe nunca, jamais poderia descobrir o que ela e Ethan fizeram. Se descobrisse, todos os planos de Daphne iriam por água abaixo.

— Você realmente acha que vai conseguir o Jeff de volta, né? — retrucou Ethan com descrença evidente.

Mas Daphne sabia que podia fazer isso acontecer. Ela podia fazer qualquer coisa acontecer para seu próprio benefício.

— Eu sei que vou — disse ela.

7

NINA

— Nina! Achei você! — Samantha puxou a amiga para um lado do salão, movendo-se com os mesmos passos impacientes de quando criança, por mais que os professores de etiqueta tivessem tentado acabar com aquele hábito.

— Está mais para achei *você*. Foi você que desapareceu. — Nina sacudiu a cabeça com um sorriso. — Onde estava durante a cerimônia de nomeação?

O cabelo de Sam escapava dos grampos e seu rosto brilhava com um rubor revelador. Apesar do vestido de lantejoulas e dos diamantes que brilhavam nos pulsos e no pescoço, ela parecia uma criatura semi-domesticada, que poderia se tornar selvagem ao menor descuido.

Sam reduziu a voz a quase um sussurro.

— Eu estava na chapelaria com Teddy Eaton.

— Quem?

A princesa inclinou a cabeça na direção de um cara que na pista de dança, loiro e de aspecto aristocrático. Nina poderia ter dito que ele não parecia o tipo de Samantha, só que Sam nunca realmente tivera um tipo. A única coisa consistente sobre seus casos era que sempre chamavam a atenção.

— Ele é bonitinho — comentou ela evasivamente.

— Pois é. — Samantha não conseguia conter o sorriso. — Desculpa ter sumido. Como está sua noite? Já não aguenta mais?

Nina deu de ombros.

— Essas coisas não são minha praia.

Ela já havia falado com todas as pessoas de quem de fato gostava na festa, o que não era muita gente, para início de conversa, além das suas mães. A maioria dos convidados parecia olhar através de Nina como se ela fosse invisível. Mas era assim que as coisas funcionavam na corte: até que você fosse alguém, não era ninguém.

— Bem, obrigada de novo por ter vindo — disse Sam com sinceridade. — Da próxima vez, prometo que a gente pode ir a uma das suas festas de faculdade. Estou morrendo de vontade de conhecer seus amigos.

Nina sorriu ao pensar em Samantha conhecendo Rachel. Suas duas amigas mais próximas eram ambas obstinadas e acostumadas a conseguir o que queriam. Ou se adorariam ou se desprezariam.

Antes que Nina pudesse responder, um homem se pôs atrás de Samantha. Lorde Robert Standish, que assumira o cargo de camareiro depois que a mãe de Nina saiu.

— Sua Alteza. Sua Majestade pede que dance com o grão-duque Pieter. — Robert manteve os olhos em Samantha e ignorou Nina, embora soubesse muito bem quem ela era.

Samantha lançou a Nina um olhar de desculpas com um toque de irritação.

— Desculpa, mas parece que fui *intimada* — disse, e saiu em busca do grão-duque, filho mais jovem do czar russo, que no momento estava nos Estados Unidos como convidado da corte.

Nina ficou em um canto do salão e olhava para a pista de dança com a imparcialidade de uma estranha. Estava lotado, todos ostentando seus títulos, sua riqueza ou suas conexões. Ela suspirou resignada enquanto os observava passear daquele modo rígido típico do Palácio de Washington.

Nada tinha mudado. Era a mesma fofoca rançosa, o espumante servido nas mesmas taças de champanhe, as mesmas pessoas discutindo sobre os pequenos dramas de sempre. Até mesmo o *cheiro* era igual: ganância e governo misturados com sachês de pétalas de rosa e móveis antigos mofados.

Isso a fazia se lembrar das novelas que Julie amava, aquelas que você podia acompanhar mesmo se deixasse de assistir por semanas seguidas. Porque, apesar do turbilhão de ação que parecia afetar os personagens, na verdade nada demais acontecia.

Ela observou Samantha se aproximar de Pieter; ele fez uma reverência rígida e estendeu a mão para conduzi-la para a pista. Os cortesãos os rodeavam, membros da Guarda de Honra e da Guarda Real cujos nomes se embolavam na cabeça de Nina. Ela fazia parte da vida privada de Samantha, não daquela esfera pública da realeza, e não importava a quantos desses eventos comparecesse, Nina não fazia ideia de quem era a maioria daquelas pessoas.

No entanto, reconheceu Daphne Deighton, que dançava com o príncipe Jefferson.

Daphne havia posto o braço em volta do ombro dele e sorria com seu batom vermelho. Tudo nela — o brilho de seus brincos, o cintilar de seu vestido — parecia exclusivo, caro e elegante. Talvez os rumores fossem verdadeiros, e ela e Jeff fossem mesmo voltar a ficar juntos.

De repente, Nina se viu desesperada por um pouco de ar puro. Mas muitos dos amigos de Jeff estavam no terraço, e a última coisa que ela queria era dar de cara com o príncipe.

Então, ela se lembrou de outro lugar para onde podia ir.

Começou a caminhar, e seu reflexo nos espelhos antigos do salão se moviam com ela. Nunca se acostumaria a se ver vestida em trajes de gala. Seu vestido, um violeta de Sam com um decote frente única, crescia em volta de seus saltos a cada passo que dava.

Nina atravessou as portas principais do salão de baile e desceu o corredor secundário iluminado apenas por arandelas antigas. Ela avançava depressa, passando por estátuas fantasmagóricas em pedestais de mármore e paisagens enquadradas em molduras pesadas. O único guarda que a viu estava parado no topo da escada; ele a cumprimentou com um aceno de cabeça indiferente antes de se voltar para o celular.

A maior parte do Palácio de Washington havia passado por reformas. Tudo que restou da casa original de Mount Vernon foi um pequeno conjunto de cômodos no canto sudeste, de tetos baixos e antiquados, nunca usados para cerimônias oficiais da corte. Mas Nina amava aquela parte do palácio, especialmente à noite, quando a idade da construção era amenizada pelo manto de sombras.

Depois de tirar os sapatos prateados, ela saiu para uma varanda. A frieza dos ladrilhos nas solas dos pés descalços era uma delícia.

Abaixo dela estavam os jardins, uma colcha de retalhos de luz e sombra. Nina apoiou os cotovelos nos balaústres de ferro e contemplou a cidade, para além do pomar de cerejeiras — o ponto mais famoso da visita guiada pelo palácio, graças àquela velha história sobre o rei George I e a cerejeira.

Washington, a capital do país. A cidade dos sonhadores e dos trapaceiros, da nobreza e da plebe, das finanças, da moda, da política e da arte — a melhor cidade do mundo, como seus habitantes sempre diziam, onde qualquer um podia fazer seu nome. Era uma gloriosa confusão de telhados de pedra e arranha-céus recém-construídos, repletos de letreiros de néon berrantes. As cúpulas gêmeas da Casa Columbia, o local de reuniões das câmaras do Congresso, erguiam-se no horizonte em toda a sua glória dourada.

Uma porta se abriu atrás dela.

— Nina?

A respiração ficou presa em seus pulmões. Ela deveria saber que isso poderia acontecer.

— Mal te vi a noite inteira — disse Jeff. Ou melhor, príncipe Jefferson George Alexander Augustus, terceiro na linha de sucessão ao trono dos Estados Unidos.

— Queria ficar sozinha — respondeu Nina secamente. Seu tom não foi capaz de afastá-lo.

— Foi uma boa ideia vir aqui logo antes dos fogos de artifício começarem. Você pegou o melhor lugar. — Ele esboçou seu típico sorriso presunçoso, embora não tenha feito Nina fraquejar como acontecia antes. *Isso era sério?* A última vez que tinha visto o príncipe, ele estava *na cama* com ela, e agora agia como se nada tivesse mudado entre os dois. Como se fossem os mesmos bons amigos de sempre.

— Eu já estava de saída.

Nina começou a se virar, mas a mão de Jeff se fechou em seu pulso. O toque da pele dele na dela ativou erraticamente o limiar de suas conexões nervosas. Ela o encarou, séria, e Jeff a soltou, arrependido.

— Desculpa. Eu só queria dizer, sobre a noite da formatura...

Nina cruzou os braços sobre o peito. Não estava usando um sutiã com aquele vestido, o que de repente a fez se sentir constrangida, mas será que importava? Jeff já tinha visto tudo.

— Não se preocupa. Não contei a ninguém, se é o que você quer saber.

— O quê? Não — disse ele depressa. — Eu queria dizer que sinto muito.

— Sente muito por ter acontecido, ou por nunca ter se dado ao trabalho de me mandar uma mensagem depois? — Nina não costumava falar assim, mas as palavras davam voltas em sua cabeça havia meses, e agora que estava com o príncipe de novo, elas pareciam sair como se tivessem vontade própria.

— Eu não sabia...

— Não sabia que deveria *reconhecer a existência* de uma garota na manhã seguinte?

Jeff se contraiu.

— Você está certa. Eu deveria ter dito alguma coisa. É que foi uma noite tão estranha, depois do que aconteceu com a Himari. Acho que eu não estava pensando.

Nina tinha se preparado para uma desculpa — que ele tinha se esquecido, ou perdido o celular, ou que ela estava exagerando, já que, no fim das contas, eles nem haviam transado. Mas aquilo a pegou desprevenida.

— Está falando da garota que caiu? — Ela ouvira falar de Himari Mariko, que tinha caído da escada dos fundos do palácio na noite da festa de formatura. Era um milagre os pais não terem processado a família real.

Talvez os aristocratas considerassem falta de educação acusar seus monarcas num tribunal. Nina não fazia ideia.

— Depois que aconteceu, o segurança veio bater na minha porta. Decidi deixar você dormir — acrescentou Jeff, olhando para ela sem jeito. — E na manhã seguinte fomos à turnê real muito cedo e eu não sabia... Quer dizer... Me desculpa — repetiu, impotente.

Seu pedido de desculpas a deixou sem fôlego. A onda de raiva pareceu ceder, deixando-a com uma estranha sensação de incerteza.

Como se esperasse por um sinal deles, um rugido enorme ecoou pelo gramado, e o céu irrompeu num cata-vento de chamas. Eram os fogos de artifício do Baile da Rainha.

Nina se lembrou de como ela e os gêmeos amavam assistir aos fogos quando eram novos demais para participar da festa. Sam insistia que Nina ficasse para dormir no palácio, e eles entravam escondidos naquele mesmo terraço antes do início da queima de fogos, envoltos num grosso cobertor de lã.

— Vou ficar por um minuto — ela se ouviu dizer. — Só até os fogos terminarem. — Faria isso pelos velhos tempos.

Jeff apontou para o chão, como se oferecesse a Nina a cadeira mais elegante do mundo. Ignorando a mão dele, ela se sentou sozinha nos ladrilhos de pedra da varanda e levantou a saia do vestido de Sam para colocar as pernas nas barras do corrimão. Seus pés descalços, com as unhas por fazer, balançavam no ar.

— Está vendo aquilo? — Jeff apontou para o palácio, onde um ninho vazio estava enfiado precariamente em uma das vigas. Um gancho parecia puxar e empurrar o coração de Nina. Havia esquecido que ela e os gêmeos vagavam pelo palácio em busca de ninhos de pássaros. Eles costumavam deixar migalhas por perto, na esperança de que os pássaros as comessem.

— Da próxima vez temos que trazer os bolinhos que sobrarem para esmigalhá-los — murmurou Jeff.

"Da próxima vez?" Nina olhou para ele, curiosa, mas Jeff desviou o olhar.

Seu perfil tinha um quê de majestoso por natureza, tanto o queixo quadrado quanto as maçãs do rosto salientes e o nariz aquilino. Era o tipo de rosto que os romanos teriam estampado numa moeda.

Eles ficaram sentados por um tempo em um silêncio amigável. Os fogos de artifício continuavam a pintar o céu em tons de vermelho, azul e dourado da bandeira americana em vibrantes chuvas de faíscas. Eram tão rápidos que cada um iluminava o rastro de fumaça deixado pelo anterior.

Sentados assistindo à queima de fogos do jeito que sempre fizeram, Nina quase era capaz de fingir que eles eram amigos de novo. Mas ela sabia que não dava para fazer o relógio voltar, não tinha como voltarem a ser "só amigos". Não para ela.

Nina não conseguia pontuar quando, exatamente, tinha se apaixonado por Jeff. Era amiga dele há anos, crescera com ele bem ao lado de Sam. Tudo que sabia era que um dia acordou e seu amor por ele estava simplesmente *ali*, como neve recém caída. Talvez sempre estivera ali.

Quando ele começou a namorar Daphne, a dor quase a partiu ao meio. De repente, Daphne passou a ser convidada para todos os eventos e férias que Nina ia com Sam, e Nina teve que testemunhar, impotente, o desenrolar do relacionamento bem debaixo de seu nariz.

Ela odiava Daphne. Odiava seu sorriso perfeito, o cabelo brilhoso que parecia nunca se despentear, o jeito, tanto doce quanto característico, com que ela pousava a mão no braço de Jefferson. Acima de tudo, odiava Daphne por cumprir os requisitos tão bem — por ser o tipo de garota com quem todos esperavam que Jeff fosse namorar. Nina não era páreo para alguém como ela.

Até a noite da festa de formatura dos gêmeos, quando tudo mudou.

Os gêmeos partiriam cedo na manhã seguinte, para uma das viagens anuais da família real pelo país. Mesmo assim, o rei e a rainha haviam permitido que eles dessem uma festa de formatura no palácio. Nina riu e dançou com Samantha e alguns dos amigos da escola particular de Sam. Todos beberam muito; o drinque de assinatura da festa era uma mistura de frutas inventada por Sam, que estava brincando de bartender na cozinha do palácio.

A certa altura, fazia muito calor e tinha gente demais na festa para Nina. Ela foi para o corredor — onde esbarrou com o príncipe.

Jeff pôs as mãos nos ombros dela para equilibrá-la, porque ela cambaleava um pouco.

— Você está bem?

Curiosamente, Nina não ficou surpresa de encontrar Jeff ali, sozinho. É claro que ele estava ali: em sua mente, bêbada e feliz, parecia que o destino o havia levado até ela.

— Não acredito que você vai embora amanhã. Não vai ser a mesma coisa sem você — soltou Nina, e então no mesmo instante desejou poder retirar o que dissera. — Quer dizer, sem você e a Sam...

— Nina Gonzalez. — Jeff sorriu. — Você está dizendo que vai sentir saudade de mim?

Nina não sabia se ele estava falando sério ou não. Não sabia como responder.

Jeff se inclinou para a frente. O ar estava carregado de magia e, de algum modo — Nina tinha repassado aquele momento em sua cabeça um milhão de vezes, e ainda não era capaz de dizer com certeza qual dos dois havia tomado a iniciativa —, acabaram se beijando.

Para Nina, era como se tivesse saído do seu universo para um novo lugar onde tudo era possível.

— Quer ir lá para cima? — murmurou Jeff. Nina sabia que deveria dizer não, claro que não.

— Quero — sussurrou em vez disso.

Eles foram tropeçando da sala de estar até o quarto. Nina caiu na cama e puxou Jeff para seu lado. O ar parecia rarefeito, ou mais quente, talvez até seu sangue tivesse ficado sem oxigênio, porque o mundo inteiro estava de cabeça para baixo. Ela estava ali, com o príncipe Jefferson.

A mão dele deslizou sob a alça de seu vestido, trazendo Nina de volta à realidade.

Ela já tinha ficado com alguns garotos de sua turma da escola, e com aquele cara no bar em Cabrillo, em uma viagem com Sam, mas com nenhum deles havia passado de beijos. Era uma loucura e uma bobagem, e Nina se negava a admitir até para si, mas ela sabia que estava esperando por aquele momento. O momento em que finalmente estaria ali, com o único garoto que já havia amado.

Ela teve que parar imediatamente porque, caso contrário, não sabia se seria capaz de parar.

Percebendo a hesitação dela, Jeff gentilmente pôs a alça de seu vestido no lugar.

— Sem pressão — disse em voz baixa.

Nina o beijou de novo, porque não sabia como expressar de outra forma o que sentia: não era que não gostasse de Jeff, e sim que gostava *demais*.

Por uma fração de segundo, Nina pensou ter ouvido um barulho na porta. Ela olhou, dominada pelo pânico, mas não havia ninguém. Então, deixou de pensar por completo quando Jeff a puxou para perto e voltou a beijá-la.

Quando acordou na manhã seguinte, ele já tinha ido embora.

Ela ficou ali deitada, confusa e sonolenta, piscando para proteger os olhos da luz. Ele estava de saída para a viagem real, mas certamente não iria embora sem se despedir, não é? Talvez só tivesse saído para verificar alguma coisa.

Por fim, Nina saiu da cama e começou a recolher suas coisas. Andou na ponta dos pés até o corredor usando o vestido da noite anterior.

— Senhorita? — Um dos agentes de segurança do palácio estava parado na porta de Jeff, com o rosto cuidadosamente inexpressivo e profissional. — Temos um carro pronto para levá-la para casa.

— Ah — foi tudo que Nina conseguiu articular, enquanto seu corpo inteiro ardia de vergonha. O brilho agradável da noite anterior rapidamente se foi. Nina sabia que ela e Jeff não tinham feito promessas um ao outro; não era como se estivesse esperando uma carta de amor escrita à mão, mas gostaria de ter *notícias* dele pela manhã.

Talvez ele estivesse irritado com ela por não ter ido além. Talvez só a tivesse convidado para seu quarto porque presumira que Nina dormiria com ele, e quando ela disse não, fugiu na primeira oportunidade e deixou que seu segurança a mandasse embora como um segredo sujo. Bem, nesse caso, que bom que ela não dormira com ele, no fim das contas.

Nina começou a olhar o celular com raiva, determinada a não pensar em Jeff — e descobriu que apenas uma notícia circulava pela internet. "O grande erro de Jefferson", uma manchete proclamava; outra dizia: "Separação real: será para sempre?"

Aparentemente, depois de quase três anos de namoro, Jeff e Daphne haviam decidido de comum acordo terminar o relacionamento.

Em uma matéria atrás da outra, os colunistas pareciam compartilhar da mesma opinião, que Jeff se arrependeria da decisão. "Daphne Deighton foi a melhor coisa que aconteceu à monarquia desde a rainha Adelaide. Ela é acessível, inteligente e gentil, e trouxe à tona o melhor do príncipe", proclamou um repórter do *Daily News*. "Ao perder Daphne, a Coroa perdeu um de seus recursos mais eficazes e enérgicos. Não importa quem Jeff decida namorar, ela não estará à altura."

Nina sentiu um embrulho no estômago. É claro que ela não era Daphne. Daphne era o tipo de garota capaz de andar de salto durante horas sem reclamar, que sabia qual garfo usar num jantar formal, que sabia contar uma piada engraçada sem ser grosseira — provavelmente em quatro línguas.

Daphne era a garota com quem Jeff se casaria, e Nina com quem ele escaparia em uma festa e depois mandaria para casa em um carro alugado antes que alguém descobrisse. Estar ciente disso a fez se sentir fácil e vulgar, além de estranhamente vazia.

Apesar do momento de alegria quando se beijaram, aquilo fora fruto de terem estado no lugar e na hora certos, ou melhor, errados. Todo o significado da noite anterior foi que Nina tinha topado com ele antes de qualquer outra, que ela estava *ali* e, aparentemente, era estúpida o suficiente para ficar com ele. Como qualquer outra garota estúpida dos Estados Unidos.

A luz dos últimos fogos de artifício se perdeu na escuridão aveludada do céu. Estava esfriando; o vento levantou os cabelos de sua nuca.

— Eu deveria ir embora — murmurou ela enquanto passava os braços ao redor de si.

Sem dizer nada, Jeff tirou o paletó para pendurá-lo nos ombros dela. Era pesado, carregado de medalhas e insígnias.

Contra seu bom senso, Nina enfiou os braços nas mangas. O paletó estava com o cheiro dele, quente e levemente doce.

Quando Jeff se inclinou para roçar seus lábios nos dela, ela não se afastou.

O choque do beijo a percorreu como um calafrio. Ela *isso* que ela procurava ao beijar aqueles garotos da escola, cujos rostos se misturavam em sua cabeça. Era assim que um beijo deveria ser: elétrico, pulsante e fumegante. Tudo ao mesmo tempo, como se você descobrisse uma nova fonte de combustível que poderia aquecê-lo por dentro.

Então, de repente, ela recuperou o controle dos seus sentidos e se lembrou de tudo que Jeff havia feito.

Nina pôs as palmas das mãos no peito dele e o afastou violentamente.

O silêncio caiu como uma cortina entre os dois. Nina se pôs de pé, cambaleante. Jeff olhava para ela, perplexo, seu rosto contorcido de surpresa, como se não acreditasse no que tinha acabado de acontecer. Ela também não acreditava. Meu Deus, será que golpear a realeza não era considerado *traição*?

— Desculpa. Interpretei mal a situação — disse Jeff, hesitante. Ele ficou de pé, a confusão ainda aparente em seu rosto.

"Ninguém nunca diz não a ele", Nina se deu conta. Mas agora não é mais assim. Aquela era a maldição da família real.

Bem, para tudo existe uma primeira vez.

— Você não deveria ter feito isso — ela deixou escapar, embora soubesse que não era totalmente justo. Ela *havia* se sentado ao lado dele numa noite fria, com um vestido muito fino. Usando seu paletó.

O cabelo de Jeff caiu sobre o rosto; ele estendeu a mão para empurrá-lo com um gesto impaciente.

— Eu sei que não lidei bem com as coisas na última vez...

— Não *lidou bem com as coisas*? Você faz ideia de como foi acordar na sua cama depois? — A voz dela falhou com a emoção reprimida. — E não tive mais nenhuma notícia sua pelos últimos seis meses!

— Me desculpa — repetiu ele, como se quisesse lembrá-la de que já dissera aquilo.

— "Desculpa" não é uma borracha mágica que desfaz qualquer erro que você já tenha cometido! Você não pode simplesmente pedir desculpas e esperar que tudo volte a ser como antes, não depois de magoar as pessoas!

As lágrimas começaram a se acumular nos cantos de seus olhos, e ela enfiou as mãos nos bolsos do paletó de Jeff. Tinha um botão perdido em um deles. Ela ficou brincando com ele entre os dedos, nervosa.

— Eu nunca quis te magoar — disse o príncipe devagar. — Mas senti vergonha de como lidei com tudo. Eu não tinha terminado com a Daphne quando você e eu... Quer dizer, eu só terminei com a Daphne na manhã seguinte.

— A imprensa fez parecer que o término foi mútuo. — Nina sentiu uma vergonha tremenda por ter admitido que leu as matérias.

— Você, melhor do que ninguém, sabe que os tabloides inventam essas coisas. Eu liguei para a Daphne na manhã seguinte à festa de formatura para terminar com ela. Mas não contei sobre a gente — acrescentou Jeff. — Parecia cruel. Sei lá, talvez tenha sido errado da minha parte. Ou covarde.

Nina não sabia como responder. Ela também tinha subido aquelas escadas, também tinha bagunçado a linha que separa o certo do errado.

— Eu queria falar com você na recepção mais cedo, Nina, mas você fugiu antes que eu pudesse te encontrar. Arrisquei que você poderia estar aqui.

— Você veio até aqui me procurar? — Ela pensara que a aparição de Jeff na varanda fosse uma coincidência.

— Vim — disse ele com a voz rouca. — Nina... Você acha que existe alguma chance de a gente recomeçar? Tentar de novo?

— Não sei. — Ela não estava disposta a lhe oferecer uma trégua maior do que essa.

O príncipe esboçou um meio sorriso, como se quisesse sorrir, mas não tivesse certeza se era permitido.

— Bom, "não sei" é muito melhor do que um "não". Está bom, por enquanto.

As palavras dele eram tanto uma pergunta quanto uma promessa. A Nina só restou acenar com a cabeça. Ela tirou o paletó e lhe devolveu antes de voltar para dentro.

8

BEATRICE

Beatrice tinha participado das viagens da família real a vida inteira.

A primeira vez foi quando tinha apenas seis meses e eles viajaram pelo sul e sudoeste dos Estados Unidos. Ela não se lembrava, claro, mas tinha visto as fotos tantas vezes — dos seus pais saindo do *Eagle V*, com ela nos braços — que parecia guardar na memória. Eles a levaram para tudo que é canto naquela viagem, mesmo quando ela estava dormindo. Ao ver o bebê que seria a primeira rainha dos Estados Unidos, as multidões rugiram num frenesi que beirava a histeria.

Beatrice se acostumou a fazer as viagens, bem como a sorrir e olhar nos olhos de todos que encontrava, agradecendo-lhes pelo tempo e cumprimentando-os pelo nome. Ela sabia como aqueles momentos eram importantes para a imagem da realeza. Como seu avô dissera: "Um monarca deve ser visto por seu povo, por *todo* o seu povo, para que acreditem verdadeiramente nele."

Mesmo assim, de tempos em tempos Beatrice se pegava funcionando no piloto automático. Dizia "Obrigada" e "Prazer em conhecê-lo" tantas vezes que se esquecia do significado daquelas palavras.

Era assim que se sentia no Baile da Rainha. Como se não vivesse, mas tivesse se tornado uma atriz que recitava um roteiro escrito por outra pessoa.

Não ajudava que ela estivesse lutando com bravura e pouco sucesso para impedir que seu parceiro de dança pisasse nela.

— ... E é por isso que a colheita foi muito melhor este ano — explicou lorde Marshall Davis, neto do duque de Orange. Ele era muito bonito, especialmente quando sorria, com dentes muito brancos que se destacavam contra a pele lisa de ébano.

Os dois repetiam o passo básico de uma valsa lânguida pelo salão. Era incomum para Beatrice dançar tanto em um evento como aquele; ela e os pais costumavam evitar a dança. "Quando você está dançando, só pode falar com uma pessoa", seu pai dizia. "Você usa melhor seu tempo se ficar de lado e circular entre os convidados."

Aquela noite era uma exceção, porque Beatrice precisava conhecer os vários pretendentes. Ela ainda se recusava a pensar neles como possíveis maridos.

Pelo menos, estava agradecida pelo fato de os rapazes já saberem do que tudo se tratava, o que a salvou de precisar explicar por que estava se apresentando para eles. E todos pareciam saber quem eram os outros; isso ficou claro pelo modo como ficavam se encarando de vários pontos do salão.

Já tinha conhecido quase todos. Havia o lorde Andrew Russell, futuro conde de Huron, cujo pai no momento atuava como embaixador no Brasil. Lorde Chaska Waneta, futuro duque dos Sioux, e lorde Koda Onega, futuro duque dos Iroqueses, eram os dois herdeiros dos ducados nativo-americanos cuja idade era mais próxima da de Beatrice. Até uma dupla de irmãos, lorde James Percy e lorde Brandon Percy, herdeiros do ducado de Tidewater, a estreita faixa de terra que rodeava quase todo o Golfo do México.

A única coisa que todos eles tinham em comum era o desejo de contar vantagem de suas realizações. Marshall, por exemplo, no momento se gabava de um vinhedo que sua família possuía em Napa.

Beatrice forçou um sorriso. Ela raramente *bebia* vinho.

— Fico feliz que a colheita tenha sido tão boa. A agricultura é uma parte muito importante da economia americana, especialmente em Orange. — Ela estava cansada, apelando para qualquer resposta, mas claramente tinha dito a coisa errada.

— Criar vinho não é *agricultura*. É uma arte — Marshall a informou.

— É claro — ela apressou-se em responder. Ele assentiu, rígido, antes de conduzi-la cuidadosamente em um giro curto.

Ao girar, Beatrice avistou uma cabeça loira do outro lado do salão. Era Theodore Eaton, o único jovem na lista dos pais que ainda não a procurara. Ela o reconheceu pelas fotos em sua pasta.

— Sinto muito, mas preciso me retirar — murmurou ela. Não importava como se sentisse, Beatrice nunca se esquecia dos bons modos. — Foi um prazer.

— Ah... Tudo bem. — Marshall recuou e deixou Beatrice cruzar a pista de dança na direção de Theodore. Em seu vestido de saia rodada, e sob o peso da faixa, das medalhas e da tiara Winslow, ela se sentia como um navio a toda vela movendo-se de forma lenta, mas majestosa, em mares agitados.

— Theodore Eaton. É um prazer finalmente conhecê-lo — declarou ela. Não era próprio dela ser tão direta, mas se sentia cansada e dispersa.

— Sua Alteza Real. — Ele a ofereceu a mão em expectativa, com os pés já apontados para a pista de dança. — E, por favor, pode me chamar de Teddy.

— Na verdade... — Beatrice engoliu em seco. — Você se importaria se só nos sentássemos aqui por um minuto?

Ele assentiu e a seguiu pelas portas duplas até uma sala de estar que, por sorte, estava vazia. Beatrice se acomodou em um dos sofás e deixou escapar um suspiro de alívio.

— Então, onde você estava a noite inteira? Se escondendo de mim? — Queria soar engraçada, mas claramente cometera outro erro, porque Teddy ficou levemente vermelho.

Depois de tantos anos tendo aulas de etiqueta, ela ainda não fazia ideia de como falar com garotos.

— Imaginei que deveria esperar minha vez — disse Teddy, com muito tato.

Uma sombra apareceu na porta. Antes mesmo de olhar para cima, Beatrice sabia que seria Connor.

Ele estudou a cena com um único olhar. Beatrice o olhou nos olhos e assentiu com um breve gesto de cabeça, e, como depois de um ano juntos eles sabiam se comunicar sem palavras, Connor entendeu. Ele franziu a testa, mas fez uma reverência rígida e saiu.

Beatrice se preparou para a inevitável meia hora de ostentações que estava prestes a suportar. Mas, antes que pudesse pedir a Teddy que falasse um pouco sobre si mesmo, ele interrompeu seus pensamentos.

— Como está sendo para você?

— Como?

— Deve ser estranho e absurdamente estressante para você, ter que conhecer um bando de caras que seus pais estão tentando te arrumar. Como está se sentindo? — perguntou ele, depois balançou a cabeça. — Desculpa, tenho certeza de que todo mundo fez essa pergunta a noite inteira.

— Na verdade, você é o primeiro a perguntar. — Beatrice sentiu-se estranhamente comovida com a preocupação dele. — A verdade é que, sim, é meio esquisito.

— Muito esquisito. Tipo aquele reality show de encontros rápidos — concordou Teddy, o que a fez querer sorrir. Ela sabia de qual programa ele estava falando; Samantha e Nina gostavam de assistir.

Teddy não era tão alto, certamente não tão alto quanto Connor, mas quando se recostou nas almofadas parecia... imponente. Não de um jeito ruim, decidiu Beatrice, mas firme e constante. Por outro lado, tinha um detalhe em sua aparência que a incomodava.

— Sua gravata está desarrumada. — Para sua imensa surpresa, ela se viu inclinando-se para a frente. — Aqui, deixa que eu arrumo.

Teddy deu um sorriso de desculpas, embora ela tenha sentido outro lampejo de autoconsciência. Meu Deus. Será que Teddy achava que ela estava flertando com ele? Mas, por outro lado, não era exatamente isso que deveria fazer?

— Você é sempre tão perfeccionista? — perguntou ele.

— Faz parte do meu trabalho. — Ela se concentrou em manter as mãos firmes: torcer a gravata-borboleta, fazer o laço e depois puxá-la.

— Como aprendeu a fazer isso? — perguntou Teddy quando ela se recostou. A gravata-borboleta estava perfeitamente simétrica, com as bordas bem levantadas. Beatrice nunca se arriscava a uma tarefa que não pudesse completar com perfeição.

— Meu professor de etiqueta me ensinou.

Ele começou a dar uma risada, mas se conteve.

— Meu Deus — disse ele. — Não é uma brincadeira. Você realmente teve um professor de etiqueta?

— Claro que sim. — Beatrice se contorceu diante do olhar inquisidor do rapaz.

— E o que esse professor de etiqueta te ensinou?

— Bons modos à mesa, como fazer reverência, como entrar e sair de um carro em segurança...

— Me desculpa, mas por que *isso* faz parte das aulas de etiqueta?

Beatrice tentou não se sentir ainda mais envergonhada.

— Tenho que esticar as duas pernas ao mesmo tempo, com os joelhos juntos, para evitar que os paparazzi... — Não suportava a ideia de dizer "tirem fotos da minha virilha", mas não foi necessário, porque os olhos de Teddy se arregalaram de surpresa quando entendeu.

— Fico muito feliz por não usar saia — brincou ele. Beatrice sentiu vontade de cair na gargalhada, mas se contentou em franzir os lábios para segurar o sorriso.

Os sons do salão de baile chegavam até eles, cada vez mais baixos à medida que a noite avançava. Teddy olhou para ela, pensativo.

— Já vi você em Boston algumas vezes, sabia? Quando eu estava em casa de folga.

— Sério? Onde?

— No Darwin's. Eu ia para lá estudar — disse ele, envergonhado. — Eu sempre sabia quando você ia aparecer, porque um dos seus agentes de segurança fazia uma varredura do lugar. Dez minutos depois, você estacionava sua bicicleta, com o rosto escondido debaixo de um boné de beisebol, para comprar bagels e um café gelado. Parecia muito legal da sua parte comprá-los você mesma, quando claramente poderia mandar alguém fazer isso — acrescentou em tom suave.

Beatrice corou. Sabia que o boné de beisebol nunca tinha enganado ninguém, mas a parte boa da faculdade era o quanto as pessoas respeitavam sua privacidade. Mesmo quando a reconheciam, em geral não a incomodavam.

— Eu amava pedalar até o Darwin's. Era uma trabalheira para que eu fosse até lá, mas nunca quis abrir mão.

— Como assim era uma trabalheira para que você fosse lá?

— Um dos meus agentes de segurança me seguia num carro com vidro fumê, enquanto o outro, o que tinha feito a varredura, me esperava para me receber — disse Beatrice, envergonhada. — Era uma coreografia bem complexa só para comprar um bagel.

— Em sua defesa, aqueles bagels ficam mais gostosos quando acabam de sair do forno. Eles não teriam durado se você tivesse mandado entregar na biblioteca, ou seja lá onde estava estudando — assegurou Teddy.

— Na delegacia — corrigiu Beatrice antes que pudesse se conter.

— O quê?

— Eu não conseguia fazer nada na biblioteca. Era muito lotada e eu não gosto de ficar em espaços pequenos e fechados, não quando estão cheios de gente... — Beatrice engoliu em seco. — Eu pedalava até a delegacia com meus bagels e ficava no andar de cima fazendo meus deveres de casa. Ninguém nunca me incomodava lá.

Ela se sentiu meio boba confessando aquilo, mas Teddy demonstrou compreensão com um aceno de cabeça.

— Qual é o bagel que você sempre pedia? — perguntou ele, habilmente mudando de assunto.

— O de blueberry, com cream cheese extra. A não ser que eles tivessem brownie de caramelo — confessou ela. — Eu costumava comer um por dia durante a época de provas. Eram minha rotina anti-estresse. — Ela inclinou a cabeça para olhar para Teddy. — Qual era seu pedido no Darwin's?

— O sanduíche Brawny Breakfast, aquele com chouriço e pimenta-jalapeño. Sou viciado no efeito picante — confessou ele, e deu uma risada. — Estou com medo de estar sendo julgado pelo meu bagel preferido.

— Não tenho muita informação para julgar você. Os outros passaram a maior parte do tempo falando deles mesmos.

Beatrice lhe dera a deixa, mas Teddy se recusou a morder a isca.

— Talvez eu tenha menos coisas para falar.

— Você não vai se gabar de Yale? — perguntou ela em tom leve.

— Não queria esfregar na sua cara que estudei num lugar muito melhor do que Harvard — respondeu ele com outro sorriso. — Se bem que eu sempre me perguntei por que você escolheu não ir para a King's College. — "Onde todos os futuros reis dos Estados Unidos sempre estudaram", seria desnecessário acrescentar.

— Estou tentando abrir um novo precedente — disse Beatrice, para se esquivar da pergunta. As pessoas geralmente presumiam que ela tinha estudado em Harvard pela excelência acadêmica da universidade, mas a verdade era que Beatrice simplesmente quis fugir da capital por quatro anos. Afastar-se o máximo possível.

Ela teria preferido uma das faculdades do oeste, mas seus pais jamais permitiriam que fosse para Orange.

— Me refresca a memória, você não estava na equipe de remo? — perguntou Beatrice, numa tentativa de mudar de assunto.

— Só durante meu primeiro ano. E agora eu tenho a prova de que você viu meu currículo. — Teddy apoiou o cotovelo no joelho. — Você tem arquivos de todos nós, classificados por cores e alinhados em ordem alfabética?

— Na verdade, alinhados pela importância do título — rebateu ela, tentando fazer uma piada. — Como você sabia?

— Porque é o que meus pais teriam feito.

Ela não sabia bem como responder, mas Teddy prosseguiu.

— Meus pais são bem… cheios de opinião — disse ele com muito tato. — Como imagino que sejam os seus. No momento, eles estão chateados porque não vou direto para a faculdade de direito. Só tem advogado na minha família — acrescentou ele, como se isso explicasse tudo.

— E você quer ser advogado também?

— Não sei se querer tem alguma coisa a ver com isso — disse ele em voz baixa.

Beatrice sentiu uma pontada de empatia. Aquela situação não lhe era estranha.

— Acho que vi um retrato de um dos seus antepassados no Museu de Belas Artes de Boston. Lady Charlotte Eaton — lembrou-se Beatrice. Um sorriso melancólico iluminou seu rosto com a lembrança daquela noite.

— O retrato de Whistler — respondeu Teddy, com conhecimento. — Ela era minha bisavó.

Beatrice assentiu com a cabeça.

— Deve ter um monte de obras dos Eaton naquele museu. Foi legal a sua família emprestar.

A maior parte das obras de arte da família Washington estava em empréstimo permanente na National Portrait Gallery, exceto quando Beatrice era mais nova e uma das pinturas deixava a coleção para ser pendurada em sua sala de aula a cada semana. Algumas das obras históricas mais sangrentas lhe davam pesadelos.

— A gente vendeu aquele retrato, na verdade — contou-lhe Teddy, e enrijeceu na mesma hora, como se tivesse se arrependido de suas palavras. Beatrice teve a sensação de que tinha invadido um assunto pessoal.

— Bem, eu tive que fazer um trabalho sobre aquela pintura, e foi uma das piores notas que recebi em toda minha carreira acadêmica — continuou ela. — Então vamos torcer, pelo bem de nós dois, para que você não seja tão complexo quanto sua bisavó. Porque, se for, eu nunca vou te entender.

Teddy parecia examiná-la com uma curiosidade meticulosa.

— Sabe — disse ele, por fim —, fiquei meio surpreso quando meus pais me contaram por que eu ia encontrar você hoje à noite. Quer dizer... Você poderia ter literalmente quem quisesse.

"Não tão literalmente." Beatrice pensou novamente no quanto sua pasta de opções era fina.

— Não é tão simples — foi tudo que ela disse.

A luz da lua dançava pelas enormes janelas em uma das paredes e refletia nos surpreendentes olhos cor de safira de Teddy. Ele assentiu, como se compreendesse.

— Eu imagino.

Os outros garotos tinham sido tão previsíveis, tão monotemáticos. Nenhum deles prestou atenção em Beatrice. Só fizeram pose e se exibiram, dançando por cima de suas conversas sem escutá-la de verdade.

Teddy podia até não fazê-la sentir aquele frio na barriga, mas era autêntico, e isso era um ponto a seu favor.

Beatrice tentou esconder o nervosismo. Ela nunca tinha feito aquilo, a não ser em diálogos com seu professor de etiqueta — sim, lorde Shrewsborough a havia treinado a chamar garotos para sair, já que a maioria dos homens se sentiria intimidada demais para tomar a iniciativa.

— Teddy... — Ela se interrompeu, engoliu em seco e reuniu as palavras. — Na semana que vem minha família vai estar na estreia de *Midnight Crown*, o novo espetáculo no East End. Você gostaria de ir comigo?

Ele hesitou, o que a levou a se perguntar se havia cometido um erro ao convidar Teddy para assistir a um *musical*, e com nada menos que a família dela inteira. Mas então ele relaxou e sorriu.

— Eu adoraria — assegurou-lhe ele.

♛

Connor estava visivelmente quieto ao acompanhar Beatrice até seu quarto no fim da noite.

Ela levou as mãos às têmporas para massageá-las, pois ainda doíam por causa da tiara. Se pudesse tirar os sapatos e saltitar pelos corredores descalça, como Samantha fazia, ela teria, mas mesmo naquele momento, era dominada por um profundo senso de decoro.

Olhou para Connor. Ele olhava para o outro lado, com os dentes cerrados. Não era comum os dois ficarem tão quietos. Normalmente, no fim de um evento, não paravam de contar histórias e comparar notas sobre as pessoas com quem Beatrice tinha falado, compartilhando uma risada cúmplice à custa de alguém. Aquela noite, porém, ele parecia determinado a ignorá-la.

Por fim, Beatrice não conseguiu mais suportar.

— O que está acontecendo?

Eles estavam sozinhos no corredor do andar de cima, e o tapete grosso abafava seus passos. Connor ainda se recusava a olhar para ela.

— Por favor — insistiu ela. — Você é a única pessoa que é realmente honesta comigo. O que está te incomodando?

— Sinceramente? — Ele enfim se virou para encará-la, com olhos tão claros e penetrantes quanto os de um falcão. — Não acredito que você concordou com isso. Qual é o seu plano, exatamente? Eliminar esses caras um por um, para entregar a última rosa ao que sobrar?

— Desculpa, você tem uma ideia melhor?

Ele fez um som de raiva e descrença.

— Não acho que seja possível convocar um bando de nobres para conhecê-la na esperança de viver feliz para sempre com um deles.

— Não precisa ser feliz para sempre. Não de acordo com meus pais, pelo menos — Beatrice ouviu-se responder, com um toque de amargura que não era típico dela. — Só *feliz o suficiente* para sempre.

Chegaram ao quarto dela. Sua sala de estar era linda, embora um tanto impessoal: cheia de móveis antigos e lâmpadas laqueadas, aquarelas penduradas nas paredes azul-claras. Perto da porta, uma escrivaninha sinuosa estava coberta de convites e documentos oficiais.

Connor a seguiu para dentro, fechou a porta e se apoiou nela de braços cruzados.

— Por que você está fazendo isso, Bee? — Ele parecia chateado, o que Beatrice não achava justo, já que aquilo não tinha nada a ver com Connor.

Ela bufou.

— Que outra escolha eu tenho? Você sabe como é a minha vida. Eu não posso simplesmente *ir a encontros* como uma garota normal.

— E você acha que escolher um cara de linhagem aristocrática que seus pais arranjaram é sua melhor aposta?

— Por favor, só... para — disse, sem forças. — Já estou ansiosa o suficiente.

— Você disse que queria que eu fosse honesto. — Connor enfiou as mãos nos bolsos e manteve a postura tensa e fechada. Ele ainda estava encostado na porta, a poucos metros de distância da princesa. — E por que *você* está ansiosa? Todos esses caras estão aqui por você. É você que está com todos os ases na mão.

— Estou apavorada porque não tenho ideia do que estou *fazendo*, tá? Isso tudo é novo para mim! Nunca tive um namorado de verdade, nunca nem...

Ela se interrompeu antes de terminar a frase, mas Connor provavelmente já sabia. Ultimamente, todo o país parecia ter uma opinião sobre a virgindade de Beatrice.

— Nunca nem me apaixonei — disse ela, por fim. — Dadas as circunstâncias, nunca cheguei a ter a chance.

Então, por algum motivo que não sabia explicar, fixou os olhos nos de Connor.

— Você já se apaixonou?

Era a pergunta mais pessoal que já havia ousado lhe fazer. Connor sustentou o olhar.

— Já.

Beatrice ficou surpresa com o ressentimento que a percorreu ao ouvir essas palavras.

— Bom — disse ela friamente —, fico feliz por você.

— Mas não deveria.

Ela recuou um passo. Não importava sobre o que ele estivesse falando, o velho caso de amor dele com final infeliz não importava, ela não queria saber.

— Na verdade, isso não é da sua conta. Pode ir.

Nunca, em todo o tempo deles juntos, Beatrice o havia *dispensado* daquele jeito. Ela o viu se encolher com as palavras e abriu a boca para retirá-las...

Então um estrondo ecoou pelo palácio. Talvez uma explosão, ou uma rajada.

Connor pulou para a frente, rápido como uma sombra, antes mesmo que Beatrice processasse totalmente o som.

Ele a empurrou contra a parede e se virou para mantê-la protegida atrás de si. Com o mesmo movimento fluido, sacou uma arma do coldre.

Os olhos dele dispararam da porta para o corredor e as janelas, avaliando a probabilidade de uma ameaça vinda de qualquer direção. Havia corrido até ela com uma velocidade impossível e agora estava tão silencioso que parecia de fora deste mundo, resultado, sem dúvida, de anos de treinamento.

O coração de Beatrice acelerou. Ela estava consciente de cada ponto em que seus corpos se tocavam, das pernas até seu peito, que estava pressionado contra as costas de Connor. O uniforme dele arranhava sua bochecha. Ela podia sentir o rápido movimento de subida e descida do corpo dele ao respirar e o cheiro picante de seu sabonete. O calor de Connor parecia atravessar seu vestido e queimar sua pele.

O juramento da Guarda Revere ecoou em sua mente. "Eu sou a lanterna da honra e da verdade, a luz contra a escuridão. Até meu último suspiro, para viver ou morrer, juro proteger este reino e sua Coroa."

Para viver ou morrer. Connor havia literalmente jurado protegê-la até o fim. Beatrice já sabia disso, mas era muito diferente *vê-lo* arremessar seu corpo na frente do dela como um escudo. Saber que lutaria por ela, se fosse o caso. Ela se sentiu estranhamente honrada.

Uma eternidade parecia ter se passado até que uma voz ecoou pelo sistema de comunicação interno do palácio.

— Alarme falso, pessoal! Um dos fogos de artifício disparou por acidente no Pórtico Sul!

Connor se virou e apoiou as mãos nos ombros descobertos de Beatrice para acalmá-la. Eram as palmas endurecidas de um homem acostumado ao esforço físico, de um homem que levantava peso, que carregava um rifle e conhecia bem um ringue de boxe. Algo iluminou seu rosto — alerta, preocupação e algo mais, que irradiava dele como calor.

— Bee, você está bem?

A garganta dela estava seca. Ela conseguiu assentir.

Aparentemente satisfeito, Connor se afastou e guardou a arma. Com toda a comoção, a gola de seu terno saíra do lugar e lá estava ela de novo: a pontinha daquela tatuagem. Era uma pequena janela para o verdadeiro Connor, o corpo íntimo que ele mantinha escondido por baixo de armas e uniformes.

O palácio provavelmente estava cheio de vozes e passos apressados — era o normal, depois de um alerta de segurança como aquele. Beatrice não ouvia. O resto do mundo parecia ter se reduzido a nada.

Ela deu um passo à frente e levou os lábios até os de Connor.

Seu bom senso deve tê-la abandonado por um momento, já que agiu sem pensar; mas todos os seus sentidos voltaram quando seus lábios tocaram os dele. Nas profundezas de seu ser, ela estava ciente de que o beijo era *certo*.

Connor se afastou e cambaleou. Alguma coisa, talvez seu broche em forma de lanterna, prendeu-se na faixa de marfim de Beatrice e a arrancou de seu ombro quando ele andou para trás. O tecido caiu no chão como uma bandeira branca de rendição.

Meu Deus. O que ela fizera?

A respiração de Connor era tão rápida e irregular quanto a dela. Nenhum dos dois falou. Ela os imaginou congelados no tempo, como personagens de histórias em quadrinhos, com balõezinhos de fala saindo de suas bocas, mas nenhum texto.

Eles ouviram uma batida na entrada da suíte.

— Beatrice!

Como era de costume, seu pai abriu a porta antes que ela pudesse dizer "Entre".

Não havia nada de comprometedor na postura dos dois; estavam de pé na sala de estar, e Beatrice ainda estava de salto e usando o vestido de baile. Ela só esperava que a expressão em seu rosto não os entregasse.

— Você está bem? — perguntou o rei. — Sinto muito pelo incidente com os fogos. Não sei muito bem como isso aconteceu.

— Estou bem — respondeu Beatrice, com voz firme.

Ao seu lado, ela sentiu Connor se curvar em uma reverência rígida.

— Sua Majestade — murmurou ele, e apressou-se para fora da sala.

— Só queria confirmar. O que achou dos rapazes que conheceu hoje à noite? — perguntou o rei quando a porta se fechou atrás de Connor.

Os ouvidos de Beatrice ainda zumbiam. Ela beijara seu *guarda*. A consciência disso ecoava em sua cabeça como a explosão de vários minutos atrás.

Só haviam se passado realmente alguns minutos? Parecia uma vida inteira.

— Podemos conversar amanhã? Estou exausta — perguntou ela ao pai, com um sorriso fraco.

— É claro. Eu entendo.

Quando o pai saiu, Beatrice atravessou a sala de estar e o quarto, e se escondeu em seu refúgio definitivo: seu closet. Havia uma janela de sacada em uma das paredes, com um banco coberto de almofadas.

Ao se sentar, tirou os sapatos e levantou os joelhos para que a saia caísse sobre as almofadas. Fechou os olhos e apoiou a testa na seda fria do vestido enquanto desejava que sua pulsação diminuísse.

O que Connor achou sobre o que aconteceu? Será que ainda estaria em posição de sentido ao lado de sua porta?

Beatrice não suportava a ideia de perdê-lo.

Estava com medo de ter estragado tudo com ele para sempre, mas com mais medo ainda de si mesma — e dos novos sentimentos assustadores que a percorriam dos pés à cabeça.

Sentimentos por uma pessoa que jamais apareceria numa pasta de opções aprovadas e apropriadas. Uma pessoa que jamais poderia ser dela.

9

SAMANTHA

Samantha puxou a colcha sobre a cabeça e fechou os olhos com força, mas não adiantou. Tinha esquecido de fechar as cortinas, e a luz cinzenta da madrugada infiltrou-se no quarto, destacando os travesseiros delicados que ela chutara sem nenhuma cerimônia no tapete.

Suas orelhas pareciam a espetar. Ela as tocou e percebeu que sem querer tinha dormido com os brincos de diamante da coleção de Joias da Coroa. Oops. Ela os tirou e jogou na mesinha de cabeceira, e depois voou para o celular, de repente desesperada para saber se Teddy havia lhe mandado uma mensagem.

Não tinha. Mas será que tinha chegado a dar a ele seu número? Ela passou por suas diferentes redes sociais em busca do perfil dele, embora fosse frustrante, porque não a ajudava. Não havia nada além de fotos sem importância: um sanduíche de lagosta, um pôr do sol em Nantucket, fotos do aniversário de um amigo no ano anterior. Ela clicou em todas, curiosíssima a respeito de qualquer informação sobre ele que pudesse achar.

Por fim, Sam empurrou as cobertas e foi até o closet, onde vestiu uma calça de ginástica rosa-choque e um top combinando. Considerou a possibilidade de atravessar o corredor e bater na porta de Jeff, mas ele sempre estava de mau humor de manhã. Em vez disso, ela lhe mandou uma mensagem: "Filme mais tarde?"

Se pedisse agora, talvez conseguissem permissão para ir a um cinema de verdade, com *pessoas* dentro, o que sempre era mais divertido do que assistir a alguma coisa na sala de projeções do palácio — por mais que eles conseguissem cópias de todos os filmes antes da estreia oficial. Ela só precisaria de uma dupla de agentes de segurança para fazer uma varredura da sala de cinema mais ou menos meia hora antes da chegada deles.

Sam estava mais calada do que o normal quando desceu até a sala de controle de segurança. No dia seguinte a uma festa, o palácio sempre parecia curiosamente evocativo, as salas vazias ecoavam as consequências da noite anterior. Os criados já estavam limpando mesas, desenrolando tapetes e recuperando taças de champanhe perdidas onde seus convidados bêbados as tinham esquecido: numa estante na biblioteca, dentro de um vaso de orquídea, ou, no caso de Sam, no chão da chapelaria. Ela deu uma risadinha ao ver o gesso quebrado e as marcas de queimado no Pórtico Sul, onde o fogo de artifício tinha disparado. Ao menos aquele acidente, pela primeira vez, *não tinha* sido culpa dela.

— Beatrice?

Seu pai estava sentado no banco estofado no pé da escada, curvado para amarrar os tênis de corrida.

— Ah... Sam. Pensei que fosse sua irmã — explicou ele ao olhar para cima. — Você a viu?

— Ainda não.

— Ela deve ter decidido dormir até mais tarde. — O rei apoiou as mãos nos joelhos e se levantou com um suspiro. Seus olhos encontraram Sam novamente e se fixaram em suas roupas de ginástica cor-de-rosa. Ele pigarreou. — E você, quer dar uma corrida?

É claro. Samantha não era a primeira opção de parceira de corrida do pai, só o plano B para quando Beatrice não estava disponível.

— Hm. Claro — murmurou ela, e seguiu o pai pela manhã fresca de inverno.

Dois agentes de segurança corriam ao lado deles, com roupas esportivas pretas combinando e armas na cintura. Já estavam mais do que acostumados com os hábitos do rei: ele saía para correr quase todos os dias pelo centro da cidade, seguindo um percurso pré-aprovado. Com frequência, chamava alguém para acompanhá-lo: um embaixador estrangeiro, ou um político que desejava obter apoio num assunto específico, ou, na maioria das vezes, Beatrice. Os convites para correr com Sua Majestade eram mais valiosos do que uma audiência em seu escritório.

Assim era o pai de Sam, nunca parava de trabalhar. Para ele, não havia uma divisão clara entre o escritório e a casa. Sua mente nunca se aquietava. Mesmo quando estavam de férias, Sam o pegava trabalhando, de manhã cedinho ou tarde da noite. Fosse redigindo discursos, lendo relatórios, mandando e-mails para sua equipe, para sua secretária de imprensa ou para as pessoas que dirigiam suas instituições de caridade sobre uma nova ideia que tivera.

Os dois se dirigiram para a discreta saída lateral do palácio, e a cidade se abriu diante deles, do Aviary Walk às pinceladas verdes do John Jay Park. Para além dos apartamentos e escritórios, a torre iridescente do Pináculo do Almirantado assomava no horizonte, tingida com a luz cor de açafrão do amanhecer.

Uns poucos corredores passaram por eles, mas, tirando alguns olhares curiosos e um "Bom dia, Sua Majestade" aqui e ali, o povo deixou o rei em paz.

Sam olhou para o pai, mas o olhar dele estava fixo à frente. Ele não parecia tão rápido como de costume — normalmente, fazia quatro corridas de mil e quinhentos metros em oito minutos —, mas talvez fosse porque Sam corria com todas as forças, cheia de adrenalina. Não parava de sonhar acordada com Teddy. O próprio ar parecia carregado de possibilidades, tão espesso e tangível quanto a névoa que se condensava no rio.

E, mesmo sabendo que não passava de um plano B, Sam sentiu-se estranhamente feliz por seu pai tê-la chamado para se juntar a ele aquela manhã. Ela não conseguia se lembrar da última vez em que tiveram um tempo sozinhos.

As coisas eram diferentes antes da morte do avô de Sam, antes do pai ascender ao trono e ser forçado a se tornar a pessoa mais atarefada do mundo. Antigamente, passava tempo com os filhos, brincando de jogos que ele mesmo inventava. Um dos favoritos de Sam era o Dia do Ovo, quando o pai lhes dava um ovo pela manhã e lhes dizia que eles tinham que carregá-lo em todos os momentos. Se o ovo ainda estivesse intacto no fim do dia, ganhavam um prêmio. Os funcionários do palácio acabavam tendo que limpar gema de ovo em todos os cantos, de jogos americanos até cortinas.

O rei também era um entusiasta de história e uma fonte infinita de contos sobre os antigos governantes dos Estados Unidos. Sam adorava entrar num cômodo e perguntar a ele quem tinha vivido ali, e então ouvir o pai narrar as aventuras de seus ancestrais. Ele era capaz de sacar uma história de qualquer lugar.

Ela sabia que podia ser uma criança difícil, mas naquela época suas travessuras faziam o pai rir, não balançar a cabeça em decepção. Ela se lembrava de certa vez ter escrito o próprio nome com caneta permanente na parede entre o poço do elevador e o corredor dos funcionários no terceiro andar. Ela não sabia que situação a levara a fazer aquilo, mas o pai não ficara com raiva; apenas caiu na gargalhada. "Você deixou sua marca na história", brincara ele, enquanto tirava a canetinha vermelha das mãos de Samantha.

Provavelmente, era a única marca que ela deixaria. Ninguém nunca se lembrava das irmãs mais novas de reis ou rainhas, a não ser como uma nota de rodapé nas biografias dos mais velhos.

O sol já estava alto. A luz aquosa iluminava os traços de seu pai e destacava as rugas de cansaço que cruzavam sua testa. De repente, Sam percebeu como ele parecia mais velho. Quando foi que seu cabelo ficou totalmente grisalho?

— Samantha — disse ele por fim, enquanto davam a volta pelo grande espelho d'água —, o que aconteceu na noite passada? Primeiro, você chegou atrasada no Baile da Rainha; depois, desapareceu na cerimônia de nomeação.

— Desculpa. — Sam queria acabar com a conversa o mais rápido possível, mas o pai balançou a cabeça.

— Não quero que você me dê um pedido de desculpas rotineiro — repreendeu ele. — Quero *conversar* com você.

Os agentes de segurança aceleraram um pouco o passo para dar a eles alguma privacidade, mas provavelmente ouviam tudo.

— Sua irmã tem pensado no futuro dela — prosseguiu o rei, num tom esquisito. Sam se perguntou o que ele queria dizer. Será que Beatrice ia começar uma nova iniciativa governamental? — Eu esperava que você fizesse o mesmo. Não te vejo muito centrada.

— Eu acabei de me formar no ensino médio!

— Samantha, você se formou em junho. Estamos em dezembro — observou seu pai. — Quando permiti que você e o Jeff tirassem um período sabático antes da faculdade, esperava que usassem esse tempo de forma construtiva, para refletir, ou aprender alguma coisa nova. Mas tudo que vocês fizeram foi voar de um lugar para o outro.

— Você aprovou o itinerário — disse ela na defensiva. Tinha um pressentimento de que Jeff não estava prestes a ouvir como *ele* tinha sido uma decepção.

Sam desejava poder explicar como tinha se sentido durante a viagem. Como buscava algo que não sabia apontar o quê e, não importava aonde fosse, nunca conseguia encontrar. Talvez jamais encontrasse. Mas como ia encontrar algo que nem sabia que estava procurando?

Seu pai fez que sim, dando-lhe razão.

— Aprovei. Mas, agora que você voltou, chegou a hora de falarmos sobre o próximo passo. Não dá para passar o resto da vida despistando os seguranças, fugindo para dirigir um 4x4 às escondidas. Você nem decidiu onde vai estudar no ano que vem.

Sem muito entusiasmo, Sam havia se candidatado a várias faculdades na primavera anterior. Sem nenhuma surpresa, fora aprovada em todas. Sam sabia que todos esperavam que ela fosse para a faculdade, mas para quê? Não era como se um dia fosse arrumar um emprego de *gente normal*, mesmo se quisesse.

Talvez ela e Jeff se tornassem apenas gastadores profissionais, um dreno na economia pelo resto da vida. A encarnação moderna de um par de bobos da corte da Idade Média. Pelo menos, era o que sempre diziam um para o outro, que eles tinham a responsabilidade constitucional de causar problemas, mesmo que só para compensar o quanto Beatrice era dolorosamente *boa*.

— Eu entendo — disse ela ao pai. — Vou aceitar a oferta de uma das faculdades.

O rei soltou um suspiro frustrado.

— Sam, não estou falando só sobre a faculdade. Estou falando do seu comportamento. Sei que não é fácil não poder fazer tantas coisas que para outros adolescentes é normal. Eu já tive a sua idade. Entendo o que você está passando.

— Não sei se entende — insistiu Sam. Seu pai não seria capaz de entender como é ser a reserva. Ele tinha sido o herdeiro, aquele que nunca poderia fazer nada de errado, que suscitava elogios e comoção. Aquele cujo rosto estava estampado nas cédulas, em selos e canecas.

— Você está certa. É mais difícil para a sua geração, com todos os sites de fofoca e as redes sociais — respondeu seu pai, interpretando mal o que ela dissera. — Essa vida, de ser um Washington, é cheia de privilégios e oportunidades, mas temos várias restrições incomuns. Meu desejo para você sempre foi que conseguisse se concentrar nas portas que lhes foram abertas, em vez das que se fecharam.

Ele começava a respirar com mais dificuldade, então, diminuiu o passo para caminhar. O suor escorria de sua testa.

— Sei que não é fácil — prosseguiu ele. — Você é jovem. É inevitável que cometa erros, e é injusto que isso tenha que acontecer na frente do mundo inteiro. Mas, Sam, por favor, tente pensar sobre isso.

Ela ainda não entendia.

— Pensar sobre o quê?

— Sobre o que você quer fazer até começar a faculdade no próximo outono. Você pode conseguir um estágio em algum lugar... numa empresa de design, quem sabe, ou com organização de eventos. Ou poderia fazer um trabalho voluntário, encontrar uma instituição de caridade para dedicar seu tempo.

— Não posso continuar viajando?

— Poderia fazer uma viagem real, só você e o Jeff.

Samantha bufou. Ela odiava ser arrastada para as viagens reais — desfilando pelas ruas de cidadezinhas enquanto a multidão gritava "Olha pra cá, Beatrice!" e "Eu te amo, Jeff!".

Eles se preparavam para percorrer os últimos mil e quinhentos metros na direção do palácio enquanto a cidade pouco a pouco começava a ganhar vida. As pessoas faziam fila em frente ao carrinho de café da esquina. A sombra de Sam dançava, longa e distorcida, na trilha de cascalho diante dela.

— Você é tão teimosa — prosseguiu seu pai, embora o tom que ele tenha usado soasse como um elogio. — Faça o que fizer, eu sei que vai ser ótimo. Você só precisa canalizar essa energia tremenda em algo positivo. Você me lembra sua tia Margaret — acrescentou ele com um sorriso. — Se comporta como ela. Você é uma Washington da cabeça aos pés, sabia?

Tia Margaret, a irmã mais velha do rei, tinha sido o membro mais louco e controverso da família real. Pelo menos até a chegada de Samantha.

Sam adorava a tia Margaret. Elas sempre foram como unha e carne, porque, ao contrário do pai de Sam, Margaret sabia exatamente como era ser a Washington desimportante. E devia ter sido ainda mais doloroso para ela, porque era mais velha do que o pai de Sam, e teve que assistir ao irmão mais novo ultrapassá-la na linha de sucessão.

Era assim que sempre havia sido para as princesas dos Estados Unidos. O momento do nascimento era quando estavam mais perto do trono. Porque depois, mais cedo ou mais tarde, por mais que demorasse, algum menino apareceria — e os meninos sempre tiveram preferência. Todas as princesas haviam ficado de lado, testemunhas silenciosas de como seu lugar na hierarquia, sua importância, diminuía, com o nascimento do novo sucessor do sexo masculino. Até Beatrice.

Se a lei tivesse mudado na época de tia Margaret, e não uma geração mais tarde, ela seria a primeira rainha reinante em vez de Beatrice.

Sam suspeitava que a lei tinha mudado *por causa* de tia Margaret. Porque o avô de Sam sabia como Margaret era inteligente, como tinha potencial — e a viu ficar cada vez mais cínica e amarga, seduzida por uma vida boêmia e inconsequente, distanciando-se deliberadamente da família. Talvez o rei Edward III, lamentando o que acontecera com a primogênita, quisesse se assegurar de que a história não repetisse o mesmo erro com Beatrice.

Os agentes de segurança se dispersaram quando Sam e o pai chegaram ao palácio. As paredes de pedra branca se erguiam acima deles, e a majestosa balaustrada do segundo andar circundava as alturas acima do Pátio de Mármore. Ao chegar pela entrada da frente, podia-se ter a impressão enganosa de que o palácio era simétrico, mas pelo acesso dos fundos suas imperfeições eram óbvias.

Sam levantou os braços para refazer o rabo de cavalo. Ela se perguntou o que Teddy estaria fazendo no momento. Será que, assim como ela, não parava de pensar no beijo deles?

— Pai, o que você sabe sobre os Eaton?

— Por que você está perguntando?

O rei a olhou intensamente nos olhos e, por um momento, Sam teve a certeza de que seu pai sabia que *Teddy* era o motivo pelo qual ela havia perdido a cerimônia de nomeação.

— Conheci o Teddy na noite passada e fiquei curiosa — cedeu ela, esforçando-se para parecer casual.

— Você conheceu o Teddy antes, na verdade. Não lembra? — Seu pai não pareceu surpreso quando Sam sacudiu a cabeça. — Bom, vocês dois eram muito novos. Teddy foi pajem na minha coroação.

— Ah — exalou Sam. Ela deveria ter imaginado. Os pajens reais, as crianças que serviam de assistentes em cerimônias como coroações e casamentos, sempre vinham da aristocracia.

— Conhecemos os Eaton há muito tempo — explicou seu pai, e estava claro que "há muito tempo" significava "há séculos". — A duquesa viúva… avó de Teddy, Ruth… já foi dama de companhia da sua avó. E o atual duque, é claro, foi um dos meus cavalariços antes da morte do pai dele.

— Você era amigo do pai do Teddy?

Alguma lembrança fez o rei abrir um sorriso saudoso.

— Gostávamos de nos meter em confusão, sempre entrávamos escondidos na adega e dávamos festas em Walthorpe. A mansão ducal dos Eaton — acrescentou ele, em resposta ao olhar questionador de Sam. — Deve ter abrigado mais visitas reais do que qualquer outra residência privada nos Estados Unidos.

— Eu me pergunto por que ele não vem à corte — refletiu Sam em voz alta. Definitivamente teria notado um cara como Teddy se o tivesse visto antes da noite anterior. A maioria das famílias aristocráticas procurava passar parte do ano na capital. Por mais imensas e luxuosas que fossem suas propriedades, todos eles tinham algum tipo de casa de veraneio em Washington, para ocasiões em que sua presença na corte era necessária.

— Bom, ontem à noite ele veio conhecer Beatrice.

Eles seguiram para o calor do corredor dos fundos antes que Samantha pudesse perguntar ao pai o que ele quis dizer com aquilo. Algumas portas à frente ficava a sala de controle de segurança; mais adiante, via-se o brilho da cozinha. A grande colmeia que era o palácio já vibrava ao redor dela, transbordando vida.

Beatrice estava parada na porta, visivelmente nervosa. Havia se vestido para correr com uma camisa de manga comprida e calça de ginástica preta, e o cabelo estava preso num rabo de cavalo alto.

— Desculpa, pai, eu não queria… Ah — engasgou ao ver Samantha e reparar sua aparência suada. — *Você* acordou cedo.

— Fuso horário. — Sam nem se deu ao trabalho de ficar ofendida com a insinuação de que Beatrice a considerava preguiçosa demais para estar acordada àquela hora.

— Não tem problema, Beatrice. Foi uma noite agitada; você merecia dormir até mais tarde — o rei a tranquilizou.

Sam viu a irmã empalidecer diante daquelas palavras.

— Agitada? Não muito.

Agora era o rei que parecia intrigado.

— Você não gostou de ninguém que conheceu?

— Ah. Claro. — As bochechas de Beatrice ficaram vermelhas.

Samantha olhava da irmã para o pai sem parar, perguntando-se do que raios estavam falando. Dos cavaleiros recém-nomeados?

— Não… Quer dizer, sim, eu gostei de um deles. — Beatrice engoliu em seco. — Na verdade, convidei Theodore Eaton para ir ao teatro com a gente.

— Maravilhoso — respondeu o rei, no mesmo instante em que Samantha soltou:

— Você chamou o Teddy para um *encontro*?

— Como é que *você* conhece o Teddy? — perguntou Beatrice lentamente.

O rei abriu um sorriso de orelha a orelha para Beatrice, alheio ao que estava acontecendo.

— A Samantha estava me contando agora mesmo que conversou com ele ontem à noite. Foi muito esperto de sua parte pedir a ajuda da sua irmã. É sempre bom ter uma segunda opinião de alguém em quem confie. — E, com isso, ele seguiu em direção à escada. — Não se esqueça de que temos uma reunião mais tarde, Beatrice, para nos prepararmos para as audiências privadas da semana que vem.

Sam se virou para a irmã.

— Do que é que ele está falando?

Uma aura de preocupação envolvia Beatrice. Seus olhos não paravam de percorrer o corredor, como se procurassem por alguém.

— As audiências privadas são reuniões que fazemos duas vezes por semana e, normalmente, duram vinte minutos cada — disse ela, impaciente. — Altos comissários, militares, juízes, dignitários de visita...

— Não, a parte sobre você e o Teddy.

Beatrice pareceu surpresa com a pergunta. Ela e Sam não falavam sobre assuntos pessoais havia muito tempo.

Sam não sabia ao certo quando a distância entre ela e Beatrice começara a se formar. Só foi... *aumentando*, conforme cada uma das irmãs dava um passinho para trás de cada vez. Agora, a distância era tão grande que Sam não conseguia nem imaginar o que elas teriam que fazer para se aproximarem novamente.

— Eu chamei Teddy Eaton para um encontro e ele aceitou — repetiu Beatrice.

— Mas...

"Mas fui eu que ele beijou", Sam queria gritar. Teddy perdera a cerimônia de nomeação para ficar com *ela* na chapelaria, e agora ia sair com sua irmã mais velha?

— Mas você nunca sai para encontros.

— Bom, eu decidi que agora é um bom momento para começar — disse Beatrice, exausta.

— Por que o Teddy? — O baile da noite anterior estava repleto de garotos. Por que Beatrice não poderia ter escolhido qualquer outro, em vez de justamente o garoto de quem Samantha gostava?

— Ele é de boa família. E é bem bonito — respondeu Beatrice. Mesmo ali, em um momento íntimo, as palavras soavam artificiais e ensaiadas, como se Beatrice estivesse apresentando um discurso em cima de um pódio.

— Só isso? Você o escolheu no meio de toda aquela gente por causa do rosto e do *título*?

— Por que está esquentando a cabeça com isso? Ninguém está pedindo que *você* encontre um marido.

— O quê? — Sam piscou os olhos, confusa. — Quem falou qualquer coisa sobre *casamento*?

Por trás da expressão imutável de Beatrice, havia um vislumbre fugaz de vulnerabilidade, confusão ou talvez até mesmo dor. O suficiente, de todo modo, para que Samantha desse um único passo à frente.

Mas logo a máscara deslizou de volta para o rosto da irmã.

— Eu não esperaria que você entendesse. É um Assunto de Estado. — Do jeito que Beatrice pronunciou as palavras, Sam praticamente podia ouvir as iniciais maiúsculas.

— Tá — respondeu Sam calmamente. — O que é que eu vou saber sobre as intrincadas repercussões políticas e socioeconômicas dos caras com quem você *sai*?

Ela tentou esconder o quanto doía saber que Teddy, ao que parecia, tinha escolhido Beatrice em vez dela. Mas não a surpreendia; era o que acontecera durante toda a vida das duas, em relação a tudo; a atenção dos pais, o trono, o *país* inteiro.

Samantha nunca podia ficar com nada uma vez que Beatrice tivesse decidido que deveria ser dela.

10

DAPHNE

Daphne odiava hospitais.

Odiava o aspecto frio e antisséptico, com aquele cheiro metálico penetrante que se impregnava em tudo. Odiava as salas de espera, com suas deprimentes máquinas de venda automáticas e revistas desatualizadas, algumas tão antigas que datavam da época do rei anterior. Mas, acima de tudo, Daphne odiava hospitais pelo silêncio, um silêncio quebrado apenas pelo coro monótono dos aparelhos.

Mas Daphne não era boba; sabia que certas horas gastas em obras de caridade valiam mais do que outras. Não podia apenas atuar como guia no museu de arte e patrocinar o balé. Se ela queria que o povo americano a amasse, precisava ser vista como alguém com quem pudessem manter um relacionamento real e significativo.

Era por isso que Daphne havia embarcado numa incansável campanha de relações públicas dirigida por ela mesma. Ela dava aulas particulares de matemática e física para alunos carentes. Trabalhava como voluntária num abrigo para pessoas sem teto. E, todos os domingos, vinha para a ala infantil do Hospital St. Stephen, porque sabia que com um trabalho voluntário isolado não chegaria a lugar nenhum. Para que contasse, precisava ser um hábito.

E como contava. No ano anterior, Daphne havia acumulado mais de quatrocentas horas de voluntariado, meticulosamente registradas com seus horários de entrada e saída. A princesa Samantha, por sua vez, tinha feito quatorze. No ano todo. Daphne não hesitou em passar esses números para Natasha, que ficou encantada em publicá-los no *Daily News*. Como era de esperar, Daphne recebera inúmeros comentários de apoio. Mas não tinha certeza se alguém no palácio tinha se dado ao trabalho de repreender a princesa.

Por outro lado, que diferença fazia que ela tivesse derrotado Samantha quando a santa princesa Beatrice havia acumulado ainda mais horas que Daphne, sem deixar de estudar em tempo integral em Harvard?

Daphne se esforçara durante anos para se inspirar no comportamento da princesa mais velha. Era evidente que Beatrice administrava sua reputação com a mesma meticulosidade que ela. Como a primeira herdeira ao trono, aquele cuidado era necessário. Muitas pessoas torciam em silêncio para que a princesa cometesse um deslize.

Na vida de ambas, não havia espaço para erros.

Quem dera elas pudessem se lamentar, Daphne às vezes pensava. Como era difícil ser mulher naquele mundo de monarquias, com todas as estruturas e tradições construídas exclusivamente por homens.

Talvez as coisas melhorassem quando Beatrice ocupasse o trono, um dia em que, depois de duzentos e cinquenta anos, o país finalmente fosse governado por uma mulher. Ou, quem sabe, o melhor teria sido que os Estados Unidos nunca tivessem sido uma monarquia, e sim outra forma de governo.

Daphne duvidava.

— Daphne! Que bom ver você. — O assistente da recepção abriu um sorriso tímido, embora a conhecesse havia anos. Era um cara de vinte e poucos anos com tendência à acne que sempre passava a impressão de se conter para não lhe pedir um autógrafo.

— Obrigada, Chris. Como está a sua gatinha nova? Daisy, né? — Daphne se orgulhava de se lembrar dos detalhes. Era o que a tornava uma profissional.

Chris ficou radiante com o interesse dela e pegou o celular. Daphne fez sons de "ounnn" enquanto ele rolava a galeria com fotos da gata.

Ela ouviu passos no piso de linóleo e se virou para ver Natasha. Bem na hora.

— Chris — disse Daphne gentilmente —, teria algum problema se a Natasha me acompanhasse hoje? Só para tirar umas fotos e pegar algumas citações.

— Estamos preparando uma matéria para impulsionar as doações de fim de ano, com jovens filantropos como protagonistas. Esperávamos poder incluir a Daphne — Natasha entrou na conversa.

— Seria um crime não incluí-la. Daphne vem aqui toda semana — proclamou Chris, e ficou na ponta dos pés para se inclinar para a frente. — Mas peçam permissão para os pais antes de publicar qualquer foto das crianças.

Daphne nunca entendera por que a família real era tão avessa à imprensa. Por experiência, se você os ajudasse uma ou duas vezes, eles se mostravam perfeitamente dispostos a devolver o favor. Fazia tempo que havia chegado a um acordo tácito com Natasha. Daphne lhe contava histórias — algumas sobre ela mesma, algumas sobre outros personagens da corte — e, em troca, Natasha se assegurava de que suas matérias lançassem a luz mais deslumbrante e favorável sobre sua figura.

Naquele dia, Daphne tinha ligado para Natasha com certa relutância para lhe pedir um favor. Toda a matéria fora ideia dela; os outros jovens filantropos seriam mencionados de passagem, quando muito, ao lado da extensa cobertura sobre Daphne. Odiava recorrer a plantar histórias deliberadas de autopromoção, mas não sabia se tinha outra escolha. Ainda não conseguia superar a maneira com que Jefferson a havia deixado no baile, ou o fato de não ter ouvido falar dele desde então.

Não esperava, claro, que o príncipe se importasse com seus trabalhos voluntários. Mas ele se importaria que os *Estados Unidos* se interessavam, porque gostava de ser querido. Jefferson sempre evitou discórdia, lágrimas ou palavras duras de qualquer tipo, provavelmente porque, como o filho mais novo e mimado, raramente as encontrava.

Se Daphne pudesse convencer os Estados Unidos de que ela deveria ser sua princesa, mais cedo ou mais tarde Jefferson acabaria concordando.

Ela e Natasha caminharam pelo corredor em direção à enfermaria infantil. Atrás de uma porta de vidro deslizante se estendia uma longa fileira de salas de tratamento. Desenhos coloridos de fadas e flocos de neve estavam presos nas paredes, junto de meias de feltro verdes e vermelhas. Em um canto, erguia-se uma alegre árvore dourada.

Vários pais levantaram a cabeça com a chegada delas, e seus olhos se arregalaram. Daphne os lançou um sorriso radiante e encantador, ensaiado inúmeras vezes diante do espelho.

Uma das garotinhas desceu da cama em um salto e correu na direção de Daphne, que se agachou para ficar na altura do rosto da criança.

— Olá — disse ela, enquanto ouvia atrás de si a sequência constante de cliques que significava que Natasha estava documentando tudo. — Qual é o seu nome?

— Molly. — A garotinha levantou o braço e enfiou o dedo no nariz. Daphne se perguntou se ainda teria que apertar a mão dela.

— Prazer em conhecer você, Molly. Eu sou a Daphne.

— Você é uma princesa? — perguntou a garotinha, com a falta de tato de uma criança.

Daphne se forçou a continuar sorrindo. "Um dia", pensou ela. "E, quando eu for princesa, você vai ter que se apresentar com uma reverência." Continuou segurando a mão da garotinha até a mãe se aproximar para pegá-la, e garantiu à mulher que não era problema nenhum.

— Eu sabia — Daphne ouviu a mãe dizer enquanto se reunia ao restante da família. — Sabia que ela era ainda mais bonita ao vivo. E tão *gentil*.

Era por *isso* que Daphne merecia ser princesa um dia. Porque sabia desempenhar o papel. Queria que Jefferson pudesse enxergar aquilo com tanta clareza quanto ela.

Natasha se aproximou discretamente da mãe de Molly com um formulário eletrônico para a liberação do uso das fotografias que tinha acabado de tirar. A mulher, ainda fascinada por ter conhecido a famosa Daphne Deighton, assinou sem hesitar.

Conforme avançava pelo corredor, Daphne fazia questão de parar em cada uma das camas, fosse para servir um copo d'água e levá-lo aos lábios de um menino, brincar com a boneca de uma garotinha ou ler a história preferida de um livro ilustrado com páginas grudentas. Ela nunca se cansava, não permitia que seu sorriso vacilasse nem por um milímetro e, enquanto isso, Natasha se encarregava de registrar tudo.

♛

— Que noite agradável — disse Natasha sucintamente enquanto se dirigiam para o estacionamento. A claridade pouco a pouco abandonava o céu, e algumas estrelas dispersas começavam a salpicar o horizonte. Um frio intenso permeou o ar, e Daphne se aninhou em sua parca.

— Tirei algumas fotos ótimas — prosseguiu Natasha, abrindo a porta do carro para guardar a bolsa com a câmera. O movimento agitou seus cabelos escuros e assimétricos. — Quer que eu envie para você avaliar antes de publicar a matéria?

— Por favor.

A repórter fez uma pausa, com as chaves do carro tilintando em uma das mãos.

— Está esperando alguém? Posso te dar uma carona para casa.

Daphne negou com a cabeça.

— Na verdade, vou voltar lá dentro. Tenho mais uma visita para fazer. Uma pessoal — acrescentou, em resposta ao olhar questionador de Natasha.

— Sua amiga que está em coma. Eu me lembro — murmurou Natasha.

É claro que ela se lembrava. Daphne havia lhe entregado aquele furo de reportagem de bandeja, praticamente escrevera o artigo. Menores de idade bebendo dentro do Palácio de Washington e uma garota que foi parar na emergência? Foi uma das matérias mais populares que Natasha já tinha publicado.

— Isso. A situação dela não mudou.

— Sinto muito — respondeu Natasha, com a falta de convicção de quem expressa uma emoção sem senti-la de verdade. Seus olhos se desviaram para o banco de trás, onde estava a câmera. — Quer que eu vá junto?

A parte analítica de Daphne sabia que Natasha tinha razão. A futura princesa chorando aos pés da cama onde estava sua amiga seria uma ótima foto para complementar a reportagem sobre sua filantropia.

Mas aquela dor era real demais para Daphne compartilhar.

— Obrigada, mas acho que vou sozinha.

Quando entrou no hospital dessa vez, Daphne caminhou depressa, de cabeça baixa para não chamar a atenção. Não queria tornar público o motivo de sua presença.

Na ala de pacientes de longa permanência, ela percorreu uma série de corredores até chegar à porta que já conhecia bem. Passou os dedos pelo nome na placa — HIMARI MARIKO, dizia, num quadrado de papel revestido por uma película de plástico. No início, quando todos ainda esperavam que Himari fosse acordar a qualquer momento, seu nome fora escrito com caneta num quadro-branco.

Daphne soubera que o caso era sério quando a equipe pendurou a placa laminada.

Havia uma cadeira colocada ao lado da cama; Daphne sentou-se nela, tirou as sapatilhas e ajeitou as pernas no assento, os pés calçados com meias pretas em cima da almofada.

Himari estava diante dela, coberta pela colcha azul e prateada que sua mãe havia trazido de casa. Uma série de tubos e cabos conectava-a a diferentes aparelhos e gotejadores. Suas bochechas estavam encovadas, e sombras roxas profundas marcavam a pele abaixo de seus olhos. Sua respiração era tão delicada que Daphne mal conseguia ouvi-la.

— Oi. Sou eu — disse Daphne baixinho.

Quando Himari entrou em coma, e ainda parecia ser uma condição temporária, Daphne enchia suas visitas de conversas. Ela contava a Himari tudo que a amiga estava perdendo, o novo professor de *spinning* bonitinho que estava dando aulas na academia favorita das duas; a festa de gala temática dos anos 1980 realizada no museu de ciências; o fato de Olivia Langley estar planejando um fim de semana na casa do lago de sua família e não ter incluído Daphne. Só que agora lhe parecia estranho despejar todas aquelas palavras sem importância no silêncio. Sua amiga nem dava a impressão de estar ouvindo.

Ela pegou a mão de Himari e ficou mais uma vez surpresa com o quanto parecia mole em comparação à sua. As unhas dela estavam grotescamente compridas, e tão desiguais que começavam a se prender no cobertor. As enfermeiras tinham coisas mais importantes para se preocupar do que as cutículas de Himari, claro, mas mesmo assim...

Contendo um suspiro, Daphne vasculhou a bolsa para pegar a lixa de unha que sempre levava consigo e começou a lixar meticulosamente as unhas da amiga, deixando as bordas arredondadas.

— Desculpa por não ter trazido nenhum esmalte. Se bem que eu não teria a cor certa para você. — Daphne usava apenas esmaltes rosa muito claros, quase translúcidos; temia que os tons de vermelho evocassem no imaginário das pessoas imagens de garras ou presas. Mas Himari não hesitava. Ela sempre foi fascinada pelas cores mais intensas e extravagantes, assim como sua mãe.

"Uma verdadeira dama é reconhecida por suas unhas e lábios pintados de vermelho", a mãe de Himari costumava lhes dizer quando ia para algum evento com um vestido preto elegante e saltos altíssimos. Himari era filha do conde e da condessa de Hana, títulos que pertenciam à sua família por quase um século, desde que os bisavós chegaram de Quioto como embaixadores da Corte Imperial do Japão.

Daphne amava ir à casa dos Mariko. Eles moravam numa enorme propriedade no centro de Herald Oaks, com jardins bem-cuidados e uma piscina gigantesca. Himari tinha três irmãos, e sua casa era sempre barulhenta e cheia de risos, independentemente das aquarelas de valor inestimável e os vasos de terracota que decoravam todos os cômodos.

— Não aprovo sua amizade com essa menina dos Mariko. Ela é esperta demais — anunciou a mãe de Daphne certo dia, quando a filha voltou para casa depois de ter passado a noite com Himari. — Você precisa se cercar de garotas que a façam brilhar, não garotas que sejam sua competição.

— Ela é minha *amiga* — protestou Daphne.

Rebecca olhou nos olhos da filha com presságio assustador.

— Duas garotas bonitas e inteligentes como vocês... Só pode acabar em desastre.

Daphne queria que sua mãe não tivesse razão.

Ao longo do ensino médio, ela e Himari compartilharam praticamente tudo, esperanças, sucessos, o título de garotas mais populares da turma. Que entrada espetacular elas faziam toda vez que chegavam juntas a qualquer cerimônia da corte, tão jovens, deslumbrantes e aristocráticas. Era como se ninguém pudesse resistir a elas, como se nada pudesse se colocar entre as duas.

Até Daphne começar a namorar o príncipe.

No fim das contas, Himari também queria Jefferson. Claro que queria. Metade do país fantasiava com ele. Mas, Daphne, que se orgulhava de ser capaz de detectar as intenções das pessoas antes que elas mesmas pudessem reconhecê-las, não tinha previsto aquilo.

— A gente *era* amiga, não era? — perguntou ela em voz baixa, ciente de que Himari não responderia. — Você não estava só fingindo o tempo todo, né?

Aqueles sete dias, do aniversário de Himari até a festa de formatura dos gêmeos, tinham feito com que Daphne duvidasse e repensasse tudo. Queria acreditar que Himari se importava, que em algum momento a amizade das duas havia sido real.

Porque, mesmo depois de tudo que tinha acontecido, Daphne sentia saudade da amiga. Sua amiga arrogante, sarcástica e perspicaz que sempre dava a impressão de saber mais do que devia.

Ela olhou rapidamente ao redor da sala, com cautela. Mesmo agora, com a porta fechada, todo cuidado era pouco. Depois, inclinou-se para a frente, pressionou a testa nas costas da mão de Himari e fechou os olhos, como se implorasse por uma bênção que nunca viria.

— Nunca quis que nada disso acontecesse — sussurrou Daphne. — Deu tudo tão errado. Eu só queria... queria que você tivesse *falado* comigo. Você não me deu muitas opções, Himari.

Daphne não era como os outros aristocratas, cujas famílias tinham seus títulos desde antes da Revolução, que cresceram treinados de acordo com as regras da sofisticação. Quando se tratava de brigas, Daphne tinha o instinto de uma boxeadora, e Himari a encurralara.

Ela desejou ser capaz de derramar ao menos uma lágrima pela amiga. Mas Daphne não conseguia se lembrar da última vez que tinha chorado. Provavelmente antes do acidente de Himari.

Talvez tenha perdido a capacidade de se permitir demonstrar fraqueza. Talvez a culpa tivesse secado seus canais lacrimais e ela nunca mais fosse capaz de chorar outra vez.

— Nunca quis que isso acontecesse — repetiu Daphne.

Himari não esboçou nenhuma reação, nem mesmo um piscar de olhos. Nada que indicasse ter ouvido as palavras de Daphne.

11

NINA

— Como se chama o primo da Julieta em *Romeu e Julieta*? — Rachel desviou o olhar do laptop e o dirigiu para a mesa oposta, onde Nina separava os livros em carrinhos.

Elas estavam na sala de trabalho de Dandridge, a biblioteca principal da King's College. Em teoria, aquele espaço era de uso exclusivo dos funcionários, mas ninguém se importou quando Nina levou Rachel ali. O restante da equipe da biblioteca nem estava trabalhando.

— Teobaldo — respondeu Nina automaticamente, depois fez uma pausa. — Por que você está escrevendo sobre Shakespeare para seu trabalho de história russa?

Rachel esticou os braços acima da cabeça, alongando-se, como se tivesse passado o dia inteiro estudando, e não uma hora.

— Fiz uma pausa para jogar palavras cruzadas on-line. É importante parar de vez em quando, sabe? Assim, o poço da criatividade não seca.

— Você está escrevendo um trabalho de história de quatro páginas, não um romance — brincou Nina.

Seu celular vibrou, avisando que Samantha tentava ligar para ela. Nina recusou a chamada e logo mandou uma mensagem rápida. "Estou no trabalho, podemos nos falar mais tarde?"

A mente de Nina girava enquanto tentava decidir o que diria a Sam. A princesa passou a semana inteira entrando em contato, insistindo para que a amiga passasse o Ano-Novo na casa dos Washington em Telluride. Nina fizera aquela mesma viagem quase todos os anos durante a última década. Chegara até a aprender a praticar snowboard com o instrutor particular de Sam e Jeff.

Queria estar ao lado de Sam, que se encontrava visivelmente abatida desde o baile do último fim de semana — quando ela beijou aquele cara de Boston para logo depois descobrir que ele ia sair com *Beatrice*.

Mas como Nina poderia encarar Jefferson depois do que aconteceu na varanda naquela mesma noite?

— Que tal esse aqui: "Fundador de um império." César? Só que são sete letras...

— Augusto — respondeu Nina, enquanto se esforçava, sem sucesso, para não pensar em Jeff. Augustus era um dos nomes dele, assim como Alexander. Só faltava Guilherme, ou talvez Átila, então ele literalmente teria sido batizado com os nomes de todos os grandes conquistadores da história mundial. Para alguém que não era o herdeiro, ele certamente tinha muito poder naqueles quatro nomes.

— Você pode usar a internet em vez de ficar me perguntando, sabia? — observou ela.

— E que graça tem isso?

Nina balançou a cabeça, sorrindo. Na verdade, não se importava que Rachel a enchesse de perguntas. Teria sido diferente se estivesse lendo, mas ordenar os livros já tinha se tornado algo automático para ela. Sabia de cor o sistema de classificação decimal de Dewey. Talvez tivesse aceitado aquele emprego mesmo que não fosse um dos requisitos estipulados nas cláusulas de sua bolsa de estudos, só para ter uma desculpa para passar mais tempo na biblioteca.

Nina tinha sido criada à base de livros. Nos fins de semana em que suas mães trabalhavam, quando não queria ir até o palácio, ela implorava para que elas a deixassem na biblioteca local. Passava o dia inteiro bem feliz, devorando a seção de livros infantis, tanto em inglês quanto em espanhol. Ela e sua mãe sempre faziam uma brincadeira no fim do dia, em que Nina tinha que descrever o livro que estava lendo do jeito mais criativo possível. Nunca irrite um réptil, *Peter Pan*. Não se deixe enganar por um reflexo, *Alice no País das Maravilhas*. E por aí vai.

Na biblioteca do campus, o trabalho de Nina era recolher os livros da cesta de devoluções e devolvê-los aos seus lugares nas estantes. Era bem divertido, na verdade, ver a diversidade de temas sobre os quais as pessoas pesquisavam. Ela nunca sabia o que ia encontrar, das memórias do rei Zog da Albânia até um livro de receitas do século XVII, do qual tinha chegado a copiar uma receita. O trabalho fazia Nina se lembrar de quanto conhecimento existia no mundo.

— O Logan não sabe mandar mensagem — reclamou Rachel, fazendo cara feia para o celular. Seu vistoso moletom turquesa escorregou de um ombro. Nos meses desde que se conheceram, Nina nunca tinha visto Rachel vestir uma peça de roupa preta ou branca; seu guarda-roupa inteiro parecia exclusivamente fluorescente.

— O que ele disse? — Nina parou em um livro surrado com capa de tecido chamado *Títulos nobiliários extintos e suspensos*. Para onde iria esse, Aristocracia ou Heráldica? Ela passou o código de barras pelo scanner para conferir.

— Eu disse a ele que não ia poder ir à festa hoje à noite porque tenho que fazer esse trabalho, e tudo que ele disse foi "Boa sorte"! O que você acha que isso quer dizer? — Rachel apertou os lábios. — Será que ele está *tentando* me dar um fora?

— Talvez você consiga terminar a tempo de ir se tentar fazer o trabalho em vez de procrastinar — repreendeu Nina com jeitinho. — Ainda são sete horas.

Rachel bagunçou seu cabelo cacheado como se tivesse acabado de sair de uma tempestade.

— Só queria passar um tempo com você antes do recesso de fim de ano. Senti sua falta na semana passada.

Nina mudou de posição, desconfortável. Odiava mentir, mas não tinha como contar a Rachel que tinha faltado à festa de transmissão do Baile da Rainha para *ir* ao Baile da Rainha. Poderia menos ainda falar sobre o que tinha acontecido depois, na varanda.

— Além disso — continuou Rachel —, gosto de fazer o trabalho aqui. Faz com que eu me sinta VIP na biblioteca.

— Pois é, superglamoroso — respondeu Nina, inexpressiva.

Rachel riu, inclinou a cadeira até que ela se equilibrasse nas pernas de trás e, com um estrondo, a deixou cair para a frente de novo.

— Afinal, você ainda vai estar na cidade na véspera do Ano-Novo, né? Estava pensando em organizar alguma coisa.

Antes que Nina pudesse responder, seu celular vibrou com outra chamada. Estava prestes a recusar, presumindo que fosse Samantha de novo, mas então viu quem era e seu coração foi na boca. Ela saiu da salinha de trabalho e, quando chegou ao corredor, abaixou a voz.

— Nina! Por favor, me diz que você ainda não jantou — disse o príncipe Jefferson em tom caloroso.

— Não... Hm, estou trabalhando — gaguejou ela.

— Isso significa que você pode me encontrar no Matsu?

— *Matsuhara*, você diz? — Era um dos restaurantes de luxo mais caros de Washington.

— Estou morrendo de vontade de comer sushi — disse Jeff simplesmente. — Vamos, por favor? Não me obriga a comer todo aquele arroz crocante com atum sozinho.

Nina engoliu em seco, lutando contra uma onda de sentimentos conflitantes. Será que ele a estava chamando para um *encontro*?

— Estou de jeans e tênis — respondeu ela, fugindo da pergunta. — Além disso, não tenho certeza… — "Não tenho certeza de que seja uma boa ideia."

— Ah — disse ele devagar. — Hm… tudo bem. Eu entendo.

Apesar da naturalidade com que tinha dito aquelas palavras, havia um tom inconfundível de decepção em sua voz. Por alguma razão, isso fez Nina mudar de ideia.

Por que *não* deveria ir ao Matsuhara? Estava com tanto medo de Jeff que não era capaz de lidar com um simples sushi na mesma mesa que ele?

— Na verdade… tá bom. Encontro você lá. — Ela sentiu a garganta secar. Nina podia jurar ter ouvido o sorriso dele do outro lado da linha.

— Fantástico. Quer que eu mande um carro te buscar?

— *Não*. Não se preocupa. — A última coisa que ela precisava era ser vista entrando em um dos carros oficiais da família real dentro do campus. Por pouco não tinha passado despercebida na última vez.

Nina voltou para a sala de trabalho tentando não demonstrar o quanto se sentia agitada de repente.

— Ei, Rach, tenho que ir. Se alguém perguntar, você pode dizer que volto amanhã de manhã para terminar de guardar isso aqui? — Ela apontou para os livros empilhados no carrinho de metal. — E, quando sair, não se esquece de trancar a porta.

Rachel ficou olhando para ela, sem se dar ao trabalho de disfarçar a curiosidade.

— Claro. Tá tudo bem?

— Mais ou menos. Quer dizer, sim, está tudo bem, mas tenho que ir. — Nina considerou a possibilidade de dizer que sua mãe tinha ligado, mas decidiu que era melhor ser vaga do que contar uma mentira deslavada. Já tinha testemunhado estratégias de relações públicas da família real o suficiente para saber que era o mais sensato a se fazer.

Rachel assentiu com a cabeça sem deixar de analisar a amiga com os olhos.

— Pode deixar. A gente se vê.

Nina pôs a mochila no ombro, seguiu na direção da porta principal da biblioteca e correu escada abaixo. Os icônicos leões de pedra que ladeavam o acesso lhe mostravam os dentes num rugido perpétuo.

♛

O Matsuhara estava vazio quando ela chegou. Quer dizer, vazio a não ser pelos agentes de segurança parados na entrada, impassíveis e de braços cruzados sobre o peito, e Jeff, que estava sentado sozinho numa mesa bem no meio do restaurante.

— O que é isso? — Nina exalou, parando bruscamente. — Cadê todo mundo?

Jeff se levantou para puxar a cadeira dela. Nina se sentou, desconcertada.

— Hoje somos só nós dois — disse-lhe ele, como se reservar um restaurante inteiro fosse algo banal. — Sei que você não gosta de estar nos holofotes, então pensei que seria melhor, mais discreto.

— Hm… tá bom. — O olhar de Nina vagou pelo resto do salão de jantar, por todas as mesas redondas com suas cadeiras de couro amarelo. Por trás de um sushi bar de madeira *hinoki* lixada, dois chefs trabalhavam em um silêncio coordenado.

— Por que você fez tudo isso?

Jeff apoiou os cotovelos na mesa. Estava vestindo uma camisa de botão com as dobras muito bem passadas.

— Lembro que suas mães sempre levavam você para comer um sushi em ocasiões especiais — disse ele. — E essa ocasião me pareceu especial. Cheguei a pensar em irmos para Tóquio, para podermos comer direto da fonte — prosseguiu —, mas meus pais iam usar os dois aviões hoje.

— Jeff…

Ele caiu na gargalhada quando viu a expressão no rosto dela.

— É *brincadeira*, Nina.

Ah. Com a família real, às vezes era difícil distinguir.

A chegada de um chef japonês de uniforme branco e óculos grandes a salvou de ter que falar.

— Sua Alteza, é uma honra recebê-lo esta noite. Posso apresentar o primeiro prato?

Nina estava prestes a lhe dizer que ainda não tinham feito o pedido, mas dois garçons acabavam de sair da cozinha para servir um aperitivo aos dois.

— Uma seleção de toro e caviar. Bom apetite. — O chef fez uma reverência, cortês, e desapareceu.

Ela olhou para o prato. A redução do molho de soja tinha sido feita com tanto esmero que misturá-la parecia quase um pecado. Os hashis esculpidos pareciam obras de arte em suas mãos. Nina percebeu o quanto sua tatuagem parecia deslocada e começou a puxar a manga da camisa para cobrir o pulso, mas acabou mudando de ideia.

— No que você estava trabalhando quando eu liguei? — perguntou Jeff, esperando-a educadamente antes de dar a primeira mordida.

— Tenho um emprego na biblioteca como parte da minha bolsa de estudos — respondeu Nina com orgulho. Não tinha vergonha nenhuma de suas origens.

Ela se forçou a experimentar o caviar, prato que costumava evitar nos eventos da corte. Como sempre, só sentia gosto de sal. Os hashis chacoalharam quando ela os soltou inadvertidamente.

— Não gostou? — perguntou Jeff, encarando-a.

Nina viu os *sous-chefs* observando-a com atenção. Ela não podia fazer aquilo, não podia ficar sentada ali, naquela sala enorme, sobre a qual pesava um silêncio profundo quando vozes, risadas e o tilintar de copos deveriam ecoar pelo ambiente. Era tudo sufocante. Era *demais*.

Provavelmente, Jeff levava Daphne Deighton para aquele tipo de encontro todo fim de semana. Nina não tinha nada a ver com Daphne, e se ela e Jeff queriam que aquilo tivesse alguma possibilidade de dar certo — seja lá o que "aquilo" fosse —, ele precisava estar ciente dos fatos.

— Para falar a verdade, não. Odeio caviar. — A música clássica ambiente tornava a voz de Nina quase inaudível. — Jeff, você não deveria ter organizado tudo isso.

— Eu disse, é uma ocasião espe…

— Não — insistiu ela. — Esse encontro é… — *Extravagante, chamativo, exagerado.* — Atencioso — disse, optando por ser diplomática. — Mas não tem nada a ver *comigo*.

Jeff piscou os olhos, perplexo. Nina se perguntou se o tinha chateado, depois de todo o dinheiro e planejamento que ele certamente havia investido naquela noite. Até que seus olhos se iluminaram e ele começou a rir.

— Quer saber de uma coisa? Eu também odeio caviar.

O príncipe se levantou com um só movimento e jogou o guardanapo na mesa, ao lado da torre de toro e caviar comidos pela metade. Nina logo fez o mesmo. Ao vê-los, Matsuhara saiu correndo da cozinha com um gesto desconsolado.

— Pedimos desculpas, mas surgiu uma emergência. Não vamos ficar para o restante da refeição. Mas, é claro, vocês receberão o pagamento integral — Jeff anunciou para o chef perplexo.

— Mas, Sua Alteza... Toda a comida...

— Você e sua equipe podem comê-la. Aposto que vocês nunca têm a oportunidade de saborear a própria comida. — A animação iluminou o rosto do chef.

Jeff esperou até que tivessem saído pela porta lateral antes de se virar para Nina.

— Então, para onde vamos? Tenho que admitir que ainda estou com fome.

Nina deu uma risada agradecida.

— Sei o lugar perfeito.

♛

O assombro e o fascínio estampados na expressão de Jeff fizeram com que tudo valesse a pena — mesmo que seu agente de segurança parecesse querer estrangulá-la.

Eles foram andando até a loja de conveniência Wawa depois que saíram do Salsa Deli, a taqueria preferida de Nina, onde se sentaram em uma mesa com toalha de plástico para pedir carnitas. Com a iluminação fraca, ninguém tinha olhado para eles mais de uma vez. Principalmente depois que Jeff pegou emprestado o moletom azul-marinho que seu agente de segurança guardava na mala do carro.

Batata frita e molho enlatado eram o oposto do jantar cinco-estrelas que tinham acabado de deixar para trás, mas era muito mais a praia de Nina. Livre de expectativas e pratos gourmet, ela e Jeff finalmente tiveram a chance de relaxar e simplesmente conversar.

Quando ele perguntou aonde podiam ir para a sobremesa, Nina o levou até a lojinha Wawa, do outro lado da rua.

Fazia frio ali dentro; luzes fluorescentes banhavam um corredor após o outro, repletos de embalagens coloridas. A loja estava vazia, exceto pela moça do caixa, que mal olhou na direção deles antes de voltar sua atenção para a revista que estava lendo. Nina teve que segurar o riso quando viu a capa, uma resenha do tipo "QUEM VESTIU MELHOR?" dos vestidos do Baile da Rainha. Se a funcionária soubesse que tinha o príncipe do reino em sua loja, com o rosto escondido por baixo do gorro de um moletom azul-marinho...

Mas Nina sabia que o moletom não era o único motivo pelo qual Jeff tinha conseguido se safar. Era uma questão de contexto. A moça do caixa não *esperava* ver o príncipe Jefferson no Wawa de Engletown, por isso não era capaz de perceber sua presença bem ali, debaixo do seu nariz.

E agora Jeff estava correndo para lá e para cá no Wawa como se fosse... bem, como se fosse uma criança numa loja de doces. Não parava de pegar coisas das prateleiras, sem se preocupar, batatinhas superpicantes, bolinhos recheados, salgadinhos de jalapeño.

Ele a encarou ao mesmo tempo confuso e encantado, com os braços carregados de comida empacotada.

— Não entendo esse lugar. É um fast-food ou uma loja de conveniência?

— Os dois. O Wawa é onde os dois mundos se encontram.

Jeff abriu um sorriso.

— Estou me sentindo tão descolado. Tão hipster e boêmio.

— Para um garoto que usa tiara, acho que qualquer coisa parece boêmia — brincou Nina, e Jeff ficou vermelho com o comentário.

— É um *diadema*, não uma tiara, e não uso desde os dez anos! — protestou ele. — Foi só para aqueles retratos que minha mãe me fazia tirar quando eu era criança!

— Com certeza parecia uma tiara para mim. — Nina se agachou quando Jeff jogou um pacote de batatinhas na direção dela. — "Se a rosa tivesse outro nome..."

— Vamos procurar umas fotos de quando *você* tinha dez anos. Se eu me lembro bem, você também teve uma fase esquisita.

— Acho que você está falando do meu infame corte tigelinha. Também conhecido como meu ano do cabelo feio. — Nina riu.

— Pelo menos suas fotos não rodaram o mundo — observou Jeff. — Além disso, você ainda era bonitinha, mesmo com aquele corte horrível.

A voz dele tinha suavizado. Os dois ficaram imóveis.

Nina sentiu uma súbita necessidade de dizer alguma coisa, qualquer coisa, para romper o silêncio.

— A gente veio aqui para a sobremesa, e você só pegou salgadinhos — comentou ela.

— Justo. — Jeff foi até a seção de congelados e pegou um pote de sorvete de menta com gotas de chocolate.

Nina torceu o nariz.

— Com todas as opções de sorvete, você escolheu menta com gotas de chocolate?

— O que você tem contra menta com gotas de chocolate?

— Nada deveria ter aquele tom de verde. Não é natural.

— Então tá ótimo. Sobra mais para mim. — Jeff sorriu. Um sorriso torto e genuíno, razão pela qual Nina sabia que o outro sorriso, o que ele mostrava para o resto do mundo, era falso.

Saber que era ela que tinha provocado aquele sorriso lhe deu uma sensação absurda de confiança. Nina se viu desesperada para vê-lo de novo.

— Já que você insiste em levar essa *monstruosidade* — ela indicou o pote de sorvete com a cabeça —, não tenho outra escolha a não ser pegar minha própria sobremesa. Veja e aprenda.

Ela se aproximou do balcão e chamou a moça do caixa.

— Com licença, vou querer um milk-shake de chocolate com M&M's em dobro, por favor?

— M&M's em dobro? Isso é de uma gula chocante. — Jeff se pôs atrás dela, tão perto que Nina poderia ter se recostado nele, se tivesse coragem.

— Ou o segredo da felicidade — respondeu ela, impondo a voz sobre as batidas repentinas de seu coração. — Só sei que quando preciso engolir meus sentimentos, eles têm gosto de milk-shake com M&M's em dobro do Wawa.

Jeff sorriu.

— Você e a Sam ainda estão tentando provar todas as variedades de M&M's do mundo?

Nina ficou surpresa por ele ter se lembrado.

— Ainda não estivemos em todos os países. Afinal, tem muito mundo lá fora.

Algo brilhou nos olhos de Jeff com as palavras dela, e ele assentiu com a cabeça, pensativo.

Nina insistiu em pagar pelos petiscos. Era o mínimo que poderia fazer, depois de ter interrompido o encontro caro e elaborado que Jeff havia planejado. Enquanto assinava o recibo, percebeu que a moça do caixa olhava para seu acompanhante encapuzado com muita atenção. A garota abriu a boca, mas, antes que pudesse dizer qualquer coisa, Nina pegou a sacola das compras com uma das mãos e o braço do príncipe com a outra.

— Vamos embora.

— Vamos apostar corrida? — perguntou Jeff, tão brincalhão e desafiador quanto costumava ser quando eles eram crianças e deslizavam pelas escadas do palácio usando almofadas do sofá.

— Vamos. — Nina disparou pela rua, e Jeff seguiu correndo ao lado dela.

Quando chegaram ao trecho do John Jay Park que se estendia junto ao rio, os dois se jogaram num banco, ofegantes. As sombras eram interrompidas apenas por poças de luz desfiguradas lançadas por postes espaçados ao longo da trilha atrás deles.

Jeff tirou o moletom e o deixou de lado. A luz da lua brilhava em seu cabelo escuro, transformando-o no elmo prateado de um cavaleiro.

— Desculpa, Matt — disse ao agente de segurança, embora não parecesse nem um pouco arrependido. Matt simplesmente sacudiu a cabeça e recuou alguns metros no caminho, mantendo-se no campo de visão dos dois.

— Aquele lugar era *incrível*. — Jeff pegou seu pote de sorvete antes de passar a sacola de compras para Nina. — De onde é que vem o nome Wawa, afinal?

— Não tenho certeza. — Provavelmente, como tudo naquele país, o nome remontava aos Washington.

Nina furou a tampa do milk-shake com um canudo.

— Eu me sinto honrada de ter levado você em sua primeira excursão ao Wawa — continuou ela, num tom mais suave. — Você tem que prometer que no ano que vem, quando for ao Wawa do campus para um lanchinho tarde da noite, vai lembrar que fui eu que te mostrei como é o esquema.

— Tem um Wawa na King's College?

— Ah, tem. Vive lotado, principalmente à uma e cinquenta e cinco da manhã, cinco minutos antes de fechar — contou-lhe ela. — Uma vez, quando eu era a primeira da fila, me ofereceram trinta dólares pelo meu milk-shake.

— Você aceitou?

— De jeito nenhum! Esse tipo de felicidade não tem preço.

Jeff mudou de posição no banco, pressionando momentaneamente a perna contra a dela. Por mais que houvesse duas camadas de tecido entre eles, a calça cáqui dele e o jeans preto dela, Nina ainda sentiu o rosto ficar quente. Ela tomou um gole ruidoso de seu milk-shake, nada típico de uma dama, na esperança de acalmar o clamor de seus pensamentos.

O príncipe pigarreou.

— Para dizer a verdade, não sei se quero ir para a King's College no ano que vem — comentou.

A declaração pegou Nina de surpresa.

— Sério?

— Eu sei, eu sei, é onde minha família sempre estudou. Meus pais não param de me pressionar para assinar a linha pontilhada e acabar logo com isso.

— Mas... — disse Nina, esperando.

— Prefiro estudar no exterior. Na Espanha, quem sabe, ou na Austrália. Não que eles fossem deixar. Um príncipe americano, estudando em outro país? — Jeff sacudiu a cabeça. — A imprensa ia pirar. Não estou pedindo que você sinta pena de mim — ele se apressou em acrescentar.

Nina balançou a cabeça, surpresa. Tinha presumido que Jeff escolheria automaticamente a King's College. Era fácil e previsível, e ele poderia se sair muito bem em todas as matérias e se tornar o presidente de uma fraternidade, assim como seu pai, seu tio, seu avô e bisavô tinham feito.

Talvez ela não o conhecesse tão bem assim, ou talvez Jeff tivesse mudado. Nina se perguntou se também tinha acontecido o mesmo com ela, se Jeff estava tendo a mesma dificuldade de conciliar a Nina de sempre com sua versão atual.

Seu celular vibrou no bolso. Nina olhou de relance para a tela e viu que era uma mensagem de Samantha: "Quer vir aqui amanhã?"

Ela tratou de guardar o celular no mesmo instante. Se fosse qualquer outro garoto, Nina teria discretamente respondido, depois ligaria para Sam no instante em que o encontro acabasse para lhe contar cada mínimo detalhe. Era uma sensação estranha, esconder algo assim da melhor amiga, mas não havia a menor possibilidade de ela contar para Samantha que estava com seu irmão gêmeo.

Pelo menos não até Nina descobrir o que estava acontecendo entre ela e Jeff, e se estava indo a algum lugar.

A meia-noite chegou com o coro repentino dos sinos das igrejas da capital, St. Jerome, Holy Rosary e Liberty Church, no centro da cidade. Os sons ecoaram por todas as ruas e becos de Washington, anunciando a chegada de um novo dia.

Jeff começou a se levantar, balbuciando algo sobre como estava tarde, mas voltou a sentar quando Nina puxou sua manga.

— Já é amanhã; faz um pedido — murmurou ela.

— O quê?

— É o que minhas mães diziam quando a gente ficava acordada até meia-noite. Que o amanhã chegou e você podia fazer um pedido.

— Nunca ouvi falar disso. — Diversão e ceticismo se misturaram à voz de Jeff. — Pra mim parece que elas estavam procurando qualquer desculpa para realizar seus desejos.

— E se for, qual o problema? O mundo bem que precisa de mais desejos.

Nina não contou a Jeff o que ela pedira em silêncio durante todos aqueles anos, que a maioria dos desejos girava em torno *dele*.

Ao redor dos dois, reverberavam as últimas notas dos sinos da igreja.

Jeff tocou timidamente o rosto de Nina, acariciando sua bochecha com o polegar. Ele se inclinou para beijá-la.

Foi um beijo lento, quase cuidadoso, como se Jefferson temesse se apressar demais ou estragar o momento. Quando por fim se separaram, Nina apoiou a cabeça no peito dele. Podia sentir as batidas de seu coração através da camisa cara de botões. O som era estranhamente reconfortante.

— Essa é uma péssima ideia. — Suas palavras saíram abafadas, mas, mesmo assim, o príncipe a envolveu com o braço, puxando-a mais para perto.

— Discordo. Eu acho genial.

— Será que a gente pode só... Sei lá, ir embora e fingir que nunca aconteceu...

— Por que a gente faria isso?

— Porque sim. — Nina obrigou-se a se afastar do calor dele, por mais que seu corpo protestasse contra a distância repentina entre os dois. — Tirando o fato de que sua irmã é minha melhor amiga, eu não sou seu tipo.

— A Sam vai ser nossa maior fã, confia em mim — assegurou-lhe Jeff. Essa palavrinha, *nossa*, parecia ter um peso maior do que deveria. — E desde quando bonita e inteligente não é meu tipo?

— Não foi isso que eu quis dizer — insistiu Nina, agitada. — Eu mal tenho uma escova de cabelo, odeio usar salto e, caso você tenha esquecido, sou uma *plebeia*.

— Escovas de cabelo são superestimadas, aqueles tênis são muito mais maneiros do que sapatos de salto, e quem se importa se sua família tem ou não um título?

— O *país* se importa! Você sabe o que eu quero dizer, Jeff — disse ela, impaciente. — Eu mal sou o tipo de garota que você deveria levar ao Matsuhara.

— Achei que a gente tivesse estabelecido que todos os nossos futuros encontros vão ser no Wawa. — Jeff arriscou um sorriso. — Eu *gosto* de você, Nina. Sei que estraguei as coisas antes. Mas quero muito te fazer mudar de ideia. No mínimo dos mínimos, será que você pode pelo menos parar de ser tão difícil e me dar uma chance?

Apesar da apreensão persistente, Nina sorriu.

— Não leva para o pessoal; eu sou sempre difícil.

— Até o momento não me assustou — lembrou-lhe Jeff.

Nina chegou mais perto e, mais uma vez, beijou o príncipe dos Estados Unidos.

12

BEATRICE

Beatrice não se atreveu a olhar para trás, para Connor, enquanto subia a escada sinuosa do Teatro de Sua Majestade. Ao seu lado, acompanhada de toda a equipe de segurança, caminhava o resto de sua família. Até Jeff estava ali, o que deveria ter surpreendido Beatrice, já que, normalmente, ele fazia todo o possível para evitar o teatro. Mas ela estava absorta demais na própria ansiedade para prestar atenção.

Depois do Baile da Rainha — após ter ultrapassado um limite inultrapassável e *beijá-lo* —, temia que Connor pudesse entregar uma carta de demissão. No entanto, na manhã seguinte, ele simplesmente apareceu para trabalhar como sempre.

Mal tinham se falado a semana inteira, envolvidos num silêncio desconfortável contrário à sua habitual forma de conversar, fácil e cheia de bom humor. Nas poucas vezes em que Beatrice arriscou uma pergunta, as respostas de Connor foram secas e distantes. Ele claramente tinha decidido deixar todo o incidente para trás e agir como se nada tivesse acontecido.

E era exatamente o que ela deveria estar fazendo.

— Beatrice, você senta aqui — ordenou a rainha enquanto atravessavam a cortina que levava ao camarote real.

Adelaide indicou um dos assentos centrais, na primeira fileira. Era o mais exposto aos demais espectadores, na orquestra embaixo, na galeria logo acima, e até mesmo aos ocupantes dos outros camarotes, que rodeavam o mezanino num semicírculo dourado. Beatrice reconheceu todos os rostos curiosos naquelas galerias, do representante comercial da Nigéria à anciã baronesa Västerbotten, que usava seus binóculos de teatro para espiar abertamente a família real.

Beatrice ocupou o assento indicado pela mãe. Pôs as mãos uma em cima da outra sobre o colo, depois as mudou de posição. Notas soltas emanavam da orquestra, misturando-se às conversas enquanto as pessoas procuravam seus lugares.

— Sua Alteza Real — disse uma voz na altura de seu ombro, e Beatrice ergueu o olhar para encontrar os olhos azuis dançantes de Teddy Eaton.

Ela se levantou com um movimento fluido, mas logo se viu paralisada pela indecisão. Como deveria cumprimentar Teddy? Um aperto de mão parecia um tanto impessoal, já que estavam em um *encontro*, mas um abraço seria um tanto familiar.

Como se percebesse seu pânico, Teddy pegou a mão dela e a levou aos lábios num gesto cortês e antiquado. O beijo mal tocou a superfície de sua pele.

Beatrice engoliu em seco. Precisou reunir todas as forças para não se virar de costas e olhar para Connor.

— Obrigada por ter vindo — declarou ela, e suas palavras soaram vazias e formais até mesmo aos seus próprios ouvidos.

No instante em que se sentaram lado a lado, um rugido vasto de interesse se propagou pelo teatro. As pessoas esticavam o pescoço para vê-los e erguiam os celulares para tirar uma foto rápida. Nem os ocupantes dos outros camarotes se davam ao trabalho de disfarçar as espiadelas.

Beatrice cerrou os dentes, desejando não ter sugerido algo tão público e de tanta visibilidade. É claro que as pessoas iam fofocar sobre aquilo. Beatrice nunca saía com ninguém, e agora estava no espetáculo mais aguardado da temporada na companhia do belo e elegível Theodore Eaton?

Teddy se virou para ela, ignorando a onda de animação com a sua chegada.

— Então, está ansiosa para o espetáculo? Estão dizendo por aí que é revolucionário.

Beatrice viu a irmã tentar se esgueirar para o assento de trás, mas a rainha a pegou pelos ombros e a conduziu à esquerda de Teddy. Ela estremeceu com a lembrança de como havia estourado com Sam naquela manhã. Não era sua intenção; estava com os nervos à flor da pele com o que tinha acontecido com Connor na noite anterior, e as acusações da irmã a pegaram de surpresa.

— Muito — disse ela a Teddy, e deu uma olhada na direção de Sam. Talvez incluí-la na conversa pudesse selar a paz entre as duas. — Mas, na verdade, a Samantha é que é a verdadeira fã de musicais por aqui.

— Sério? — perguntou Teddy, olhando de relance para Samantha.

— Beatrice é a patrona oficial das artes, não eu — respondeu Sam de mau humor, e se virou para amiga Nina, que ocupava o assento ao lado dela.

Beatrice piscou os olhos, surpresa com a grosseria da irmã.

— Esse posto é só uma formalidade — apressou-se em explicar. — Nunca tive jeito para a música.

Os olhos de Teddy se voltaram brevemente para Samantha, e uma expressão enigmática nublou suas feições. Em seguida, sorriu para Beatrice.

— Você não canta?

— Sou tão desafinada que me expulsaram do coral do quarto ano.

Mas era algo mais. A verdade era que Beatrice nunca tivera paciência para o teatro, pelo mesmo motivo que fazia com que ela raramente lesse romances, não conseguia se identificar com os personagens. Ainda se lembrava da frustração que sentia quando era criança e assistia àquelas peças sobre princesas que embarcavam em uma missão. Tudo aquilo lhe parecia falso — uma princesa que comandava a ação da história, que tinha direito a *escolhas*. A vida de uma princesa lhe era decidida muito antes de seu nascimento.

Os escritores poderiam escolher o final de seus livros, mas Beatrice não estava vivendo uma narrativa fictícia. Estava vivendo a história de verdade, e essa não tinha fim.

Ela abriu o livreto do espetáculo e viu que o número de abertura seria interpretado por Melinda Lacy, no papel de Emily.

Mas é claro, compreendeu Beatrice, o título por si só já deveria ter revelado. Tratava-se da história de lady Emily Washington, a Impostora. Ou, como algumas pessoas insistiam em chamá-la, rainha Emily.

Filha única do rei Edward I, Emily continuava a ser uma das figuras mais trágicas, românticas e controversas da história americana. Seus pais fizeram de tudo para lhe arrumar um marido. Mas, apesar de ser desejada por metade dos monarcas do mundo — os reis da Grécia e da Espanha supostamente duelaram por ela na época —, Emily recusou-se a casar. Com a morte do pai, em 1855, Emily, com vinte e cinco anos, tentou defender seu direito ao trono, como mulher, sozinha.

Então, depois de apenas um único dia sendo a suposta rainha, Emily desapareceu.

Os estudiosos ainda debatiam o que acontecera com ela. Segundo a teoria mais aceita, seu tio John havia ordenado que a matassem para que assumisse o trono. Mas os rumores persistiam, um mais ousado e infundado do que o outro. De que Emily se apaixonou por um cavalariço e fugiu para viver no anonimato; que escapou para Paris, assumiu a identidade de Angelique d'Esclans e se casou com o delfim francês, o que, portanto, significava que os verdadeiros herdeiros do trono americano seriam, na verdade, os reis da França.

— Não tinha me dado conta de que era sobre Emily — comentou Beatrice em voz baixa. — Fico imaginando que final vão dar. — Ela passou os olhos pela lista de músicas em busca de uma pista.

— Gosto de pensar que ela escapou para um lugar seguro. Para o Canadá, ou para o Caribe, quem sabe. — Teddy encostou o cotovelo no apoio de braço entre os dois.

— Infelizmente, "gostar de pensar" não é a mesma coisa que "acreditar" — argumentou Beatrice. — As evidências sugerem que o tio a matou.

— Esse mesmo tio é seu antepassado — Teddy a lembrou. Ele tinha razão. — Até você chegar, Emily foi a única mulher capaz de afirmar ter sido a rainha dos Estados Unidos. Você não gostaria que a história dela tivesse um final feliz, mesmo que na ficção?

De que servia a ficção quando confrontada com a dura realidade?

— Acho que sim — disse Beatrice diplomaticamente.

Sentiu-se aliviada quando as luzes foram diminuindo e a cortina se levantou, o que finalmente desviou para longe a atenção de Teddy e da maioria das pessoas.

Um ator vestindo um blazer vermelho trançado e uma coroa artificial subiu ao palco, acompanhado por uma atriz que usava uma tiara brilhante de *strass*, provavelmente a dupla que interpretaria o rei John e a malfadada rainha Emily. Olhando para o camarote real diretamente na frente deles, os dois mergulharam numa profunda reverência.

Era uma tradição que datava da fundação do teatro havia duzentos anos. Qualquer ator que interpretasse a realeza deveria se curvar e fazer reverência à *verdadeira* família real antes que o espetáculo pudesse ter início.

As luzes diminuíram, refletindo no tecido brilhante do vestido de Emily. O resto do mundo caiu no esquecimento quando ela começou a cantar.

E o autocontrole de Beatrice mostrou sinais de fraqueza.

Nunca tinha ouvido uma música tão poderosa, emocionante e intensa. O espetáculo alcançou as profundezas de seu ser, prendeu-se na teia de sentimentos ferozes que se aninhavam ali e os puxou para desembaraçá-los como um novelo de lã. Ela se inclinou para a frente, extasiada, os dedos cerrados sobre o programa. Sentia-se tão frágil e transparente que poderia se partir.

Emily cantou sobre a construção de uma nação, sobre legado e sacrifício. Sobre amores encontrados e perdidos. Conforme a partitura avançava para a conclusão do primeiro ato — quando Emily entoou uma balada comovente sobre como precisaria abrir mão da pessoa que amava pelo bem do país —, Beatrice se deu conta de que tremia.

Cambaleando, ela se levantou e fugiu, ignorando os olhares assustados de sua família e de Teddy. O corredor estava deserto, felizmente, exceto pelos agentes de segurança da família, postados do lado de fora da entrada do camarote.

Ela não deixou que os murmúrios de protesto a fizessem reduzir o passo, não parou nem mesmo quando seus saltos quase a fizeram tropeçar no tapete vermelho. Simplesmente avançou a toda velocidade pelo corredor, sem rumo, sabendo apenas que não suportaria ficar parada.

— Você está bem? — Connor a alcançou e corria ao seu lado. — Aquele duque disse alguma coisa que te chateou? Se for isso, prometo que...

— Está tudo bem. Só fiquei emocionada assistindo ao musical. — Ela tentou secar os olhos sem que Connor a visse, mas ele enfiou a mão no paletó e lhe ofereceu um lenço.

— Um musical fez você chorar — repetiu ele, com evidente descrença.

Beatrice deu uma risada sufocada.

— Sei que não é nada a minha cara. — Não andava sendo ela mesma desde o Baile da Rainha.

Ela parou depois de ter percorrido meio corredor do mezanino. Fragmentos de música atravessavam as portas fechadas dos camarotes. A luz das arandelas ornamentadas incidiu sobre o uniforme de Connor, sobre seu cabelo, sobre o aço derretido de seus olhos. Olhos fixos nos de Beatrice.

Havia muitas coisas não ditas entre os dois, e Beatrice não sabia por onde começar a abordá-las.

— Connor — sussurrou ela. O nome dele em seus lábios era um apelo, uma prece.

Ele arriscou dar um passo à frente, tão perto que Beatrice podia distinguir cada uma das sardas espalhadas por seu nariz. Ela inclinou o rosto para cima.

— Sua Alteza Real! Você está bem?

Ao ouvir o som da voz de Teddy, Connor deu um rápido passo para trás. Beatrice precisou morder o lábio para não estender os braços na direção dele novamente.

Ela conteve a expressão em seu rosto antes de se voltar para Teddy, que avançava pelo corredor a passos largos.

— Estou bem — disse ela calmamente. — Só precisava de um minuto sozinha depois de ouvir aquela música.

— E eu achando que você não era lá tão fã de musicais — comentou Teddy com voz suave. Seu olhar desviou para um sofá aveludado contra a parede. — Quer esperar um minuto antes de voltar?

Beatrice não pôde deixar de olhar para Connor, que deu de ombros muito discretamente.

— Como quiser, Sua Alteza Real.

Pronunciou o título de modo frio. Como se precisasse lembrar a si mesmo, lembrar a *ambos*, da posição que ele ocupava.

Beatrice afundou nas almofadas sem dizer uma palavra, tentando não olhar na direção dele. A poucos metros de distância, mas muito provavelmente ao alcance da voz. No que será que ele estava pensando? Será que seu sangue fervia e borbulhava com a mesma ferocidade e desembaraço que o dela?

Teddy sentou-se ao lado dela. Pouco a pouco, o pânico que corria pelas veias de Beatrice começou a perder força. Nenhum dos dois apressou-se em falar, mas o silêncio não parecia tenso ou incômodo, apenas... simples. Reconfortante, até. Talvez porque, de todos os cortesãos que conhecera, Teddy não tinha exigido nada dela.

Todos os outros queriam alguma coisa. Dinheiro, ou um título, ou uma posição no governo; seus nomes junto ao dela nos jornais. Mas Teddy, não. Ele não havia lhe pedido nada, a não ser que fosse sincera.

Desejo que ela não estava totalmente segura de poder realizar.

— Quando eu era pequena, meus pais traziam meus irmãos e eu para a noite de estreia de todos os espetáculos. — Beatrice manteve o olhar fixo no próprio colo, mas podia sentir que Teddy a olhava. — Sam sempre implorava aos meus pais que nos deixassem ir embora no intervalo.

— Por quê?

— Ela odiava finais tristes. Ou, para dizer a verdade, odiava *todos* os finais. Acho que a Sam preferia imaginar seu próprio final, em vez de assistir a tudo se transformar em tragédia. — Beatrice olhou de relance para Teddy. — Agora eu sei como ela se sentia.

— A gente não precisa ficar para o final — sugeriu ele, e Beatrice soube que ele entendia que aquilo envolvia mais do que o musical.

— Me desculpa por sair correndo, e pelo jeito que todo mundo ficou olhando. Não tenho muita experiência com encontros — disse ela, atrapalhada —, mas sei que não deveriam ser assim.

— Nosso primeiro encontro nunca poderia ser normal.

Beatrice esboçou um sorriso incerto.

— Provavelmente não, mas, mesmo assim, a gente poderia ter ido a algum lugar que não tivesse uma plateia. Literalmente.

Ao ouvir isso, Teddy deu uma risada, depois parou.

— Beatrice. Quero que você saiba que eu... — Ele falou lentamente, como se escolhesse as palavras com cuidado. — Respeito você — decidiu, por fim.

Aquilo não parecia particularmente romântico, mas Beatrice percebeu que Teddy não estava em busca de romance. Estava apenas lhe dizendo a verdade.

— Obrigada — respondeu ela com cuidado.

— Antes da gente se conhecer, não sabia muito bem o que esperar. Eu não sabia o quanto você era atenciosa, inteligente e dedicada. Você vai ser uma primeira rainha incrível. Se vivêssemos num mundo em que as pessoas pudessem, sei lá, *votar* nos monarcas, sei que os Estados Unidos ainda escolheriam você. *Eu* escolheria você.

Eleger o rei ou a rainha... Que engraçado. Todo mundo sabia que as eleições só funcionavam com os juízes e o Congresso. Forçar o poder executivo a bajular o povo, implorar por votos... Só poderia acabar em desastre. Essa estrutura atrairia o grupo errado de indivíduos, os sedentos por poder e movidos por pautas perversas.

Teddy abriu um sorriso incerto.

— Eu sei que tudo isso é armado, que seus pais pediram para você sair comigo.

Ela ficou rígida.

— Teddy...

— Eu entendo — disse ele suavemente. — Estou sob a mesma pressão.

— Você só veio aqui hoje à noite porque seus pais pediram?

— Não. Quer dizer, sim, eles pediram... Mas estou tentando dizer que entendo qual a sensação. Ser herdeiro de um ducado não é tão diferente de ser herdeira de um reino, só que em escala menor. Eu sei como é ter fardos e responsabilidades que outras pessoas não entendem. E mesmo se entendessem...

"Sairiam correndo na outra direção e deixariam o peso de todas essas responsabilidades com a gente", completou Beatrice em silêncio.

Teddy se moveu, desconfortável, no assento ao lado dela.

— Não entrei nessa pensando que ia *gostar* de você, mas gosto. Então, espero que nosso primeiro encontro não seja o último.

Beatrice assentiu lentamente com a cabeça. Ele tinha razão. Entre todos os rapazes que seus pais tinham selecionados para ela, Teddy era uma surpresa agradável.

— Também espero que não — admitiu.

Quando voltaram para a escuridão do camarote real, Beatrice ignorou os olhares curiosos que sua família lançou em sua direção. Sentou-se novamente e alisou o vestido de gala preto ao redor das pernas para que não amarrotasse.

Disse a si mesma que Teddy tinha razão. Pode até ser que não estivessem *apaixonados* um pelo outro, com a intensidade e o frenesi dos livros de romance, mas se entendiam.

Talvez estivesse procurando por ele, ou talvez seus nervos estivessem simplesmente em alerta máximo, mas Beatrice notou o momento em que Connor entrou no camarote. Ele postou-se junto à porta na típica postura da Guarda Revere, com as costas retas e armas no coldre ao alcance das mãos. Ela se perguntou se ele tinha entrado por ordens ou por curiosidade, atraído pelo musical capaz de fazer até mesmo a princesa Beatrice debulhar-se em lágrimas.

Um instinto tolo a fez tentar atrair o olhar dele, mas Connor não sucumbiu. Manteve os olhos fixos no palco, mais inescrutável do que nunca.

13

SAMANTHA

Nem mesmo *Midnight Crown* poderia distrair Samantha do fato de que Teddy Eaton sentava a poucos centímetros dela, num encontro com sua irmã.

Passou todo o segundo ato em agitação agonizante, hiperconsciente de como Teddy estava perto. Tão perto que Sam poderia lhe dar um tapa na cara, ou agarrar sua camisa com os dois punhos e puxá-lo em um beijo.

Sendo sincera, ela não descartara nenhuma possibilidade.

Por alguma razão masoquista, não parava de repassar mentalmente a interação entre os dois, examinando-a de todos os ângulos, como um joalheiro que estuda as facetas de uma pedra preciosa em diferentes iluminações. Talvez fosse tolice, mas Sam pensou que houvesse algo *real* entre ela e Teddy. O que o havia impulsionado a saltar dela para Beatrice? Será que era mesmo apenas um daqueles caras superficiais que cortejavam Beatrice pelos motivos errados, que só queriam ser o primeiro rei consorte dos Estados Unidos?

Como é que os instintos de Sam sobre ele puderam estar tão equivocados?

Sentiu-se aliviada quando o espetáculo acabou e todos seguiram para o salão de recepção para o coquetel. Garçons passavam entre os convidados com bandejas de aperitivos como ovos de codorna recheados, arancinis de queijo de cabra, salmões defumados dispostos em pequenas rodelas de pepino. A maior parte do elenco já estava ali, ainda vestindo os trajes da peça, com o rosto brilhando de maquiagem e suor.

— Você está bem? — perguntou Nina com sinceridade. Ela sabia como tinha sido difícil para Sam ter que presenciar o encontro de Teddy com Beatrice.

Sam lançou um olhar agradecido para a amiga. Estava muito feliz por Nina ter aceitado acompanhá-la. Havia algo no senso de humor sagaz da amiga, em sua autoestima feroz e inabalável, que fazia Samantha sentir que era capaz de enfrentar qualquer coisa.

— Preciso de um drinque — decidiu Samantha. — Quer vir comigo?

Nina hesitou. Seu olhar vagou para um ponto indeterminado atrás de Sam e suavizou-se imperceptivelmente.

— Vai lá, eu espero você aqui — murmurou Nina. Sam deu uma olhada ao redor, perguntando-se quem teria provocado aquele olhar, mas a única pessoa por perto era Jeff.

Chegando no bar, Sam pedia ao barman duas taças de vinho e um uísque sour, quando uma figura bastante familiar se aproximou dela.

— Nada de cerveja hoje? — perguntou Teddy.

Como se passar o espetáculo inteiro a atormentando não tivesse sido o suficiente, ele tinha que arruinar o coquetel também.

Samantha franziu os lábios e não respondeu, determinada a mostrar-se fria e indiferente. Ela não devia uma resposta a Teddy. Não lhe devia *nada*, por mais que seu corpo insistisse em traí-la e se inclinar na direção dele. Tentou, sem sucesso, não se lembrar da sensação de ser pressionada contra ele na escuridão perfumada da chapelaria.

Teddy parecia determinado a tentar mais uma vez.

— O que achou do espetáculo?

Os olhos de Sam soltaram faíscas quando se voltaram para ele.

— Se quer tanto saber — disse friamente —, achei muito inspirado. Me fez lembrar da Henriad.

Ela esperava que Teddy não fosse entender a referência, mas, para sua irritação, ele assentiu num gesto de compreensão.

— As primeiras peças históricas do Shakespeare, claro. Porque *Midnight Crown* conta a história dos Estados Unidos aos americanos da mesma forma que Shakespeare contou a história da Inglaterra aos ingleses. — Ao dizer isso, ele deu um sorriso de canto de boca que fez o coração estúpido de Samantha disparar. — Eu não diria que você é uma entusiasta de Shakespeare.

— Porque a Beatrice é a inteligente, claro — disse Sam maliciosamente. — Eu sou só a garota com quem você se agarrou na chapelaria, até que minha irmã finalmente se permitiu conhecer você.

O comentário fez com que Teddy recuasse.

— Desculpa. Não era isso que eu...

Sam o ignorou e pegou as bebidas que o barman deslizou em sua direção.

— A gente se vê, Teddy. — Seu vestido azul-pavão balançava em torno dos saltos agulha conforme ela caminhava pela sala na direção da amiga.

Nina ainda estava batendo papo com Jeff. Ver os dois entretidos na conversa, com as cabeças bem próximas num surpreendente gesto de intimidade, pegou Sam de surpresa. Ela não se lembrava de os dois se darem tão bem no passado.

— Como você sabia que eu queria uísque? — perguntou Jeff maravilhado, estendendo a mão para pegar a bebida enquanto Sam dava a Nina uma das taças de vinho.

— Era para *mim*, na verdade, mas pode ficar — respondeu Sam. — É o quanto eu te amo.

— E eu pensando que nossa telepatia de gêmeos finalmente tinha começado a funcionar. — Jeff encostou seu copo de leve no dela. — Obrigado.

Os olhos de Sam se voltaram para Nina.

— Por que ele insiste em falar comigo?

— Acho que o Teddy só está tentando ser educado — sugeriu Nina, sabendo de imediato de quem ela estava falando.

Jeff franziu a testa, confuso.

— Teddy Eaton? A gente mal conhece ele.

— Exatamente — rebateu Samantha. Teddy mal a conhecia, mas isso não o impediu de julgá-la, dispensá-la e escolher Beatrice. Ela mexeu o vinho, formando seu próprio tornado em miniatura nos limites da taça.

— O que ele disse? — perguntou Jeff, sem entender. Nina lhe lançou um olhar de advertência, pedindo em silêncio que mudasse de assunto.

— Não tem importância — respondeu Sam amargamente.

Embora não tivesse contado ao irmão sobre ela e Teddy, sabia que ele pressentia algo. Quando eram pequenos, as emoções dos gêmeos sempre se confundiam, o que um sentia, o outro instantaneamente amplificava. A babá gostava de brincar dizendo que eram incapazes de rir ou chorar sozinhos. Mesmo agora, era difícil que um deles estivesse contente se o outro não estava.

Samantha se forçou a sorrir. Sentiu raiva de si mesma por se perguntar se Teddy estava olhando, se ele ao menos se importava em saber como ela se sentia.

— Vamos tirar uma foto — sugeriu, levantando o celular para uma selfie. Como era de esperar, Nina se afastou. Ela nunca tirava fotos com Sam. Jeff abriu um sorriso de orelha a orelha e chegou mais perto quando Samantha tirou a foto.

— Você ainda é Fiona von Trapp? — perguntou Nina.

Samantha deslizou o dedo pela tela para acrescentar desenhos de óculos escuros sobre o rosto dela e de Jeff.

— Jeff é Spike Wales. É igualmente absurdo — observou ela enquanto reprimia um sorriso.

A presença dos gêmeos nas redes sociais era uma fonte de frustrações sem fim para o departamento de relações públicas do palácio. Os membros da família real não deveriam ter perfis pessoais. A única conta aprovada era a oficial do palácio, @WashingtonRoyal, que contava com um editor de fotos e gerenciamento em tempo integral. Ignorando a regra, Sam e Jeff haviam criado contas privadas, com nomes falsos, limitando o número de seguidores à centena de amigos mais próximos.

Não durou muito. O palácio inevitavelmente descobriu as contas e as desativou. Mas Sam e Jeff simplesmente inventaram nomes ainda mais bizarros, escolheram desenhos de porcos-espinhos, unicórnios, ou algo igualmente cômico para as fotos de perfil e recomeçaram tudo do zero.

— Estou morrendo de fome e esses aperitivos parecem comida de passarinho — anunciou Jeff enquanto envolvia casualmente os ombros de Sam e Nina com os braços e as puxava para mais perto. — Alguém topa ir para casa e pedir uma pizza? Ou a gente pode dar um pulo no Wawa — acrescentou ele num tom estranho.

Isso fez com que Nina desse uma risadinha, embora Sam não entendesse o motivo.

— Melhor mandarmos uma mensagem com o pedido agora — disse ela, pousando sua taça de vinho ainda cheia numa mesinha lateral. Ninguém realmente *entregava* pizza no palácio. Teriam que mandar um dos criados à paisana buscar o pedido.

Quando saíram da festa e seguiram em direção ao acesso principal, Samantha lembrou a si mesma que pouco importava o que Teddy achava. Pouco importava que o *mundo* inteiro achasse que ela valia menos do que Beatrice, contanto que tivesse Nina e Jeff. Eles dois, pelo menos, conheciam a Sam verdadeira.

♛

Mais tarde, naquela mesma noite, Sam bocejou enquanto vestia uma camiseta velha e um short de pijama azul de seda. Tinham devorado duas pizzas de massa fina enormes e assistiram a um filme de ação ruim — a extremidade oposta do espectro de *Midnight Crown*, pelo menos no que dizia respeito à sofisticação cultural. Ela queria que Nina tivesse ficado. Ao lado da suíte de Sam havia um quarto de hóspedes que costumavam usar quando a amiga passava a noite. Mas, quando ela sugeriu, Nina assumiu uma expressão estranha e gaguejou que provavelmente deveria voltar para o campus.

Ocorreu a Sam que talvez Nina estivesse voltando por causa de um garoto. Mas, se ela estava saindo com um de seus colegas de turma, por que não tinha contado?

Seus pensamentos foram interrompidos por uma batida hesitante na porta.

— Pode entrar — gritou ela, e ficou surpresa ao ver a irmã, que pairava insegura na entrada da suíte.

— Acho que devo te parabenizar — Sam se ouviu dizer. — A internet praticamente quebrou hoje à noite de tanto babar por você e Teddy.

— O quê?

— Vocês são o assunto do momento no país inteiro. Hashtag #Beadore. — Sam deu uma risadinha irônica. — Pessoalmente, se eu fosse juntar os nomes de vocês, teria escolhido Theotrice, mas ninguém pediu a minha opinião.

— Ah. Tá. — Beatrice parecia surpreendentemente jovem e vulnerável com um conjunto de pijama e um robe de seda branca. Seu cabelo, que antes estava torcido num penteado intrincado, agora se derramava como um rio escuro por cima do ombro. — Não vi você no coquetel — continuou ela.

— A Nina e o Jeff saíram mais cedo comigo para pedir pizza. — Sam ficou surpresa com a mágoa que atravessou o rosto de Beatrice. Será que se sentia excluída? — Você precisa de alguma coisa? — prosseguiu ela, num tom um pouco menos amargo.

Beatrice suspirou.

— Desculpa incomodar. Eu só fico me perguntando...

O ressentimento de Sam começou a perder forças e desaparecer. Ela não conseguia se lembrar da última vez que Beatrice tinha ido ao quarto dela assim. Viviam a apenas um corredor de distância, mas parecia que estavam em continentes separados.

— O que houve? — Sam apontou para o sofá, uma namoradeira do século XVIII que ela havia resgatado do depósito do palácio para estofar em seda alaranjada lustrosa.

Beatrice afundou nas almofadas sem dizer uma palavra e olhou ao redor com um quê de confusão, como se estivesse vendo o quarto pela primeira vez, as mesas de bambu que não combinavam, as almofadas de várias cores. Sam teve a estranha sensação de que a irmã estava tentando descobrir um jeito de pedir um conselho, ou quem sabe até sua *ajuda*.

— Você acha que a tia Margaret é feliz?

Sam esperava qualquer coisa, menos aquilo. Hesitante, sentou-se na outra ponta do sofá.

— Como assim?

Beatrice brincava distraidamente com as franjas de uma almofada de seda.

— Ela se apaixonou por aquele piloto de avião quando era mais nova, e a vovó e o vovô a obrigaram a desistir dele.

— Eles não *obrigaram* sua tia a fazer nada. Margaret poderia ter se casado com ele, se quisesse. Mas teria que abrir mão dos títulos, da fonte de renda, do status e desistido do lugar dela na linha de sucessão. Se ela *realmente* o amasse, você não acha que teria escolhido ele? — Sam sempre tinha pensado no piloto como mais um ato de rebeldia da tia na juventude. Uma atitude com a qual Sam se identificava.

— Talvez ela o amasse de verdade, mas sentia que era impossível que os dois ficassem juntos, porque ela era uma princesa — disse Beatrice suavemente.

— Sei lá. — Sam deu de ombros. — Ela não era a herdeira. Se eles tivessem se casado, não teria nem que ser exilada ou algo do tipo. Ela poderia ter arrumado um jeito de fazer a vida dar certo.

Beatrice levantou a cabeça de supetão.

— Exilada?

— Um rei britânico tentou se casar com uma plebeia e foi forçado a abdicar por causa disso. Ele passou o resto da vida morando em Paris.

Sua irmã empalideceu e apertou a almofada de seda contra o peito.

Sam lhe lançou um olhar confuso.

— Beatrice, por que a gente está falando disso?

Antes que a irmã pudesse responder, passos trovejaram pelo corredor e mais uma vez houve uma batida na porta de Sam, que se abriu para revelar o rei e a rainha.

— Beatrice! Aí está você — disse o pai, com as feições enrugadas em um sorriso.

É claro que ele não tinha ido ao quarto de Sam atrás dela.

A rainha sorriu para Samantha, mas seus olhos também se voltaram para Beatrice.

— Você e o Teddy pareceram ter se dado bem hoje à noite. Todo mundo com certeza adorou ver vocês juntos.

Sam se perguntou se os pais tinham visto toda a comoção da internet com a hashtag #Beadore.

— Ele é muito simpático — respondeu Beatrice. *Simpático*, o mais insignificante dos adjetivos. Um termo reservado para conhecidos distantes e eventos a que não se tem a menor vontade de comparecer.

Será que Beatrice sequer *gostava* de Teddy?

— Foi só o primeiro encontro, é claro — acrescentou Beatrice, como se tentasse justificar sua falta de entusiasmo.

Seus pais trocaram olhares.

— Estávamos pensando a mesma coisa. Por isso convidamos Teddy para passar o Ano-Novo em Telluride — anunciou orgulhosamente o rei.

— Você convidou o Teddy para Telluride? — Havia algo parecido com pânico na voz de Beatrice quando as palavras atravessaram seus lábios.

A rainha inclinou a cabeça, intrigada.

— Achamos que seria um ótimo jeito de acelerar as coisas. De ajudar você a conhecer Teddy num ambiente familiar, sem estresse.

A julgar pela forma com que as narinas de Beatrice se dilataram pelo pânico, talvez "sem estresse" não fosse a descrição mais acertada.

— Certo — esquivou-se ela. — É só que... Telluride sempre foi nosso cantinho particular, onde a gente pode se reunir como família, e agora vocês estão convidando alguém que é quase um estranho.

— Ele não é um estranho. Conhecemos os Eaton há gerações — rebateu o rei.

Era informação demais para ela. Sam não tinha certeza de por que Beatrice não queria Teddy lá, mas fossem quais fossem seus motivos, estavam de acordo pela primeira vez. Sam não tinha a menor vontade de passar o recesso de Ano-Novo testemunhando um encontro prolongado entre Teddy e sua irmã.

— As coisas estão acontecendo rápido demais — interveio ela. — De um primeiro encontro para um fim de semana fora. O que as pessoas vão pensar? Talvez Beatrice deva esperar até a gente voltar, e aí, se ela quiser chamar o Teddy para um segundo encontro, chama.

Beatrice olhou agradecida para Sam, mas o rei rejeitou seus protestos com um gesto de mão.

— Não se preocupe com o que as pessoas podem pensar disso. Teddy vai ficar na casa de hóspedes, não na casa principal. Assim como a Daphne ficava.

Daphne Deighton era a única parceira que já recebera um convite para Telluride. Samantha não deixou de notar o fato de que seu pai acabara de atribuir igual importância entre um relacionamento que Jeff tivera por três anos e um cara com quem Beatrice só havia saído *uma vez*.

— Além disso — insistiu a rainha —, nós nunca vamos para lá em família, só a gente. O Jeff vai convidar o Ethan esse ano e, Sam, você não vai levar a Nina?

— Vou — admitiu Sam.

Beatrice assentiu, ciente de que não ganharia aquela discussão.

— Não, vocês têm razão. Levar o Teddy para Telluride é uma boa ideia. Obrigada por pensarem nisso. — Ela se levantou com movimentos rígidos e sincopados, quase robóticos.

— Beatrice — arriscou Sam. Sua irmã não queria terminar de conversar sobre... bem, sobre o que quer que elas estivessem conversando antes?

Beatrice simplesmente sacudiu a cabeça, com olhos vazios.

— Boa noite, Sam.

Ela saiu do quarto atrás dos pais, o robe branco ondulando atrás de si. A porta se fechou atrás de Beatrice em um baque.

14

NINA

Os Washington haviam se reunido no topo da Bald Mountain, com o cenário espetacular das Montanhas Rochosas visível à distância. Os raios de sol cintilavam na neve branca e imaculada. Ao vê-los brincando e implicando uns com os outros, qualquer um pensaria que se tratava de uma família comum, posando para uma foto rápida antes de esquiarem encosta abaixo.

Só que aquela não era uma foto normal de férias, mas uma sessão organizada para a imprensa.

Já fazia um bom tempo que o departamento de relações públicas do palácio fizera um acordo com diferentes meios de comunicação. A família real concederia uma entrevista no início de sua viagem anual a Telluride e, em troca, tinha direito a total privacidade depois. Era bem parecido com o acordo que havia protegido Beatrice durante o período em que esteve na faculdade, no qual ela concedia uma entrevista detalhada uma vez por ano e, depois, podia circular pelo campus com relativa tranquilidade.

Nina não conseguia acreditar que, no fim das contas, tinha ido à viagem. Algumas semanas antes, estava certa de que ficaria na capital. Iria à festa que Rachel estava planejando, teria uma véspera de Ano-Novo *normal*, para variar um pouco. Mas isso foi antes de ela sair com Jeff e tudo mudar.

Não estava sendo fácil manter em segredo. No Natal, com sua família, Nina tivera que se conter o tempo todo para não falar sobre o príncipe. Ela e Jeff andavam trocando mensagens sem parar. Nina tinha chegado até a mudar o nome dele para *Alex* em seu celular, só para o caso de alguém olhar de relance para a tela enquanto ela estava digitando. Quem ia suspeitar que por trás do rótulo ambíguo de *Alex* na verdade se escondia o príncipe?

Eles só tinham se visto sozinhos algumas vezes depois do primeiro encontro, sempre num lugar público ao qual Jeff ia disfarçado. Nina não ousou levá-lo ao campus, onde ele definitivamente seria reconhecido, e tinha medo de se encontrar com ele no palácio, com receio de que Samantha os flagrasse juntos.

Sempre buscavam alguma desculpa para comparecer aos mesmos eventos, nem que fosse só para terem mais oportunidades de estarem perto um do outro. Jefferson chegou até a ir ao *teatro* por vontade própria pela primeira vez na vida, só porque Nina tinha lhe dito que iria com Sam.

Esconder de Samantha era a pior parte. Mais de uma vez, Nina estivera a ponto de contar tudo à melhor amiga, mas uma cautela inata, ou quem sabe medo, a impedia. Não era que Nina tivesse medo de Sam reagir mal. Pelo contrário, era mais provável que Sam ficasse tão animada com a notícia que acabaria revelando o segredo para o resto do mundo.

Nina também não podia deixar de pensar que, se ela e Jeff não durassem, preferiria que Sam jamais descobrisse. Por mais estranhas que as coisas fossem ficar para os três uma vez que Sam descobrisse que Nina e Jeff estavam juntos, seria *ainda* mais estranho se eles terminassem e Sam tivesse que lidar com o irmão e a melhor amiga como ex-namorados.

Estar em Telluride como convidada de Sam, e não de Jeff, era uma bênção e uma tortura. Às vezes, quando não tinha ninguém olhando, Jeff chegava de fininho por trás dela e a puxava para um abraço, ou a girava para lhe dar um beijo demorado nos lábios. No jantar da noite anterior, o príncipe se sentara ao lado de Nina. O roçar da perna dele contra a sua a distraíra tanto que ela quase esquecera de comer.

Agora ele estava com o restante da família, com os esquis e as pranchas de snowboard cuidadosamente posicionados diante deles, e as botas esmagando a neve. Quase todo mundo estava presente, o rei, a rainha e os gêmeos. O irmão mais novo do rei, Richard, duque de Manchester, e sua esposa, Evelyn, junto com seus dois filhos pequenos, Annabel e Percy, que no momento desenhavam bonequinhos de palito na neve com as pontas dos bastões de esqui. A irmã mais velha do rei e tia polêmica de Samantha, Margaret, duquesa de Louisiana, com seu marido, Nate, o "Gatinho de Hollywood", como a imprensa gostava de chamá-lo, porque era um ator de novelas e dez anos mais novo que Margaret. Para a sorte dela, ele também era, por acaso, neto de um visconde, caso contrário, o casamento não teria sido aprovado. Em diversas ocasiões, a Rainha-Mãe tentara fazer Nate desistir de seu trabalho; ela não queria que nenhum membro da família real se envolvesse com algo tão abertamente comercial, tão *vulgar*. Mas Nate ignorou alegremente as reclamações. Nina sempre gostou dele por causa disso.

A única ausência notável da família Washington era a princesa Beatrice, que se juntaria a eles na tarde do dia seguinte.

Nina, que tinha testemunhado inúmeras sessões de fotos ao longo dos anos, estava acostumada a ser levada de um lugar para o outro e ter que esperar o término das entrevistas. Naquele dia, ela se postara sob a cobertura de um teleférico, a poucos metros da massa turbulenta de fotógrafos e repórteres. Ao seu lado estavam Ethan Beckett, amigo de Jeff, e Teddy Eaton.

A presença de Teddy ali, em Telluride, não devia ser fácil para Sam. Nina temia que a situação piorasse com a chegada de Beatrice na casa no dia seguinte, quando Sam seria forçada a assistir ao flerte dos dois de perto.

— Muito bem, pessoal! — gritou o lorde Robert Standish, camareiro do rei, por cima do ruído das câmeras.

Ele parecia meio ridículo em seu costumeiro terno azul-marinho, com um lenço patriótico listrado como sua única concessão ao clima frio, mas Robert sempre seguiu o protocolo ao pé da letra. Não importava a temperatura.

— A partir de agora, responderemos a algumas perguntas — anunciou, com toda a pompa de quem compartilha uma notícia relacionada a alguém mais poderoso do que ele.

— Qual será a atração surpresa na festa de réveillon deste ano? — perguntou um dos jornalistas. O estalido das câmeras era como o som de um milhão de insetos.

— Se anunciássemos, não seria uma surpresa — respondeu a rainha com um sorriso bem-humorado.

A festa particular de réveillon dos Washington no Smuggler's, clube local restrito para sócios, era o evento do ano. Nina já tinha ouvido falar de famílias que alugavam casas em Telluride durante a semana, na esperança de encontrarem o rei nas pistas de esqui e conseguirem um convite de última hora. Alguém de fama internacional sempre acabava oferecendo uma apresentação intimista, estrelas do pop, comediantes ou, como em certa ocasião, uma *boyband* pela qual Beatrice estava ligeiramente obcecada.

— Eu diria que isso é mil vezes melhor do que estar na aula do Urquhart agora — disse Ethan lentamente, aproximando-se de sua prancha de snowboard.

Nina se deu conta, surpresa, de que o comentário tinha sido dirigido para ela. Vivia esquecendo que Ethan também estava no primeiro ano da King's College.

— Espera... você está na turma de História Mundial?

— Sim. — Ele deu de ombros. — Imaginei que você estivesse também. Você não parece o tipo que deixa os créditos obrigatórios para o último ano.

Nina assentiu distraidamente, perguntando-se por que não tinha visto Ethan com mais frequência no campus. Mas a King's College era *mesmo* uma faculdade grande.

Ela e Ethan se conheciam havia anos. Era inevitável que seus caminhos se cruzassem tantas vezes, dada a proximidade deles com os gêmeos. Mas Nina nunca ousaria dizer que eram amigos. Não importava o quanto ele ria ou parecia relaxado com os outros, ela não conseguia deixar de lado a sensação de que Ethan escondia algo, seja por desconfiança ou autopreservação.

— O que você acha disso tudo? — perguntou Ethan, trazendo sua prancha um pouco mais para perto.

Nina se perguntou por que Ethan estava se dando ao trabalho de falar com ela agora, quando nunca a tinha dado muita atenção.

— É só uma coletiva de imprensa. Nós dois já vimos várias — disse ela tranquilamente.

Ainda assim, Nina não pôde deixar de olhar para os Washington, que posavam elegantemente contra o fundo dramático. Os flashes das câmeras brilhavam sobre seus sorrisos brancos perfeitos, seus cabelos escuros e bronzeados impecáveis. Quando todos se juntavam daquela maneira, irradiavam uma aura de graça e poder, algo que causava em Nina uma espécie de mau presságio indesejado.

— Jeff! — gritou um dos repórteres. — Temos ouvido vários rumores de que você está saindo com alguém. Quem é?

O coração de Nina bateu mais forte.

A correspondente do *Daily News* entrou no assunto, empurrando o microfone para a frente.

— É a Daphne Deighton? O país inteiro está na torcida para que você e a Daphne voltem a namorar.

— Vocês sabem que eu não falo sobre minha vida amorosa — disse Jeff com firmeza.

— Então você *está* saindo com alguém! — concluiu um dos repórteres, exultante.

— Quem é?

— Qual é o nome dela?

— *É a Daphne?*

Nina começou a bater furiosamente o salto da bota na neve, do mesmo jeito que Annabel, de dez anos, estivera fazendo momentos antes.

— O que o príncipe quer dizer é "sem comentários" — interveio Robert, colocando-se entre Jeff e o repórter. — Por hoje é só. Vamos dar a Suas Majestades a oportunidade de aproveitar a neve, sim?

Houve uma última explosão de flashes e, em seguida, os Washington se dispersaram, tia Margaret disparou pista abaixo atrás do seu Gatinho de Hollywood, enquanto Richard e Evelyn levaram os filhos a um instrutor particular. A imprensa começou o laborioso processo de recolher as câmeras e os equipamentos para carregá-los nas motos de neve que os levariam de volta ao sopé da montanha.

Jeff prendeu o pé no estribo e cruzou os poucos metros que o separavam deles com sua prancha.

— Desculpa por aquilo.

— Pois é — respondeu Nina baixinho, bem no instante em que Ethan disse:

— Sem problema.

Ah, claro. Jeff estava falando com Ethan, se desculpando pelo amigo ter tido que suportar mais uma coletiva de imprensa. Nina tinha pensado que o pedido de desculpas era para *ela*, que Jeff lamentava que os paparazzi tivessem, de alguma forma, descoberto sobre os dois.

Ethan a lançou um olhar penetrante, como se questionasse o que ela quis dizer. Porque Nina, é claro, não *deveria* estar ali por Jeff, e sim por Samantha, sua melhor amiga.

Sam escolheu aquele momento para se juntar a eles, freando numa curva acentuada que jogou cristais de gelo em seus rostos.

— Ei! — gritou Nina, limpando a neve dos ombros. Sam riu. Era a mesma risada do pai, aquela gargalhada estrondosa característica dos Washington que deixava um sorriso no rosto de todos que ouviam.

— Desculpa, mas vocês pareciam sonolentos — disse ela, sem parecer nem um pouco arrependida. — Considerem isso o despertador oficial de vocês.

— Eu sabia que ia me arrepender de ter feito aquela segunda caneca de café para você — rebateu Jeff, embora sorrisse.

— Eu acho que a culpa é dos doces do café da manhã tanto quanto do café. — Nina direcionou o comentário para Sam, embora estivesse atenta à boca de Jeff em busca de um sorriso.

Sam os ignorou e cobriu os olhos com os óculos de proteção.

— Aonde vocês estão indo? Estava pensando que, se quisermos ir à Prospect, deveríamos sair agora, antes que a neve fique instável e esmagada.

— Parece perfeito — disse Teddy, que não tinha aberto a boca até então.

Nina esperava ter sido a única a ver Sam se encolher com as palavras.

— Podem ir na frente. Acabei de me lembrar de uma coisa. — A princesa tirou o celular do bolso como se fosse mandar uma mensagem, embora Nina tenha visto que ela só estava rolando o feed de suas redes sociais.

Os olhos de Jeff pousaram nos de Nina, e logo depois desviaram.

— O último a chegar no teleférico vai ter que cuidar dos jatos da banheira de hidromassagem! — gritou ele, e disparou encosta abaixo com Ethan e Teddy logo atrás.

Nina se virou para Sam, mas os olhos da princesa se arregalaram com algo que viu no celular.

— *Adivinha* quem está em Telluride! — Sam respondeu a si mesma antes que Nina pudesse arriscar um palpite. — *Daphne Deighton*.

— Sério? — perguntou Nina cautelosamente. Ela se esforçou para manter a expressão neutra e desinteressada. Justo quando as coisas pareciam ir tão bem, teria que encarar a ex-namorada de Jeff?

— Pois é, passa uma ideia de desespero total — concordou Sam, interpretando mal a amiga.

Sam e Daphne nunca tinham se dado bem, embora fingissem, por Jeff. Nina não sabia exatamente por quê, mas Sam não gostava de Daphne. Esse tinha sido o maior motivo de discórdia entre os gêmeos.

— A gente precisa arrumar outra pessoa para o Jeff, senão ele vai acabar tendo uma recaída e voltar com *ela* — declarou Sam.

Nina deixou escapar um ruído estranho de protesto que rapidamente tentou disfarçar com uma tossida.

— Não acho que seja para tanto.

Sam se limitou a sorrir enquanto guardava o celular no bolso e descia a pista de esqui. Nina correu atrás dela.

No meio do caminho, pegou um atalho estreito por entre as árvores, apenas para perceber, tarde demais, que tinha ido para o lado errado. Havia perdido o desvio que levava ao teleférico da Prospect.

Embora tivesse aprendido a andar de snowboard junto com Jeff e Samantha, Nina nunca tinha pegado o jeito da coisa. Os gêmeos amavam terrenos extremos, que exigiam curvas fechadas e muita destreza. Nina, por sua vez, passava a maior parte do tempo desejando secretamente poder chamar a Patrulha do Esqui para resgatá-la e levá-la para casa no que Jeff e Sam chamavam de "o tobogã da vergonha".

Ela girou a prancha perpendicularmente à montanha, freando até quase parar, e inclinou as costas para continuar descendo a travessia um centímetro meticuloso atrás do outro.

— Sabia que você viria por aqui.

Nina se virou, sem fôlego, e viu o príncipe de lado, com a prancha apoiada casualmente por cima do ombro.

— Jeff! Como você...?

— Porque você sempre passa direto pelo desvio. Todo ano. — Ele abriu um sorriso e puxou-a um pouco mais para baixo, para a cobertura espessa das árvores. Nina deixou escapar um gritinho assustado.

— Shhh. — Jeff deixou a prancha de lado, deu um passo à frente e a encurralou contra o largo tronco de uma árvore, apoiando as mãos enluvadas na casca congelada para prender Nina no lugar. Não que ela quisesse ir a lugar algum.

Podia ver as nuvens que a respiração dele formava no ar frio do inverno, misturando-se à dela.

— Você não está com medo de ser o último a chegar ao teleférico? — ela conseguiu dizer. Ninguém gostava de se encarregar dos jatos da banheira de hidromassagem, pois significava que, enquanto todos ficavam quentinhos dentro da água, você precisava correr pelo pátio para apertar o botão que acionava o próximo ciclo de trinta minutos.

— Tenho coisas mais importantes na cabeça agora.

Segurando-a ali, como se estivesse com medo de que ela mudasse de ideia e se afastasse dele com sua prancha de snowboard, Jeff abriu o capacete de Nina e o removeu. Em seguida, traçou a linha de sua mandíbula com uma série de beijos, tão delicados quanto provocantes.

Nina ficou imóvel, batendo os cílios até fechar as pálpebras. Os lábios de Jeff estavam congelantes, mas sua língua era quente. As sensações de gelo e fogo enviavam arrepios de desejo por todo seu corpo, fundindo-se profundamente dentro dela em algo afiado e recém-forjado. Nina não parava de virar a cabeça, esforçando-se para capturar a boca de Jeff com a dela, mas ele parecia determinado a torturá-la.

Quando Nina não podia mais aguentar, passou os braços em volta dele, cerrou os punhos em seu casaco e o puxou para mais perto. Seu cabelo roçou contra a árvore quando ela inclinou a cabeça para trás, arqueando as costas para desfrutar do beijo em uma entrega inconsequente. À distância, ainda podia ouvir risadas dispersas e o zumbido dos esquiadores descendo a pista.

— Acho que é melhor voltarmos — disse Jeff por fim, com evidente relutância.

O sangue de Nina pulsava com adrenalina.

— Você deveria me dar uma vantagem. É o que um cavalheiro faria.

Ela lhe deu um último beijo apressado antes de se lançar montanha abaixo, incapaz de conter o sorriso.

♛

Naquela noite, Nina ficou parada na porta, erguendo-se na ponta dos pés de tempos em tempos. Esperava o silêncio cair, que a agitação, os passos e o som ambiente geral de uma casa de dezoito cômodos enfim cessassem.

Ao menos estava ali como amiga de Sam. Se Jeff a tivesse convidado, Nina sabia que teria sido relegada à casa de hóspedes, como acontecia com Daphne. Guardas ficavam postados na propriedade o dia inteiro, o que complicaria as coisas caso tentasse atravessar o quintal de fininho para ir à casa principal. Ela se perguntou como Jeff e Daphne contornavam a situação, e o pensamento a fez estremecer.

Não fazia sentido se atormentar com perguntas sobre a ex-namorada de Jeff. E daí que Daphne estava em Telluride no momento? Talvez eles nem a encontrassem.

Quando Nina julgou que já havia esperado tempo o suficiente, prendeu a respiração e se lançou silenciosamente pelo corredor, andando na ponta dos pés até chegar ao quarto de Jeff.

— Finalmente! — Ele fechou a porta atrás dela. — Estava com medo de você não vir.

— Tive que esperar até a barra ficar limpa.

O quarto de Jeff era maior que o de Nina, embora a decoração seguisse o mesmo estilo, com almofadas de camurça, um pufe de corda trançada e cobertores aconchegantes de caxemira. Em uma das paredes havia uma série de fotografias em preto e branco emolduradas, tiradas nas montanhas pelo antigo rei.

Nina afundou-se aliviada na cama de Jeff, puxando o braço dele para trazê-lo para o seu lado.

— Nina — começou Jeff e, pelo modo com que pronunciou seu nome, sabia que ele andava pensando naquilo há algum tempo. — Ainda não estou entendendo por que manter segredo. Por que a gente não pode contar pelo menos para a Sam?

Ela tentou minimizar a situação de um jeito bem-humorado.

— A Sam não sabe guardar segredo. Lembra como ela arruinou o aniversário de vinte anos de casamento dos seus pais?

— Foi sem querer — lembrou-lhe Jeff.

Os irmãos Washington tinham tentado planejar uma festa surpresa para os pais, mas a surpresa foi por água abaixo quando o jornal *Post* ficou sabendo dos planos e publicou uma matéria sobre o assunto na semana anterior. Samantha tinha fofocado sobre a festa num brunch com alguns amigos, e a mesa ao lado ouvira a conversa.

— Estou falando sério — insistiu Jeff. — Quando o repórter perguntou hoje se eu estava saindo com alguém, tudo que eu queria era gritar sobre você para o mundo inteiro. Por quanto tempo vamos ter que guardar segredo?

Nina passou a mão pelo xadrez preto e vermelho da colcha. Não sabia como explicar a confusa geometria de suas emoções, que estava se apaixonando por Jeff de novo, e rápido demais. Seja lá o que houvesse entre os dois, ainda era muito incerto, frágil demais para compartilhar.

Ela respirou ofegante.

— Só não estou pronta para contar para todo mundo. Assim que a gente contar... não vai mais ser algo só nosso. — O relacionamento dos dois seria de domínio público.

— Por que isso é tão ruim? As pessoas vão acabar descobrindo mais cedo ou mais tarde.

— Porque não vão aprovar! Eu sou diferente do tipo de garota que o país espera que você namore, e isso me *assusta*, tá?

Jeff não rejeitou automaticamente suas objeções, ela tinha que admitir, nem disse a ela que não ligava para nada daquilo, como da última vez. Ele ficou em silêncio por um tempo.

— Não posso fingir que sei como todo mundo vai reagir — disse Jeff, por fim. — Mas não me importo com a opinião pública, e nem você. Se quer saber, eu gosto das coisas que te fazem diferente. Gosto de como você é inteligente e ambiciosa, e que me chama atenção quando estou errado. Gosto de como você fala *comigo*, e não com meus títulos, como todo mundo.

— Espera aí, você tem títulos? Isso muda *tudo*.

Ela fez menção de empurrá-lo de brincadeira, mas ele envolveu os pulsos dela com as mãos e a puxou para perto. Seus olhos se agitaram de alegria.

— Você é engraçada. Vou levar duas, por favor.

— Como se você pudesse lidar com duas de mim — zombou ela.

Jeff riu, uma gargalhada que parecia emanar do fundo de seu peito.

— Verdade — concedeu ele. — Já estou ferrado o bastante só com uma.

Ela se acomodou nele, com a cabeça apoiada em seu ombro. Jeff envolveu a cintura dela com a mão, não em um gesto possessivo, mas porque ali parecia o lugar certo.

— Desculpa — disse Nina, por fim —, mas será que eu posso ter você só pra mim, só por mais um tempinho?

Jeff sorriu.

— Não tenho nem argumentos. Até gosto quando você me tem só pra você.

O vento murmurava ao roçar a neve contra as janelas. Era como se o resto do mundo não existisse mais, como se tivessem caído num feitiço temporário e, naquele momento, não houvesse nada além dos dois.

Nina mudou de posição.

— Quer saber? Se não me engano, a gente tinha alguns negócios pendentes à tarde.

— Ah, é? — A voz de Jeff era um sussurro rouco.

O cabelo de Nina caiu sobre eles como uma cortina, cobrindo seus rostos enquanto ela se inclinava para beijá-lo.

Lá fora estava o mundo, frio e cruel, cheio de contradições e julgamentos. Lá fora, ele era Sua Alteza Jefferson George Alexander Augustus, e Nina era uma plebeia cuja mãe *trabalhava* para a família dele. Mas ali, naquele casulo de calor dourado, eles estavam a salvo.

Ali, eram apenas garoto e garota, beijando-se numa casa nas montanhas.

15

DAPHNE

Daphne desceu os últimos cinquenta metros em curvas largas, freando até parar na entrada do teleférico da Apex. Mas ainda nenhum sinal de Jefferson.

O funcionário responsável pelo teleférico, um cara de barba desalinhada com um gorro dos Raiders, lhe ofereceu um sorriso intrigado, como se soubesse que deveria reconhecê-la, mas não conseguisse se lembrar de onde. Isso a irritou um pouco, embora odiasse admitir.

Talvez ele não tivesse chegado nem perto de reconhecê-la e, a olhava com tanta confusão por não conseguir entender por que estava subindo mais uma vez, repetindo exatamente a mesma rota fazia uma hora e meia.

Era a primeira vez em três anos que Daphne não tinha sido convidada a passar o Ano-Novo com a família real, mas não ia deixar um detalhe tão pequeno impedi-la. Ela e os pais foram a Telluride por conta própria, e alugaram um quarto de hotel por uma semana para que Daphne tivesse a oportunidade de esbarrar com o príncipe assim, "por acaso".

Era por isso que estava ali, dando voltas pela Apex, sozinha. Havia esquiado com Jefferson e Ethan o suficiente para ter certeza de que acabariam passando por aquela rota, o lugar favorito deles para esquiar em manhãs como aquela, quando fazia calor o suficiente para amolecer a camada superior de neve.

Só que não havia nem sinal de Jefferson. Daphne lançou outro olhar de soslaio para trás e avistou uma figura numa parca cinza genérica praticando snowboard na Ophir Loop. Ela permitiu que um sorriso lento e perigoso se espalhasse em seus lábios. Reconheceria aquele tom específico de cinza em qualquer lugar.

Mais algumas pessoas estavam ali com Jefferson, seu tio Richard; sua tia Margaret e o marido, Nate; um agente de segurança. E, é claro, Ethan.

Daphne manobrou para o lado e se agachou com a desculpa de ajustar as botas. Quando os ouviu deslizar em direção à entrada do teleférico, ela se virou lentamente para obter o efeito que desejava. Tinha plena consciência de como estava espetacular, mesmo em trajes de esqui. Sua roupa toda preta, uma parca fina com um capuz forrado de pele de coelho e calças ergonômicas justas que marcavam a cintura, era surpreendentemente chique. Ninguém imaginaria que ela havia passado meses monitorando sites de esportes de luxo, pronta para comprar assim que as peças entrassem em promoção.

— Jefferson! — chamou, fingindo surpresa, e em seguida se virou radiante para os demais. — E Sua Alteza. Ethan. Que bom ver vocês todos.

O tio dos gêmeos, Richard, reagiu com um sorriso afetuoso, mas a tia Margaret, cujo traje de uma peça amarelo a fazia parecer uma banana comprida esquiando, limitou-se a assentir friamente com a cabeça antes de desviar o rosto deliberadamente. Ela era a única que não gostava de Daphne.

Bem, sem contar com Samantha. Por mais que Daphne tentasse encantá-la, a irmã gêmea de Jefferson nunca tinha se dado bem com ela. Por fim, Daphne desistira e tratava a princesa com a mesma cordialidade que dispensava a qualquer um.

Jefferson tirou um dos fones de ouvido. Ele sempre ouvia música enquanto andava de snowboard, apesar dos protestos constantes do rei e da rainha, que temiam que pudesse ser perigoso.

— Oi, Daph. Não sabia que você estava na cidade nesse fim de semana.

Ela ficou levemente emocionada ao ouvi-lo usar o antigo apelido.

— Meus pais e eu decidimos de última hora. Vocês estão subindo? — acrescentou, desviando o olhar para o teleférico.

Jefferson assentiu, e um suspiro de alívio se formou em seu peito. Ela sentia o peso de todos os olhares sobre eles enquanto se dirigiam para a zona de embarque. Daphne ficou satisfeita com o lampejo de reconhecimento no rosto do funcionário do teleférico quando percebeu que o outro ocupante do assento era o príncipe Jefferson. Agora, pelo menos, finalmente se dera conta de quem ela era.

Com um pouco de sorte, ele poderia pegar o celular e informar às revistas de circulação nacional que ela e o príncipe foram vistos esquiando juntos em Telluride.

Ela segurou os bastões sob uma das pernas, resistindo ao impulso de abaixar a barra de segurança. Jefferson sempre zombava de qualquer um que precisasse. Assim, ela engoliu o medo e se reclinou no assento, tentando não pensar no quanto estavam distantes do chão, correndo a trezentos metros por minuto.

— É tão bom ver você, Jefferson. — Parecia estranho falar com ele de um jeito tão formal, como se mal se conhecessem, era ainda pior do que quando tinham começado a sair, tantos anos antes. — Como está a viagem?

— Você sabe como é — disse ele com uma risada. "Sei mesmo", pensou Daphne furiosamente. — Minha mãe e a tia Margaret brigam o tempo todo, e o Percy e a Annabel não param de subir e descer as escadas correndo de manhã, quando todo mundo ainda está dormindo. A viagem é basicamente a mesma coisa de sempre.

Doía um pouco saber que, pelo menos na aparência, Jefferson achava tão fácil estar em Telluride sem ela, quando para Daphne aquele lugar estava cheio de lembranças indeléveis. Fora ali que grande parte do relacionamento dos dois havia transcorrido. Todas aquelas longas tardes, quando Samantha os conduzia das pistas para as clareiras, e Jefferson e Daphne a seguiam aos risos. As idas à barraquinha de crepe para pedirem um de chocolate com amêndoas e comê-lo ali mesmo, de pé, porque estava superquente e eles ficavam impacientes demais para esperar. Todo o tempo passado na banheira de hidromassagem até os dedos ficarem enrugados, conversando sobre tudo e nada ao mesmo tempo.

Foi na cabana que Jefferson disse pela primeira vez que amava Daphne.

As encostas se estendiam a seus pés enquanto a cadeira continuava a subir. À direita, atrás de uma cortina de abetos cobertos de neve, Daphne podia ver as curvas brilhantes de uma pista chamada Allais Alley. Do outro lado da encosta acidentada, estava a Revelation Bowl, sua vasta tela branca listrada com as marcas dos vários esquiadores. Entre as massas assentadas das montanhas aninhava-se o vilarejo de Telluride, transformado pela distância numa cidadezinha de brinquedo, como a miniatura que a família real costumava pôr debaixo da árvore de Natal.

Daphne percebera desde o início como Telluride era importante para os Washington. O lugar representava a oportunidade de escapar, de fechar as portas e permitir baixar a guarda por um breve momento. Duas gerações de Washington tinham passado a lua de mel naquela mesma casa depois do casamento, e algumas das fotos mais famosas da família real foram tiradas ali, como aquela escandalosa do rei esquiando com a princesa Samantha sentada em seus ombros. Depois do incidente, ele recebeu muitos sermões sobre segurança.

Daphne temia que suas habilidades de esqui pudessem prejudicá-la, que pudesse perder o interesse de Jefferson se não fosse capaz de manter o ritmo dele nas encostas. Portanto, se dedicara às aulas de esqui com um entusiasmo quase agressivo. Sua decisão de esquiar, em vez de andar de snowboard como Jefferson, fora instintiva; a rainha Adelaide e a princesa Beatrice esquiavam, logo, era o que Daphne faria.

— Como foi de Natal? — perguntou Jefferson.

— Foi ótimo — disse Daphne automaticamente, embora tivesse andado tão ocupada que o Natal veio e se foi quase sem que ela se desse conta. De todo modo, sua família não era do tipo que se reunia para comer biscoitinhos ou cantar músicas natalinas.

Daphne passara as festas de fim de ano num turbilhão de eventos públicos. Comparecera à inauguração da nova exposição da National Portrait Gallery, à recepção de boas-vindas em homenagem a lady Siqi, nova embaixadora da China, e a dezenas de concertos de Natal. Aceitara tantos convites para coquetéis e eventos beneficentes que, às vezes, ia a cinco compromissos numa só noite. Daphne não perdia a esperança de que Jefferson aparecesse em um, a visse e se desse conta do quanto sentia sua falta. No fim das contas, sentia-se como uma isca na ponta de um anzol, lançada de um lado para outro nas águas enquanto aguardava, impotente, que o príncipe mordesse.

Mas ele não mordeu. Não compareceu a nenhum desses eventos. O único membro da família real que Daphne não parava de ver era a princesa Beatrice, muitas vezes acompanhada de Theodore Eaton.

Quem dera ela tivesse estado presente na noite de estreia de *Midnight Queen*. Poderia ter ido; conhecia muitas pessoas que alugavam seus camarotes por temporada, muitas das quais lhe deviam favores. Daphne não tinha imaginado que Jefferson iria a um *musical*, não depois de não ter ido a nenhum em todos os anos em que namoraram. O rei e a rainha devem ter insistido, por conta da primeira aparição pública de Beatrice e Teddy.

Estavam se aproximando do fim do trajeto do teleférico, Daphne precisava dizer alguma coisa, ou perderia sua chance.

— Para dizer a verdade, foi um Natal estranho — disse ela a Jefferson. — Não foi a mesma coisa sem você.

— Daphne... — O príncipe diminuiu a distância entre os dois na cadeira, seus olhos escuros brilhavam.

Tinham chegado ao ponto de desembarque. O que quer que fosse lhe dizer, ele deixou para lá, enfiou o pé no estribo e deslizou alguns metros para longe. Quando Daphne soltou seus bastões e se juntou a ele, o sorriso de Jefferson tinha o brilho e naturalidade de sempre.

— A neve parecia ótima na Giant Steps — sugeriu ela.

Jefferson assentiu sem pensar duas vezes.

— Estou sempre disposto a ir na Steps. — Atrás deles, o grupo já tinha desembarcado. Daphne ficou aliviada ao vê-los continuar esquiando, descendo em direção a uma das pistas menos intensas com a qual o teleférico se comunicava.

Jefferson já havia se aproximado da entrada da Giant Steps, um funil estreito que começava logo abaixo do teleférico e que, a julgar pela aparência, não passava por uma limpeza há semanas. A neve, muito profunda, se amontoava nas laterais em montes espessos, formados pelas curvas fechadas dos esquiadores na íngreme encosta central.

Daphne estava prestes a começar a descida quando Ethan deslizou para mais perto e parou em seu caminho.

— O que você está fazendo aqui, Daphne?

— Eu estava *tentando* esquiar, só que você parece estar no meu caminho.

— Você está mesmo tão desesperada assim? — Ethan a encarou através das lentes curvas dos seus óculos de proteção azuis. — Não espera que qualquer um de nós acredite que isso foi uma coincidência, né?

— Eu não ligo a mínima para o que vocês acham.

Como se fosse compartilhar seus planos com Ethan Beckett. Daphne jogava de acordo com suas próprias regras e só aceitava seus conselhos, e a última coisa de que precisava era da interferência dele.

Ethan não se moveu.

— Daphne… tenho quase certeza de que o Jeff já está com outra.

Ela deu uma risada.

— Você diz isso por causa do que a Natasha disse durante a sessão de fotos? Porque fui *eu* que plantei a pergunta. — Qualquer coisa para que Jefferson voltasse a pensar nela, para que se lembrasse de como os Estados Unidos adoravam a ideia dos dois juntos.

— Não — insistiu Ethan. — Está rolando alguma coisa entre ele e a Nina.

— Nina? — Daphne vasculhou suas lembranças dos tempos de St. Ursula, das várias filhas e netas da aristocracia, mas não conseguiu pensar em ninguém com esse nome.

— A amiga da Samantha, Nina Gonzalez.

— A filha da ministra da Fazenda?

Ethan bufou.

— Eu deveria ter imaginado que para você é só isso. Você sempre pensa em termos de proximidade ao poder.

Daphne o ignorou. Poderia ter rido de alívio. É claro que conhecia Nina, aquela garota com pontas duplas e um senso de moda pavoroso que estava sempre atrás de Samantha, provavelmente na esperança de ser convidada para mais férias cinco-estrelas.

— Você está errado — disse Daphne, desdenhosa.

— Acho que não.

— Você *viu* os dois juntos? — Ela sentiu raiva de si mesma pelo jeito com que tinha elevado o tom de voz ao fazer a pergunta.

— Eles andam trocando olhares o fim de semana inteiro. E na coletiva de imprensa ontem...

— Sentir ciúmes não combina com você — interrompeu Daphne. Ela empurrou Ethan para longe, e daquela vez ele não a impediu.

A pista, mais estreita do que Daphne se lembrava, a forçava a se aproximar das bordas para fazer cada curva vertiginosa. Muito à frente, ela viu a figura cinza de Jefferson, deslizando pelo centro da encosta.

Sabia que os instintos de Ethan para essas coisas costumavam estar certos. Mesmo que Nina e Jefferson estivessem ficando, possibilidade em que Daphne se esforçou ao máximo para não pensar em detalhes, não havia a menor chance de que Jefferson pudesse ter algo *sério* com uma garota como ela.

Uma massa de nuvens ameaçadoras começava a se formar à distância. Em breve, a neve cairia. Daphne podia sentir a paisagem prendendo a respiração em expectativa. Pinheiros se erguiam a cada lado da trilha, seus galhos pesados polvilhados de branco. Um pássaro voou para fora das árvores, fazendo com que uma cortina de neve se desprendesse.

Daphne amava esquiar, o pulsar das cores borradas ao seu redor, a sensação tensa e poderosa de esculpir sua marca na encosta da montanha. Ela amava o silêncio, reverente e profundo, quebrado apenas pelo chiado dos frágeis cristais de gelo que se abriam em seu caminho. Quando esquiava, Daphne detinha controle de tudo em sua vida, controle do *mundo* inteiro, inclusive da gravidade.

Estava alcançando Jefferson. Ele tinha mais massa muscular do que ela, mas fazia as curvas de forma pausada, enquanto Daphne cortava o vento feito uma flecha. Sabia que tinha deixado Ethan para trás. Talvez ele nem sequer tenha ousado experimentar a pista. A ideia era muito satisfatória.

— Isso foi incrível — disse ela quando finalmente conseguiu alcançar o príncipe. Suas canelas estavam doloridas de tanto pressionar as botas, e sentia uma queimação agradável nos quadríceps.

— Foi mesmo. — O sorriso de Jefferson era um reflexo do dela. Ele tirou o capacete e passou a mão pelo cabelo úmido. Mesmo suado e ofegante, parecia alto, moreno e bonito, como o príncipe de um conto de fadas.

Jefferson esperou até que Ethan os alcançasse antes de inclinar a cabeça na direção do teleférico.

— Vamos voltar para cima?

— Com certeza.

Com um sorriso de orelha a orelha, Jefferson se agachou para soltar o estribo de sua prancha e começou a caminhar em direção à entrada do teleférico. Daphne fechou as mãos enluvadas nas alças dos bastões e o seguiu. Ainda exibia o sorriso perfeito e radiante.

Daphne mostraria a Ethan como ele estava errado. Ela já tinha chegado até ali, reconquistaria Jefferson, a qualquer custo.

Pouco importava o que teria que fazer com a pobre Nina Gonzalez para tirá-la do caminho.

16

BEATRICE

Das janelas do avião só se via a escuridão gelada. Mesmo assim, Beatrice não parava de olhar para fora, pois não conseguia virar os olhos para o outro lado, onde Connor sentava, lia um livro de capa dura e a ignorava.

Eles já tinham viajado assim, só os dois num pequeno avião, várias vezes antes. Em seu íntimo, Beatrice ansiava por aqueles voos. Era uma das poucas oportunidades que ela e Connor tinham de *conversar* por horas a fio: sobre suas famílias, sobre política, ou sobre qualquer que fosse o filme ruim que haviam escolhido para passar o tempo enquanto comiam um dos sacos de pipoca guardados no armário de lanches a bordo. Se os pilotos tinham curiosidade a respeito da estranha proximidade que a princesa parecia ter com seu agente de segurança, eram profissionais demais para tecer qualquer comentário.

Mas já fazia semanas que as coisas entre ela e Connor haviam mudado, e a camaradagem e conversas descontraídas foram substituídas por um estranho silêncio, carregado de tensão. Beatrice não fazia ideia do que Connor estava pensando. Seu rosto era impassível enquanto a acompanhava aonde quer que fosse, de inaugurações a reuniões com os ministros. E encontros com Teddy.

As coisas tinham acelerado depois que seu pai o convidou para Telluride na noite do musical. Os dois saíram várias vezes desde então, comparecendo a festas, eventos de caridade e, em uma ocasião, a uma visita a uma escola.

Beatrice sabia que o país estava apaixonado pelo relacionamento dos dois. Grande parte da imprensa tinha começado a dizer que Teddy era seu *namorado*, e, para sua surpresa, Teddy aceitara o termo de bom grado, passando a se referir a Beatrice como namorada.

Isso parecia estranho, tendo em vista que os dois nunca tinham sequer se beijado.

Talvez Teddy esperasse que ela desse o primeiro passo. Beatrice estava bem com isso, não tinha vontade alguma de apressar as coisas. Não pressionara Teddy por mais explicações, mas também não se esquecera do que ele lhe dissera no teatro, que suas obrigações eram tão urgentes quanto as dela.

Ela se perguntou se ele estava aproveitando Telluride. Por alguma razão, não conseguia se sentir nem um pouquinho arrependida por ter ficado na cidade para participar do dia de serviço comunitário no Centro Maddux e chegar com um dia de atraso. Seus pais tinham tentado de tudo para fazê-la mudar de ideia, lembrando-a num tom incisivo que Teddy iria a Telluride como convidado *dela*. Bom, não tinha sido Beatrice que o convidara.

Como disse aos pais, ela e seu pai teriam que ir em voos separados de qualquer maneira — a primeira pessoa na linha de sucessão jamais poderia viajar com o monarca reinante, por motivos de segurança. Então que diferença fazia se ela ficasse na capital um dia a mais?

No fundo, Beatrice estava aliviada de chegar atrasada e se poupar de mais um dia de intimidade forçada com Teddy.

Seus pensamentos foram interrompidos por um sacolejo violento quando o avião passou por uma turbulência inesperada.

— Sua Alteza Real. — As palavras do piloto emanaram do alto-falante. — Infelizmente, devido às condições meteorológicas, não vai ser possível aterrissar no aeroporto de Telluride, como planejado. O controle de tráfego aéreo insiste que façamos um desvio para o Montrose Regional. Sinto muito... Eu informei a eles quem estava a bordo — acrescentou ele em tom de desculpas. — Mas foram irredutíveis.

— Eu entendo. Obrigada. — A mente de Beatrice parecia estranhamente anestesiada. Montrose? Ficava a pelo menos duas horas de carro de Telluride.

Os pilotos deviam estar pousando guiados apenas pelos instrumentos, porque não havia visibilidade alguma. O avião descia em meio a uma nuvem de branco opaco. Beatrice murmurou uma oração de agradecimento quando aterrissaram na pista sem mais contratempos.

Um SUV escuro já estava estacionado ao lado do jatinho particular, e seu motorista corria para retirar a bagagem do compartimento de carga do avião. A neve estava começando a cair mais forte, tão rápida e densa quanto a chuva, dificultando a visão de Beatrice. Dissolvia-se em faíscas geladas em sua pele.

Ela se acomodou no banco de trás do veículo. Connor deslizou para o seu lado, trazendo consigo uma lufada de ar gelado.

— Sua Alteza Real — disse o motorista, hesitante, enquanto saía do estacionamento de ré —, tenho mais más notícias. Acabaram de fechar as duas rodovias devido ao mau tempo. Não vai ser possível chegar em Telluride hoje à noite.

♛

Menos de uma hora mais tarde, ela e Connor estavam numa pequena cabana nos arredores de Montrose. Não era exatamente o padrão com que Beatrice estava acostumada, mas suas opções eram muito limitadas, visto que já era tarde da noite e a nevasca não dava trégua.

A dona da propriedade estava quase tendo um piripaque quando se deu conta de quem era sua hóspede. Ela assinara o termo de confidencialidade padrão, mas tinha insistido em enfrentar a tempestade para abrir pessoalmente a porta da frente. Houve uma chuva de reverências e "Sua Majestade", o que Beatrice agradeceu com um sorriso. Não teve coragem de dizer à mulher que "Sua Majestade" era um termo honorífico reservado exclusivamente para o rei e a rainha.

Quando a mulher enfim se retirou, Connor pigarreou.

— Sinto muito que não tivesse nada mais espaçoso. Vou dormir no chão, claro.

Ah. Beatrice não tinha se dado conta de que só havia uma cama.

— Deixa de ser bobo. Você deveria pelo menos ficar com o sofá. — Para disfarçar a confusão, ela se ajoelhou diante da lareira e começou a acender o fogo.

— Deixa que eu faço isso — ofereceu Connor quando percebeu o que a princesa estava fazendo, mas Beatrice sacudiu a cabeça.

— Meu avô me ensinou a fazer fogo. Ele disse que é uma habilidade essencial para a vida. — Metodicamente, ela empilhou lenhas maiores por cima de outras menores e distribuiu várias bolas de jornal por baixo para fazer o fogo. — Além disso, é bom poder ser útil, para variar. Não é sempre que eu tenho a chance.

— Tudo que você faz é útil — insistiu Connor.

Beatrice soprou uma mecha de cabelo que tinha caído sobre seus olhos para afastá-la.

— Você sabe o que eu quero dizer.

Ela segurou o isqueiro perto da madeira. A chama aumentou continuamente, ondulando de forma gratificante. Quando Beatrice teve certeza de que não se apagaria, recuou para o sofá e puxou os pés para baixo do corpo para sentar de pernas cruzadas. Connor ainda não tinha saído de onde estava, contra a parede, o corpo tenso na postura usual da Guarda Revere. Ele olhava para a frente fixamente, como se examinasse a sala em busca de qualquer ameaça.

— Você pode se sentar, em vez de ficar rosnando num canto.

— Talvez eu goste de rosnar. — As sombras da lareira tremeluziam em suas feições.

— Não quando não tem ninguém para ouvir seus rosnados. — Foi o mais perto que haviam chegado em semanas das brincadeiras normais de sempre. — Como é que alguém poderia chegar até aqui no meio dessa tempestade? Você está oficialmente liberado das suas funções hoje à noite — insistiu ela.

Connor se aproximou do sofá com muita cautela e sentou, deixando um espaço generoso entre os dois. Ele pegou uma das almofadas cinza desbotadas e a acomodou no assento ao seu lado, como uma espécie de barreira de segurança.

Permaneceram em silêncio por um tempo, observando a dança tranquila das chamas diante deles. Por fim, Connor se levantou para jogar outro tronco na lareira. O fogo se avivou e crepitou em resposta. Beatrice imaginou que podia ver várias formas ali, estrelas, cata-ventos e trompetes que se fundiam e se transformavam em colunas de luzes douradas e vermelhas.

— Você se lembra daquela vez que nevou assim na faculdade? — perguntou Beatrice quando ele voltou ao sofá. Podia ser coisa da cabeça dela, mas ele pareceu ter sentado um pouco mais perto do que antes.

— A Tempestade Nemo — lembrou-se Connor. — Caiu tanta neve que o campus inteiro passou dias fechado. A gente teve que sobreviver à base de cereal.

A lembrança fez Beatrice abrir um sorriso. Como o refeitório não tinha conseguido abrir as portas o dia todo, Harvard acabou enviando alguém que teve que enfrentar a neve para entregar pessoalmente um pouco de comida em cada um dos dormitórios. Não tinha muita coisa, apenas uma caixa de leite com alguns cereais embalados. Ela e Connor aproveitaram a oportunidade para improvisar um piquenique, sentados no chão enquanto comiam *Cheerios* secos e jogavam *Trivial Pursuit*.

— Aí a gente fez aquele boneco de neve horroroso — respondeu ela. Quando acordaram na manhã seguinte, Beatrice e Connor, junto com a maioria dos outros alunos, arriscaram sair para o pátio interno.

Pela primeira vez, ninguém tinha pressa. As pessoas riam e travavam batalhas de bolas de neve, enquanto grupos de garotas com botas forradas de pele e gorros de pompom posavam para fotos nada espontâneas. Eram o tipo de garotas que costumavam fingir idolatrar Beatrice, mas ela estava tão enrolada em seu cachecol e casaco que ninguém a notou. Ela e Connor estavam livres para fazer seu boneco de neve absurdamente torto, que não parava de tombar por mais que se esforçassem para mantê-lo em pé.

— Você se lembra do pessoal do meu dormitório que construiu um iglu e tentou selá-lo com ferro em brasa?

— Acho que os dias de nevasca deixam as pessoas inconsequentes — comentou Connor, e logo ficou em silêncio quando pareceu se dar conta do que dissera, porque acontecia que eles também estavam num dia de nevasca.

Antes que Beatrice pudesse responder, seu estômago emitiu um rugido sonoro. Ela corou, esforçando-se para disfarçar seu constrangimento.

— Acho que não comi pipoca o suficiente no avião.

Connor ficou de pé. Sua silhueta brilhava como âmbar quente contra as chamas.

— Por que a gente não investiga?

Ele se dirigiu para a cozinha com passos largos e vagarosos, e começou a vasculhar os armários. Pouco depois, reapareceu com um pacote de macarrão e um pouco de molho Alfredo num vidro.

— Parece que suas opções são massa e massa.

Beatrice inclinou a cabeça, fingindo avaliar a questão.

— Massa parece uma delícia — declarou. — Posso ajudar?

— Você podia pegar um escorredor. — Connor encheu uma panela com água e acendeu o fogão, depois pegou outra panela e despejou o molho Alfredo.

— Escorredor? — Beatrice ficou olhando para ele. Ela não fazia ideia do que era aquilo.

A boca de Connor se contraiu ao tentar reprimir um sorriso.

— Esquece.

A princesa o observou enquanto ele levava a água para ferver e acrescentava o macarrão, depois escorria a massa em um utensílio que devia ser um escorredor. Beatrice se deu conta de como aquela era uma atividade absolutamente normal, passar tempo na cozinha, cozinhando molho de macarrão de um pote de vidro. Era algo que as outras pessoas podiam fazer sempre que *quisessem*.

— Quer tentar mexer? — ofereceu Connor.

Beatrice arriscou chegar mais perto do fogão e começou a agitar o molho. Connor riu em protesto.

— Não tão rápido, não estamos fazendo chantilly! — Ele chegou Beatrice delicadamente para o lado e pegou uma colher de pau para mexer a panela num ritmo lento e pausado.

— Desculpa por ser um desastre na cozinha.

— Não tem problema. Eu não gosto de você pelos seus dotes culinários.

Algo nas palavras dele, no jeito que disse "gosto", se demorou nos ouvidos de Beatrice. Mas, antes que ela pudesse pensar naquilo mais a fundo, as feições de seu guarda enrijeceram.

— Acho que também não tem importância para o lorde Boston.

Beatrice sabia que deveria ignorar o comentário, mas um toque de vulnerabilidade no tom de Connor, no fundo das camadas de sarcasmo, a fez parar.

— Você sabe que o nome dele é Teddy — disse ela em voz baixa.

— Sinceramente, Beatrice, fico feliz por você, que...

Ela o interrompeu.

— E se você tivesse prestado o *mínimo* de atenção nesse último mês, em vez de andar de cara feia pelos cantos, teria percebido que o que existe entre mim e Teddy não é real.

Connor franziu a testa.

— Vocês parecem felizes quando estão juntos. E ele é um cara legal. — As últimas palavras foram pronunciadas com relutância óbvia.

— Claro, ele é legal. — E carinhoso, e amigável, e escrupulosamente *bom*. Ela era capaz de vislumbrar seu futuro com Teddy, simples e direto, estendendo-se até perder de vista. Ele faria um ótimo trabalho como primeiro rei consorte dos Estados Unidos.

Beatrice apoiou as palmas das mãos na bancada, lutando contra uma tontura repentina. Tinha a sensação de que todo o seu mundo estava girando no fio da navalha, e o que dissesse a seguir determinaria para que lado ia cair.

— Pode acreditar, eu *queria* me apaixonar pelo Teddy — disse ela, impotente. — Tudo seria muito mais fácil se fosse assim. Mas ele não é...

— Não é o quê?

Um silêncio tenso os envolveu.

Beatrice estava exausta de fugir, de esconder tudo debaixo de uma suave camada de negação. Ela precisava falar, correr o risco de ser rejeitada, mesmo que tivesse que carregar a rejeição pelo resto da vida.

— Ele não é *você*.

Lentamente, com intenções inconfundíveis, ela esticou sua mão até a de Connor e entrelaçou os dedos nos dele. Ele respirou fundo, mas não saiu do lugar.

Era estranho, pensou Beatrice, por cima das batidas ensurdecedoras de seu pulso. Já tinha sentido o toque de Connor várias vezes, o contato das mãos dele em seu cotovelo quando ele a ajudava a atravessar a multidão, ou a batida de joelhos acidental que podia acontecer quando se sentavam lado a lado num carro. Aquela sensação, no entanto, era monumental e muito diferente. Como se algo mágico se reunisse e brilhasse onde suas mãos se entrelaçavam.

Em seguida, Connor se afastou.

— Beatrice, *não*. — A cozinha parecia vibrar com o que ele dissera.

Ela deu um passo para trás e cruzou os braços para disfarçar o tremor repentino.

— Desculpa. Só... esquece que eu disse qualquer coisa.

Ela começou a se afastar, mas as palavras que ele disse em seguida a fizeram congelar.

— Você acha que eu também não quero isso? — perguntou Connor com a voz entrecortada. — Meu Deus, Bee, tem um ano que mal consigo pensar em outra coisa! Quantas vezes já não fui até meu comandante para pedir a ele que me mudasse de posto, porque me importo *demais* com minha protegida. Porque é um tormento estar perto de você e não poder estar *com* você. Mas todas as vezes, mudo de ideia no último segundo.

Ele ainda estava muito perto, sua boca perigosamente próxima da dela.

— Aparentemente, eu prefiro continuar perto de você desse jeito, prefiro acompanhar seus *encontros* com o lorde Theodore *Eaton*, do que te dizer adeus. — Ele balançou a cabeça com amargura. — Está bem claro que eu tenho um ponto fraco quando se trata de você.

O coração de Beatrice palpitava e disparava em seu peito.

— Você acha que tem sido mais fácil para mim?

— Fácil o bastante para sair com Teddy Eaton!

— Já disse, não existe *nenhum* sentimento real entre a gente! Só estou saindo com ele porque meus pais me pediram!

Daquela vez, Connor finalmente pareceu ter processado as palavras dela. Uma sombra se formou em seus olhos azul-acinzentados.

— Mesmo assim, é impossível — insistiu ele, com os punhos cerrados nas laterais do corpo. — Beatrice, você está completamente fora de cogitação para alguém como eu. Eu trabalho para o seu pai. Sou seu *guarda*. Fiz um juramento, sagrado e inviolável, de que protegeria e serviria à Coroa até meu último suspiro.

— Eu sei. — Ela também estava comprometida com uma promessa sagrada.

— Sua família jamais permitiria — acrescentou ele. Como se ela precisasse de mais um lembrete.

Ocorreu a Beatrice que nenhum deles era dono do próprio destino. Nem Connor, nem Teddy, muito menos ela. Toda e qualquer decisão que já tivesse tomado na vida não passava de uma ilusão — a escolha de qual vestido usar, qual obra de caridade patrocinar —, uma seleção entre opções igualmente limitadas.

Nunca, jamais havia escolhido nada por conta própria. Não quando se tratava de algo que importasse.

— Vamos só virar a página — disse Connor, de um jeito muito formal. — Assim que chegarmos à capital, vou pedir que me mudem de posto.

— *Não.*

Beatrice se surpreendeu com a veemência da própria resposta.

— Você não pode ir embora — disse ela com a voz rouca. — Por favor, Connor. Você não faz ideia de como é importante para mim. Você é o único na minha vida que faz com que eu me sinta uma pessoa de verdade.

Diante do olhar confuso de Connor, Beatrice se atrapalhou com as palavras para tentar explicar.

— Até conhecer você, eu nunca soube como era a sensação de ter alguém que me vê por *quem* eu sou, não pelo *que* eu sou. Não vou suportar te perder — disse sem rodeios.

Connor engoliu em seco.

— Eu nunca faria nada que magoasse você. Mas, Beatrice, não posso prometer que você não vá sofrer, que não vá se machucar caso se envolva comigo.

— Eu *já* estou sofrendo. — As lágrimas ardiam em seus olhos. — Eu nunca posso decidir nada por conta própria. Sempre coloquei minha família em primeiro lugar, meu *país* em primeiro lugar, e isso tem seu preço, em todos os dias da minha vida. Mas perder você é um preço que não estou disposta a pagar.

Connor afastou uma mecha solta do cabelo dela. Antes que ele pudesse abaixar a mão, Beatrice a pegou e apoiou a bochecha em seus dedos. Sua pele era áspera e calejada.

— A gente não deveria estar fazendo isso — repetiu ele.

— A gente não está *fazendo* nada ainda. — Ela o olhou nos olhos. — Se for para quebrar as regras, Connor, vá em frente, a hora é agora.

Ele respondeu às palavras dela com um sorriso familiar antes de se inclinar para cobrir sua boca com a dele.

Beatrice ficou na ponta dos pés, com os lábios entreabertos. As mãos de Connor deslizaram de seu rosto para pousarem delicadamente em sua cintura. Ela se reclinou contra a ilha de pedra no meio da cozinha e Connor para a frente em resposta, envolvendo-a com o calor de seu corpo. Ele a beijou lentamente, com um silêncio extasiado que beirava o fascínio. Como se também não acreditasse que aquilo estava acontecendo.

Beijar Connor parecia assustador e familiar, como voltar para casa depois de ter passado toda uma vida perdida.

A certa altura, a bancada de pedra começou a afundar em seus quadris e Beatrice mudou de posição. Connor interpretou aquilo como um sinal para parar.

— A gente provavelmente deveria... Hm... — disse ele num tom questionador.

Os olhos de Beatrice se voltaram instintivamente para o sofá. Não estava preparada para continuar aquilo no quarto, de forma alguma.

Ao ver sua expressão e saber o que ela significava, Connor desligou o fogão — pelo menos um deles se lembrou de não incendiar a casa inteira — e pegou Beatrice nos braços como se ela não pesasse nada. Ele a levou até o sofá e a pousou com cuidado em cima das almofadas, sem deixar de beijá-la por um segundo sequer.

Lá fora, a neve caía com cada vez mais força, e uma cadeia de pingentes de gelo beirava a moldura da janela. Beatrice sentiu como se estivesse dentro de um globo de neve que alguém tinha sacudido. Desejou que os pequenos flocos brancos nunca se assentassem, que pudesse ficar ali para sempre, protegida da passagem do tempo.

— Estou com medo — sussurrou Connor tão baixinho que ela pensou que tivesse entendido errado.

— Você? Pensei que fosse arrogante demais para sentir medo.

— Essa é a Beatrice que eu conheço. — Ele deu um sorrisinho irônico antes de suspirar. — Mas estou *mesmo* com medo. Estou com medo de perder você, de te magoar de alguma maneira. E, acima de tudo, estou com medo de falhar com você.

Beatrice ergueu o rosto para poder olhá-lo nos olhos.

— Também estou com medo — admitiu ela. — Pelo menos podemos ter medo juntos.

O fogo ardia diante deles, sem que ninguém o controlasse.

17

SAMANTHA

Samantha estava na estação de embarque do teleférico com Teddy e Jeff, cantarolando uma melodia improvisada em voz baixa, quando o celular de Jeff caiu do bolso.

— Desculpa! — disse ele enquanto abaixou-se de lado para pegá-lo. Antes que Sam tivesse tempo de pensar, a cadeira rodeou a coluna central na direção deles, deixando-a sem escolha a não ser subir com Teddy.

Ele se virou para ela como se fosse dizer alguma coisa, mas Sam lhe deu as costas. Não tinha obrigação de entretê-lo só porque sua *verdadeira* namorada ainda não tinha chegado. Ela deixou o olhar vagar pela montanha, sobre a qual mal via a hora de ser solta.

O mundo era um redemoinho branco quando Sam acordara naquela manhã, nuvens que tremiam carregadas de neve, um vento que chicoteava tudo ao redor. Ela vestira apressadamente seu equipamento e descera as escadas, onde alguns membros da família já estavam reunidos.

Jeff se levantou em um salto quando ela chegou.

— Estamos isolados! As duas rodovias de acesso, a 145 *e* a passagem da Red Mountain, estão fechadas.

— O que significa que a Beatrice ainda está presa em Montrose. — A rainha olhou inquieta para Teddy, que estava sentado à mesa da cozinha comendo um sanduíche de bagel de café da manhã. — Se as estradas não forem reabertas até hoje à tarde, ela vai perder a festa.

Sam não estava particularmente preocupada se Beatrice conseguiria ou não chegar à festa de réveillon a tempo. Seus olhos encontraram os de Jeff, os dois compartilhavam o mesmo sorriso radiante e cúmplice.

O isolamento era a condição meteorológica dos sonhos de todo esquiador, quando havia nevado tanto que as estradas eram fechadas, mas as montanhas seguiam abertas. A neve por si só não era suficiente para fechar uma estação de esqui, apenas ventos fortes o bastante para impedir o uso seguro dos teleféricos. O isolamento, portanto, era sinônimo de pistas de neve incríveis somadas ao luxo de poder desfrutar da montanha praticamente por conta própria — já que as estradas fechadas impediam qualquer pessoa de fora chegar até lá.

— Nesse caso, é melhor irmos logo. — Sam se dirigiu ao hall de entrada para calçar as botas e vestir o casaco. Em seguida, pegou seu snowboard, decorado por muitos adesivos. — Quem vem?

Os olhos de Sam estavam fixos no pai, que normalmente amava dias assim, mas ele apenas sacudiu a cabeça.

— Vou deixar a montanha só para vocês esta manhã.

Ele disse aquilo com um sorriso, mas Sam não pôde deixar de notar como parecia exausto. Linhas finas delineavam seus olhos, e os ombros estavam mais curvados do que o normal.

Ela olhou para Nina, que se desculpou com um sorriso e ergueu um grosso livro de fantasia.

— Acho que vou ficar em casa. Além do mais, eu só ia te atrasar num dia como hoje.

Então, para o horror de Sam, Teddy entrou na conversa.

— Eu adoraria ir, se você não se importar.

— Claro — disse ela um instante depois. Não conseguia pensar numa desculpa razoável para se livrar dele.

Eles começaram nas pistas da Gold Hill, avançando continuamente pela montanha. Sam teve que admitir a contragosto que Teddy era ótimo esquiador. Não conseguia despistá-lo por mais que tentasse, e ela passara a manhã inteira tentando.

— Estamos indo para a Revelation Bowl, né? — Teddy tentou quebrar o gelo.

— Eu e o Jeff estamos — disse Sam, rígida. — Você pode desviar e descer algumas das trilhas mais fáceis antes da escalada. Senão, você vai ter que percorrer os últimos quinhentos metros com a prancha nas costas. Ou os esquis, no seu caso — acrescentou incisivamente. Ela sempre achou os esquiadores tão convencionais.

— Eu dou conta. — Teddy deu um sorriso atrevido. — Ao contrário de você, aprendi a esquiar em terrenos difíceis. As geladas e implacáveis pistas de Stowe, onde o menor erro pode custar sua vida.

Sam fez um beicinho, como se sentisse pena dele.

— Esquiar na Costa Leste? Sinto muito que você tenha tido que passar por isso.

— Sam! — gritou Jeff da cadeira atrás deles. — Revelation, né?

Sam se virou, seu irmão estava esparramado na cadeira, com uma perna apoiada no assento enquanto a outra balançava sobre o vazio, ainda presa à prancha.

— Com certeza. Corrida? — gritou ela em resposta.

— Desafio?

— Partiu.

Os olhos de Teddy corriam de um para o outro.

— Você e o Jeff sempre usaram esse tipo de linguagem de gêmeos?

— Você acha que isso foi linguagem de gêmeos? — zombou Sam. — Isso é só papo furado de teleférico. Quando éramos crianças, Jeff e eu tínhamos todo um código para nos comunicarmos. Nossas babás ficavam malucas.

Teddy sorriu por baixo da gola de lã. A pontinha de seu nariz tinha ficado vermelha por conta do frio.

— Entendi errado ou ele acabou de te chamar para apostar uma corrida?

— Eu e o Jeff sempre apostamos corrida na Revelation Bowl. O prêmio para o vencedor é poder forçar o outro a concluir um desafio. — Ela deu uma risadinha. — No ano passado, depois que eu ganhei, fiz o Jeff deixar as leggings térmicas da Daphne congelando na neve durante a noite. Ela ficou *possessa* no dia seguinte.

Eles estavam acima da linha das árvores, a paisagem deslizava sob seus pés como uma folha em branco ininterrupta.

— Ouvi dizer que o time de esqui da King's College é surpreendentemente bom para quem não está perto das montanhas. — Um sorriso se abriu furtivamente nos lábios de Teddy. — Estamos falando da Costa Leste, é verdade, mas você podia dar uma olhada.

— Por que todo mundo sempre supõe que eu vou para a King's College? — Sam lutou para conter a irritação. — Quem sabe eu nem vou para faculdade nenhuma.

— Você não está falando sério — rebateu Teddy, com uma convicção surpreendente.

Ela deu de ombros, desinteressada.

— Qual é o sentido para alguém como eu ir?

— "Alguém como você", uma das pessoas mais influentes do planeta? Alguém que de fato tem o poder para tornar o mundo um lugar melhor?

— Você está me confundindo com a minha irmã. O que é compreensível, já que beijou as duas. — Sam ignorou o suspiro de surpresa de Teddy. — A Beatrice já participa das reuniões do Gabinete, está ajudando a definir a agenda nacional e a negociar tratados. *Ela* tem poder, não eu.

O vento ganhou força, balançando levemente a cadeira para a frente e para trás. Teddy falou mais alto para ser ouvido.

— Você não percebe que milhões de pessoas buscam inspiração em você? Você está numa posição única, Samantha, pode usá-la para motivar o povo, para chamar a atenção para assuntos relevantes.

— Você está falando sobre defender uma causa, não sobre formular leis ou governar — interrompeu ela. — Eu me tornaria uma líder de torcida. Dar festas chiques e pedir às pessoas que doem dinheiro para a minha causa da semana? Não, obrigada. — Esse era o tipo de coisa que *Daphne* queria fazer da vida. Não ela.

— Você vai ser muito mais do que uma líder de torcida se promover mudanças reais — rebateu Teddy. — O que prefere fazer?

Sam começou a formular algum comentário desdenhoso e incisivo para zombar de Teddy por seu idealismo ingênuo, mas, em vez disso, a verdade veio à tona.

— Eu não sei o que quero fazer. Não sei nem no que seria *boa*.

— Talvez, se for para a faculdade, você possa descobrir.

De repente, eles estavam levantando a barra de segurança do assento e se dirigindo para o cume varrido pelo vento. Sam soltou o pé da prancha e a levou ao ombro sem esperar por Teddy, que puxou uma alça de náilon do bolso do casaco para prender os bastões de esqui nas costas como uma mochila.

Sam começou a subir a encosta em silêncio, seguindo as pegadas gravadas na neve pelos esquiadores que tinham passado por ali antes dela. À sua esquerda, uma fita vermelha de advertência estava presa a várias estacas de madeira separadas entre si por metros — não que a fita fosse servir de alguma coisa caso alguém escorregasse, até porque, do outro lado, a montanha terminava numa parede vertical íngreme.

Por fim, chegaram ao topo da Revelation Bowl: uma vasta extensão de neve que se afunilava na lateral da montanha. Sam abriu o zíper do casaco, suada pelo esforço. O sol finalmente havia dispersado as nuvens. Ela virou o rosto para cima, para que os raios beijassem sua testa.

— Preparada para perder? — perguntou Jeff, com a respiração ainda pesada, enquanto lhe dava um de seus sorrisos atrevidos de sempre.

— Manda ver. — Ignorando a presença silenciosa de Teddy atrás de si, Sam deslizou os pés para os estribos da prancha de snowboard. Ela se aproximou da borda da encosta e pegou impulso.

O ar a fustigava, implacável, como se tentasse reduzir suas roupas a farrapos. A neve, que ia até os joelhos, voava em jatos brancos que a flanqueavam. Sam sentia-se estagnada a cada minuto que passava fora da prancha, e só então, cruzando a face daquela montanha, sentia-se viva novamente.

Jeff tinha disparado à sua frente, e ela sentia Teddy em seus calcanhares, o assobio de seus esquis sutil em comparação ao arado estrondoso das pranchas. Sam curvou os tornozelos e jogou todo o seu peso para a frente, com mais ímpeto do que nunca, como se estimulada pelas palavras de Teddy. Que direito ele achava que tinha de julgá-la?

A prancha escorregou sob seus pés.

Certa vez, aos cinco anos, Sam tentara escapar do instrutor particular e disparou montanha abaixo. Ela saiu da neve e acabou derrapando em vinte metros de lama antes de bater num arbusto. Quando a patrulha de esqui finalmente a resgatou, ela tinha perdido dois dentes e sorria de orelha a orelha.

Sam se sentia assim naquele momento. Estava descendo a encosta cada vez mais depressa, esforçando-se desesperadamente para pôr o pé de volta no estribo.

Ela voou pelos ares até bater na neve com um baque e cair de ponta-cabeça montanha abaixo. O mundo se reduziu a um redemoinho branco.

Deitou em posição fetal, esperando até que tudo estivesse calmo novamente.

— *Sam!*

Para sua surpresa, a voz não era de Jeff, mas de Teddy.

Ele segurou seu cotovelo para ajudá-la a ficar de pé.

— Você se machucou?

— Estou bem.

Sam buscou sua prancha nos montes de neve e ancorou-se novamente, primeiro um pé, depois o outro. De repente, sentiu-se constrangida — não por ter caído, mas pelo motivo da queda. Porque estivera pensando em *Teddy*.

— Parabéns — ela se forçou a dizer enquanto olhava montanha abaixo, na direção de Jeff. — Parece que te devo um desafio.

♛

Enrolada numa toalha branca felpuda, Sam dirigiu-se até a banheira de hidromassagem, que era cercada por janelas que iam do chão ao teto com vista para as montanhas. Havia uma banheira na área externa, claro, mas cada músculo do corpo de Sam doía e ela não queria ficar correndo no frio para reativar os jatos.

Ao fazer a curva, descobriu que não estava sozinha.

— Ah… desculpa. Deixa pra lá — disse ela, hesitante.

Teddy se pôs de pé e sacudiu a cabeça.

— Por favor, não me deixe te impedir. Tem espaço de sobra.

Era verdade; aquela banheira de hidromassagem fora projetada para acomodar quinze pessoas. Mas será que não era meio estranho estar ali sozinha com o cara com quem sua irmã estava saindo?

Por outro lado, pensou Sam, ela não tinha ouvido Teddy citar o nome de Beatrice o fim de semana inteiro.

Com certa relutância, largou a toalha e mergulhou na água. Estava usando um maiô fúcsia brilhante, que tecnicamente não podia ser considerado uma peça única por conta dos vários decotes que se espalhavam estrategicamente pela peça. Era o tipo de roupa de banho que não poderia vestir no verão, porque deixaria marquinhas estranhíssimas em seu corpo.

— Além do mais, você deve precisar mais da banheira do que eu, depois daquela derrota — prosseguiu Teddy, arriscando um sorriso. — Jeff já decidiu qual vai ser seu desafio?

— Ainda não. Ele vai ter que inventar algo excelente, porque não vai ter a oportunidade de novo. Não costumo perder para ele — gabou-se.

Teddy deu uma risadinha.

— Contanto que vocês não congelem minhas roupas de baixo…

— Não posso prometer nada.

Sam boiou até suas costas chegarem a um dos jatos. Ela se forçou a olhar pela janela, porque, caso contrário, teria que encarar Teddy e seus braços musculosos, a fina linha de barba por fazer ao longo da mandíbula. O vapor rodopiava sobre seu cabelo, tornando-o um pouco mais escuro do que o normal, como finos fios de ouro.

— Samantha. — Teddy pigarreou. — Desculpe pelo que eu disse mais cedo. Passei dos limites.

— Não, você estava certo.

A resposta de Sam pareceu surpreender tanto a ela quanto a Teddy. Ela contemplou a superfície da água, mordendo o lábio.

— Ao contrário da Beatrice, eu e o Jeff não temos um papel ou um propósito definido, nenhuma função para a qual estamos sendo treinados. A gente só... existe.

Teddy sacudiu a cabeça.

— Sinto informar, mas você não é chata ou preguiçosa o suficiente para *só existir*.

Sam sentiu-se grata pelas palavras dele. Talvez fosse o brilho de compreensão em seus olhos, ou a deliciosa temperatura da banheira, mas ela se viu impelida a admitir a verdade.

— Não é só por isso que estou fazendo corpo mole em relação à faculdade — disse ela lentamente.

— Como assim? — Uma gota de suor escorreu pela curva do pescoço de Teddy até pousar sedutoramente na sua clavícula. Seus cílios estavam pontudos por conta da umidade.

Sam se forçou a desviar o olhar.

— Beatrice odiava Harvard. Não o aspecto acadêmico, mas o social. Ela sempre se sentiu isolada, como se não fizesse realmente *parte* daquilo. — Ela esboçou um meio sorriso. — Sei que disfarço muito bem, mas na verdade não tenho muitos amigos.

— Sério? Nem as meninas que estudaram com você?

Por alguma razão, Sam pensou no primário, quando algumas das meninas roubavam pertences dela e de Beatrice para vendê-los na internet. As antigas placas com seus nomes valiam cem dólares, e tudo que tivesse assinatura, como deveres de casa ou provas, valiam ainda mais. Quando o palácio descobriu, Beatrice tornara-se ainda mais discreta e reservada, enquanto a reação de Sam foi ignorar por completo suas colegas de turma e se aproximar de Jeff e seus amigos.

Pensando bem, aquele provavelmente foi o início de sua fama de namoradeira.

— Aquelas meninas não eram minhas amigas de verdade.

— Por que diz isso? — Não havia nenhum questionamento na voz de Teddy, apenas curiosidade.

— Porque amigos de verdade perdoam suas falhas, aquelas meninas só as colecionavam para depois espalhar por aí como itens de fofoca. — Ela suspirou enquanto acariciava a superfície da água com a ponta dos dedos. — Eu só tenho uma amiga de verdade, que é a Nina.

— Você tem sorte de ter uma amiga como ela.

Sam fez que sim.

— Mesmo assim, tenho medo de que ir para a faculdade só vá ressaltar o quanto sou solitária. Vou passar quatro anos sendo tão infeliz quanto a Beatrice foi. Só que provavelmente pior, porque não sou a estrela acadêmica que ela é.

— Você poderia tentar falar sobre isso *com* a Beatrice, sabe?

— A Beatrice não tem tempo para mim ultimamente.

Teddy sacudiu a cabeça com suavidade.

— Acho que você se surpreenderia.

Sam se lembrou da noite do musical, quando Beatrice batera em sua porta, perdida e com os olhos arregalados, e Sam a recebera com desdém. Ela corou com a lembrança.

— E você? Fez bons amigos em Yale? — decidiu perguntar.

— Fiz, mas sou mais parecido com você nesse aspecto. Tenho o mesmo melhor amigo desde a infância — admitiu Teddy. — É mais fácil quando alguém te conhece a vida inteira, em vez de pessoas que te julgam à primeira vista.

Ela brincou com o elástico de cabelo verde-limão em torno de seu pulso.

— Eu entendo. A primeira impressão que causo nas pessoas nunca é boa.

O azul dos olhos de Teddy se intensificou.

— Às vezes a primeira impressão é boa, e é a segunda que estraga tudo.

Sam se perguntou se ele estava falando deles dois, de sua primeira impressão de Teddy, e de como mudara drasticamente depois que ele saiu com sua irmã.

Seus pensamentos foram interrompidos pela vibração do celular, que estava apoiado num parapeito próximo. Sam cambaleou para fora da banheira para pegar o aparelho. Arregalou os olhos quando viu a mensagem que acabara de receber.

— Beatrice está a caminho. Deve chegar em questão horas — disse ela lentamente. Sam não tinha percebido o quanto esperava que Beatrice continuasse presa em Montrose.

— Que bom que ela está bem — respondeu Teddy, embora a notícia tenha provocado uma expressão enigmática em seu rosto.

— Teddy... O que realmente está rolando entre você e minha irmã?

Por um instante, ele tentou ignorar a pergunta.

— Não sou bom o bastante para a Beatrice — disse ele com um sorriso autodepreciativo. — Ela vai acabar com alguém muito mais importante do que eu, tipo o duque de Cambridge, quem sabe, ou o *czaverich*.

Sam revirou os olhos.

— Ela não pode ficar com outro herdeiro, é uma impossibilidade política.

— Ah, é?

— Claro! Os últimos herdeiros dos seus respectivos tronos que se casaram foram Philip da Espanha e a rainha Mary, e todo mundo sabe no que isso deu.

— Sabe?

— Não acabou bem — disse Sam secamente.

— Bom, que pena. — Teddy suspirou. — A verdade é que estou gostando de conhecer sua irmã. Eu a admiro.

— Esse é o elogio menos romântico que eu já ouvi. — Sam não pretendia disparar a frase daquela forma, mas, para seu alívio, Teddy não pareceu se incomodar.

— Ela é a futura rainha. Não acho que eu deva ter sentimentos românticos por ela — disse abruptamente. — Ela existe numa dimensão superior ao resto do mundo, no nível de, sei lá. Símbolos e ideais.

Do jeito que Teddy colocou, parecia mesmo quase impossível ter sentimentos românticos em relação a Beatrice.

— Sou grato, é claro, por seus pais me acharem digno de consideração.

— Meus *pais* juntaram vocês?

— A Beatrice não te contou? — Teddy suspirou diante do olhar perplexo de Sam. — Seus pais fizeram uma lista de pretendentes que queriam que ela conhecesse no Baile da Rainha. Eu fui selecionado. É claro — acrescentou ele — que meus pais só me contaram o verdadeiro motivo de termos comparecido ao baile aquela noite depois de eu ter te conhecido. — Seus olhos suplicavam um pedido silencioso de desculpas. — Eu nunca teria entrado naquela chapelaria se soubesse que estava na lista de candidatos da Beatrice.

Lista de candidatos. Meu Deus.

Sam se lembrou do que Beatrice dissera na manhã seguinte ao baile: "Ninguém está pedindo que *você* encontre um marido."

Ela entendera tudo errado. Tinha presumido que Beatrice estava atrás de Teddy só porque podia, quando na verdade, seus pais queriam um casamento real. Talvez eles tenham visto todos aqueles artigos de opinião que se queixavam da falta de namorado de Beatrice, ou estivessem simplesmente ansiosos para ter um neto e garantir a importantíssima linha de sucessão por mais uma geração.

— Eu não sabia — disse ela baixinho.

— Olha, eu e a Beatrice nos damos bem — comentou Teddy. — A gente se entende. Mas, se dependesse de mim... — Ele não completou a frase.

— Por quê? — Foi tudo que ela foi capaz de dizer.

Teddy baixou a cabeça para evitar o olhar dela.

— Eles esperam algumas coisas de mim, por causa de quem eu sou. Principalmente depois que minha família perdeu a fortuna.

Sam tomou um susto.

— O quê?

— Assim como muitas famílias antigas da Nova Inglaterra, acumulamos nosso dinheiro há gerações, e desde então nos dedicamos a administrá-lo. Até que chegou a última recessão e descobrimos que meu avô tinha aplicado uma boa parte em investimentos voláteis. Ele morreu pouco depois no mesmo ano. Minha família está para perder tudo. Todas as nossas casas, nossos títulos, nosso estilo de vida. Já tivemos que demitir centenas de pessoas, vender nossos negócios... Você sabia que minha família era a maior geradora de emprego da região de Boston?

A voz de Teddy soava rouca de angústia.

— Quando você está nesse tipo de situação e a herdeira do trono te chama para um encontro... não tem como dizer não. Simplesmente *não tem como.*

Sam deixou o olhar vagar pela janela, sua mente girava com tudo que ele dissera. Uma das famílias da Velha Guarda prestes a perder tudo, o futuro de uma comunidade inteira nos ombros dele. Era peso demais para uma única pessoa carregar.

A transformação de Teddy foi sutil, mas Sam notou a maneira como suas costas ficaram retas e a distância em seu olhar. Era assustadoramente semelhante à transformação que tinha visto em Beatrice milhares de vezes, o distanciamento e a formalidade que adotava, como se vestisse a máscara dos Washington.

— Eu não deveria ter contado nada disso — disse ele, com a voz pesada. — Ninguém sabe. Nem a sua irmã. Por favor, isso pode ficar entre a gente?

— Claro. O que acontece na hidromassagem fica na hidromassagem. — Sam tinha mirado num comentário leve, mas de repente se deu conta de que acertou em outro significado.

O brilho nos olhos de Teddy lhe diziam que ele também percebeu.

Sam se aproximou dele e estendeu as mãos por baixo da superfície borbulhante da água. Teddy hesitou, mas depois entrelaçou os dedos nos dela.

— É peso demais para você carregar sozinho — murmurou ela.

— Eu sempre soube o que é esperado de mim, como tenho certeza de que acontece com sua irmã. É por isso que a gente se entende. — Teddy deu um sorriso com o canto da boca. — Mas as coisas teriam sido mais fáceis para nós dois se eu não tivesse conhecido *você* primeiro.

— Teddy...

— Eu não me arrependo — ele apressou-se em dizer. — Não importa o que aconteça, fico feliz de ter tido a chance de te beijar. Mesmo que tenha sido só uma vez, dentro de uma chapelaria.

Não importa o que aconteça.

A frase soou como um brusco deslizar de agulha sobre vinil, como unhas num quadro-negro, porque Sam sabia quais eram as palavras que Teddy tinha deixado de fora. Não importa o que aconteça entre ele e Beatrice.

Não importa que eles acabem *se casando.*

Mas sua irmã não estava ali no momento, e Sam se recusou a ceder aquele momento a ela. Beatrice poderia até ficar com Teddy pelo resto da vida, mas não podia ficar com ele agora. Aquela parcela de tempo tinha existência própria, seria independente do resto do mundo, de consequências, arrependimentos e conjecturas. Não pertencia nem um pouco a Beatrice, mas a Teddy e Sam.

Ainda estavam de mãos dadas debaixo d'água. Sam sentiu-se levemente tonta, seja pela altitude, pelo calor ou pela proximidade do rosto de Teddy.

Seus lábios se tocaram.

O beijo foi tenro e delicado, bem diferente dos beijos ardentes que trocaram na chapelaria. Foi do tipo que poderiam ter experimentado se tivessem se conhecido em outras circunstâncias. Se tivessem a oportunidade de desfrutar de um encontro, se Beatrice nunca tivesse se metido entre os dois.

Sam levantou as mãos para apoiá-las no peitoral de Teddy, depois as envolveu em seus ombros. Agarrou-se a ele com força, como se ainda estivesse rolando montanha abaixo e ele fosse o único ponto sólido que restasse no mundo. Tudo parecia ganhar um gosto especial, desacelerar até parar por completo.

Por fim, depois de uma pausa impossível, Teddy apoiou a testa na dela.

— Desculpa — disse ele, respirando com dificuldade. — Não deveria...

— Jamais peça desculpas por me beijar.

Ali estava o sorriso que Sam se descobriu desesperada para ver de novo.

— Pode deixar — foi tudo que ele disse.

— Está ficando tarde.

A contragosto, Sam agarrou seu rabo de cavalo e o torceu como um pano molhado por cima do ombro. Ela saiu da banheira de hidromassagem e vestiu um dos roupões do armário de cedro aquecido.

Antes de voltar para dentro, deu uma última olhada para as montanhas, ainda cobertas pelo manto cintilante da neve que caíra na noite anterior. Havia algo de evocativo naquela vista, algo brilhante e resplandecente, repleto de promessas.

18

DAPHNE

Daphne estremeceu. O toque da brisa noturna era uma carícia gelada em seus braços, como as mangas de um de seus robes de seda. Ela usava um vestido de festa de tule preto com detalhes em ouro e um casaco de pele curto jogado por cima dos ombros. No entanto, não tinha se vestido pensando no clima, e sim na batalha. Para que Jefferson se lembrasse de tudo ao que renunciara.

Seus saltos agulha faziam um barulhinho agradável na calçada enquanto ela se dirigia até o Smuggler's. Não havia nenhuma placa na fachada, nenhuma indicação de que você estava no lugar certo, exceto por uma única palavra, SÓCIOS, em caracteres de latão polido acima da porta.

Corriam rumores de que os proprietários daquele clube privado, desenvolvido para os fãs do esqui de luxo, eram os próprios Washington, mas ninguém sabia com certeza. A identidade dos donos constituía um segredo tão bem guardado quanto tudo o que acontecia por trás da famosa porta de madeira.

O Smuggler's exigia que todos os convidados deixassem os celulares na entrada, sobretudo quando a família real estava presente. Jamais aconteceu de uma foto não autorizada do que se passava lá dentro ter sido publicada, o que só servia para pôr mais lenha na fogueira das especulações. Boatos afirmavam que os recém-casados duques de Roanoke certa vez tiveram uma briga tão acalorada que um atirou um garfo no outro (embora ninguém dissesse quem acertou em quem); que a irmã do rei, Margaret, havia celebrado ali sua despedida de solteira e, mais pra lá do que pra cá, usara o telefone fixo para passar trotes em todos os seus ex-namorados, incluindo o duque de Orléans e o marajá de Jaipur. O evento mais famoso era o desta noite, a festa de réveillon anual dos Washington.

Apesar dos esforços da família real para manter a festa em segredo, era evidente que toda a cidade já sabia a respeito. Uma multidão de curiosos rodeava a entrada do Smuggler's, todos se empurrando para conseguir uma posição mais avantajada, como se, por algum milagre, a equipe de segurança fosse deixá-los entrar de uma hora para outra. Na primeira fileira do mar de gente, Daphne viu algumas das *it girls* que triunfavam na cena social da capital, com seus vestidos curtos demais e diamantes grandes demais. Todas a olhavam de soslaio, mas Daphne fez questão de não fazer contato visual. Ela se dirigiu ao início da fila como se pertencesse àquele lugar, porque era verdade.

— Oi, Kenny. — Cumprimentou o guarda com um aceno de cabeça enquanto passava casualmente por ele, na esperança de que ele não...

— Daphne? — Kenny se sobressaltou e lhe lançou um sorriso constrangido. Uma divisão pronunciada separava seus dois dentes incisivos. — Não vi seu nome na lista deste ano.

Via de regra, Daphne amava barreiras, mas só quando estava do lado certo delas.

— Jefferson me convidou — disse ela inocentemente, e mostrou-lhe o celular. Como era de esperar, lá estava uma série de mensagens de Jefferson. Ela cerrou os punhos ao lado do corpo, rezando para que Kenny não clicasse no ícone de contato, porque perceberia que as mensagens, na verdade, vinham do celular de sua mãe. Daphne tinha as elaborado enquanto se preparava para sair.

— Vocês voltaram? — perguntou Kenny, que em seguida sacudiu a cabeça e lhe devolveu o celular. — Desculpe, mas não posso deixar. Hoje não.

Daphne sentiu uma onda de pânico na boca do estômago. Não podia permitir que todas aquelas pessoas testemunhassem sua humilhação.

— Você sabe que eu não represento ameaça — insistiu ela, e abriu sua bolsa preta reluzente para lhe mostrar a escova de cabelo e o brilho labial alojados inofensivamente no interior dela.

Antes que Kenny pudesse recusar sua entrada novamente, a porta da frente do Smuggler's se abriu e Ethan saiu de lá de dentro. Bastou uma simples olhada para ele entender o que estava acontecendo. Daphne se obrigou a olhá-lo nos olhos.

— Sinto muito, Daphne. — Ela ouviu como Ethan lutava para disfarçar um sorriso. — A culpa é minha. Jeff me pediu para pôr seu nome na lista, mas esqueci completamente. Ela não pode entrar? — A pergunta foi direcionada a Kenny.

Daphne seguia sorrindo com doçura e ingenuidade, mas por dentro o sangue fervia.

Kenny pareceu refletir sobre o assunto antes de ceder.

— Ok, mas só dessa vez.

No ponto de coleta obrigatório, Daphne trocou o celular por uma ficha de plástico. Começou a descer a escada, mas Ethan estendeu o braço, e ela não teve escolha a não ser aceitá-lo.

O lustre do teto, todo feito de chifres, lançava uma luz fraca sobre as paredes verde-escuras do saguão, cobertas com pinturas de estilo ocidental. O chão estava forrado de tapetes e móveis de couro. A sala ao lado, que tinha um bar e uma pista de dança, estava apinhada de mulheres em vestidos de lantejoulas e homens de gravatas-borboletas.

Bastou uma rápida olhada para que Daphne confirmasse que era o mesmo público de sempre — condes, condessas, membros da Suprema Corte, alguns empresários aqui e ali, e vários membros da numerosa família real. O rei se encontrava de costas para uma enorme lareira de pedra, e seu braço roçava no da rainha enquanto ela contava uma anedota. Ele costumava ser jovial nesse tipo de evento. Sempre rindo e gesticulando para que os criados mantivessem as taças de vinho cheias, mas Daphne notou uma seriedade incomum em seu comportamento naquela noite.

— Pode ir agora — murmurou Daphne, desvencilhando o braço do de Ethan.

— Sua gratidão, como sempre, é avassaladora.

— Entendi a mensagem, Ethan. Não precisa se gabar.

— Mas eu sou ótimo nisso. — Seus olhos brilhavam como estrelas escuras.

— Não estou no clima, tá?

Um sorriso lânguido e sensual cruzou os lábios de Ethan.

— Fala sério, Daphne. Sei que já tivemos nossas diferenças...

— Eu diria que isso é um eufemismo.

— Mas você deveria agradecer por eu estar aqui. Se não fosse por mim, você ainda estaria lá na porta, ostentando suas mensagens falsas.

Ela franziu os lábios para reprimir uma resposta mordaz.

— Obrigada por ter me ajudado a entrar — forçou-se a dizer.

O desconforto de Daphne fez Ethan dar uma risadinha.

— Sem problema, você fica me devendo uma.

Daphne não se deu nem ao trabalho de responder. Não tinha a menor intenção de dever nada a Ethan.

Ele pegou duas taças de champanhe de uma bandeja e tentou oferecer uma a ela, mas Daphne negou com a cabeça. Ela nunca bebia em público. Pouco importava que faria dezoito anos em alguns meses e que, nesse tipo de encontro, o consumo de álcool por menores de idade fosse tacitamente permitido, ou educadamente ignorado. Ela dera muito duro para pôr a própria imagem em risco por conta de um *drinque*.

— É réveillon, ninguém se importa — rebateu Ethan, mas Daphne o ignorou.

Seus olhos se fixaram numa garota no canto da sala, que usava um vestido preto tomara-que-caia e botinhas, *botinhas*, para a festa formal de réveillon.

Foi a expressão nos olhos castanho-escuros de Nina que chamou a atenção de Daphne. Porque aqueles olhos não saíam do pátio, onde o príncipe Jefferson se encontrava.

Que as duas estivessem de olho nele era mortificante para Daphne. Ela detestava que tivessem isso em comum, que tivessem *qualquer coisa* em comum.

Daphne se aproximou em passos largos.

— Nina! Quanto tempo. A gente não se vê desde o verão, pelo menos, né? — disse ela, hesitante, dando a entender que sua interlocutora não era memorável o suficiente para que pudesse ter certeza.

Nina deu de ombros.

— Eu estava no Baile da Rainha há algumas semanas atrás. Talvez você também estivesse?

O sorriso de Daphne congelou no rosto. Será que tinha sido *Nina* o motivo de Jefferson ter saído correndo no meio da dança?

— Aliás, você está linda. Amei os brincos.

Era uma velha tática sua: avaliar os oponentes através de elogios, para deixá-los à vontade.

Nina levou a mão à orelha, como se quisesse verificar quais eram os brincos que usava. Na parte interna de seu pulso, uma tatuagem se fez visível.

— Ah... São da Samantha.

Claro.

— Bom, eles são lindos — declarou Daphne, e inclinou levemente a cabeça. — Eu não fazia ideia de que você estava na cidade. Acho que não vi nenhum post seu.

— Redes sociais não são a minha praia — disse Nina com um certo desdém.

— Agora que parei para pensar, também não sabia que *você* estava na cidade esse fim de semana. Veio com seus pais?

Quanta audácia.

— Vim. Na verdade, encontrei o Jefferson outro dia, no teleférico da Apex. Se soubesse que você estava aqui, teria sugerido que viesse nos encontrar — acrescentou ela, em um tom educadamente perplexo.

Nina deu uma risada autodepreciativa.

— Sem problemas. Eu nunca consigo seguir o ritmo do Jeff nessas pistas radicais.

"Você não consegue seguir nosso ritmo em lugar nenhum."

— Eu me lembro que você sempre gostava mais de ler um livro perto da lareira do que esquiar. Bom saber que as coisas não mudaram.

— A maioria das coisas, pelo menos — rebateu Nina, como se quisesse lembrar Daphne da mudança mais importante de todas, seu relacionamento com o príncipe.

Não ia sair mais nada dali. Daphne já havia transmitido sua mensagem.

— Se me der licença — disse ela vagamente, antes de se afastar num redemoinho de tules com lantejoulas.

Jefferson estava no pátio dos fundos, cercado por uma multidão. Mulheres jovens, em sua maioria, que não paravam de olhar para ele e de mexer em suas roupas como se o tecido de repente estivesse esquentando-as demais, ou como se não tivessem conseguido abotoar os vestidos direito.

Daphne não se deixou abalar. Garotas sempre se ofereciam para Jefferson. Era assim até quando ela e o príncipe namoravam, e não deixaria de ser, ela sabia bem, até que eles noivassem. Talvez até que se casassem.

Quando conseguiu trocar olhares com Jefferson, ele a cumprimentou com um sorriso amigável e relaxado e a seguiu até uma fogueira ao ar livre. O brilho dos pequenos pisca-piscas pendurados em todos os lugares rivalizava com o das estrelas.

— Dá pra acreditar na quantidade de neve que estamos tendo esse ano? — perguntou o príncipe. — Estou pensando em voltar na Apex amanhã, se quiser encontrar com a gente.

Daphne fez um esforço para não estremecer com esse "a gente", que não incluía mais ela.

— Adoraria. — Ela deu um passo discreto para a frente, deixando o vestido escorregar um pouco. Como esperava, os olhos de Jefferson saltaram para as curvas de seu decote. Por um momento, a expressão em seu rosto, uma que Daphne conhecia muito bem, parecia ser algo do qual ela poderia tirar vantagem.

— Eu me diverti demais com você aquele dia. Fazia meses que não me divertia tanto. — Ela respirou fundo e se arriscou. — Sinto muitas saudades, Jefferson.

O príncipe piscou os olhos repetidas vezes, sem saber o que dizer.

— Sei que as coisas entre a gente terminaram de um jeito... complicado — murmurou ela, destilando sedução a cada palavra. — Mas estou aqui, e quero tentar de novo. Dessa vez a gente não precisa esperar. Por *nada*.

O recado que ela tentava passar não poderia ser mais claro.

Desde o término, Daphne ficava se perguntando se seu erro fora nunca ter dormido com Jefferson. Parecera a coisa certa a se fazer. Os tempos podiam até ser modernos, mas ela almejava o mais alto dos objetivos e, portanto, mantinha-se nos padrões mais elevados. Um padrão estabelecido, sem dúvida, pela princesa Beatrice.

Ela dissera a Jefferson que eram jovens demais, que gostaria de esperar até que amadurecessem mais um pouco. E, verdade seja dita, eles eram *mesmo* jovens, Daphne mal tinha quinze anos quando começaram a namorar.

Bom, agora ela estava mais velha, e muito mais segura de si e de seus objetivos.

Embora não costumasse cometer erros de cálculo tão monumentais, Daphne soube na mesma hora que dissera a coisa errada. Jefferson deu um passo atrás, rapidamente dobrando a distância entre eles. O sorriso no rosto dela se foi.

— Desculpa se passei a impressão errada — disse o príncipe apressadamente. — Quando estávamos andando de snowboard, pensei que você soubesse que era como amigos. Estou com outra pessoa agora.

Daphne sentiu os pulmões se contraírem. Ela respirou fundo, com dificuldade, lutando para ficar de pé. O oxigênio era escasso na altitude.

— Ah. — Sua voz parecia emanar de uma longa distância, tão fria e elegante como de costume. — A gente se vê, então.

Estava tão certa de que Jefferson ainda se importava com ela, de que seria capaz de persuadi-lo a voltar com ela. Sobretudo agora que estava finalmente disposta, depois de todos esses anos, a pôr sexo na jogada.

Ela tentou não pensar no que isso implicava, no que devia acontecer entre ele e Nina naquela casa. Mas, apesar de todos os seus esforços para evitar as imagens, elas inundavam sua mente, uma mais dolorosa do que a outra. Jefferson apresentando Nina à avó. Mandando-lhe uma sequência de coraçõezinhos por mensagem no meio do dia. Afastando o cabelo dela para lhe dar um beijo na nuca. Todas as coisas que ele fizera com Daphne, pelo menos no início, agora seriam feitas com *ela*.

Daphne havia aberto mão de tudo por Jefferson, projetado sua vida inteira em torno dele. Agora, era como se seu futuro murchasse diante dela, escurecendo e desfocando até terminar no nada absoluto.

Os sons da festa se reduziram a um rugido maçante sob as marteladas de seu coração. Ela abriu caminho cegamente de volta para dentro.

— Daphne?

A princesa Samantha estava perto do bar e segurava um copo de líquido transparente que com certeza não era água. Ela se inclinou para a frente, um pouco perto demais de Daphne, mas Samantha sempre fora assim. Simplesmente se recusava a habitar o espaço normal que separava as pessoas.

— Está se divertindo? — perguntou Samantha, num tom levemente provocativo.

— A festa está incrível, como sempre.

Daphne achou que tivesse soado convincente, mas Samantha bufou com um sorriso incrédulo.

— É mesmo? Porque você parece tão infeliz quanto eu.

Daphne ficou tão surpreendida com o comentário que nem se deu ao trabalho de negar.

— Minha noite não foi exatamente como eu esperava — ela se ouviu dizer. Em seguida, surpreendendo-se ainda mais consigo mesma: — E por que *você* está infeliz?

— Isso importa? — perguntou a princesa, com um toque de amargura na voz. Ela não parava de relancear para alguém que estava do outro lado do recinto.

Daphne seguiu o olhar de Samantha até avistar a princesa Beatrice ao lado de Theodore Eaton. Os dois sorriam e conversavam com o mesmo grupo de convidados. Contudo, quanto mais Daphne os observava, mais parecia que seus movimentos eram coordenados, mas díspares, como trens que circulavam em trilhos paralelos. Beatrice nunca olhava *para* Theodore, e sim *ao redor* dele.

— Pelo visto, sua irmã conseguiu chegar a tempo.

— Pois é — disse Samantha com desinteresse. Ela ergueu o copo, já vazio, e o agitou com um brilho provocativo nos olhos. — Quer me acompanhar?

Daphne desviou a atenção para a pista de dança, onde hordas de pessoas estavam reunidas à espera da contagem regressiva para a meia-noite. Um grupo de funcionários da organização da festa começou a distribuir colares fluorescentes e línguas de sogra.

Por que ela *não* deveria tomar um drinque, só para variar?

♛

Pela primeira vez na vida, Daphne estava bêbada em público.

Depois que ela e Samantha tomaram a primeira rodada de *shots*, Daphne insistira em passar para o champanhe, que pelo menos *parecia* mais elegante. Mas ela já estava na terceira — ou seria a quarta? — taça e, naquela altitude, de estômago vazio, o álcool estava batendo com tudo.

Ela e Samantha foram para a pista de dança, e pulavam e davam risadinhas como se fossem amigas de longa data. Se Daphne não estivesse tão bêbada, poderia até rir da ironia. Havia passado anos obcecada, tentando bolar todo tipo de plano para fazer com que a irmã gêmea de Jefferson gostasse dela, quando, durante todo esse tempo, bastava apenas se tornar parceira de copo da princesa.

Daphne deu uma pirueta, fazendo com que sua pilha de colares fluorescentes quicasse com o movimento. Perto da cabine do DJ, ela avistou Sir Sanjay Murthy com os dois filhos adolescentes, que haviam estudado com Jefferson na Forsythe Academy. Ambos lhe lançaram piscadelas de aprovação. Ela lhes soprou um beijo em resposta.

Daphne nunca tinha imaginado como era libertador beber até que os limites da realidade evaporassem e perdessem o foco. Fazer algo tão deliciosamente ilícito, só para provar que nada tinha importância. Será que era assim que Samantha se sentia? Nesse caso, não era de admirar que tenha dado no que deu.

Um par de mãos se fechou ao redor de sua cintura e Daphne nem sequer as afastou, apenas se inclinou para trás de modo provocante.

— Fala sério, Daphne. Você é melhor do que isso — sussurrou Ethan em seu ouvido. Sua respiração conseguia ser quente e fria ao mesmo tempo, fazendo uma série de calafrios percorrer sua espinha.

— Estou ótima, obrigada — informou-lhe ela.

Quando Ethan tentou virá-la de frente para encará-lo, Daphne escorregou em cima do salto e perdeu o equilíbrio.

Algumas pessoas olharam em sua direção, mas Ethan conseguiu segurá-la antes que ela caísse na pista de dança. Ele a envolveu habilmente num giro completo, agindo como se o aparente acidente tivesse sido apenas um movimento de dança impetuoso. Os curiosos logo perderam o interesse.

— Cinco minutos para a meia-noite! — proclamou o DJ, que logo em seguida aumentou ainda mais o volume da música.

Ethan ainda segurava firme seus cotovelos.

— Acho que está na hora de te levar para casa.

Pela primeira vez, Daphne se permitiu examinar Ethan abertamente, listando suas qualidades com os olhos. A inteligência que brilhava em seus olhos, a curva suave de seus lábios, o blazer sob medida que ele estava usando realçava a linha larga de seus ombros. Daphne os enlaçou com os braços enquanto tentava recuperar o equilíbrio.

— Preciso ficar pelo menos até meia-noite — ela o informou, e baixou o tom de voz em um sussurro — Pode me beijar na contagem regressiva, se quiser. — Talvez o ciúme fosse suficiente para derrubar o muro de indiferença de Jefferson.

Ou talvez parte dela quisesse beijar Ethan mais uma vez.

Pela segunda vez na mesma noite, ela dissera a coisa errada. Ethan recuou diante das palavras dela, emanando raiva de suas feições, ou, quem sabe, dor.

— Você está sendo injusta, Daphne — disse ele baixinho. — Você sabe que não é assim que eu te quero. Não desse jeito.

Antes que ela pudesse discutir, Ethan agarrou seu pulso e abriu caminho em meio à pista de dança lotada. Antes de seguir com ele aos tropeços, Daphne olhou para trás, na direção de Samantha, que mal pareceu ter notado sua ausência. Dobraram em um corredor e passaram por um bar, sobre o qual mais taças de champanhe se alinhavam. Ela estava perfeitamente ciente de como o lugar era estreito e do quanto estava perto do calor do corpo de Ethan.

— Para onde você está me levando?

— Não vai ser uma boa ideia sair pela porta da frente. Tem gente demais lá com celular na mão, pode confiar.

— Eu não confio em ninguém. — Daphne estava bêbada o suficiente para admitir. Era verdade. As únicas pessoas em quem ela já confiara eram seus pais e, mesmo assim, não botaria a mão no fogo por eles.

— Eu sei — disse Ethan baixinho.

Daphne parou de protestar ao passar pelo espelho pendurado em uma das paredes. Onde deveria estar seu reflexo, ela viu o rosto de uma desconhecida flutuando diante de si, abatido, com olhos sombreados e maquiagem borrada. Seu cabelo havia perdido todos os cachos, e caía mole e sem vida por cima dos ombros.

— Não posso sair assim — murmurou ela, quase para si mesma. Se o fizesse, sua imagem estaria estampada em todos os tabloides na manhã seguinte.

— Tá tudo bem, tem um táxi te esperando lá atrás.

— Um táxi? — Os taxistas nem sempre eram confiáveis, ainda mais os que vinham buscar gente que saía desse tipo de festa.

— Você vai pagar em dinheiro, não se preocupa. — Ethan lhe ofereceu uma máscara de plástico, tipo as que se usam no Carnaval, com os dizeres "FELIZ ANO NOVO!". — Pode usar isso aqui, caso esteja se sentindo paranoica.

Daphne cobriu o rosto com a máscara e se virou para Ethan.

— Não sei por que você está sendo tão legal, mas obrigada — disse, com toda a dignidade que foi capaz de reunir.

— Vai ver é porque eu sei qual é a sensação de viver com o coração partido — respondeu ele com a voz áspera.

Daphne prendeu a respiração. Não conseguia decifrar a expressão de Ethan. Ele a olhava como se ela não escondesse nenhum segredo dele, como se pudesse ver, através do plástico dourado da máscara, a segunda que se escondia por baixo. Seu rosto perfeito. E mais abaixo ainda, por baixo de sua pele e de seus músculos, a viscosa fonte de ambição que se aninhava profundamente em seu ser. Nada disso o perturbava.

Ethan se despediu com um aceno de cabeça antes de voltar para a festa.

Conforme ele se afastava, o olhar de Daphne se demorou em sua nuca, entre a linha do cabelo e o colarinho. Ela sabia que não deveria olhar para Ethan daquele jeito. Mas, agora que ela e Jefferson não estavam mais juntos, não fazia diferença.

Se bem que... eles tinham mesmo que terminar? Ela estava pronta para aceitar a derrota?

Daphne fechou os olhos e se recostou na parede enquanto as várias opções que tinha à disposição percorriam sua mente. Ela sorriu em um súbito lampejo de inspiração.

O jogo entre ela e Nina ainda não tinha acabado, não enquanto Daphne não lançasse sua última cartada.

19

BEATRICE

Na semana seguinte, Beatrice acordou com Connor se remexendo ao seu lado. A luz do amanhecer vazava pelas cortinas de seu quarto, lançando um brilho perolado no papel de parede marfim, no tapete azul-claro e as almofadas de renda fofas. Quando saíra do berçário para se mudar para aquele quarto, Beatrice costumava se imaginar adormecendo dentro de uma nuvem.

— Não vai embora — implorou ela, e instintivamente puxou-o de volta para se aninhar ao seu lado. Ela se afundou ainda mais nos lençóis, que exibiam o brasão real bordado em um canto.

— Só mais cinco minutinhos — sussurrou Connor com a cabeça enfiada nos cabelos dela. Ele não se deu ao trabalho de lembrá-la do perigo. Ambos conheciam os riscos.

Desde aquela noite na cabine em Montrose, eles vinham se encontrando às escondidas. Beatrice queria que a tempestade de neve tivesse se estendido por semanas, queria que ela e Connor ainda estivessem isolados do resto do mundo. Mas as estradas foram reabertas na tarde seguinte, então sua única escolha fora seguir para Telluride, para a festa de réveillon anual da família, e para Teddy.

Ao entrar na festa, Beatrice roçara os dedos nos de Connor, um breve e sutil lembrete de que ela era dele. Em resposta, Connor contraíra de leve a mandíbula quando Teddy surgiu e passara a noite inteira lançando olhares para ela de seu posto em um canto discreto da sala.

A vida de Beatrice agora parecia dividida em duas. Sua persona pública, que ia a eventos com Teddy, que desenvolvia mecanicamente suas funções como herdeira do trono.

E seus momentos roubados com Connor.

Ele entrava de fininho no quarto todas as noites, quando começava o último turno da guarda, e saía ao amanhecer. Não estavam fazendo *tudo*, mas, mesmo assim, Beatrice mal pregara os olhos durante a semana. Uma vez, chegou a se oferecer para ir até o quarto dele, mas Connor recusou veementemente. Se alguém o pegasse em frente ao quarto da princesa em horários estranhos, ele poderia dar uma explicação plausível. A princesa, no entanto, não teria motivo para estar no corredor dos funcionários no terceiro andar.

Todas as manhãs, Connor ficava na cama um ou dois minutos a mais, numa tentativa de ambos de esticar a noite, como se não pudessem suportar seu fim.

Eles passavam horas conversando, sobre todo e qualquer assunto imaginável, a não ser aquele — a absoluta loucura do que estavam fazendo. Era como se pensassem que poderiam continuar fugindo da situação, desde que nunca falassem em voz alta sobre ela.

Beatrice sabia que eles *deveriam* conversar sobre o assunto. Se ela tivesse mais coragem, iria até Connor e perguntaria: "O que é que estamos fazendo?" Mas, por outro lado, ela já sabia a resposta.

Eles estavam sendo tolos e inconsequentes, brincando com a sorte, infringindo as regras. Estavam se apaixonando.

Ou talvez já tivessem se apaixonado há muito tempo, e só agora tiveram a chance de fazer alguma coisa a respeito.

Ultimamente, Beatrice tinha começado a dar abertura para outro pensamento, tão radical que nem sequer o expressara em voz alta.

E se houvesse alguma maneira de ficarem juntos?

Nenhum plebeu jamais tinha se casado com alguém da família real. Mas nenhuma mulher jamais tinha ocupado o trono. Os tempos estavam mudando. Talvez um futuro com Connor não fosse tão impossível quanto ela pensava.

Beatrice se apoiou em um cotovelo para admirar a figura estendida de Connor. Deslizou os dedos com delicadeza ao longo de sua mandíbula, áspera com a barba por fazer, e saboreou o arrepio que o toque provocava.

Ela deixou que sua mão continuasse descendo por seus ombros esculpidos e a musculatura vigorosa de seus antebraços. Connor engoliu em seco. Ela sentiu o pulso dele saltar sobre a pele, tão errático e febril quanto o dela.

Por fim, as pontas de seus dedos pousaram na altura do coração dele, por cima dos contornos sinuosos da tatuagem. Ela amava que finalmente podia vê-la.

— Por que não me conta a história por trás do desenho?

Era uma águia, desenhada em tinta preta brilhante no largo peitoral de Connor. Suas asas imensas estavam abertas, estendendo-se do topo das costas até a base da garganta. A ousadia dos traços evocava movimento e uma força eterna e inquebrável.

— É o símbolo original da Guarda Revere, de quando a Guarda era apenas um grupo de poucos homens a serviço do rei Edward I. Bom, não é o símbolo *de verdade* — corrigiu-se Connor. — Nenhum dos desenhos sobreviveu. Esse é um esboço atual, com base em descrições de diários antigos. Fiz a tatuagem depois da nossa primeira missão. Quando perdi um dos meus companheiros de Guarda — acrescentou com um olhar sombrio.

Beatrice pressionou a mão contra os batimentos cardíacos constantes de Connor.

— Quem foi que fez o desenho para você?

— Fui eu que fiz.

Ele afastou o olhar, envergonhado, mas Beatrice não tirou os olhos dele.

— É incrível. Eu não fazia ideia de que você era um artista.

— Não sou. Minha mãe que é — argumentou Connor. — Eu sou só um cara com uma caneta e tinta.

— Hmm — murmurou Beatrice. — Por mais que eu queira debater seu talento artístico, consigo pensar em formas melhores da gente aproveitar nosso tempo. Se só temos mais alguns minutos, vou fazer com que valham a pena. — Ela se inclinou para lhe roubar um beijinho rápido.

Ao se afastar, tomou um susto com a expressão no rosto de Connor.

— Sinto muito, Bee. Queria que as coisas não precisassem ser assim. Tenho certeza de que nenhum outro cara fez você escapulir por aí desse jeito.

— Em primeiro lugar, não acredito que você disse "escapulir" — declarou Beatrice, o que provocou um leve sorriso nos lábios de Connor. — Em segundo lugar, nenhum desses caras tem importância. Eu e o príncipe Nikolaos tivemos os encontros mais deprimentes de todos os tempos.

Estava intencionalmente evitando citar o nome de Teddy, mas deixou o sentimento de culpa de lado.

— E você? Com quem já... — Ela se deteve antes de concluir a frase.

— Com ninguém, na verdade — respondeu Connor. — Na Guarda Revere não sobra tempo para muita coisa. Assim como você, não tive a oportunidade.

— Mas, na noite do Baile da Rainha, você me disse que já tinha se apaixonado antes. — "Fico feliz por você", ela dissera friamente, ao que ele respondera: "Mas não deveria."

Connor pareceu levar um momento para recordar da conversa. Quando se lembrou, seus olhos azul-acinzentados se iluminaram.

— Eu estava falando de você, Bee.

O mundo desacelerou e parou por completo.

Antes que Connor pudesse reagir, Beatrice havia se levantado para se sentar em cima dele, montada em seu torso.

— Eu também te amo — disse a ele enquanto ria baixinho da felicidade delirante que tomava conta dela. — Eu te amo, eu te amo, eu te amo.

Beatrice se sentia a primeira pessoa da história a pronunciar aquelas palavras, como se antes não passassem de sílabas vazias, sem significado, até que as dissesse naquele momento para Connor.

Ela repetiu a frase, pontuando-a com beijos em seu nariz, em sua têmpora, no canto de seus lábios. Um beijo por cada noite que passaram separados antes de descobrirem um ao outro. Um beijo por tudo o que Connor tivera que sofrer, pelas linhas de tinta que cruzavam sua pele. Um beijo pelo futuro com o qual Beatrice mal ousava sonhar.

Ela sentiu Connor sorrir, mesmo quando um rosnado baixinho se formou no peito dele. Ele a puxou para si e deslizou uma das mãos pelas costas dela, enquanto a outra se emaranhava em seus cabelos.

O interfone na mesinha de cabeceira de Beatrice emitiu um zumbido raivoso.

Ela se levantou com um suspiro, saiu da cama e pressionou o botão verde brilhante do dispositivo.

— Sim?

— Sua Alteza Real, seu pai deseja encontrá-la no escritório. — Era Robert.

— Agora? — Beatrice olhou de relance para Connor por cima do ombro despido, mas ele já tinha saído da cama e abotoava a camisa. — Vamos sair para correr?

— Não — respondeu Robert. — Venha assim que estiver pronta.

— Chego em dez minutos — concedeu Beatrice. Ela ouviu o sussurro da porta da frente ao se fechar e se deu conta de que Connor já tinha saído de fininho.

Quando ela deixou sua sala de estar, vestida com uma calça jeans e um suéter roxo, ele estava em posição de sentido no corredor, como se tivesse acabado de chegar para o turno da manhã.

— Ah. Connor. — Ela fingiu surpresa. — Você me acompanha até o escritório do meu pai?

Ele fez que sim e se pôs ao lado dela.

— Esse uniforme me é familiar — acrescentou Beatrice casualmente. — Não é o mesmo que você estava usando ontem?

— Você me paga — disse Connor. Seu olhar ainda estava fixo à frente, mas seus lábios se curvaram em um sorriso.

— Mal posso esperar — respondeu Beatrice, satisfeita com a maneira como Connor quase tropeçou.

Quando chegaram à entrada do escritório de Sua Majestade, Connor deu um passo para o lado para ficar de frente ao guarda do rei. Beatrice bateu nas portas duplas e esperou ouvir o "pode entrar" abafado do pai antes de abri-las.

Aquele sempre havia sido seu cômodo favorito do palácio, um refúgio de calor e madeiras escuras. Um par de estantes enormes abrigava a biblioteca particular de seu pai, em sua maioria volumes de história e direito encadernados em couro, embora houvesse um ou outro thriller escondido aqui e ali. Em uma das paredes, reluzia um painel de alarme biométrico.

Diante da janela ficava a mesa do rei, feita de carvalho maciço e tampo de couro. Documentos e petições oficiais espalhavam-se por toda parte. Apoiada em seu porta-canetas, repousava uma caneta-tinteiro cerimonial banhada a ouro, com a qual ele assinava todas as leis, tratados e correspondências oficiais.

Seu pai estava sentado no sofá de couro ao lado da lareira, com um antigo álbum de fotos no colo. Beatrice se sentou ao lado dele, inquieta pela expressão no rosto do rei.

— Peço desculpas por ter chamado você tão cedo. Não consegui dormir — confessou o monarca. — Preciso tratar de um assunto com você, e não dá mais para esperar.

— Tudo bem — disse Beatrice, hesitante.

Ele lhe passou o álbum de fotos.

— Esse foi o dia mais feliz da minha vida, sabia? Tirando o dia em que me casei com a sua mãe.

Ele se detivera nas fotos do Hospital St. Stephen, tiradas no dia em que ela nasceu, closes de Beatrice envolvida num cobertor branco de lã, com os pequenos punhos cerrados, e depois imagens da família posando nos degraus do lado de fora.

— São ótimas fotos. — Beatrice nunca deixava de se encantar com a beleza de sua mãe logo após o parto. Ela fizera questão de voltar para casa com os jeans que usava antes de engravidar, só porque podia.

— Sua mãe e eu estávamos perdidamente apaixonados — prosseguiu o rei, com ternura no olhar. — Você era uma criatura perfeita que pertencia a nós, mas estava bem claro que também pertencia a todos. Você não faz ideia da comoção ao lado de fora do hospital naquele dia, Beatrice. Mesmo ali, os Estados Unidos já te adoravam.

Beatrice amava quando ele sorria desse jeito. Quando deixava de ser o rei e voltava a ser seu pai.

Ela continuou a folhear as páginas, passando de fotos na escola e nos jardins até um jantar oficial em que Beatrice adormecera no colo da mãe.

— O que o motivou a olhar essas fotos?

— Estou só relembrando o passado — respondeu ele vagamente. — Aliás, tenho algo para você.

Ele arrastou os pés até a mesa e voltou com um livro encadernado em tecido esfarrapado. As páginas, enrugadas e amareladas, exalavam aquele cheiro característico de papel antigo. Curiosa, ela abriu o volume na primeira página.

A Constituição dos Estados Unidos, lia-se em grandes letras maiúsculas. *Artigo I: A Coroa.*

Alguém havia sublinhado o primeiro parágrafo: "O rei é o chefe de Estado, o símbolo de sua Unidade, Glória e Perpetuação. Ao ascender ao trono deste reino, o rei aceita o mandato divino de administrar o governo desta Nação de acordo com suas leis, bem como proteger os direitos de seu Povo. O rei assume a mais alta representação do Estado Norte-Americano em todas as relações internacionais..."

"O rei, o rei", lia-se por toda parte. Nem sequer passara pela cabeça dos Pais Fundadores que uma *mulher* poderia governar a nação.

Beatrice fez uma nota mental para revisar a Constituição de modo que, em vez de "rei", o texto dissesse "o rei ou a rainha".

— Este exemplar antigo foi do seu avô antes de ser meu. Você vai encontrar algumas das nossas anotações nas margens. Espero que sirva de guia — disse seu pai num tom de voz estranho. — Ser um monarca é um trabalho solitário, Beatrice. Quando tiver alguma dúvida e eu não estiver mais aqui para ajudar, prometa que vai buscar a resposta nestas páginas.

Não era do feitio dele ser tão mórbido. Mas, esta sempre fora a parte mais estranha de ser herdeira do trono, passar a vida inteira se preparando para uma função que só assumiria depois da morte do pai.

— Por sorte, isso ainda vai demorar muito — disse Beatrice com firmeza.

O rei olhou para os anéis em suas mãos entrelaçadas.

— Não tenho tanta certeza.

O coração de Beatrice bateu mais forte.

— Como?

Quando seu pai voltou os olhos para ela, o pesar esculpia cada traço de seu rosto.

— Beatrice, fui diagnosticado com câncer de pulmão em estágio IV.

O ar pareceu deixar a sala de repente. Tudo ficou em silêncio, como se o relógio de pêndulo em um dos cantos tivesse parado no tempo, como se o vento lá fora tivesse estacado com as palavras de seu pai.

Não. Não podia ser, não, não, não.

— *Não!* — Beatrice não se lembrava de ter se levantado, mas estava de pé. — Quem é o médico? Quero ir a uma consulta com você, revisar seu plano de tratamento — disse ela, atropelando as palavras, pensando em voz alta. — Você consegue superar, pai, tenho certeza de que consegue. Você é a pessoa mais forte que eu conheço.

— Beatrice. — A voz de seu pai falhou. — Estamos falando de estágio IV. Não existe plano de tratamento.

Ela levou alguns instantes para absorver o significado implícito daquelas palavras.

A dor explodiu em sua cabeça. Um rugido zumbia em seus ouvidos, o som de diferentes peças de realidade se fragmentando e se estilhaçando à volta dela.

— Pai — sussurrou Beatrice, com os olhos vermelhos, e viu que as lágrimas também escorriam do rosto do rei enquanto ele assentia com a cabeça.

— Eu sei — disse ele com a voz pesada. — Eu sei.

Ela desabou no sofá e envolveu os ombros dele com os braços. Seu pai apenas a abraçou e a deixou que chorasse, soluços profundos de angústia lhe rasgavam o peito por dentro. Ele acariciou suas costas com ternura, do jeito que fazia para consolá-la quando era pequena. Aquilo fez com que Beatrice desejasse poder se reduzir ao tamanho de uma garotinha, quando tudo era simples, quando um beijo e um Band-Aid eram capazes de resolver quase todos os problemas.

Não suportava a ideia de perdê-lo. Seu pai, que brincava de jogá-la na piscina e fingir que era um foguete lançando-a ao espaço; que lia histórias para sua lontra de pelúcia quando Beatrice era orgulhosa demais para pedir que ele as lesse para ela; que sempre tinha sido seu maior defensor e apoiador mais ferrenho. Seu pai, além de seu rei.

— Eu te amo, pai — sussurrou, apesar de sentir que a garganta estava em carne viva.

— Eu te amo muito, Beatrice — disse-lhe ele, repetidas vezes. Sua voz estava firme, mas ela sentia que o rei ainda chorava, porque o cabelo dela estava úmido com as lágrimas.

Ele não precisou dizer as palavras para que Beatrice soubesse no que estava pensando. Ela precisava derramar todas as lágrimas naquele momento, a sós, porque não teria outra oportunidade. Dali em diante, precisaria ser forte, pelo bem do próprio pai. Pelo bem da família. E, acima de tudo, pelo bem do país.

A determinação de Beatrice fraquejou um pouco ao pensar no que estava por vir, na ideia de governar muito antes do que esperava, mas lidaria com isso depois. Esse temor não era nada comparado ao pesar que percorria suas veias no momento.

Por fim, endireitou-se na cadeira, conforme parava de chorar. A luz da manhã filtrada pela janela dançava no tapete que se estendia sob seus pés.

— Quem mais sabe? — perguntou ela, ainda fungando. — Já contou à mamãe?

— Ainda não. — A voz do rei soava áspera. — Se eu pudesse ter evitado contar a você, era o que faria. Queria que tivesse um jeito de contar à Beatrice, minha sucessora, sem precisar contar à Beatrice, minha filha. Mas é um assunto de Estado, uma questão a ser tratada entre monarcas — disse o pai.

— Eu entendo. — Beatrice decidiu ser forte pelo pai; ser Beatrice, a sucessora. Mas Beatrice, a filha, não conseguia conter as lágrimas que não paravam de cair em silêncio por seu rosto.

— Prometo que vou contar à sua mãe em breve. E à Sam e ao Jeff também — seu pai apressou-se em acrescentar. — Mas, agora, quero aproveitar o momento, seja lá quanto tempo for, sem que a sombra da minha doença paire sobre nós. E sobre o país.

Como se para demonstrar o pouco de tempo que lhe restava, ele sucumbiu a um ataque de tosse, uma tosse pesada e violenta que parecia estremecer todo seu corpo. Quando tornou a olhar par ela, depois de alguns instantes, seus lábios formavam uma linha sombria.

— Quanto tempo? — perguntou ela.

— Um ano, com sorte — disse o pai em voz baixa. — Mais provável que sejam meses.

Beatrice mordeu o lábio até sentir que o feria.

— Você vai ser uma rainha maravilhosa. — Seu pai falava devagar, como se escolhesse as palavras com cuidado. — Mas, como eu disse antes, não é um trabalho fácil. Vai muito além das obras de caridade ou da política. As reuniões do Gabinete, os encontros com embaixadores, ser comandante das forças armadas. Mais do que tudo isso, o papel mais importante do monarca segue sendo simbólico.

"Quando se tornar rainha, o povo vai ver em você o símbolo máximo de estabilidade em um mundo confuso e em constante transformação. A Coroa é o elo mágico que mantém todo o país unido, que mantém todos os diferentes estados, partidos políticos e tipos de pessoas pacificamente interligados."

Beatrice já tinha ouvido tudo isso antes. Mas, ao ouvir naquele momento, sabendo que sua hora ia chegar tão depressa, foi como se o sentimento adotasse um significado completamente novo.

— Eu só... — Ela apoiou as mãos no tecido da calça jeans, numa tentativa de se tranquilizar. — Não estou preparada.

— Isso é bom. Se você acreditasse estar pronta, seria a prova definitiva de que não está — resmungou o rei, embora suas palavras carregassem um afeto inconfundível. — Ninguém nunca está preparado para isso, Beatrice. Eu com certeza não estava.

O coração da princesa disparava, passando da tristeza ao pânico.

— Morro de medo de errar.

Em vez de aplacar os temores da filha, o rei apenas fez que sim.

— Você vai. Incontáveis vezes.

— Mas...

— Você acha que seus antecessores nunca cometeram nenhum erro? — perguntou ele, e logo respondeu. — É *claro* que cometeram. A história da nossa nação é construída tanto a partir dos erros de julgamento e das decisões equivocadas quanto das conquistas.

Beatrice seguiu o olhar do pai em direção ao retrato do rei George I pendurado acima da lareira. Ela sabia exatamente do que o pai estava falando, porque era algo que já tinham discutido antes, o horror da escravidão.

George I *sabia* que a escravidão era um erro, havia libertado todos os seus escravos antes de morrer. Quem sabe, se tivesse dado ouvidos à própria consciência em vez de seguir o que diziam os congressistas do Sul, ele teria abolido a prática por completo. Entretanto, isso só viera a acontecer duas gerações mais tarde.

— Queria muito poder te dizer que tornar-se monarca lhe trará um julgamento infalível. Se fosse assim, talvez os Estados Unidos tivessem uma história da qual eu sentiria um orgulho inequívoco de representar. — Seu pai soltou um suspiro de decepção. — Mas, infelizmente, essa é a história que temos.

Beatrice nunca tinha parado para pensar nessa parte da função, que, como símbolo vivo dos Estados Unidos, seria a herdeira de todo o legado da nação, tanto das partes boas quanto das ruins.

— Queria poder passar uma borracha em todas essas atrocidades — balbuciou ela, e ficou surpresa com a resposta do pai.

— *Jamais* diga isso — insistiu ele. — Diga que quer consertar as coisas, construir um futuro melhor. Mas apagar o passado, ou pior, tentar reescrevê-lo… é a ferramenta de escolha dos déspotas. Somente aceitando o passado podemos evitar repeti-lo.

Beatrice se lembrou de algo que seu tutor de história costumava dizer. Uma boa rainha aprende com os próprios erros, mas uma grande rainha aprende com os erros alheios.

Ela se agachou para pegar o álbum de fotos, que havia escorregado de seu colo e caído no tapete, aberto na imagem de uma antiga aparição pública na varanda. O olhar de Beatrice rapidamente saltou de seus pais, que acenavam para o povo, para o mar de gente logo abaixo. De repente, a multidão tão numerosa lhe pareceu opressora.

— Como é possível? — sussurrou ela. — Como se representa dezenas de milhões de pessoas, todas com interesses tão diferentes? Principalmente quando…

Ela não completou a frase, mas seu pai sempre fora capaz de adivinhar para onde seus pensamentos iam.

— Principalmente quando algumas prefeririam o Jefferson a você?

— Exatamente!

— Com elegância — disse ele com gentileza. — Escutando essas pessoas com respeito e tentando resolver seus problemas, mesmo que elas não te tratem com a mesma cortesia. Porque você *vai* ser a rainha delas. Gostem ou não.

Beatrice passou para outra página do álbum. Ela sabia que o pai tinha razão. Mas, às vezes, quando os jornais a acusavam de "se emocionar demais", ou quando a mídia passava mais tempo criticando suas roupas do que suas medidas políticas, gostaria de poder agir com um pouco menos de elegância e um pouco mais de agressividade. Gostaria de se inspirar um pouco em Samantha.

Ela pestanejou, surpresa com o último pensamento.

— Beatrice — prosseguiu o pai, hesitante —, tem mais um pedido que eu gostaria de fazer.

— Claro — respondeu ela de forma automática.

— Você é a futura rainha, e as pessoas te conhecem, te *amam*, desde que nasceu. Mas, como você mesma observou, ainda tem muitos americanos que não estão prontos para ver uma mulher no comando. — Ele suspirou. — Odeio dizer isso, mas nem todo mundo vai aceitar que uma moça tão jovem suba ao trono sozinha. A transição seria muito mais fácil se você tivesse um rei consorte ao seu lado.

Não. Ele certamente não estava lhe pedindo isso.

— Eu não entendo — gaguejou ela. — Você acabou de me dizer que é nosso dever aprender com os erros dos nossos antepassados. Sermos *melhores* do que eles foram.

Seu pai inclinou a cabeça num gesto de concordância.

— Sim.

— Mas, ao sugerir que eu me case, você está dizendo que não sou capaz de fazer meu trabalho sozinha.

— *Ninguém* é capaz de fazer esse trabalho sozinho — esclareceu o rei, e arriscou um sorriso. — Beatrice, este é o papel mais difícil do mundo, e ele nunca termina, diminui, ou oferece qualquer tipo de trégua. Eu te amo demais para permitir que você carregue esse fardo sem alguém com quem dividi-lo.

Beatrice chegou a abrir a boca para protestar, mas as palavras não saíram. Seu pai não pareceu notar.

— Eu não ia sugerir nada se não achasse que você estava pronta, mas fiquei de olho em você e no Teddy na festa de réveillon. Vocês pareciam tão confortáveis na presença do outro, tão entrosados. Mais do que isso, você não parava de sorrir para si mesma. Parecia feliz. — Havia urgência e sinceridade na voz de seu pai.

Beatrice empalideceu. Se era essa a impressão que passara no réveillon, foi graças aos olhares secretos que trocara com Connor. Não tinha nem um pouco a ver com Teddy.

— Eu só... não conheço Teddy há muito tempo — balbuciou ela. — Não tem nem um mês.

— Sua mãe e eu só tivemos onze encontros antes de nos casarmos, e olha no que deu. — A expressão de seu pai se suavizou, como sempre acontecia quando falava dela. — Sei que, às vezes, outras pessoas esperam anos antes de se comprometer com decisões como esta, mas nós não somos como as outras pessoas. Seus instintos foram certeiros em relação ao Teddy. Tive a oportunidade de passar mais tempo com ele em Telluride e gostei do que vi. Ele tem força, integridade, humildade e, acima de tudo, um bom coração.

Beatrice torceu as mãos em cima do colo.

— Não estou pronta para ficar noiva.

— Eu sei que parece precipitado. Só que digo por experiência própria, você seria uma soberana muito infeliz sem um parceiro para ajudá-la a dar conta do recado. É um trabalho muito solitário e isolador. — Os olhos de seu pai brilharam. — Teddy vai cuidar bem de você.

Beatrice cruzou os braços sobre o peito e tentou não pensar em Connor.

— Isso tudo me parece — Opressor, impossível, *injusto*. — Pesado demais — concluiu.

O rei fez que sim.

— Entendo que pareça rápido demais. Mas sempre sonhei em levar você ao altar. Eu adoraria poder fazer isso antes de morrer — completou ele.

Essas três palavras, "antes de morrer", pareciam ecoar pela sala, enchendo o cômodo de melancolia.

Eram como a régua que o professor de etiqueta de Beatrice usava para bater nos nós de seus dedos, trazendo-a violentamente de volta à realidade. Todas as coisas com que tinha sonhado aquela manhã pareciam apenas isso agora, sonhos. Tolos, impossíveis e inalcançáveis.

"De agora em diante, você será duas pessoas ao mesmo tempo: Beatrice, a menina, e Beatrice, herdeira da Coroa. Quando elas quiserem coisas diferentes, a Coroa deve vencer. Sempre."

Ela pensou na tarefa que tinha pela frente, em todas as qualidades que teria que incorporar, em tudo que teria que construir, melhorar e unir. Em todos os milhões de pessoas cujas vozes ela foi encarregada de representar. O peso colossal da responsabilidade caía sobre seus ombros como uma capa tecida por pedras, esmagando-a.

Beatrice endireitou a postura e os ombros instintivamente, preparando-os para suportar o peso. Esse fardo podia ser opressor, mas era *seu* fardo. Para o qual passara a vida toda se preparando.

Jamais poderia ficar com Connor. Ela sabia, assim como ele. Não chegaram a falar disso naquela noite em Montrose, antes de se atirarem um nos braços do outro?

— Eu te amo, Beatrice — disse-lhe o pai. — Não importa o que você decida. E tenho muito orgulho de você.

Beatrice esfregou os olhos, passou os dedos pelo cabelo e respirou fundo. Sem saber como, reuniu o autocontrole necessário para se levantar.

— Eu também te amo, pai — respondeu Beatrice. Nessa frase, estava implícita sua promessa, seu compromisso solene, parte do mesmo juramento que ela fizera tempos antes e que, por sua vez, havia sido feito em seu nome na ocasião de seu nascimento. Ela viu que seu pai entendeu, pois suas feições relaxaram visivelmente de alívio.

Beatrice soube, naquele momento, o que tinha que fazer.

20

NINA

— Estou pensando em sair de Estudos Cinematográficos — anunciou Rachel, enquanto se inclinava por cima da mesa para pegar uma das batatas fritas de Nina.

Estavam no refeitório para os estudantes do primeiro ano da King's College. Era um dos prédios mais antigos do campus; o teto abobadado de madeira se erguia bem acima de suas cabeças, e sobre cada uma das mesas pendiam enormes lustres.

— Eu também — concordou Logan, o cara com quem Rachel mantinha um relacionamento de idas e vindas. Eles deviam estar numa fase de vindas no momento, a julgar pelas cotoveladas cúmplices que trocaram durante a refeição inteira.

— Espera, por quê? — perguntou Nina. Quando Rachel tentou roubar outra batata frita, ela afastou o prato com um sorriso.

Os três tinham combinado de cursar Estudos Cinematográficos juntos. Rachel e Logan precisavam de créditos em artes visuais, e para Nina, a matéria apenas lhe parecera interessante. Além disso, contava pontos para a média de seu departamento. Uma das vantagens de ter Língua Inglesa como especialidade.

Logan deu de ombros.

— É muito trabalho. Quem é que quer passar todas as noites de quinta vendo filmes?

— Você ainda pode sair às sextas e sábados — lembrou-lhe Nina.

— E às terças, quartas e domingos — acrescentou Rachel, brincando até certo ponto. Nina sabia que a amiga ia a festas praticamente todos os dias da semana. Para dizer a verdade, ela até que gostava disso. Sempre que estava a fim de fazer alguma coisa, podia contar com Rachel para saber de tudo que ia rolar.

Nina recostou-se na cadeira e reprimiu um bocejo. Tinha ido ao palácio na noite anterior para se aninhar em uma das salas multimídia e assistir a um filme com Jeff. Depois de terem escapado ilesos da mídia em Telluride, parecia bobagem dizer a ele que não podia visitá-lo, embora Nina ainda se sentisse estranha por ter que entrar de fininho, para não esbarrar com Sam.

No fim do filme, Jeff insistira em levá-la de volta de carro.

— Um namorado normal te levaria em casa.

— Um namorado normal me acompanharia até a porta — retrucara Nina.

Talvez por causa do horário, e do campus vazio e silencioso, Jeff levara as palavras dela a sério. Ignorando os grunhidos aborrecidos de desaprovação de seu agente de segurança, saíra do carro junto com Nina e a acompanhara até a entrada de seu dormitório, onde ela passou seu cartão de identificação pelo leitor da porta.

— Que nunca seja dito que não sei me comportar como um namorado normal. Em pequenas doses, pelo menos — brincara ele, antes de lhe dar um rápido beijo na boca.

Nina sorriu ao se lembrar de como ele era atencioso e começou a empurrar a cadeira do refeitório.

— Alguém quer frozen yogurt? Vi que hoje tem sabor caramelo salgado na máquina.

— Pode trazer para mim? — Rachel estava com o celular na mão e rolava o feed de notícias preguiçosamente. — Você ainda me deve uma, depois de ter faltado à minha festa de réveillon.

— Eu estava doente. — Era uma mentira bem capenga, mas Nina não tinha conseguido pensar em uma melhor.

Estava começando a ficar cansada de todos os segredos que não paravam de invadir sua vida, se multiplicando e acumulando.

— Tá bom, tá bom, eu vou com você — Rachel começou a dizer, e então congelou. Olhava fixamente para a tela do celular, boquiaberta.

— Tudo bem?

Logan inclinou-se na direção de Rachel para ler por cima do ombro dela. Arregalou os olhos e encarou Nina, incrédulo.

— Você está saindo com o *príncipe*?

O estômago de Nina afundou.

Sem dizer uma palavra, Rachel deslizou o celular pela mesa.

Nina tomou um susto ao ver seu rosto estampado na página inicial do *Daily News*. A GAROTA SECRETA DO PRÍNCIPE!, dizia a manchete, publicada havia apenas quinze minutos, ao lado de fotos dela e de Jeff durante o beijo de despedida da noite anterior.

— Eu reconheço essa arcada! *Nina!* — guinchou Rachel, incrédula. — Você estava se pegando com o príncipe Jefferson do lado de fora do nosso dormitório e não me contou *nada*? — Alguns alunos nas mesas próximas se viraram na direção deles, curiosos.

— Meu Deus — sussurrou Nina, com a cabeça a mil.

Alguém devia estar a par da relação dos dois. Ela não tinha visto ninguém nas redondezas na noite anterior, e a alta resolução da foto indicava que não tinha sido tirada de um celular. Não era obra de nenhum admirador da realeza que os tivesse encontrado por acaso.

Alguém estivera à espera deles, plantado do outro lado do pátio com uma câmera de longo alcance, na esperança de conseguir um clique como aquele. Mas quem poderia saber? Será que Jeff contara a alguém?

Nina ampliou a tela para examinar as fotos mais de perto, e se arrependeu de imediato. Seu aspecto era desgrenhado e desleixado. O casaco estava desabotoado e, por baixo, a camisa levantada revelava uma faixa de sua barriga. De alguma forma, o ângulo dava a impressão de que *ela* estava se atirando em Jeff, agarrando-o de forma agressiva.

A matéria continha verdades suficientes para torná-la perigosamente confiável. Declarava que Nina era filha da ministra da Fazenda e antiga governanta do rei, e que estudava na universidade a apenas poucos quilômetros do palácio. A qual, ao que parecia, ela escolhera porque queria ficar perto de Jeff. Estava claro que tinha sede de fama, que era uma alpinista social, "embora o príncipe estivesse tão acima dela que *montanhista* social fosse um termo mais adequado", observou a matéria.

Pessoas que Nina mal conhecia saíram de suas tocas para criticá-la: "Ela não era bonita ou legal o suficiente nem para ser eleita rainha no baile de boas-vindas", zombou uma colega de Nina dos tempos de ensino médio, que deu seu depoimento anonimamente. "Ela é amiga da princesa Samantha há anos e, durante todo esse tempo, usou a princesa para ter acesso ao Jeff", especulou outra pessoa. A repórter chegara até a desenterrar uma foto nada lisonjeira de um dos jogos de futebol americano de outono, com Nina no fundo, dando uma enorme mordida num cachorro-quente enquanto a mostarda escorria pela sua camisa.

A foto ao lado revelava Daphne Deighton lendo para crianças na enfermaria infantil do hospital. Em comparação, postas lado a lado, Nina parecia desprezível.

— Até que a foto não está ruim — disse Rachel, observando o rosto de Nina. — Pelo menos mostra que você tem um apetite saudável. *E* espírito esportivo!

— Daphne Deighton jamais permitiria que tirassem esse tipo de foto — comentou Nina em voz baixa. Porque era justamente esse o problema, não era? Ela não era Daphne.

As pessoas não hesitavam em dizer o mesmo nos comentários. Nina ficou boquiaberta com a perversidade de alguns. Todo mundo parecia ter motivos próprios para desprezá-la. Seja por ter duas mães, por ser latina, ou simplesmente por ser plebeia. Atacavam sua tatuagem, seu piercing e as roupas de *hipster*. "#TeamDaphne", proclamava um comentarista atrás do outro.

"É sério, Jeff, dá um pé na bunda dessa plebeia imunda."

"Não sei quem é, mas já odeio."

"O início do fim da família real."

Ou, o mais estranho entre todos: "Não se preocupem, a rainha vai mandar matá-la."

Toda a cor evaporou do rosto de Nina. Ela *sabia* que isso aconteceria, tinha *dito* a Jeff que os Estados Unidos jamais a aprovariam como parceira de seu amado príncipe. Os acontecimentos tinham se desenrolado exatamente da mesma maneira que ela temera. Em questão de meia hora, havia passado da bênção do anonimato para garota mais odiada da nação.

Alguém deve ter começado a circular a matéria pelos grupos de e-mail do campus, porque, de uma hora para outra, era como se o refeitório, geralmente marcado pelo suave murmúrio das conversas, tivesse explodido com o tumulto da fofoca. Nina afundou um pouco mais na cadeira.

— Vou descobrir quem foi que tirou aquela foto do futebol e *incinerá-lo* — sussurrou Rachel.

Quem dera fosse tudo tão simples quanto uma foto, pensou Nina com tristeza. No entanto, ainda se sentia grata por Rachel demonstrar apoio incondicional.

Olhou de relance para o celular e viu, com certo atraso, que recebera dezenas de mensagens nos dez minutos anteriores. A maioria de Jeff, com variações de "Você está bem?", "Eu sinto muito" e "Por favor, me liga". Grande parte das demais vinha de Samantha, versões alternadas de "Não acredito que você não me contou!!" e "Estou ficando preocupada... Me liga?"

Suas mães só haviam mandado uma única mensagem: "Estamos aqui se você quiser vir para casa e conversar."

Nina se forçou a ficar de pé, ignorando os olhares vorazes de curiosidade por todo o refeitório.

— Desculpa, eu... Eu tenho que... Não posso... — balbuciou ela. Rachel fez que sim, compreensiva.

Nina conseguiu chegar ao lado de fora, sem nem saber como. Seguiu em direção ao ponto de ônibus na esquina, com os braços em volta do torso. Vestia um suéter de lã fino, mas não teve coragem de voltar no quarto para pegar um casaco de verdade. Não podia esperar nem mais um segundo para sair dali. Baixou o olhar na direção de suas grossas botas marrons.

— Olha lá, é *ela* — alguém sussurrou. Nina levantou a cabeça e viu duas mulheres encarando a tela de seus celulares, depois Nina, e depois a tela novamente. Começaram a tirar fotos dela às pressas.

— O Jeff poderia ficar com qualquer mulher do país, e é *isso* que ele escolhe?

— Sério mesmo que ela vai pegar o *ônibus* com a gente?

A certa altura, deixaram de fingir que conversavam em voz baixa.

Nina passou por elas de cabeça erguida e se aproximou do meio-fio para chamar um táxi. Não conseguia se lembrar de um dia ter se sentido tão grata por poder afundar no banco de trás de um carro. Ela informou ao motorista o endereço de casa e fechou os olhos.

Seu celular não parava de vibrar. Nina tirou o aparelho da bolsa e viu que Samantha estava ligando mais uma vez. Fez menção de atender, mas seu dedo se deteve acima do ícone verde brilhante. Será que queria mesmo conversar com Sam naquele momento? Uma parte dela morria de vontade, nem que fosse só para desabafar um pouco com a melhor amiga. Mas ela sabia que teria que explicar por que escondera um segredo tão grande. Não tinha energia para essa conversa no momento.

— Senhorita? Tem certeza de que é essa casa mesmo? — perguntou o motorista, hesitante. Nina ergueu o olhar e xingou em voz alta quando deu de cara com a rua.

Estava repleta de paparazzi.

Sua residência não tinha nenhum tipo de portão ou cerca, de modo que os fotógrafos haviam se aglomerado até o gramado da entrada, formando um enxame de pelo menos seis pessoas de espessura. Assim que perceberam que era ela chegando, eles se lançaram em direção ao carro, numa erupção de luzes.

— Sim, é essa casa mesmo — disse Nina com a voz rouca. Ela empurrou um maço de dinheiro nas mãos do motorista e, em seguida, abriu a porta do carro e tentou correr em direção à varanda.

Os paparazzi a seguiram e rodearam, enfiando as câmeras no seu rosto e a bombardeando de perguntas. "Nina, querida, você está apaixonada?" "Nina, como é o príncipe na cama?"

Ela abaixou a cabeça e tentou acelerar o passo, mas vários repórteres já tinham disparado à sua frente e a circulavam cada vez mais de perto, como uma corda. Alguns chegaram até a agarrá-la grosseiramente, numa tentativa de desacelerá-la.

Nina foi abrindo caminho até chegar à porta da frente e se atrapalhou com as chaves, que deixou cair em meio à confusão. Ela se ajoelhou no degrau para pegá-las e, assim que as recuperou, Julie abriu a porta e a puxou para dentro.

A porta bateu atrás dela e, assim, o mundo inteiro passou do caos ensurdecedor ao silêncio abençoado.

— Mãe — disse Nina, destruída. Começou a se aproximar, mas a expressão no rosto da mãe a deteve.

— Nina. Você tem visita. — Ela inclinou a cabeça em direção à poltrona onde um homem estava sentado de pernas cruzadas. Era o camareiro do rei, lorde Robert Standish. Seu cabelo grisalho estava cortado bem rente e seus lábios formavam uma linha rígida.

Isabella estava sentada de frente para ele, ambos se encarando fixamente, dois pares de olhos castanhos que pareciam disputar um duelo. Um deles, feroz e protetor; o outro, frio e desdenhoso.

— Senhorita Gonzalez — cumprimentou Robert de modo estranhamente formal, nas poucas vezes em que falara com Nina no passado, usara sempre o seu primeiro nome. — Por favor, sente-se — convidou, como se aquela não fosse a casa das Gonzalez.

Bom, tecnicamente, a casa pertencia à Coroa. Era uma residência de cortesia, propriedade da família real, cedida sem aluguel para quem trabalhasse a seu serviço. Nina e suas mães moravam ali havia doze anos, desde que sua mãe Isabella conseguiu o cargo de governanta.

Nina continuou de pé.

— Não teria como você se livrar deles? — Ela sacudiu a cabeça em direção à porta da frente, para indicar as hordas estridentes de paparazzi do lado de fora.

Robert estendeu as mãos em sinal de impotência.

— Se você fosse menor de idade, estaria protegida pelas leis de direito à privacidade da Comissão de Autorregulamentação da Imprensa, mas, agora que completou dezoito anos, não tem muito o que eu possa fazer.

Nina afundou no sofá azul-escuro de frente para ele, ao lado de Isabella. Sua mãe veio se sentar do outro lado. Era reconfortante, pensou Nina, ter uma mãe de cada lado. A defendendo do ataque que, sem dúvida, estava por vir.

— Estou aqui para discutir seu relacionamento com Sua Alteza o Príncipe Jefferson — disse Robert. — Mas, antes de começarmos, permita-me esclarecer que estou aqui em caráter extraoficial. O palácio não pode ser visto oficialmente encorajando esse tipo de comportamento.

— Que tipo de comportamento? A Nina não fez nada de errado! — contestou Isabella. Sem dizer uma palavra, Julie pegou a mão da filha e a apertou.

— Não podemos tolerar *relações* pré-matrimoniais — disse Robert, com cuidado. — Você deveria saber disso, Isabella. Esteve no meu cargo antes.

Nina se contorceu.

— Nós não, digo... — Mal podia acreditar que estava dizendo isso, mas precisava pôr os pingos nos is. Ela e Jeff tiveram um total de zero relações pré-matrimoniais.

Não que ela não tivesse contemplado a possibilidade.

— Senhorita Gonzalez, essa parte do seu relacionamento não é da minha conta — Robert apressou-se em dizer. — Estou aqui para discutir *aparências*. Enquanto a senhorita e Sua Alteza estiverem juntos, precisaremos manter pulso firme em toda e qualquer viagem que venha a fazer com a família Washington, garantir que permaneça em um prédio separado. Se eu soubesse, teria acomodado a senhorita na casa de hóspedes em Telluride, junto com o lorde Eaton. Mas, *supostamente*, a senhorita estava lá como convidada de Sua Alteza a princesa Samantha.

O modo com que Robert parecia incapaz de referir-se a alguém sem citar seu título completo era tão pomposo que chegava a irritar.

Mas, se ela não poderia passar a noite no palácio...

— Isso significa que o Jeff pode me visitar nos dormitórios?

Robert estremeceu.

— Isso seria público demais.

Nina franziu os lábios. Não pôde deixar de se perguntar como tinha sido esta mesma conversa entre o palácio e Daphne Deighton. Talvez nem tivesse acontecido. Talvez Daphne fosse tão perfeita e certinha que ninguém jamais tenha precisado repreendê-la por nada.

— Entendi. Nada de passar a noite com o príncipe — disse ela duramente.

— E precisaremos falar sobre sua segurança, agora que a senhorita é uma figura de interesse público.

— Minha segurança?

— Infelizmente, a menos que esteja noiva ou casada com um membro da família real, não podemos lhe oferecer segurança particular usando o dinheiro dos contribuintes. Sugiro que entre em contato com o chefe de polícia local ou a segurança do campus, enquanto estiver na faculdade, se em algum momento se sentir ameaçada. Sobretudo se alguns dos repórteres e fotógrafos tentarem invadir a sua casa.

— O quê? — gritou a mãe de Nina, indignada, com as feições sombrias.

— Eles vão começar a vasculhar seu lixo, então é melhor triturar ou levar pessoalmente à estação de tratamento — sugeriu Robert num tom pragmático. — Principalmente itens delicados, como recibos ou receitas médicas. Eles vão revirar as latas de lixo em busca desse tipo de coisa. Espero, sinceramente, que a senhorita não tenha um diário.

— Não desde que eu estava na terceira série.

Ele assentiu.

— Agora, quanto ao seu guarda-roupa. Infelizmente, a menos que esteja noiva ou casada com um membro da família real — esta parte ele sabia de cor, pensou Nina, sem uma sombra de humor — o palácio não pode financiar seu vestuário. Entretanto, esperamos que a senhorita possa investir em novas peças se planeja comparecer a qualquer evento vindouro na companhia de Sua Alteza o príncipe Jeffrey. Sei que a senhorita e Sua Alteza a princesa Samantha são amigas, mas a senhorita não pode ser vista reaproveitando vestidos dela o tempo todo. Os blogs de moda acompanham as roupas que ela usa e, mais cedo ou mais tarde, vão perceber.

Sua mãe sibilou baixinho. Nina encarou o camareiro.

— Não sabia que minhas roupas eram um problema tão grande — comentou friamente. Será que ele não tinha nada melhor para fazer do que se preocupar com suas *roupas*?

O palácio definitivamente nunca tivera *esta* parte da conversa com Daphne, porque ela nunca saía de casa a menos que estivesse perfeita da cabeça aos pés.

Era visível o esforço de Robert para encontrar uma resposta.

— O palácio prefere que as bainhas não subam além da altura do joelho. E seria sensato se evitasse ser fotografada de moletom em público.

— Ela é uma *estudante universitária* — a mãe de Nina se intrometeu. — Tem todo o direito de usar calça de moletom!

Mas Robert já havia passado ao tópico seguinte e agora lhe estendia uma pasta de papel manilha. Nina olhou para a primeira frase: A SIGNATÁRIA, NINA PEREZ GONZALEZ, POR MEIO DESTA, CONCORDA EM CUMPRIR OS TERMOS DESTE ACORDO DE NÃO DIVULGAÇÃO.

Era um contrato de confidencialidade.

Nina já tinha visto esse tipo de documento antes; eram distribuídos entre os amigos de Samantha e Jefferson e qualquer pessoa que fosse convidada ao palácio ou que participasse de uma de suas festas. Mas nunca, em todos os anos de sua amizade com a princesa, tinham lhe pedido que assinasse um.

Isabella se pôs de pé e fez um gesto em direção à porta da frente.

— Acho que o assunto está encerrado. Sinta-se à vontade para dizer à imprensa que vá embora também.

Só que outro pensamento ocorrera a Nina.

— Por mais que a imprensa seja intocável, não seria possível fazer alguma coisa a respeito dos comentários nos sites? O que eles estão dizendo sobre mim, será que não conta como abuso? — perguntou ela em voz baixa.

As feições de Robert relaxaram em algo próximo à compreensão.

— Infelizmente — Nina esperou que ele dissesse "a menos que esteja noiva ou casada com um membro da família real", mas, em vez disso, ele falou: — a liberdade de expressão é um direito constitucional nos Estados Unidos. Gostaria de poder mandar apagar aqueles comentários e fazer com que os comentaristas fossem banidos da internet. Mas ser desagradável, mesquinho ou maldoso está completamente dentro da lei. Sinto muito, Nina — acrescentou o camareiro, que soava como um ser humano pela primeira vez aquele dia.

Isabella fechou a porta atrás de Robert e se virou para apoiar as costas nela.

— Ah, meu amor. Você está bem?

Nina se esforçou para conter a torrente de lágrimas.

— Honestamente, já estive melhor — conseguiu dizer, com uma tentativa frustrada de dar uma risada.

Julie ainda segurava a mão dela com força. Isabella passou rapidamente para o outro lado e começou a acariciar suas costas com gestos suaves e tranquilizadores.

— Queria que você tivesse contado para a gente.

— Desculpa. — Nina se sentia péssima por elas terem tido que descobrir desse jeito, pela mídia, e não por ela. — Eu queria esperar até ter certeza de que o que eu e o Jeff temos é real.

— E é?

Ela olhou ao redor do primeiro andar de plano aberto da casa, com a mesa de jantar de madeira empenada, as samambaias e suculentas cascateando de várias superfícies. Em uma das paredes, uma antiga escada de biblioteca havia sido reaproveitada como uma estante de livros.

— Eu achava que sim — admitiu Nina. — Mas...

— Esse "mas" é muito grande. — Isabella suspirou. — Acredita em mim, eu sinto na pele como é ser puxada para a órbita da família real. Os compromissos são inúmeros. Nós vamos entender se você quiser se afastar.

— É isso que vocês acham que eu devo fazer? — perguntou Nina lentamente.

— É.

Isabella declarou, ao mesmo tempo que Julie dizia:

— Não necessariamente.

Suas mães se olharam feio por cima da cabeça de Nina. Era evidente que não tinham tido tempo de chegar a um veredito oficial antes da chegada da filha.

— É *exatamente* isso que sempre tive medo que acontecesse — prosseguiu Isabella, enquanto afastava delicadamente uma mecha de cabelo do rosto de Nina. — Eu me preocupei com você desde aquele primeiro dia, quando fiz a entrevista no palácio e encontrei você correndo pra lá e pra cá com a Samantha. Viver como se fosse da nobreza, sem de fato ser, altera seu senso de realidade. E agora você foi posta à força sob os holofotes, onde todas aquelas pessoas horríveis se sentem no direito de te julgar. É tudo *público* demais.

— O seu emprego é público — lembrou-lhe Nina. — As pessoas direcionam discursos de ódio a você o tempo todo.

— Mas eu sou *adulta*, e aceitei o trabalho sabendo exatamente o que envolvia! — explodiu Isabella. — Você tem só dezoito anos! Não está certo as pessoas saírem dizendo todas essas barbaridades sobre você. É repugnante, cruel, é...

Julie lançou à esposa um olhar de advertência antes de se voltar para Nina.

— Meu bem, você sabe que tudo que a gente quer é a sua felicidade. Mas... — Ela se deteve, hesitante. — Você *está* feliz?

Se sua mãe tivesse feito a mesma pergunta uma semana antes, Nina teria dito que sim sem nem pensar. Por outro lado, ela estivera levando uma vida dupla.

— Não sei — admitiu ela. Como poderia continuar com Jeff sabendo o que os Estados Unidos pensavam dos dois juntos? — As coisas que as pessoas escreveram...

Sua mãe apoiou as mãos nos ombros de Nina com firmeza.

— Nem *ouse* se preocupar com o que essa gente pensa. Não passam de invejosos de mente pequena e, sendo sincera, me dão pena. As pessoas que te amam te conhecem por quem você é. O resto é só ruído.

Isso, pelo menos, ela sempre teria, pensou Nina com gratidão. Por mais que o resto do mundo virasse de cabeça para baixo, ao menos sua família estaria sempre ao seu lado.

— Obrigada — sussurrou Nina.

Elas se inclinaram para a frente e se entrelaçaram no mesmo abraço a três que sempre davam desde que Nina era uma garotinha.

Seu celular não parava de vibrar, mas Nina ignorou. Não fazia ideia de quando estaria pronta para falar com Jeff. Talvez nunca fosse estar.

21

BEATRICE

O que se vestia para o próprio pedido de casamento? Beatrice pensou, com uma clínica e estranha falta de paixão. Branco? Optou por um vestido de renda bege com mangas compridas e sapatos de salto combinando.

— Você está linda — disse Connor quando ela entrou no corredor e começou a cruzar o palácio em direção à Ala Leste. — Qual a ocasião?

Ela sentiu suas bochechas ganharem cor.

— Nenhuma.

Desde a conversa que tivera com o pai, alguns dias antes, Beatrice vinha lutando contra uma tempestade silenciosa de sentimentos conflitantes. Acordava todas as manhãs ao lado de Connor com uma pontada de alegria e então, o conhecimento da doença de seu pai a invadia novamente, inundando seu corpo em ondas insuportáveis de pesar. Nem mesmo a notícia do dia anterior, sobre o namoro de Jeff com a amiga de Sam, Nina, tinha sido capaz de distraí-la.

Ela e Connor tinham acabado de chegar ao Salão de Carvalho quando uma figura surgiu do outro lado do corredor. Bem na hora.

— Você não me disse que a reunião era com Theodore Eaton.

— Connor... — disse ela, impotente.

— É brincadeira, Bee. — Ele se virou para ela com um sorriso tão genuíno, tão cheio de confiança íntima, que Beatrice ficou sem ar. — Prometo que não vou mais ser um idiota ciumento. Eu sei o que é verdade e o que é encenação.

Ele se inclinou para a frente e desceu os lábios na direção dos dela, esquecendo, por um instante, que Teddy estava bem *ali*, a meio corredor de distância e cada vez mais perto, porque seu olhar dizia a Beatrice que ele ia beijá-la.

Um ruído estrangulado soou do fundo de sua garganta. Connor recuperou a compostura, assustado, e conseguiu transformar o movimento numa reverência sucinta, como se respondesse a algum comando. Com o rosto impassível, ele parou ao lado da porta.

Beatrice se forçou a abrir um sorriso para Teddy.

— Obrigada por ter vindo.

— Claro que vim. Não dá para ignorar uma convocação da futura rainha. — Por mais que tenha falado em tom de brincadeira, as palavras se retorceram como uma faca na barriga de Beatrice.

Com a postura tão rígida quanto a de uma bailarina, ela entrou no Salão de Carvalho e Teddy a seguiu logo atrás.

Escolhera o Salão de Carvalho por conta da privacidade. Poderia ter convidado Teddy para sua sala de estar, mas parecia íntimo demais, o que soava ridículo, dado o assunto que estavam prestes a discutir. O Salão de Carvalho, contudo, era o tipo de ambiente em que se poderia imaginar cortesãos do século XIX sussurrando segredos. Tinha apenas uma janela e era revestido de pesados painéis de madeira da cor do mel mais escuro, tão grossos que não permitiam nenhum vazamento de som.

A conversa já seria dolorosa o bastante sem que Beatrice precisasse se preocupar com a possibilidade de Connor ouvir tudo do corredor.

Havia abordado o assunto com o pai no outro dia, assim que sua onda de choque inicial começara a arrefecer. Qualquer proposta teria que partir de Beatrice. Assim como tantas rainhas antes dela, como a rainha Victoria, da Inglaterra, a imperatriz Maria Theresa, da Áustria, supostamente até mesmo Mary, rainha dos escoceses, Beatrice teria que fazer a pergunta. Uma das consequências de ser a primeira na linha de sucessão ao trono. Seu posto na hierarquia era tão estratosfericamente elevado que ninguém poderia ousar pedir sua mão em casamento.

— Teddy — começou a dizer Beatrice, soando formal e tensa demais até para próprios ouvidos. — Tenho uma coisa para perguntar.

— Certo — disse Teddy, hesitante.

Era impressionante como ele era diferente de Connor, que naquela mesma manhã a olhara com amor vibrante e inconfundível. Comparado a isso, Teddy parecia um estranho. Mesmo assim, Beatrice estava prestes a pedir-lhe que passasse o resto da vida com ela.

Ela afundou as unhas nas palmas das mãos, tentando se recordar das palavras que tinha memorizado. "Imagine que é um discurso", lembrou a si mesma, "como se estivesse se dirigindo ao Congresso".

— Teddy, no tempo que passamos juntos, sinto que tive a chance de te conhecer. Ou, pelo menos, conhecer as partes mais importantes. O amor que você tem pela sua família, sua bondade, sua consideração.

Ele a observava com tanta intensidade que Beatrice teve que fechar os olhos. Não seria capaz de dizer o que precisava sob o escrutínio daquele olhar.

— Conheço as partes mais importantes — repetiu ela, com a voz levemente trêmula —, e é por isso que estou pronta para fazer essa pergunta. Sei que pode parecer rápido, ou precipitado. Mas acredite em mim quando digo que tenho meus motivos para perguntar agora. Ficar comigo não será a decisão mais fácil da sua vida. Nem a mais simples — disse ela, em tom sério. — Por isso, quero que você pense com muito cuidado. Não preciso de uma resposta imediata, Teddy.

Beatrice praticara essa parte diante de um espelho, esforçando-se para olhar-se nos olhos. Mas a frase continuava sem sentido, não importava quantas vezes repetisse. Não parecia ter relação alguma com ela.

— Quer se casar comigo?

Teddy a encarou, incrédulo.

— Tem certeza? — retrucou, por fim.

— Você acreditaria mais se eu me ajoelhasse?

Ela experimentou um estranho alívio com a risada de Teddy.

— Desculpa — disse ele logo em seguida —, é que eu não imaginava...

"Eu também não", concordou Beatrice em silêncio. "Não tão cedo... nem nunca, na verdade."

Ela o olhou nos olhos.

— Acredito que nós dois seríamos capazes de grandes feitos juntos. Formaríamos uma equipe fantástica. Mas eu entendo que casar-se com a Coroa é um sacrifício. — "Casar-se *comigo*, quando ambos sabemos muito bem que não amamos um ao outro."

Não quis insultar Teddy ao lembrá-lo das implicações da decisão que tomaria. Ele as conhecia tão bem quanto ela. Se dissesse que sim, se seguissem adiante com isso, seria para o resto da vida. Como sua avó sempre dizia, o divórcio era praticado apenas pela realeza *europeia*.

Teddy ficou em silêncio. Parecia buscar algum tipo de decisão no fundo da alma, encaixando em sua mente inúmeras peças e engrenagens de diversos tamanhos. Seus olhos encaravam os dela, e Beatrice soube que ele adivinhara o que estava acontecendo. Talvez não tudo, porque não tinha como saber do relacionamento com Connor, mas sabia o suficiente.

Ele pegou as mãos dela. O toque inesperado a atingiu como uma mordida.

Para a consternação de Beatrice, Teddy se ajoelhou diante dela e inclinou a cabeça. Um raio de sol atravessou a janela para acariciar seus cabelos dourados.

— Você não precisa... — Beatrice começou a dizer, mas ficou em silêncio com as palavras seguintes de Teddy.

— Eu, lorde Theodore Eaton, juro solenemente ser seu vassalo. Vou honrá-la e servi-la com fé e lealdade, de hoje em diante e até o fim dos meus dias. Com a ajuda de Deus.

Teddy acabara de proferir o Juramento do Vassalo. Eram as palavras ditas pelos integrantes do conselho do reino diante da ascensão de um novo monarca ao trono.

Dirigia-se a ela não como a mulher com quem se casaria, mas como sua futura soberana.

Beatrice olhou para baixo, assombrada com a estranheza e o desconforto daquelas mãos nas dela, como peças de um quebra-cabeça que não se encaixavam direito. Parecia *errado*, mas ela supôs que, com o tempo, acabaria se acostumando.

Havia uma resposta tradicional ao juramento: "Aceito seu serviço com humildade e gratidão", mas não parecia certo. Beatrice se limitou a puxar delicadamente as mãos de Teddy, para que ele se levantasse.

Seus olhos azuis encontraram os dela, e ele acenou com a cabeça. Beatrice soube naquele momento que eles se entendiam, que ambos tinham consciência da promessa que estavam fazendo e do que estavam abrindo mão.

— Obrigado por confiar sua felicidade futura a mim. Juro que tentarei ser digno da honra que está me concedendo. — Parecia que Teddy estava aceitando uma proposta de emprego, o que, Beatrice supôs, não deixava de ser verdade.

Teddy podia até não ser o amor da vida dela, mas era muitas outras coisas, honrado, verdadeiro, confiável e estável. Era o tipo de homem com quem uma garota poderia contar.

Ela só esperava que isso bastasse para construir uma vida.

— Então posso entender isso como um sim? — perguntou ela.

— Sim — ele lhe assegurou.

Lentamente, com uma reverência serena, Teddy a beijou.

Beatrice havia pressentido que ele a beijaria e tentou não se ater muito a esse pensamento, nem a pensamento nenhum. Mesmo assim, precisou recorrer à última gota de sua força de vontade para não recuar diante da sensação de roçar os lábios nos de Teddy.

Naquela mesma manhã, estivera enroscada na cama com Connor, e os beijos eram tão eletrizantes que estalavam cada uma de suas terminações nervosas, enquanto o beijo naquele momento parecia tão vazio quanto uma folha de papel em branco. Ela se perguntou se Teddy percebeu sua relutância, e se fora por isso que o beijo foi tão casto e fugaz.

Beatrice pigarreou.

— Só mais uma coisa. Sei que nós dois vamos dar as boas notícias à nossa família, mas você se importaria se a gente não contasse a mais ninguém, só até o comunicado à imprensa? Não quero correr o risco de que a notícia vaze na mídia.

Não precisava que Connor ficasse a par dos fatos antes do estritamente necessário. Talvez fosse egoísmo, mas ela queria passar todo o tempo possível com ele antes que ficasse sabendo.

Beatrice duvidava que Connor ainda a olhasse da mesma maneira quando descobrisse.

— Comunicado à imprensa? — Teddy olhou para as mãos deles e arregalou os olhos. — Preciso trazer um anel?

— Você pode escolher um da coleção de Joias da Coroa e me dar na coletiva de imprensa — sugeriu Beatrice, que conseguiu esboçar um sorriso.

Teddy assentiu. Em geral, quando o herdeiro ao trono fazia o pedido de casamento, oferecia à noiva um anel do cofre real. A diferença era que, até então, todos os herdeiros haviam sido homens.

Beatrice considerara a possibilidade de presentear Teddy com um anel, mas a ideia de ir até o cofre para escolher um lhe parecera impossível. Não queria encarar a realidade assim.

— Ótimo. Vou ligar agora para os meus pais e contar as boas novas, mas não se preocupe, vou pedir para que jurem guardar segredo — respondeu Teddy.

Beatrice agradeceu com um aceno de cabeça. Teve que se obrigar a não levar as mãos aos lábios, onde aquele beijo desconhecido ainda perdurava, já frio.

♛

Beatrice andava de um lado para o outro em seu quarto, tão apavorada quanto um lince enjaulado. Já era quase meia-noite e Connor não tinha chegado.

Sabia que não conseguiria dormir, não depois do que acontecera ao longo do dia. Não parava de pensar em como Teddy se ajoelhara diante dela como um cavaleiro medieval, jurando unir sua vida à dela por toda a eternidade. Era informação demais, rápido demais, e o coração dela era incapaz de acompanhar o ritmo.

Antes que pudesse pensar duas vezes, Beatrice vestiu um velho moletom da faculdade por cima do pijama. Saiu do quarto e começou a percorrer o palácio sem fazer barulho. Primeiro, cruzou uma série de corredores, depois, subiu outro lance de escadas, o frio do piso de mármore infiltrou-se nas solas de seus chinelos.

Bastou bater na porta de Connor uma vez para que ela se abrisse.

Ele arregalou os olhos quando a viu parada ali, e estendeu a mão para puxá-la rapidamente para dentro. Em seguida, fechou a porta atrás deles.

— O que você está fazendo aqui? — sussurrou ele, com cara de quem preferia estar gritando, tamanha a imprudência da princesa.

— Eu só... — Ela engoliu em seco. — Você não apareceu, e eu precisava te ver.

— E como é que você sabia qual era o meu quarto?

— Eu procurei. Tenho acesso a tudo da segurança máxima.

— Você está bem? O que aconteceu?

Piscando para conter as lágrimas, Beatrice olhou ao redor do quarto enquanto tirava um momento para se recompor.

O cômodo era pequeno, mas bem arrumadinho, e a cama estreita estava feita com precisão militar. Em uma cômoda de madeira havia uma série de porta-retratos, Connor e sua família em um parque temático; Connor e a irmã quando pequenos, abraçados a um filhote de golden retriever. Então, para a surpresa de Beatrice, uma foto dela com Connor na formatura de Harvard. Mal se lembrava de ter posado.

— Precisamos substituir essa. Você não está nem olhando para a câmera — informou-lhe ela.

— Eu até trocaria — disse Connor cuidadosamente —, mas é a única foto de nós dois juntos.

Ah. A mente de Beatrice voou para todas as fotografias que as pessoas haviam tirado dela e de Teddy — centenas, quem sabe milhares —, em revistas, por toda a internet. Ela se odiou um pouco por não ter tirado mais fotos com Connor enquanto teve a chance.

— O que está acontecendo? — perguntou ele mais uma vez. — Não quer conversar?

Como Beatrice não respondeu, ele pôs a mão na parte inferior das costas dela como se quisesse conduzi-la porta afora.

— Então você tem que ir.

Beatrice negou com a cabeça, obstinada.

— Você já esteve no meu quarto várias vezes. Por que eu vir aqui deveria ser diferente?

— Porque minha reputação não tem importância, ao contrário da sua.

Com a dureza das palavras dele e o brilho que ardia em seus olhos, o fio que sustentava o autocontrole de Beatrice se rompeu.

Naquela mesma manhã, ela e Teddy haviam concordado em se *casar*, embora lhe parecesse mais uma aliança política do que romântica. Ela se lembrou daquele beijo, tão casto e distante, e estremeceu.

As outras garotas tinham a chance de se casar por amor. Beatrice podia até não ter a liberdade de fazer essa escolha, mas ainda merecia experimentar o amor ao menos uma vez antes de dizer adeus à sua vida com uma assinatura. O *verdadeiro* amor, com toda sua paixão abrasadora.

Já que não podia ter um futuro com Connor, precisaria aproveitar o pouco tempo que tinha.

— Não vou embora. — Beatrice tirou o moletom de um só golpe e deu um passo à frente. — Eu vim porque queria... — Ela engoliu em seco e tentou mais uma vez. — Se é para você quebrar o juramento, então que quebre até as últimas consequências.

A expressão de Connor vacilou enquanto ele perscrutava o rosto pálido e abatido da princesa com o olhar. Ele deu um suspiro entrecortado e pôs as mãos nos ombros dela.

— Eu te quero mais que tudo, Bee. Pode acreditar. Mas isso — Observou-a, hesitante. — Não está certo. Você parece abalada demais para tomar essa decisão. Tem certeza de que está bem?

"Não. Meu pai está morrendo e vou me casar com Teddy Eaton, quando tudo o que eu queria era estar com você."

Beatrice tremia. O tremor começou pelas mãos e foi se estendendo por braços e pernas até que seu corpo inteiro sucumbisse ao movimento. Ela pressionou as palmas das mãos nos olhos, respirando em baforadas rápidas enquanto costas e ombros se curvavam.

Assim como fizera na cabana, Connor a pegou nos braços e a levou, ainda incontrolavelmente trêmula, para a cama.

Beatrice afundou o rosto no peito dele e soluçou. Era incapaz de suportar a ideia de abandoná-lo. Nem naquele momento, nem nunca. Agarrou-se a ele com mais força, cravando as unhas em suas costas com tanta ferocidade que devia estar deixando marcas. Como se pudesse ancorá-los à força naquele instante. Em silêncio, Connor se limitou a acariciar o manto escuro do cabelo dela.

Beatrice não tinha coragem de compartilhar toda a verdade com ele, mas talvez pudesse lhe contar uma parte.

— Meu pai está com câncer de pulmão — sussurrou contra a camisa dele, umedecida pelas lágrimas. — Não tem muito tempo de vida.

Connor recuou alguns centímetros e encarou os olhos avermelhados da princesa. O rosto dele resplandecia de amor. Mas não importava com quanto zelo a protegesse, algumas ameaças não eram físicas. Tinham coisas das quais ele não poderia salvá-la.

— Ah, Bee — disse ele com ternura. — Eu sinto muito.

Connor não disse mais nada, mas Beatrice não precisava de palavras. Permaneceu aninhada na segurança do abraço dele, deixando que as lágrimas jorrassem. Estar nos braços de alguém que a amava era tão bom que ela pensou que fosse se partir em mil pedaços.

Lá fora, no resto de sua vida, Beatrice precisava demonstrar força inabalável. Mas ali, nem que fosse por um breve instante, podia se desfazer do próprio fardo, descansar a cabeça nos ombros de Connor e fechar os olhos.

Mesmo depois que os soluços perderam força, ela manteve os braços ao redor dele, desfrutando de sua firmeza serena.

— Desculpa — sussurrou ela.

Seu rosto ainda estava apoiado no peito de Connor, de modo que a resposta dele reverberou suavemente pelo corpo dela.

— Não tem por que pedir desculpas.

Beatrice se afastou e enxugou os olhos. O rosto dela estava coberto de lágrimas.

— Eu vim aqui para te seduzir — disse ela, com uma risada estrangulada — e, em vez disso, acabei chorando no seu colo.

— Vamos deixar a sedução para outra hora, por favor — respondeu Connor, e então seu tom ficou mais sério. — Você sabe que pode chorar no meu colo sempre que precisar. Sempre vou estar ao seu lado, Bee.

Beatrice fez que sim, embora não estivesse muito certa de que isso fosse verdade. Não quando Connor descobrisse que ela e Teddy estavam noivos.

Ela o observou por um momento infindável, tentando gravar o rosto dele em sua mente, como se pressionasse o Grande Selo de seu pai em um medalhão de cera. Em seguida, inclinou-se para beijá-lo.

Concentrou-se na textura de seus lábios, na aspereza de sua bochecha contra a dela, guardando cada detalhe na memória para que um dia, quando estivesse presa num casamento de conveniência, pudesse voltar a este momento e se lembrar da sensação de ser verdadeiramente amada.

22

SAMANTHA

Sam caminhou pelo corredor do andar de baixo, perdida em pensamentos. Debatia consigo mesma a possibilidade de ir à King's College para procurar por Nina.

Não conseguira falar com ela desde que a notícia sobre o relacionamento entre a amiga e Jeff estourou. Andava ligando e mandando mensagens sem parar, mas a única resposta que Nina enviara para todas as mensagens fora: "Obrigada por se preocupar, mas não estou pronta para ver ninguém."

"Mas eu não sou *ninguém*", Sam quisera responder. "Sou sua melhor amiga." Pelo menos era o que pensava.

Melhores amigas não escondiam segredos tão grandes uma da outra, escondiam?

Sam teve que admitir que, a princípio, sentira certa estranheza ao saber que o irmão gêmeo e a melhor amiga estavam ficando havia semanas sem lhe contar. Tinham passado toda a estadia em Telluride se beijando às escondidas, bem debaixo de seu nariz. Doeu um pouco ter descoberto sobre o relacionamento graças aos *tabloides*, como o resto do país.

Mas a onda inicial de desconforto deu lugar a um sentimento avassalador de proteção. O tom dos artigos, sem contar os comentários, era cruel. Sam queria publicar uma refutação. Melhor ainda, queria ir à televisão e contar a todo mundo como Nina era de verdade, mas no momento em que a história vazou, o secretário de imprensa do palácio instruiu que ela e o próprio Jeff não abrissem a boca. O melhor que Sam conseguira fazer fora postar uma enxurrada de comentários em defesa de Nina, sob o anonimato de várias contas fake.

Embora tivesse tentado obter alguma resposta de Jeff, ele só andava pelos cantos com cara de cachorrinho abandonado. Ao que parecia, Nina também não estava atendendo as ligações dele.

Na manhã seguinte à publicação dos artigos, como não tinha ouvido nenhuma notícia de Nina a não ser aquela única mensagem de texto, Sam pediu ao agente de segurança que a levasse à casa das Gonzalez. Abrira caminho em meio aos paparazzi à base das cotoveladas para tocar a campainha. Quando Isabella abriu a porta, deu uma olhada em Sam e balançou a cabeça.

— Ela voltou para o campus.

Sam fez que sim.

— Obrigada. Então vou lá agora.

— Não sei se é a melhor ideia — disse Isabella, insegura. — Sua presença pode piorar as coisas. — Olhou de relance para os paparazzi, que ainda se aglomeravam no jardim, como hienas rodeando sua presa.

— Ah. Tudo bem. Você pode dizer a ela que eu estive aqui? — Sam enfiara as mãos nos bolsos de seu casaco de plumas.

Já fazia três dias, e Sam ainda não tivera nenhuma notícia de Nina.

Ela se deteve na entrada da Grande Galeria, um salão repleto de retratos de todos os reis dos Estados Unidos até o presente, expostos em ordem cronológica. Em uma das extremidades encontrava-se a monumental pintura de George I após a Batalha de Yorktown, sorrindo com benevolência, com uma das mãos apoiada no punho da espada. O próximo era o sobrinho dele, George II, pálido e com os olhos estreitos demais para o gosto de Sam, seguido de seu filho, o rei Theodore, aquele que morrera quando criança, não sem antes legar seu nome a todos os ursinhos de pelúcia. E provavelmente a Teddy Eaton também. Assim sucessivamente, até o retrato oficial do pai de Samantha, George IV.

Ela ouviu passos atrás de si. Ao se virar, esperando encontrar um dos lacaios ou burocratas, ficou feliz ao dar de cara com Teddy. Ele andava devagar, perdido nos próprios devaneios.

Sam e Teddy não tinham desfrutado de outro momento a sós desde o beijo proibido na banheira de hidromassagem. Ela o vira algumas vezes desde que voltaram de Telluride, sempre em algum evento lotado, quando ele acompanhava oficialmente Beatrice. Mas seus olhares se cruzavam do outro lado da sala, e Sam sabia, com certeza radiante, que ele estava pensado nela.

Em momentos como aquele, sentia cada fibra de seu ser tão pleno de desejo e vitalidade que precisava se esforçar ao máximo para não agarrar o braço dele e arrastá-lo para longe.

— Oi. Não sabia que você vinha hoje. — Pegou a mão de Teddy, mas ele se desvencilhou do toque e recuou. O gesto foi como um balde de água fria derramado em sua cabeça.

— Não posso. Agora não. Vim aqui para ver o Robert — contou-lhe Teddy.

— Standish? — Sam franziu o nariz em uma careta. — Mas para quê?

— Para falar do comunicado à imprensa.

— Comunicado à imprensa? — perguntou Sam, inexpressiva.

Teddy ficou em silêncio por um instante. Uma série de emoções estampou o rosto dele, tão velozes que Sam não soube como interpretá-las.

— Achei que você soubesse. Eu e a Beatrice tínhamos combinado de contar às famílias. Mas acho que ela quis fazer uma surpresa.

O coração de Sam começou a marcar um ritmo estranho dentro do peito.

— Contar às famílias o quê? — perguntou bem baixinho, porque parte dela já sabia, e se recusava a encarar a realidade.

— Sobre nosso noivado.

O choque da surpresa reverberou por todo seu corpo.

A garganta de Teddy vibrou quando ele engoliu em seco antes de acrescentar:

— Beatrice me pediu em casamento e eu aceitei.

Uma constelação de luzinhas brancas dançava diante dos olhos de Sam. Ela se sentiu incapaz de respirar, como se fosse uma de suas ancestrais, contida por um daqueles espartilhos que roubavam o fôlego.

Teddy deu um passo cauteloso na direção dela, mas Samantha cambaleou para trás, com as mãos erguidas, num gesto para que não se aproximasse.

— Não é possível — disse ela agressivamente. — É sério que você vai se casar com a minha *irmã*?

Ele se encolheu.

— Desculpa ter te beijado em Telluride. Não foi justo nem com Beatrice, nem com você.

— Você não pode levar isso adiante — insistiu Sam, ignorando a menção à banheira. Aquilo foi muito maior do que um simples beijo. — Teddy, você não pode se casar com Beatrice só porque é o que sua família espera que você faça.

Um brilho de aço cintilou nos olhos de Teddy.

— Sinto muito, mas você não tem o direito de me dizer o que eu posso ou não fazer.

— Por que não? — pressionou ela. — Você já me deu um sermão sobre decidir o que fazer com a *minha* vida! Então, agora sou eu que te faço a mesma pergunta: é isso mesmo que você quer? Casar com a Beatrice?

— Não me faz responder isso — disse Teddy duramente.

— Se você não quer se casar com ela, então por que aceitou?

— Eu aceitei porque não se diz não à futura rainha, ainda mais quando ela faz esse tipo de pergunta!

— Claro que se diz. É fácil! — argumentou Sam. — É só abrir a boca e dizer que *não*!

— Sinto muito. — A voz de Teddy soava tão rouca, tão derrotada, que era irreconhecível. Seus olhos azuis penetrantes estavam cheios de remorso.

Uma explosão de raiva se espalhou pelo corpo de Sam, como um relâmpago de verão.

— Tudo bem, então. Se é assim que você quer que as coisas sejam.

— *Não é* assim que eu quero que seja, mas já te disse que não tenho escolha.

— *Todo mundo* tem escolha, Teddy. E essa, aparentemente, é a sua.

As feições de Teddy se contorceram de dor, mas ele não deu nenhuma resposta. Na verdade, Sam não esperava que ele respondesse.

— Pois fique sabendo de uma coisa: se está achando que esse casamento vai pôr você numa posição de poder, está muito enganado. — Sam falava bem devagar, pronunciando cada sílaba, vírgula e espaço entre as palavras com precisão aterrorizante. — Você vai ser obrigado a deixar seus próprios desejos de lado para apoiar a Beatrice. *Ela* vai estar no centro das atenções e no comando de tudo, não você. O sobrenome dos seus filhos será Washington.

A angústia que suas palavras infundiram em Teddy lhe proporcionou um prazer sombrio.

— A Beatrice vai dar prioridade a si mesma e ao que considera certo para o país. — Ela desviou o olhar, e sua voz se reduziu a um sussurro. — Eu *sempre* nos teria colocado em primeiro lugar.

— Sam — disse ele com a voz entrecortada.

Ela sacudiu a cabeça.

— Como eu já te disse quando a gente se conheceu, só os meus amigos me chamam de Sam.

Após outro momento de hesitação, Teddy pareceu pensar melhor e despediu-se dela com uma lenta reverência formal antes de seguir pelo corredor.

Sam apoiou a palma da mão na parede e respirou com dificuldade. Os retratos que pontilhavam a galeria davam a impressão de a encararem com desaprovação, os maxilares cerrados e um brilho frio de desapontamento nos olhos. Era como se quisessem telegrafar silenciosamente o quanto estavam descontentes com ela, a filha reserva, que não servia para nada — o Faisão inconstante e ridículo.

Era como se eles também escolhessem Beatrice.

Antes que pudesse pensar duas vezes, Sam disparou escada acima para a suíte de Beatrice, empurrando para o lado o atordoado Guarda Revere, sem se dar ao trabalho de anunciar sua chegada. Ela fechou a porta atrás de si em um estrondo ensurdecedor.

Beatrice estava sentada a sua escrivaninha, com os dedos apoiados nas teclas do laptop. Ela ergueu a cabeça ao ouvir a chegada da irmã e lhe deu um sorriso fraco.

— Oi, Samantha.

— Você pediu Teddy em casamento. — Sam ficou satisfeita ao ver a irmã recuar.

— As notícias voam no palácio.

— É só isso que tem a dizer? Não acredito que você fez isso comigo!

— Fiz o que com você? — Beatrice franziu a testa, intrigada.

— Eu *gosto* do Teddy! Gosto dele desde o Baile da Rainha. Eu o vi primeiro — gritou Sam, incapaz de impedir a torrente repentina de palavras. — Ou será que ele não te contou que passou a cerimônia inteira aos beijos comigo?

Beatrice respirou fundo e sua expressão permaneceu inalterada.

— Sinto muito que você tenha uma queda pelo meu noivo...

— Não é uma queda! — interrompeu Samantha. — Eu gosto mesmo dele, tá?

— Você gosta de todo mundo, Samantha.

Beatrice falava com voz calma e uniforme, o que, de alguma maneira, enfureceu Samantha ainda mais. Era como se, quanto mais racional sua irmã se mostrasse, mais incontrolavelmente ela queria reagir. Sam foi dominada por um desejo irracional de pegar alguma coisa, um peso de papel de vidro em forma de concha, quem sabe, e arremessar contra a parede, só para assistir explodir em pedaços.

— Eu sei que a mamãe e o papai pediram para você sair com ele, mas por que chegar ao extremo de fazer um *pedido de casamento*? Não acha que é muito precipitado? Ou o desespero de continuar no centro das atenções falou mais alto?

Por trás dos olhos castanho-escuros de Beatrice, uma emoção mais sombria e intensa se fez notar.

— Como sempre, você não faz ideia do que está acontecendo — disse ela de forma enigmática. — Lamento informar, Samantha, mas nem tudo gira em torno de você.

— Pode acreditar, que disso eu sei bem. Tudo gira em torno de *você* — rebateu Sam.

Beatrice se eriçou.

— Não sei por que está tão abalada. É você que pode sair por aí fazendo o que quiser, e ninguém dá a mínima.

— Exatamente! — gritou Sam, triunfante. — *Ninguém dá a mínima!*

Àquela altura, ela já estava aos berros. Uma parte racional de sua mente se deu conta de que os funcionários deviam ter ouvido tudo. Essa era a desvantagem de morar em um palácio: nada era privado, muito menos suas lágrimas ou demonstrações de emoção.

Diante das palavras de Sam, Beatrice deu a impressão de se recolher sobre si mesma, como um balão perdendo o ar.

— Sam, eu trocaria de lugar com você num piscar de olhos. — Disse isso em um sussurro tão baixinho que Sam não teve certeza de que tinha entendido bem.

Beatrice parecia completamente desolada, e vê-la desse jeito abalou a raiva de Samantha, a transformando em outra coisa.

Só que Beatrice tinha ganhado. Ela teria Teddy, o trono, *tudo*. Então, por que parecia tão infeliz? Aparentava tão triste quanto Teddy, como se o noivado tivesse sido imposto aos dois. Mas eles não tinham o direito de se fazer de vítimas. Não quando Sam era a verdadeira vítima desse noivado.

— Esquece — disse Sam enquanto se dirigia para a porta. — Você e o Teddy claramente se merecem.

23

NINA

Nina se revirava na cama sem energia. Mesmo de olhos fechados, sabia que não ia pegar no sono, apesar das cortinas blackout que tinha comprado pela internet e pregado na moldura superior da janela. Bem, era uma da tarde, de qualquer maneira.

Estivera se escondendo em seu dormitório desde o dia em que publicaram os artigos horríveis, quando os paparazzi acamparam na frente de seu quarto. Nas poucas vezes em que saía para ir à aula ou trabalhar na biblioteca, mandava mensagem para Rachel e Logan pedindo que viessem buscá-la na porta. Eles a flanqueavam de forma protetora, enquanto Nina abria caminho e se esforçava ao máximo para ignorar os gritos dos paparazzi.

"Nina, sorri pra gente!", gritavam eles. "Nina, quando é que o Jeff vem te visitar?" Ao verem que ela mantinha a cabeça baixa e não respondia, começavam a dizer coisas piores, a xingá-la de nomes cruéis e nojentos. Nina sabia que eles só estavam tentando tirá-la do sério, porque fotos dela andando não lhes serviam de nada. Precisavam de um clique dela chorando, ou melhor ainda, gritando, para que os blogs de quinta categoria que se alimentavam desse tipo de imagem lhes pagassem como eles achavam que mereciam.

Mesmo quando conseguia ir a uma aula, Nina sentia o peso de todos os olhares sobre ela. Já tinha flagrado mais de um aluno pegando o celular sorrateiramente e tirando uma foto dela triste e desarrumada. Na única vez em que se atrevera a ir à loja de conveniência do campus para comprar shampoo e lencinhos de papel, acabara por encontrar seu rosto estampado em todas as revistas no caixa. Uma das manchetes chegava ao cúmulo de dizer: "NINA DIZ A JEFF: 'VOU FICAR COM O BEBÊ!'"

Depois de ler aquilo, ela deu meia-volta e comprou uma caixa extragrande de absorventes.

As mães dela ligavam o tempo todo para saber como Nina estava, para perguntar se ela não queria voltar para casa por um tempo, mas Nina insistia que estava bem. Uma coisa era a imprensa começar a atacá-la, mas a forma com que vinham tratando suas mães era inconcebível. Quando ela ficava no dormitório da universidade, pelo menos afastava os paparazzi da casa de sua família.

Houve uma batida na porta. Nina virou para o outro lado e apertou ainda mais as pálpebras.

— Quarto errado — gritou.

A única pessoa que ia visitá-la era Rachel, e ela estava em aula naquele exato momento. A mesma aula de história em que Nina deveria estar. Bom, pelo menos sabia que Rachel não se importaria em compartilhar suas anotações.

Bateram mais uma vez, uma batidinha tripla familiar que só poderia ter vindo de uma pessoa. Era a batida secreta das duas de quando eram crianças e brincavam de ser cavaleiros num castelo.

— Por favor, Nina! Quero conversar — gritou a princesa Samantha.

Nina sentiu um embrulho no estômago. Ela vinha evitando Sam há dias, quase pelo mesmo motivo pelo qual evitava Jeff, não sabia o que dizer. Era tudo tão estranho.

Ela saiu da cama a contragosto e foi abrir a porta. As lâmpadas fluorescentes ganharam vida com um flash quando ligou o interruptor.

— Nina! — Sam se inclinou ligeiramente para a frente, como se estivesse prestes a abraçar a amiga, como de costume, mas pareceu mudar de ideia e ficou parada na soleira, hesitante.

De repente, Nina visualizou o quarto pelos olhos de Samantha. Era menor do que o closet da princesa, e exalava uma energia gasta e envelhecida de um lugar que já passara décadas abrigando alunos. Tinha notas pregadas em cada centímetro quadrado da parede, recheadas da caligrafia compacta de Nina. Ela fazia todo tipo de anotações, de citações literárias a lembretes a si mesma. Ao lado das notas havia colagens de fotografias, de Nina com as mães, ou passando tempo com os amigos da faculdade. Não havia uma única foto de Nina e Sam.

Sam percebera esse detalhe, Nina soube pelo modo com que a amiga franziu os lábios. Mas ela não disse nada.

— Oi, Sam. Hum, pode entrar. — Nina indicou a cama de solteiro, que estava começando a ficar um pouco gasta e amarrotada. Sam sentou-se obedientemente na colcha de cashmere azul enquanto Nina se aproximava da janela para espiar por trás da cortina. Os repórteres ainda estavam reunidos ali, as lentes brilhando avidamente ao sol do fim da tarde, embora tivessem tido a deferência de recuar alguns passos na presença do agente de segurança de Sam, parado na porta com os braços cruzados.

— Fiquei esperando por notícias suas — comentou Sam baixinho, enquanto Nina se acomodava na cama.

— Eu te mandei mensagem. — Nina se concentrou no tapete para evitar o olhar da amiga. Sabia que devia mais do que uma simples mensagem a ela. Mas, toda vez que pegava o celular para ligar para Sam, imaginava como seria a conversa, o pedido de desculpas que teria que fazer por ter escondido isso dela, e acabava postergando. Já tinha preocupações o bastante sem pôr os sentimentos feridos de Sam na roda.

Sam cruzou as pernas e se inclinou para a frente.

— Por que você não sentiu que poderia me contar sobre você e o Jeff?

Por tantos motivos. Nina tentou pensar no mais simples.

— Eu não sabia o que ia acontecer — disse ela com sinceridade. — Não queria que as coisas ficassem mais estranhas do que o necessário, caso não desse certo.

Aparentemente, essa era a resposta errada.

— Então quer dizer que, se vocês tivessem terminado antes que a notícia estourasse, eu nunca ia ficar sabendo? — perguntou Sam, visivelmente magoada. — Não paro de pensar em tudo que a gente fez em Telluride. Meu comentário sobre querer arrumar uma namorada para o Jeff. Vocês dois estavam rindo de mim pelas costas durante todo esse tempo?

Nina piscou repetidas vezes, surpresa. "A gente não pensou em *você* em momento algum", sentiu vontade de responder. Será que Sam não entendia que, para Nina, isso não tinha sido nenhum mar de rosas, que ela tinha saído infeliz dessa história?

Sam suspirou.

— Só estou dizendo que sou sua melhor amiga e tive que descobrir pelos tabloides, que nem o resto do mundo.

— Você também é irmã gêmea do Jeff — Nina sentiu a necessidade de apontar. — Ele escondeu de você tanto quanto eu.

— Nós dois já conversamos sobre isso — informou-lhe Sam. — Mais ou menos vinte minutos depois da publicação do artigo.

Não precisou dizer mais nada; a insinuação era clara. Ela achava que Nina era uma amiga ruim por ter passado dias a evitando.

Nina não pôde mais se segurar.

— Desculpa por não ter dado prioridade aos seus sentimentos quando minha vida estava caindo aos pedaços.

Sam recuou com o tom de voz da amiga.

— É verdade. É só que também não tive a melhor das semanas. O Teddy e a Beatrice estão noivos. Eles vão fazer o anúncio numa coletiva de imprensa logo, logo. — Ela suspirou e baixou o olhar. — Eu gostava mesmo dele, sabe? *Ainda* gosto. Entendo que a Beatrice tenha que se casar com alguém, porque é a futura rainha e as opções dela são limitadas. Mas será que não podia ter escolhido outra pessoa?

Nina encarou a princesa.

— Isso é sério?

— Pois é, não é injusto?

— Estou falando de *você*, Sam! Foi por isso mesmo que você veio até aqui? — As palavras de Nina jorraram de sua boca a toda velocidade, impulsionadas por uma raiva que a pegou de surpresa. — Pensei que você quisesse conversar comigo sobre o Jeff, ou o fato de basicamente o país inteiro me odiar, ao que parece. Mas, em vez de ter vindo para me dar apoio, você na verdade tá aqui porque quer desabafar sobre Beatrice e Teddy!

Sam mordeu o lábio.

— Desculpa. Eu só precisava de uma amiga agora.

— Eu também — respondeu Nina incisivamente.

O olhar de Sam saltou para a janela escurecida.

— Os paparazzi logo vão perder o interesse — prometeu ela, claramente tentando ajudar. — Eles vão passar para a próxima história e parar de ficar aqui. Quer dizer, ainda vão tirar fotos suas em eventos oficiais, mas você se acostuma.

— Eu não quero ter que "me acostumar"! — Os dedos de Nina se fecharam furiosamente sobre o tecido estampado da colcha. — Só quero que as coisas voltem ao normal!

— Por "normal" você quer dizer um mundo em que eu sou apagada da história da sua vida? — Sam indicou as fotos na parede com a cabeça.

Nina estava mesmo pensando quanto tempo Sam levaria para tocar no assunto.

— É só que ninguém na faculdade sabe que eu sou sua amiga. Pareceu mais fácil não contar a ninguém. Menos complicado — Nina apressou-se em dizer, perguntando-se por que sentia a necessidade de se justificar.

A princesa estremeceu com as palavras.

— Não sabia que eu era uma *complicação*.

— Você sabe que não foi isso que eu quis dizer — insistiu Nina, embora seu olhar tivesse seguido o de Sam em direção à colagem de fotos.

E se essa fosse uma descrição precisa da vida de Nina? Se a mãe dela nunca tivesse sido entrevistada para a vaga de governanta, e se Nina e Sam nunca tivessem se tornado amigas tão próximas? Como sua vida seria diferente, ou, mais importante ainda, como *ela* seria diferente?

Mesmo quando criança, Nina soubera por instinto que deveria ceder às vontades de Sam. Não necessariamente por ela pertencer à família real, embora isso com certeza contribuísse. Mas a personalidade de Sam valia por duas pessoas, o que sempre fazia Nina sentir que precisava recuar um pouco para compensar. Sam era imprevisível, irreprimível, divertida e travessa. Era sempre ela que se encarregava de organizar todos os planos, de arquitetar todos os estratagemas. E esperava que Nina obedecesse suas ordens sem questionar.

Nina pensou em todas as vezes em que fizera o que Sam queria sem dar nem um pio, sem nem parar para pensar no que *ela* poderia querer. Quando estavam no quinto ano e saíram para comprar mochilas novas juntas, Sam exigira ficar com a azul-celeste, por mais que soubesse que azul era a cor favorita de Nina. No ano anterior, quando foram fazer a tatuagem juntas, Sam escolhera o desenho e só depois perguntara a opinião de Nina. Ela implorava a Nina para participar de eventos em que não conheceria muita gente, depois a deixava de lado para se pegar no armário com o primeiro cara que passasse.

Pensando bem, como amiga, Sam era imprudente e pouco confiável. Egoísta, até.

— Sam — murmurou ela. — Nem sempre foi fácil ser sua melhor amiga.

— Por quê? — Sam exigiu saber, instantaneamente na defensiva.

— Porque não. Em uma amizade, as duas partes deveriam ser iguais, e absolutamente nada na nossa relação é de igual para igual. — Nina deixou escapar um suspiro. — Eu sei que você nunca tentou fazer com que eu me sentisse inferior de propósito. Mas todas aquelas viagens de férias com as despesas pagas pela sua família, dirigir pela capital com o *seu* carro porque minhas mães não queriam comprar um para mim, usar seus vestidos descartados para ir a todas aquelas galas em que as pessoas olhavam através de mim, como se eu nem estivesse ali. A única coisa pior do que se sentir invisível é se sentir como seu projeto de caridade.

Ela olhou Sam nos olhos.

— Com os amigos que eu fiz na faculdade as coisas são fáceis. Todos nós vamos às mesmas aulas e às mesmas festas. Somos iguais.

A expressão de Sam denotava choque, quase incredulidade, mas, no fundo, Nina notou uma dor inconfundível.

— Não fazia ideia — disse ela, constatando o óbvio. — Mas Nina, nada disso importa para mim. Nem o dinheiro, nem os títulos, nem as viagens de férias.

— Só "não importa" para você porque você já *tem* tudo isso — respondeu Nina, em tom mais áspero do que pretendia, mas falando sério. Embora Nina não pudesse estar mais longe de ser uma alpinista social, nem mesmo ela podia deixar de ter uma constante noção de todas essas coisas. Dinheiro, títulos e a falta deles.

Era difícil não se ressentir de Sam, pelo menos um pouquinho, por sua feliz ignorância das dificuldades enfrentadas pelo resto da humanidade.

— Bom, esquece o que o mundo tá pensando — respondeu Sam, esforçando-se para manter o otimismo.

— "Esquece o que o mundo tá pensando"? — perguntou Nina, incrédula. — Como é que eu vou fazer isso se milhões de pessoas estão falando mal de mim? Elas não acham que eu sou boa o suficiente para o seu irmão.

— É claro que você é boa o suficiente!

— Acha mesmo? — Nina não tinha certeza qual instinto a impulsionava a continuar. Talvez fosse porque simplesmente era bom atacar Sam, para variar, em vez de permitir que os desejos da princesa sobrepujassem os dela.

— Eu não seria sua amiga se não achasse — respondeu Sam.

Esse comentário tirou Nina do sério. Porque, com seu jeitinho de sempre, Sam na verdade tinha evitado responder à pergunta, não dissera a Nina que a amiga era inteligente e sofisticada, nem que deveria ignorar os trolls da internet. Em vez disso, se limitara a dar sua opinião como se fosse fato consumado e, assim, encerrara o assunto.

— Será mesmo que nós *somos* amigas? — Nina se ouviu perguntar num tom de voz assustadoramente calmo. — Porque, a meu ver, você só aparece aqui quando te interessa. Você invade meu quarto, me arrasta para alguma festa ou peça de teatro, sempre na intenção de falar sobre você e os *seus* problemas. Eu não estou sempre à sua disposição, Samantha. Eu deveria ser sua amiga. Não uma assistente, uma secretária, ou alguém que você possa menosprezar. Sua *amiga*!

As palavras transbordaram dela como rios de ácido, anos de frustrações e inseguranças contidas que por fim vinham à tona. Pela primeira vez, Nina não conseguiu se controlar.

As bochechas de Sam ficaram vermelhíssimas.

— Sempre te considerei uma irmã, Nina, mas acho que estive errada esse tempo todo, já que andei ferindo seus sentimentos durante todos os nossos anos de amizade.

— Uma irmã? — repetiu Nina. — Isso não quer dizer muito, levando em conta a forma como você trata sua irmã de verdade.

Nina se arrependeu do que dissera no instante em que o comentário escapuliu, mas o estrago já estava feito.

Um silêncio total e absoluto se seguiu às suas palavras.

"Me desculpa", Nina quis dizer; "Não estava falando sério" Só que isso não era sincero. Ela *estava* falando sério, ou pelo menos uma parte estava.

Sam cerrou o lábio inferior com os dentes, como costumava fazer quando lutava contra as lágrimas.

— Vou embora. Deus me livre estragar sua vida universitária perfeitinha com a minha presença.

— Por mim tá ótimo. — Nina nem se deu ao trabalho de observar enquanto Sam fechava a porta atrás de si.

Ela se jogou na cama e levou as mãos ao rosto enquanto se curvava em posição fetal. A tatuagem estava a poucos centímetros de seu rosto.

Nina se lembrou da pesquisa que fizera quando Sam decidira que iam tatuar aquela imagem específica. O caractere chinês tinha mais nuances do que a simples tradução de "amizade". Derivava de um símbolo antigo que combinava as palavras "duas" e "mãos". O que significava que não se tratava só de um amigo, mas de um amigo que o ajudava em momentos de necessidade. Um amigo com quem se podia contar.

Nina enfiou o pulso tatuado debaixo do travesseiro e fechou os olhos.

24

SAMANTHA

Os dedos de Samantha batiam freneticamente em seu controle, forçando o carro animado verde-limão a ir mais rápido. Ela *sempre* ganhava de Jeff neste jogo. Era sua parte favorita, o olhar de surpresa e abatimento que marcava o rosto de seu irmão toda vez que ele perdia.

Jeff estava curvado na poltrona ao lado dela, com os olhos escuros iluminados pelo reflexo da televisão. Sam rangeu os dentes e lançou seu carro pela curva da pista, que acabou colidindo com a parede numa explosão de chamas pixelada.

Ela esperava que Jeff se levantasse de um salto, ao menos para celebrar sua vitória com um grito triunfante, mas ele se limitou a virar para ela e dar de ombros, indiferente.

— Nenhum dos dois está jogando muito bem — comentou ele. — Talvez seja melhor pararmos por hoje.

Sam deixou o controle do videogame de lado e se virou para o irmão.

— Nenhuma notícia da Nina? — Quando ele sacudiu a cabeça, Sam suspirou. — Ela também não está falando comigo.

— Sério? Achei que, a essa altura, vocês já teriam feito as pazes.

Lentamente, quase engasgando, Sam contou ao irmão o que Nina lhe dissera no campus no dia anterior. Que não tinha sido fácil para ela passar tanto tempo com a família real ao longo dos anos, que eles a tinham marginalizado sem se dar conta, fazendo-a se sentir inferior. Que trataram a opinião dela como se não contasse.

Jeff fechou a cara e praguejou baixinho.

— Não acredito que ela sentia tudo isso e eu nem me dei conta.

— A culpa também é minha. Ela era minha melhor amiga muito antes de virar sua namorada secreta.

Jeff a olhou de relance, alertado pelo tom das palavras dela.

— Você ainda está brava por eu não ter contado?

— Não estou brava — admitiu Sam. — Só magoada, eu acho. Pensei que você confiasse em mim para esse tipo de informação. — Enquanto falava, Sam se contorceu com a própria hipocrisia, porque não tinha contado a Jeff sobre ela e Teddy.

Bom, levando em conta que Teddy acabara de ficar noivo da irmã dela, agora é que Sam não contaria nada mesmo.

As luzes do detector de movimentos instalado no teto piscaram quando a mãe deles irrompeu na sala de multimídia.

— Aí estão vocês! — proclamou a rainha, cuja voz destilava impaciência. — Samantha, estava te procurando. Preciso de você agora.

— Pra quê? — perguntou Sam com receio.

— Preparativos para o casamento. Vamos lá. — Adelaide deu meia-volta e conduziu a filha pelo corredor antes de descer vários lances de escada. A trança embutida de Sam oscilava feito um pêndulo a cada passo que dava.

Preparativos para o casamento. Na noite anterior, Beatrice anunciara a notícia do noivado para toda a família reunida, com Teddy ao lado dela, claro. Houvera muitos abraços, champanhe e planos de uma festa de noivado que incluísse toda a corte, o que fizera Sam sentir um leve enjoo.

Quando elas chegaram ao corredor que levava à parte de baixo do palácio, Sam quase congelou.

— Estamos indo para o cofre?

A rainha lhe lançou um olhar intrigado.

— Algum problema? Você está sempre atrás de uma desculpa para descer até aqui.

Embora as Joias da Coroa fossem, em tese, propriedade do Estado, o direito de uso só podia ser concedido pelo monarca. Isso significava que, até então, as únicas pessoas que tinham acesso ao cofre eram a rainha, as princesas, a rainha-mãe e, ocasionalmente, tia Margaret e tia Evelyn. Elas costumavam marcar uma visita antes de cada evento de gala para coordenar quais joias cada uma usaria. Às vezes, a rainha vinha acompanhada de seu estilista favorito, para que ele pudesse criar vestidos específicos que realçassem determinada joia.

Deviam estar ali para escolher as joias que usariam na festança de Beatrice e Teddy. "Mais uma ocasião para celebrar a Beatrice", pensou Sam, cansada. Para variar.

Samantha se perguntou o que a mãe achava do noivado relâmpago de Beatrice. Talvez ela mesma tivesse pressionado Beatrice a tomar a decisão.

— Nem acredito nessa novidade do Teddy e da Beatrice — comentou Sam, jogando verde. — Você não acha que é meio precipitado?

A rainha deu de ombros.

— Quando a gente sabe, a gente sabe. Eu soube que seu pai era a pessoa certa para mim no final do nosso terceiro encontro.

Sam arqueou a sobrancelha, cética, mas a mãe ainda não tinha terminado.

— É evidente que a Beatrice estava tão certa da decisão que tomaria que não precisou esperar mais. Ela sempre teve certeza do que queria. — A mensagem implícita nas palavras da rainha era: "Diferente de você."

— Acho que sim — murmurou Sam, não muito convencida. Era fácil ser decidida quando tudo o que você fazia era seguir ordens.

Elas entraram num corredor subterrâneo escuro. O frio era especialmente intenso ali embaixo. Sam se abraçou, tentando não tremer no fino suéter preto que vestia. Uma dupla de guardas cercava uma porta de metal robusta.

A rainha apoiou a palma da mão num painel de alarme biométrico e a porta se abriu para dentro, revelando que tinha quase um metro de espessura. Sam seguiu os passos da mãe, sentindo-se um pouco mais animada.

A sala ganhou vida quando as mesas de exposição foram se acendendo uma a uma. Por trás dos painéis de vidro, contra um pano de fundo de veludo preto, resplandeciam ouro, marfim e inúmeras joias. Sam sabia que nada ali embaixo estava no seguro, porque como alguém poderia atribuir uma quantia em dinheiro a aqueles itens? Cada uma das peças era totalmente inestimável.

Essa era, de longe, a parte mais lucrativa da receita de turismo do palácio. A "Experiência das Joias da Coroa" custava dez dólares adicionais por ingresso, preço que quase todo mundo pagava. Nos meses movimentados de verão, a fila de acesso serpenteava pelo corredor por horas.

Sam deixou para trás a primeira vitrine, que continha toda a parafernália monárquica cerimonial, como o Grande Cetro, o Orbe do Estado, a Mão da Justiça. Mais adiante, havia uma coleção de delicadas caixas de porcelana para bolo de casamento que ainda continham uma fatia de bolo de cada casamento real. A cobertura já devia estar dura feito pedra.

Ela se deteve diante das coroas e tiaras. Havia quase uma dúzia delas, algumas pesadas e masculinas, outras delicadas e filigranadas, e alguns diademas de tamanho infantil para os príncipes e princesas da família real. Durante os cem primeiros anos da história dos Estados Unidos, os reis e rainhas encomendavam suas próprias peças para cada coroação, até que a despesa foi considerada excessiva.

A mais majestosa de todas era a Coroa do Estado Imperial, que havia sido usada em todas as coroações desde a cerimônia do rei George III. A peça cintilava, coberta de pedras preciosas, com um imenso rubi de cem quilates no centro, o Sangue do Coração, roubado na Guerra Hispano-Americana, e um conjunto de pérolas que supostamente vinha do colar da rainha Martha.

Sam tinha uma vaga lembrança da coroação do pai. O avô, o rei Edward III, tivera uma morte repentina. Ninguém esperava que George assumisse o trono por mais vinte anos, pelo menos.

Ela se lembrava da expressão no rosto do pai enquanto recitava as palavras do juramento da coroação. "Juro diante de todos que minha vida inteira, seja longa ou curta, será dedicada a seu serviço, e ao serviço desta grande nação a que todos pertencemos."

— Com quem ele está falando? — sussurrara ela a Beatrice, à época com dez anos, que estava ao lado dela, fascinada e um pouco assustada. Compreensível, já que Beatrice sabia que seria a próxima.

— Com todo mundo. Com o país — respondera Beatrice.

Sam observou, sem fôlego, o pai pegar a enorme coroa reluzente e posicioná-la sobre a cabeça.

Em outros países, os reis e rainhas eram coroados em igrejas, por padres. Mas estavam nos Estados Unidos, onde o Estado era o Estado, sem intervenção de instituição religiosa. Ali, os monarcas coroavam a si mesmos.

— Sua Majestade. Muito obrigado pelo seu tempo — disse Teddy, que naquele momento atravessava a porta de acesso ao cofre. Começou a fazer uma reverência para a rainha, mas ela o interrompeu com um gesto e o puxou para um abraço.

— Estamos tão felizes por vocês — murmurou a rainha Adelaide. Sam revirou os olhos.

Teddy hesitou ao perceber a presença de Sam.

— Samantha. Eu não sabia, quer dizer, não esperava que fosse nos acompanhar.

O celular da rainha vibrou e ela olhou para a tela com a testa franzida.

— Preciso atender — disse com um suspiro resignado. — Por que não começam sem mim?

Começar? Sam sentiu um aperto de pânico no peito. Eles estariam mesmo ali para escolher o *anel de noivado* de Beatrice?

Teddy empalideceu.

— Tudo bem, podemos esperar.

— Deixe de bobagem — assegurou-lhe Adelaide. — Você está em boas mãos. A Samantha é a dama de honra, afinal.

— Eu não sou a dama de honra. A Beatrice não me convidou — murmurou Sam.

A rainha trocou um olhar eloquente com Teddy, como se lhe pedisse paciência com a teimosia da filha.

— Ela não precisa. É sua irmã, fica *subentendido* — disse a rainha, sucinta. Antes que um deles pudesse protestar, ela se retirou da sala, deixando os agentes de segurança na porta. — Vão em frente, volto em um minuto!

Por um breve instante, Samantha pensou em fugir. Mas seria um ato de covardia, e a última coisa que Sam queria era que Teddy achasse que ele a deixara nervosa assim. Endireitou os ombros e se dirigiu para a última fileira de mostruários, os que atraíam os turistas, as joias. Um dos agentes de segurança destrancou a tampa de vidro antes de recuar com um aceno de cabeça.

Teddy se pôs ao lado dela. Parecia estranhamente desconfiado, como se esperasse que, a qualquer momento, Sam fosse atacá-lo com uma avalanche de insultos, ou quem sabe esmurrá-lo.

Ela apenas contemplou os anéis, ignorando-o.

— Não levo o menor jeito para isso — arriscou-se Teddy, para quebrar o gelo. — Todos são lindos. Como vou escolher? — Ele abriu a vitrine para pegar um dos anéis, uma elegante peça de platina cravejada de diamantes em lapidação baguete.

— Minha avó mandou fazer esse aí para comemorar os vinte e cinco anos de casamento. — Não sabia ao certo por que estava contando isso a ele.

— Nesse caso, talvez dê sorte. — Teddy olhou de relance para Sam, mas ela ainda se recusava a encará-lo. Em vez disso, foi ladeando a vitrine enquanto analisava as diversas joias espetaculares ali dentro.

Ela experimentou alguns anéis, com uma gigantesca esmeralda de treze quilates, com um diamante oval incrustado numa peça de ouro rosé. Todos eram bonitos, mas, para Sam, o apelo das joias ia muito além da beleza.

Eram fragmentos vivos da história. Cada vez que experimentava um, Sam sentia que os fantasmas de seus antepassados lhe sussurravam através dos séculos. Os anéis a faziam se sentir mais confiante, até mais majestosa.

Não que um dia fosse se tornar Sua Majestade.

Teddy pigarreou.

— Desculpa, mas eu tenho que perguntar. Você só está brava comigo ou tem outra coisa acontecendo?

— Ah, então você decidiu que agora é um bom momento para começar a se importar com os meus sentimentos?

— Por favor, Sam. Estou me esforçando.

Sam sentiu um pouco de sua raiva se esvaindo. Depois de tudo que acontecera entre os dois, não tinha a intenção de entrar nesse assunto com Teddy. Mas não tinha mais ninguém com quem conversar. E ele era um bom ouvinte.

— Para completar, eu e a Nina brigamos. É muita coisa ao mesmo tempo.

— Você sente falta dela. — Não foi uma pergunta.

— A gente conversava o tempo todo, e agora, de uma hora para outra, não trocamos mais uma palavra. É como se metade do meu monólogo interno tivesse se apagado.

— Você pediu desculpas?

— O que te faz pensar que o erro foi meu? — disse Sam. Em seguida, prendeu a respiração com o sorriso irônico de Teddy. — Sei lá. As coisas que dissemos uma à outra… Não sei se vamos conseguir esquecer e virar a página.

— Quem falou de esquecer? O propósito do perdão é reconhecer que alguém te magoou e ainda amá-lo apesar disso. — Do jeito que Teddy falou, Sam percebeu que isso não se tratava mais apenas de Nina.

Ele pegou um dos anéis. Parecia tão pequeno na palma de sua mão. Em seguida, devolveu a joia ao seu lugar.

— Qual você escolheria?

O olhar de Sam disparou em direção a um diamante rosa de corte almofadado, rodeado por um halo de diamantes menores.

Sem dizer uma palavra, Teddy pegou o anel e olhou para ela com expectativa. Pareciam cercados por um feitiço. Samantha prendeu a respiração enquanto pousava a mão na dele. Bem devagar, sem que nenhum dos dois ousasse dizer nada, ele pôs o anel no dedo dela. Coube perfeitamente.

De repente, seus rostos estavam muito próximos um do outro. As batidas do coração dela retumbavam em seu ouvido. Samantha sabia o que o gesto antiquado de Teddy significava. Estava lhe pedindo que entendesse que, embora o amor entre eles jamais pudesse se concretizar, por motivos muito mais poderosos do que qualquer um dos dois, ele sempre se importaria com ela.

Sam engoliu em seco e se forçou a recuar.

— Mas você não está escolhendo um anel para mim. Esse não combina com a Beatrice.

Teddy soltou a mão dela com evidente relutância. Sam se odiou pelo quanto sua palma parecia solitária sem o toque dele.

Ela nunca fora boa em disfarçar os próprios sentimentos. Havia algo de muito *imediato* em seu rosto, na forma com que todas as suas emoções percorriam suas feições como sombras de nuvens na superfície da água. Sam se virou, porque sabia que se continuasse olhando para Teddy, ele saberia exatamente no que ela estava pensando.

Teddy pegou um anel muito antigo que pertencera à rainha Thérèse, a única de origem francesa que os Estados Unidos tiveram. Era a cara de Beatrice, clássico e elegante, um simples diamante solitário em uma peça de ouro branco. Os dois arfaram quando um raio de luz atingiu a pedra multifacetada, lançando um feixe de pontos cintilantes que se espalharam pelas paredes do cofre.

— Parece que você conhece a Beatrice muito bem. — Sam conseguiu fazer com que seu tom de voz soasse quase normal, embora sentisse o coração se partir em mil pedaços mais uma vez.

— Ah! Esse é perfeito — disse a rainha, que tinha acabado de voltar. Apressou-se em abraçar Teddy mais uma vez, radiante, exclamando seus parabéns incansavelmente.

Ninguém percebeu quando Samantha removeu o diamante rosa do dedo e o devolveu suavemente ao veludo preto da vitrine.

25

BEATRICE

— Nem acredito que vamos gravar sua entrevista de noivado! — disse Dave Dunleavy com a voz estrondosa de apresentador de TV. Em resposta, Beatrice conseguiu esboçar um sorriso tenso.

Dave era o correspondente oficial da família real desde a infância de Beatrice. Conduzira as entrevistas mais importantes da vida dela, desde a primeira, aos cinco anos acompanhada do pai, quando Dave exibira desenhos bobos no teleprompter para se certificar de que ela sorriria, até a muito séria que havia concedido ao completar dezoito anos. Beatrice solicitara pessoalmente que Dave fosse o responsável pela transmissão ao vivo daquele dia. Como era de esperar, ele aceitara de imediato a chance de apresentar ao mundo o futuro rei consorte dos Estados Unidos.

À volta deles, um pequeno grupo de técnicos preparava um dos menores salões do primeiro andar, para a entrevista. A poucas portas de distância ficava a Sala de Sessões Informativas, onde o secretário de imprensa do palácio se dirigia aos jornalistas todas as manhãs por trás de um pódio, para tratar de questões políticas ou orçamentárias. No entanto, para conversas intimistas, a família real preferia uma sala de estar.

— Teddy, como está se sentindo? — Dave olhou para Teddy, que estava imóvel enquanto um assistente anexava um pequeno microfone à camisa dele.

— Nervoso — admitiu Teddy. — O país vai formar uma opinião sobre mim agora. O que quer que pensem nos próximos vinte minutos, será o que vão pensar de mim pelo resto da vida. Então, sabe como é, sem pressão.

— As primeiras impressões são importantes — concordou Dave, sabiamente —, mas não tem por que se preocupar. O relacionamento de vocês vai falar por si só.

Robert Standish dirigiu-se para um canto da sala, com um fone de ouvido Bluetooth na orelha. Encontrou o olhar de Beatrice e assentiu com a cabeça em cumprimento, profissional. Ao lado dele estava o agente de segurança substituto da princesa, um guarda chamado Jake, que normalmente ficava postado na entrada do palácio.

Aquele era seu único e pequeno consolo, a ausência de Connor. Beatrice sentiu vergonha da própria covardia, mas planejara a entrevista para quinta-feira de propósito, pois era o dia de folga de Connor. Não queria ver a reação dele enquanto ela e Teddy encenavam aquele relacionamento diante do mundo inteiro.

Tentara, diversas vezes, contar a Connor sobre o noivado. Mas, sempre que reunia coragem para compartilhar a notícia, imaginava a expressão no rosto dele e as palavras lhe escapavam. "Amanhã eu conto", prometia. "Só mais uma noite desse sorriso, antes que tudo desmorone."

Naquela manhã, Beatrice sabia que não podia mais esperar, precisava contar a ele, ou correria o risco de que ele descobrisse pela mídia. Mas, quando esticou o braço sobre a cama, em busca de Connor, ele já tinha ido embora.

— Muito bem. Estão prontos? — perguntou Dave enquanto sentava em uma poltrona de frente para os dois.

Beatrice se acomodou ao lado de Teddy no sofá, alisando uma dobra inexistente em seu vestido plissado azul-marinho. Semicerrou os olhos com o brilho repentino do holofote de teto que um funcionário da equipe ajustou. A sala ficou quente.

— Estou pronta.

— Mais pronto do que nunca — replicou Teddy.

— Gravando — anunciou em voz baixa o cameraman, a poucos metros.

Dave fez que sim.

— Que honra poder falar com vocês num dia tão feliz. Princesa Beatrice, gostaria de dar a notícia?

Como a boa profissional que era, Beatrice ergueu os olhos para a câmera e sorriu.

— Tenho o prazer de anunciar que Theodore Eaton e eu estamos noivos. Eu o pedi em casamento na semana passada e, felizmente, ele aceitou.

— Sei que falo em nome de todo o país quando digo o quanto estou emocionado — respondeu Dave. — Basta olhar para vocês para saber que estão muito apaixonados.

Apaixonados. Certo. Beatrice olhou para Teddy com o que esperava que transparecesse um sorriso sentimental.

Naquele exato momento, a porta dos fundos da sala se abriu, e uma figura alta e familiar entrou no recinto.

Por alguns instantes, o tempo parou.

"Não", pensou Beatrice, desesperada. Não era para Connor estar ali. Estava errado.

Os olhos de Connor pousaram nos dela, primeiro, e depois no enorme diamante no dedo de Beatrice, que de uma hora para outra parecia ter ficado pesado. Ela viu as mudanças vertiginosas que cruzaram a expressão dele, da perplexidade à compreensão, até se firmar numa de dor incomensurável.

Odiou a si mesma por ser a fonte de toda aquela dor.

— Conte para a gente sobre o relacionamento de vocês, Beatrice. Parece ter sido um turbilhão — prosseguiu Dave. — Como você soube que estava pronta para fazer o pedido?

Não era à toa que Beatrice vivera a vida inteira debaixo dos holofotes. Seu sorriso nunca vacilava.

— Como minha mãe sempre me disse, quando a gente sabe, a gente sabe — respondeu ela, sem pestanejar. — Eu soube de primeira que o Teddy era alguém com quem eu conseguia me ver casada.

De certa forma, era verdade. Afinal, tinha conhecido Teddy com o propósito específico de encontrar um futuro marido.

Teddy segurou a mão dela e entrelaçou os dedos no sofá entre eles.

Connor respirou fundo ao ver aquele gesto e deixou a sala. Beatrice queria poder acompanhá-lo com o olhar, mas não ousou fazê-lo. Simplesmente continuou sorrindo.

Teddy deve ter sentido o pânico repentino da princesa, porque se inclinou para a frente e baixou a voz em um tom conspiratório. As câmeras, obedientes, centraram-se nele.

— Minha primeira impressão foi um pouquinho diferente — confessou ele a Dave. — Para dizer a verdade, pensei que a Beatrice não tivesse gostado de mim, porque se recusou a dançar comigo. Não que eu a culpe — acrescentou, com aquele sorriso encantador que revelava suas covinhas duplas. — Ela é tanta areia para o meu caminhãozinho, que presumi que não tivesse a menor chance.

— Ela não quis dançar com você! — Dave agarrou-se avidamente àquela migalha de informação. — Por que não?

A atenção da sala se voltou novamente a Beatrice, mas, àquela altura, a princesa já havia recuperado a postura. Ela deixou seu olhar encontrar o de

Teddy em um breve momento de gratidão. Ele podia até não saber o que a tinha chateado, mas, mesmo assim, fizera o melhor para ajudá-la.

— Eu sei, falha minha — disse ela em tom leve. — Por sorte, vou ter uma vida inteira de danças com o Teddy para compensar. — Pela aura radiante de Dave, soube que tinha falado a coisa certa.

Seria capaz de passar por isso, Beatrice lembrou a si mesma, enquanto apertava a mão de Teddy para se acalmar. Seria capaz de se sentar diante das câmeras e transformar sua vida no romance de conto de fadas que o país tanto ansiava. Seria capaz de sorrir até o fim, a qualquer custo, porque era uma Washington, e fora treinada para sorrir diante de qualquer adversidade. Diante até do próprio coração partido.

♛

Depois da entrevista, Robert perguntou a Beatrice e Teddy se eles se importariam de fazer um passeio oficial, sair e cumprimentar a multidão que os aguardava. Ao que parecia, a maior parte da capital havia assistido à transmissão e já inundava as ruas para parabenizá-los.

Teddy olhou para Beatrice em busca de confirmação.

— Tudo bem — disse ela com a voz rouca. Não parava de olhar ao redor em busca de Connor, mas não o via em lugar nenhum.

As pessoas se acotovelavam por trás dos portões de ferro do palácio, enquanto agitavam bandeirinhas dos Estados Unidos e gritavam por Beatrice e Teddy. Quando os dois apareceram nos degraus da frente, o nível de decibéis se elevou ainda mais.

— Você começa pela esquerda e eu vou para a direita? — sugeriu Teddy. Beatrice fez que sim com a cabeça.

Ela caminhou metodicamente em paralelo à multidão, parando para apertar as mãos do povo sempre que possível, sorrindo para as telas dos celulares diante de seu rosto. As pessoas atiravam flores conforme ela passava. Beatrice se agachou para aceitar um ramalhete de simples margaridas de jardim das mãos de uma garotinha. "Ela olhou para *mim*!", mais de uma pessoa gritou enquanto chamava a atenção de um amigo. Todos pareciam desesperados para trocar olhares com ela, para roçar as mãos em seu casaco, para sentir que, de certa forma, haviam reivindicado uma parte da princesa. À sua direita, Beatrice viu

Teddy aceitando congratulações com graciosidade e abraçando pessoas por cima da barreira. Ele realmente levava jeito para aquilo.

Só mais tarde, depois que Teddy finalmente tinha ido para casa e Beatrice subia a escada que levava ao quarto, que ela olhou pela janela e avistou Connor.

Ele estava no Pátio de Mármore, uma figura solitária e desamparada com um cigarro na mão.

A princesa teve que se conter para não correr enquanto cruzava as salas de recepção do primeiro andar em direção à área externa. Connor enrijeceu, mas não reagiu à chegada dela.

Beatrice queria dizer um milhão de coisas, que sentia muito, que o amava, e será que um dia ele poderia perdoá-la? No entanto, tudo o que saiu foi:

— Não sabia que você fumava.

— Só em casos extremos — disse ele laconicamente, e se virou de costas.

Por instinto, Beatrice estendeu o braço na direção dele para puxá-lo para si, mas então se conteve e deixou a mão cair pouco a pouco.

— Por favor. Você se importaria de dar uma volta comigo?

Precisava conversar em particular e não sabia para onde poderia levá-lo. O palácio estaria em polvorosa naquele momento, governantas, cortesãos, turistas e ministros de Estado para todos os lados. Mas, os jardins só eram abertos para visitas guiadas durante os meses de verão. Era janeiro, então tudo parecia cinzento e sem vida, mas ao menos poderiam conversar sem medo de serem ouvidos.

Connor largou a ponta do cigarro nas placas de mármore em preto e branco, desgastadas depois de séculos de fluxo intenso de passantes. Ele a esmagou com o calcanhar, desafiando Beatrice a tecer algum comentário, mas ela permaneceu em silêncio.

— Pode ser — cedeu ele.

Começaram a descer o caminho de cascalho que passava pelo centro dos jardins. O céu cinza formava um arco lá no alto, refletindo as águas cinzentas do Potomac à distância. A brisa era cortante.

— Sinto muito por não ter contado. — As palavras de Beatrice ecoaram no silêncio. — Eu quis, várias vezes, mas...

— Você *pediu ele em casamento*, Beatrice. Como você acha que eu me senti quando te vi dando aquela entrevista de noivado, e com alguém como *ele*?

— O Teddy é uma boa pessoa, na verdade — respondeu, sem conseguir se conter, o que só piorou as coisas.

— Ah, então agora você o defende?

A luz de inverno filtrada pelos galhos desfolhados caía sobre as estátuas que ladeavam o caminho. Todas as fontes foram esvaziadas, para evitar que congelassem. Pareciam simples e solitárias sem os jatos de água cintilantes.

— Isso é por causa do seu pai, não é? — perguntou Connor. — Porque ele está doente?

Beatrice fez que sim, triste, sem demonstrar surpresa por ele ter adivinhado.

— Quer que eu me case antes que ele morra. Acho que saber que vai deixar o país em boas mãos dá a ele um pouco de paz de espírito.

— O país vai estar em boas mãos de qualquer maneira, com *você*. Não existe ninguém mais inteligente e mais capaz.

— Acho que ele quer garantir a linha de sucessão — explicou, desolada. — Ter certeza de que tudo esteja preparado para a próxima geração Washington.

Com a menção de filhos, Connor estacou. Por um segundo, Beatrice pensou que ele fosse sair num rompante de fúria, abandoná-la e nunca mais voltar.

Em vez disso, ele se pôs de joelho diante dela.

Por um instante, o tempo parou. Em um canto confuso de sua mente, Beatrice lembrou-se de Teddy rigidamente ajoelhado aos seus pés para proferir o Juramento do Vassalo. Isso era completamente diferente.

Mesmo de joelhos, Connor parecia um guerreiro. Cada linha de seu corpo irradiava uma mistura de força e poder.

— Não ter mais a te oferecer acaba comigo — disse com voz grave. — Não tenho terras, nem fortuna, nem títulos. Tudo que posso te dar é minha honra e meu coração, que já pertencem a você.

Beatrice teria se apaixonado por ele naquele momento, se já não o amasse com tanta intensidade que cada fibra de seu ser queimava com aquele sentimento.

— Eu te amo, Bee. Eu te amo há tanto tempo que já esqueci qual é a sensação de *não* amar você.

— Eu também te amo. — Os olhos dela ardiam de lágrimas.

— Entendo que você tenha que se casar com alguém antes que seu pai morra. Mas você não pode se casar com Theodore Eaton.

Beatrice o viu remexer os bolsos da jaqueta. Será que tinha comprado um *anel*?, pensou, trêmula, mas o que tirou dali foi um marcador preto.

Ainda de joelhos, ele tirou o anel de noivado de diamante do dedo de Beatrice e o enfiou no bolso do casaco dela. Com o marcador, desenhou uma linha fina ao redor de seu dedo, onde a joia estivera antes.

— Sinto muito por não ser um anel de verdade, mas estou improvisando.

Havia um tremor de nervosismo na voz de Connor que Beatrice nunca tinha ouvido. Mas, quando olhou para ela e disse suas palavras seguintes, uma esperança feroz iluminou seu rosto.

— Casa *comigo*.

Naquele instante, Beatrice se esqueceu de quem era, do nome que recebera ao nascer, do manto de responsabilidade que logo pesaria sobre seus ombros. Esqueceu-se de seus títulos, de sua história e das promessas que fizera. Só conseguia pensar em Connor ajoelhado diante dela e no fato de que cada poro de sua pele gritava a única resposta possível: "Sim, sim, sim."

Quando a avalanche da realidade desabou sobre ela novamente, pesava mil vezes mais do que antes.

— Sinto muito.

Beatrice fechou os olhos para não ter que ver o rosto de Connor.

Ele se pôs de pé num movimento rápido e fluido. De repente, a distância entre os dois tornou-se dolorosa.

— Você vai mesmo fazer isso — disse ele duramente. — Está mesmo escolhendo ele?

— Não! — gritou, balançando a cabeça. — Não é nada disso. Só porque vou me casar com ele não significa que esteja *escolhendo*. Connor, você sabe que nossa relação é impossível.

— Ah, é? — disse ele, sucinto.

A pele de Beatrice arrepiou-se com o frio.

— Eu detesto essa ideia tanto quanto você. Podemos dar um jeito. Podemos encontrar uma maneira de continuar nos encontrando.

— O que você está insinuando? — interrompeu Connor.

— Que eu te amo e não quero te perder!

— Então o que você quer de mim? Que eu continue sendo seu guarda? Que fique sozinho, de escanteio, enquanto você se casa e, mais para a frente, tem *filhos* com ele? Que eu espere seu marido sair da cidade para que a gente possa passar momentos juntos, escondidos? Não — disse amargamente. — Eu te amo, mas isso não significa que esteja disposto a me contentar com migalhas do tempo que você pode escapar da sua vida "real".

— Sinto muito — sussurrou Beatrice em meio às lágrimas. — Connor... Você sempre soube das restrições do meu cargo. Você sabe quem sou.

— Eu sei *o que* você é. Mas não sei se faço ideia de quem você seja. A Beatrice que eu conheço jamais pediria isso de mim.

De repente, Beatrice sentiu-se solitária.

Tentou pegar a mão dele, mas Connor deu um passo para trás. Um arrepio de pânico percorreu a espinha da princesa.

— Por favor — implorou ela. — Não desiste da gente.

— Foi você quem desistiu da gente, Bee. — Ele deixou escapar um suspiro profundo. — Se essa for mesmo a sua escolha, não posso fazer nada para te impedir. Tudo que eu posso fazer é me recusar a fazer parte disso.

— O que você...

— Estou renunciando ao meu cargo oficialmente. Quando voltarmos ao palácio, vou avisar ao meu supervisor que preciso ser realocado.

Certa vez, no terceiro ano, Beatrice caíra do cavalo e quebrara o braço. Os médicos lhe garantiram que não era grave, que muita gente quebrava o braço, e que os ossos costumavam crescer mais fortes no ponto de ruptura.

Parada ali, naquele jardim frio e vazio, pensou naquele dia, no tamanho da dor que sentira, em como o que sentia no momento era exponencialmente pior. Era muito mais fácil ter um braço quebrado do que um coração partido.

Os corações não se curavam sozinhos. Os corações não tornavam a crescer mais fortes do que antes.

— Aceito sua renúncia. Agradeço pelo serviço — disse a ele, e a voz que saiu de sua garganta foi uma que Beatrice nunca tinha se ouvido usar antes. Dura, calma, cheia de autocontrole.

A voz de uma rainha.

Connor assentiu em silêncio antes de voltar para o palácio.

Beatrice esperou que o ruído dos passos pelo caminho de cascalho diminuísse antes de erguer a mão para analisar a linha do marcador em seu dedo. Mal conseguia distingui-la em meio à visão embaçada pelas lágrimas.

Enfiou a mão no bolso para pegar o anel de noivado de diamante e devolvê-lo ao dedo, cobrindo cada resquício de tinta.

26

NINA

— Vamos na festa da fraternidade do Logan hoje à noite? — implorou Rachel.

Nina negou com a cabeça automaticamente. Depois da briga explosiva com Samantha, passara a semana inteira trancada no dormitório, saindo apenas para as aulas ou para trabalhar na biblioteca, com a cabeça escondida debaixo do capuz. De forma alguma iria a um evento tão cheio como uma festa de fraternidade.

Ela se aninhou de lado e fechou os olhos enquanto esperava ouvir Rachel fechando a porta.

Em vez disso, Rachel correu até a cama e tirou o cobertor de Nina de supetão.

— Levanta — disse ela rispidamente. — Chega de se afundar nesse quarto.

— Não posso...

— Ah, pode *sim*. — Rachel abriu as portas do guarda-roupa de Nina e começou a puxar uma peça atrás da outra, jogando-as na cama até formar uma pilha. A vivacidade dela era contagiante. — Se arruma e vamos.

— Tá bom — disse Nina, alarmada demais para continuar protestando.

Rachel pôs uma música para tocar no celular e cantou, desafinada como sempre, enquanto esperava a amiga se arrumar. Nina escolheu um top preto de crochê, calça skinny e um longo colar de ouro com várias camadas. Em seguida, prendeu o cabelo num rabo de cavalo alto, revelando os piercings que contornavam a cartilagem das orelhas. "Podem olhar à vontade", pensou, com ferocidade renovada. Rachel tinha razão, era hora de parar de se esconder.

Quando saíram, Nina teve a agradável surpresa de ver que só havia um paparazzo em frente ao dormitório. Ele tirou algumas fotos meio de má vontade, murmurando entredentes, depois começou a recolher o equipamento.

Rachel explodiu em uma gargalhada leve.

— Parece que o noivado da Beatrice ofuscou a sua existência.

— Parece que sim. — Nina não era tão próxima da irmã mais velha de Sam, mas, mesmo assim, sentia-se estranhamente grata a ela.

Rachel a levou até um antigo prédio de tijolos no fim da Somerset Drive, que os alunos da King's College chamavam simplesmente de "a Rua", pois era ladeada por todas as casas de fraternidades e irmandades. Em noites como aquela, os carros nem tentavam passar por ali, tinha universitários demais enfileirados pela rua, falando no celular e pulando de uma casa para outra para passar por todas as festas. Apesar do tempo frio, algumas tinham levado barris de cerveja e caixas de som para o gramado, para que as pessoas pudessem festejar ao ar livre.

Assim que atravessou a porta da frente, Nina ouviu os sussurros: "Ela é mais bonita do que eu esperava"; "Nem é tão bonita assim"; "Você acha que os peitos são naturais?"; "Olha só essa roupa." As pessoas começaram a erguer os celulares para tirar fotos nada sutis de Nina, que provavelmente esperavam conseguir vender para algum tabloide ou site de fofoca.

— Nina! E aí? — Uma garota da turma de inglês (Melissa? Marissa?) se aproximou com um sorriso ávido. — O Jeff está aqui? — Ela se inclinou para olhar ao redor, como se Nina pudesse estar escondendo o príncipe dos Estados Unidos na varanda da fraternidade.

— Não — respondeu, sucinta.

— Ah, que pena! Quem sabe na próxima — disse Melissa-ou-Marissa, com o tom de voz faminto de quem se alimenta de fofocas. Isso foi o bastante para despedaçar o autocontrole, já frágil, de Nina.

— Com licença — murmurou ela, e passou pela garota para entrar na festa, com Rachel ao seu encalço.

Os dois andares da sala de estar da fraternidade estavam cheios de calouros, muitos deles com copos descartáveis vermelhos na mão. Um videoclipe passava na TV gigantesca. Em um cômodo próximo, alguns jovens amontoados em torno de uma mesa de plástico alinhavam copos de cerveja em preparação para o que devia um jogo.

Talvez fosse apenas imaginação, mas Nina sentiu que os ruídos da festa diminuíram um pouco com sua chegada, conforme as pessoas iam cutucando os amigos e apontando para ela. No instante em que ela passou, os fluxos ondulantes de assobios e murmúrios aumentaram para níveis ensurdecedores atrás dela.

Ela parou perto da porta que dava para o quintal e ergueu o queixo, desafiando qualquer um a tecer comentários. Por fim, os níveis de ruído se reajustaram até o normal.

— Promete que vai ficar pelo menos uma hora. Você está bonita demais para desperdiçar esse look se lamentando no seu quarto — implorou Rachel, como se lesse seus pensamentos.

Nina esboçou um meio sorriso.

— Estou feliz por você ter me obrigado a sair. Mesmo que tenha sido para uma festa de fraternidade.

— Não tem nada de errado em ir a uma festa de fraternidade de vez em quando — retrucou Rachel calmamente. — Além disso, se você for embora logo de cara, os *haters* vão vencer.

Alguns daqueles *haters* provavelmente estavam ali. Nina examinou a sala, cheia de olhares rudes e sorrisos brilhantes e fingidos, se perguntando quais daqueles estudantes a haviam fotografado em sala de aula, zombando de suas roupas e sua suposta falta de classe. Quantos teriam acessado a seção de comentários para insultá-la?

Ela nunca tinha se dado conta de como devia ser difícil para a família real saber em quem podia ou não confiar.

Rachel suspirou.

— Eles entraram em contato comigo, sabia?

— "Eles"?

— Revistas, blogs. Não sei como me encontraram, mas descobriram que somos amigas. Me ofereceram mil dólares em troca de informações sobre você, fotos comprometedoras, qualquer coisa. Mandei todo mundo para o inferno, obviamente — Rachel apressou-se em dizer. — Mas achei que você deveria saber.

Nina recuou, estupefata.

— Obrigada. Significa muito para mim.

— Até parece que eu ia trair minha melhor amiga. Sem falar do meu contato para manter o status de VIP na biblioteca. — Rachel sorriu, encostou-se na parede e cruzou os braços. — Agora você pode, *por favor*, me explicar por que ainda se recusa a falar com o Jeff?

Algumas pessoas inclinaram a cabeça em direção às duas, numa tentativa desesperada de bisbilhotar sem fazer muito alarde. Nina se virou deliberadamente de costas para o restante da sala.

— Só não estou pronta para seja lá como a conversa vai ser.

— Já tem quase duas semanas — disse Rachel sem rodeios. — Eu sei que ele não para de ligar. Ou melhor, seu amigo *Alex* não para de ligar.

Um lampejo de contentamento iluminou seu olhar.

— Foi meio óbvio demais, Nina. Da próxima vez que quiser esconder um relacionamento secreto com um príncipe, vê se não salva o contato dele com um dos nomes do meio.

Esse era o problema de ter amigas observadoras, pensou ironicamente, deixando escapar um suspiro.

— Sei que não é justo, mas parte de mim está com raiva do Jeff. É justamente por causa de todo esse frenesi da mídia que eu não queria contar nada a ninguém, e mesmo assim a história vazou.

Distraidamente, Rachel tamborilou um de seus saltos grossos no chão.

— Não foi o Jeff que tirou aquelas fotos. Será que ele não merece pelo menos a chance de te pedir desculpas?

— Você diz isso porque realmente acha que ele não tem culpa ou só porque é o príncipe?

— Não vejo por que não pode ser pelas duas coisas ao mesmo tempo — disse Rachel sem hesitar, e o sorriso da amiga amoleceu um pouco da determinação de Nina.

Como se estivesse esperando por aquele exato momento, seu celular vibrou com uma chamada de Jeff. Ela ia ignorar, mas o olhar cético de Rachel a impediu.

— Tá bem, tá bem, você venceu — murmurou, e aceitou a chamada.

— Hm, oi. É o Jeff. — O príncipe parecia nervoso, como se não esperasse que ela fosse atender, e agora que tinha, morresse de medo da possibilidade de que ela desligasse de novo. — Eu vim até o seu dormitório, mas você não está respondendo.

— Você está no campus?

— Sim. Cadê você?

Nina ficou tão surpresa que respondeu sem pensar.

— Estou na festa de uma das fraternidades.

— Qual fraternidade?

— Sigma alguma coisa? Olha, Jeff…

— Eu entendo se você não quiser falar comigo. — Houve um estalo do outro lado da linha, como se o príncipe estivesse correndo e precisasse dizer tudo de uma tacada só. — Só quero pedir desculpas por toda essa loucura que a imprensa fez com que você passasse. Você tem todo o direito de ter sua privacidade respeitada. Eu sinto muito.

Pouco a pouco, Nina foi sentindo seu ressentimento se esvair.

— Eu sei que não é culpa sua.

— É Sigma Chi ou Kappa Sig? Ou SAE?

— Não sei, é a que fica na esquina — Nina levou um segundo para assimilar o que ele tinha acabado de dizer. — Espera você está *aqui*?

Ela ouviu o som da porta de um carro batendo.

— Olha, pelo menos me deixa te dar esse milk-shake de chocolate do Wawa. Ainda mais depois de terem me feito esperar.

— Você foi *pessoalmente* ao Wawa? — Nina tentou, sem sucesso, imaginar Jeff parado na fila. A loja inteira deve ter pedido por selfies.

— Tive que garantir que eles te dariam M&M's em dobro. É claro.

Antes que pudesse responder, uma comoção se iniciou atrás de Nina. Ela sentiu todos os olhares se virarem abruptamente em direção à porta da frente, depois para ela e então de volta à porta, como se assistissem a uma partida de tênis. Antes de se virar, Nina soube o que encontraria.

Ali estava o príncipe Jefferson George Alexander Augustus, com o celular pressionado contra a orelha enquanto a outra mão segurava um copo plástico de milk-shake do Wawa.

— Cheguei — disse sem necessidade, ainda ao telefone. Nina teve a sensação surreal de ouvir a voz dele em seu ouvido e, ao mesmo tempo, a vários metros de distância.

Ninguém nem se dava ao trabalho de *fingir* não encarar, mas Nina não ligava mais.

Ela desligou e se aproximou do príncipe. Ele parecia nervoso, como se não soubesse ao certo como ela reagiria à sua presença. Ela também não sabia.

— Como prometido, aqui está sua entrega — declarou Jeff, entregando o milk-shake do Wawa. Nina tomou um pequeno gole para disfarçar sua confusão.

— Jeff! — disse Rachel com seu jeito jovial e saltitante. Ignorara os títulos, Nina notou aturdida, o que Jeff apreciaria muito, e lhe estendera a mão em vez de fazer reverência. — Prazer! Sou Rachel Greenbaum.

— Já ouvi muito sobre você — respondeu Jeff. — Devo dizer que tem um gosto excelente para nomes de peixes.

— Você contou! — Rachel se voltou para Nina, embora não parecesse chateada. — Antes de sair me julgando, saiba que todas as garotas do nosso corredor têm pôsteres de você nos dormitórios, menos a Nina.

Ela deu um sorrisinho travesso.

— Mas até que eu entendo. Pra que um pôster quando já se tem a versão em carne e osso?

— A versão em carne e osso dá muito mais trabalho — rebateu Nina, de brincadeira.

Os olhos de Jeff reluziram.

— Mas o pôster faria delivery de milk-shakes?

Contrariando o próprio bom senso, Nina arriscou dar um passo à frente. Suas têmporas latejavam de confusão.

— Tem algum lugar em que a gente possa conversar? A sós? — perguntou Jeff.

— Vocês podem ir lá para cima, no escritório — sugeriu Rachel. — Garanto que ninguém está estudando.

— Tem um escritório aqui?

— Garotos de fraternidade também têm lição de casa. — Rachel deu de ombros e voltou o olhar para Jeff. — Aliás, Jeff, dizem por aí que seu tio *e* seu pai escreveram o trabalho de conclusão de curso naquela sala.

Nem Nina nem Jeff abriram a boca enquanto subiam as escadas e atravessavam o corredor, com o agente de segurança do príncipe ao seu encalço.

No escritório, cercado por estantes repletas de livros antigos, havia um par de mesas circulares reunidas sob lâmpadas de ferro semelhantes às que se veem nos bancos. Nina prendeu a respiração quando o agente de segurança ficou do lado de fora e fechou a porta. Ela deixou o copo do Wawa em cima da mesa. A ansiedade era tanta que seu estômago revirado não aguentaria um milk-shake no momento.

— Jeff, por que você veio?

— Para te ver — respondeu, como se fosse evidente.

— Não, digo, por que você veio *hoje*? — "Depois de eu estar te evitando desde a semana passada", não precisava acrescentar.

— Sam me contou que esteve aqui. Também me contou o que você disse, sobre como tem sido difícil para você estar vinculada à nossa família durante todos esses anos. Sinto muito por fazer você se sentir desse jeito. — Ele tinha um olhar de tristeza. — E teve a noite passada, depois da entrevista de noivado da Beatrice, quando vi toda aquela gente reunida em volta dela e do Teddy em frente ao palácio. Eu deveria ter percebido que era por isso que você queria manter nosso relacionamento em segredo. Enfim — disse ele, sem jeito. — Eu sinto muito mesmo.

Ele respirou fundo antes de fazer a pergunta seguinte, como se estivesse relutante, mas, ao mesmo tempo, não pudesse evitar.

— Nina, o que está acontecendo com a gente? Vamos ficar bem?

Nina passou a mão pelas lombadas dos livros mais próximos. Não pôde deixar de notar que não seguiam nenhuma ordem em particular, nem alfabética, nem o sistema decimal de Dewey, nem mesmo por *cores*. Um lado perverso dela sentiu vontade de botar tudo abaixo, catalogar livro por livro e depois devolvê-los às prateleiras adequadas.

— Estou falando sério — acrescentou Jeff, divagando no silêncio. — A forma com que a mídia tem te tratado passou completamente dos limites. Sinto muito pelo meu papel nisso tudo.

— Eu sei. — Nina ainda não se sentia pronta para dizer "Está tudo bem." — Mas ainda tenho curiosidade de saber como os paparazzi ficaram sabendo — prosseguiu, verbalizando um pensamento que lhe ocorrera diversas vezes ao longo da semana. — Alguém deve ter avisado, porque eles já estavam a postos na frente do meu dormitório com uma câmera nas mãos.

— Ninguém sabia da gente. A não ser meu agente de segurança e os funcionários do Matsuhara, mas não acho que nenhum deles nos trairia.

— Você não contou a ninguém? Nem ao Ethan? — Não precisava lembrar-lhe que Ethan também estudava naquela faculdade. Talvez até morasse num dos dormitórios vizinhos.

— Eu contei para o Ethan que estava gostando de *alguém* — admitiu Jeff. — Foi difícil não dizer nada depois que a repórter fez aquela pergunta na sessão de fotos. Mas não disse quem. E confio totalmente nele — acrescentou, antes que ela pudesse acusar Ethan de ter dado a dica aos tabloides.

Nina assentiu com a cabeça bem devagar. Acreditava em Jeff. Afinal, ela certamente jamais faria algo assim com Sam.

— Mesmo assim, alguém devia estar sabendo — insistiu. — É impossível que um fotógrafo estivesse por acaso no campus com aquele tipo de câmera, por acaso tenha reparado que você estava lá e *por acaso* tenha tirado uma foto da gente no exato segundo em que você me beijou!

Jeff deu de ombros. Claramente não estava tão incomodado. Estava muito mais acostumado com esse tipo de invasão de privacidade.

— Será que estavam seguindo o carro que uso para circular pela cidade? Posso tentar envolver meu serviço de segurança, se você quiser — ofereceu, embora não parecesse muito esperançoso.

— É que me deixa insegura pensar que alguém nos entregou assim — insistiu Nina. — Não sei em quem confiar.

— Pode confiar em *mim*. — Hesitante, Jeff deu um passo na direção dela. — Por favor, Nina. Me diz o que eu posso fazer para consertar as coisas.

Ela tirou o celular do bolso e abriu a galeria de fotos. Havia fotografado todas as páginas do contrato de confidencialidade que Robert lhe pedira para assinar. Nina já tinha lido o documento na íntegra, mas observava Jeff ler por alto as diversas seções.

"Não divulgarei informações confidenciais a terceiros [...] Não usarei nem explorarei meu relacionamento com a Coroa em benefício próprio [...] Em caso de disputa, renuncio ao direito de ter um júri popular presente em qualquer audiência pública, e autorizo que, em vez disso, o julgamento seja realizado a portas fechadas [...]"

Jeff praguejou.

— Eu não fazia ideia. — Devolveu o celular a Nina e balançou a cabeça, enojado. — Por favor, não se sinta obrigada a assinar.

— Não me importo de assinar. Eu jamais entregaria os segredos da sua família — disse Nina gentilmente. — Não tem nada a ver com o contrato, e sim o que ele representa. Se eu e você continuarmos namorando, o relacionamento nunca vai ser só entre nós. Vai ser entre nós dois e o palácio, ou pior, entre nós dois e o mundo. É gente demais.

— "Se" a gente continuar namorando? — repetiu Jeff.

Uma mecha de cabelo do príncipe não parava de cair sobre seus olhos, Nina resistiu ao impulso de afastá-la.

— Não sei se sou a pessoa certa para namorar você.

— Quem disse, Fulana de Tal do *Daily News*? Não ligo a mínima para o que ela pensa — rebateu Jeff, mas Nina sacudiu a cabeça.

— Não é só ela. Tem todos aqueles milhares de comentários. Os Estados Unidos adoravam você, e agora odeiam, por *minha* causa. Além disso, e a Daphne?

— O que tem a Daphne?

— Todo mundo gosta mais dela!

— Você realmente precisa parar de ler tabloides. Essas porcarias apodrecem o cérebro — disse Jeff, ao que Nina não pôde deixar de sorrir. — Sério, Nina. Eu não ligo se os Estados Unidos "gostam mais dela". — Ele fez aspas com os dedos para mostrar seu ceticismo. — Não é o país que está tentando namorar você. Sou eu. E eu gosto mais de *você*.

Não que Nina estivesse tentando validar todos aqueles artigos, mas...

— Tenho a sensação de que ainda existe alguma coisa entre vocês, um assunto pendente. Você não acha que, mais cedo ou mais tarde, vão acabar voltando?

— Peço desculpas de novo por Daphne e a formatura — disse Jeff. — Sei que não foi justo fazer você passar por isso. A verdade é que eu deveria ter terminado o namoro com ela muito antes.

Ele engoliu em seco e olhou Nina nos olhos.

— Estávamos juntos há muito tempo e meus pais, todos os meus amigos e até a *mídia* viviam me dizendo o quanto ela era boa para mim. Então acho que acabei me convencendo de que ela deveria ser — disse ele, impotente.

— É disso que estou falando! — gritou Nina. — Você mesmo acabou de dizer. Seus pais, seus amigos e a mídia estavam torcendo por ela. Queria muito que isso não tivesse importância, mas tem. Não somos mais só nós dois, Jeff. Tenho medo de não ser a pessoa certa para esse tipo de vida. Para a sua família.

Jeff pegou a mão dela, e Nina permitiu. Com o polegar, ele acariciou levemente a parte de trás de seu pulso.

— Você já é parte da família — disse-lhe ele. — Você e a Sam são melhores amigas há tanto tempo que não escondemos nenhum segredo de você. Você sabe como nós somos *de verdade*, conhece as disputas e a pressão. Sabe que meu primo Percy é quase uma ameaça pública e que a tia Margaret está bêbada na metade das vezes em que anuncia um noivado real. Você, mais do que ninguém, não deveria se preocupar com a ideia de não se adequar. Seu lugar é ao nosso lado. Ao meu lado.

Nina deixou escapar um suspiro profundo.

— Quem dera as coisas pudessem continuar assim, só nós dois. Simples, sem complicações.

Os olhos escuros de Jeff pareciam insondáveis.

— Odeio a ideia de que, para namorar comigo, você tenha que carregar toda essa bagagem. Sei que é muito difícil, principalmente para alguém tão independente. Queria muito poder dizer que as coisas vão ficar mais fáceis, mas nunca vai ser assim. Não para mim.

Ele apertou a mão de Nina uma última vez antes de soltá-la.

— Eu não tenho escolha, mas você sim. Se quiser se afastar de tudo isso, de toda a atenção, dessa loucura e dos contratos de confidencialidade, não vou te culpar. Mas vou sentir sua falta.

Nina abriu a boca para dizer que sim, queria se afastar, desejava-lhe tudo de bom e sempre seriam amigos. Queria dizer que aquela vida e tudo que a envolvia eram peso demais para carregar.

O que acabou dizendo foi:

— Não.

O príncipe a encarou, surpreso. Nina engoliu em seco.

— Não — repetiu ela, e se deu conta de que era verdade. — Nosso caso não está encerrado ainda.

No instante seguinte, ela se jogou nos braços de Jeff, beijando-o com tanto entusiasmo que ele cambaleou para trás e precisou literalmente levantá-la do chão, as botas dela chegaram a balançar no ar. Nina nem percebeu que os botões do casaco de Jeff afundavam em sua pele. O impacto do beijo reverberou dentro dela como pratos de uma orquestra, vibrando em seus lábios e na ponta dos pés, até chegar à raiz de seus cabelos.

Por fim, Jeff a devolveu ao chão. Nina se apoiou na mesa para recuperar o equilíbrio e sua mão quase derrubou o milk-shake.

Ela jogou o cabelo para trás e deu um gole para comemorar, sorrindo com o canudo entre os lábios.

— Obrigada por ter me trazido isso — disse a ele, e lhe ofereceu o copo para que ele pudesse experimentar.

O príncipe abriu um sorriso.

— Tem razão, com M&M's duplo realmente fica melhor.

27

DAPHNE

Daphne soltou um suspiro de vaga insatisfação.

Era sábado de manhã e ela estava sentada ao lado da mãe numa das suntuosas cadeiras de pedicure do Ceron's, o salão de beleza mais exclusivo de Washington. Ocuparam o lugar de honra do estabelecimento, com vista para o restante do salão. Daphne avistou Henrietta de Hanover, uma das primas distantes da família real, com o cabelo enrolado num emaranhado de papel alumínio debaixo de um secador. E aquela saindo de uma das salas de tratamento com o rosto vermelho e irritado depois de uma limpeza de pele, não era a senadora de Rainier?

A mãe de Daphne e Ceron se conheciam há anos, desde os tempos em que ele ainda fazia o cabelo de modelos de revistas e passarelas, embora ultimamente circulasse entre grupos mais seletos. A vida dele mudara para sempre ao ser nomeado cabeleireiro oficial do palácio. A notícia triplicara o volume dos negócios, por mais que metade das novas clientes não passasse de fanáticas da realeza que se jogavam nas cadeiras e declaravam que, qualquer que fosse a última coisa que Sua Majestade tivesse feito no cabelo, queriam ficar iguais.

Tiffany, assistente no salão, terminou de passar a última camada de esmalte nos pés de Rebecca.

— Mais alguma coisa, milady?

Rebecca não pôde deixar de se envaidecer ao ouvir o título. Não havia felicidade maior do que ser chamada de "milady" em algum lugar.

— Não, a menos que você tenha alguma novidade — disse em tom conspiratório.

Ceron ia ao palácio várias vezes no mês para retocar as mechas da rainha ou fazer o cabelo das princesas antes de um evento. Às vezes, os técnicos do salão acompanhavam. Embora Ceron fosse leal demais aos Washington para se deixar levar por subornos, nem todos os seus funcionários seguiam isso à risca. Foram necessárias algumas indiretas no momento certo, além de gorjetas muito generosas, para que Tiffany chegasse a um acordo com a mãe de Daphne. Não seria a primeira vez que compartilharia detalhes sobre a família real com as Deighton. Alguns eram insignificantes, como a cor do vestido que a rainha planejava usar para comparecer à determinado evento, enquanto outros eram relevantes.

Tiffany se inclinou para a frente e baixou a voz para pouco além de um sussurro.

— Ontem ele foi ao palácio testar um penteado na princesa Beatrice. Vai ter um baile de gala em breve, para comemorar o noivado com Teddy. Os convites vão sair logo.

Rebecca abriu um sorriso, revelando seus dentes perfeitamente brancos.

— Obrigada, Tiffany.

O rabo de cavalo platinado de Tiffany saltitou conforme ela recuava. A funcionária enrolara um lenço vermelho fino no lugar do cinto no jeans preto encerado. Era a marca registrada do salão de Ceron, toda a equipe tinha que combinar roupas pretas e brancas com detalhes em vermelho. A própria decoração seguia a mesma cartilha, desde o vaso de vibrantes flores vermelhas até as fotografias em preto e branco nas paredes.

Rebecca lançou um olhar curioso à filha.

— Você precisa ir nessa festa de noivado como acompanhante do Jefferson.

— Eu sei, mãe.

Mas, bem lá no fundo, Daphne estava mais preocupada com o casamento em si. Não podia permitir que o que acontecera no último casamento real se repetisse. A tia de Jefferson, Margaret, se casou e Daphne nem sequer fora convidada.

Rebecca entoou um enigmático "hmm" de preocupação. Uma camisa branca engomada e jeans eram suficientes para que ficasse espetacular, e seu cabelo loiro estava arrumado em camadas aparentemente casuais. Mas, não importava as roupas que escolhesse, ainda dava para perceber que Rebecca Deighton não tinha a aristocracia em seu sangue. Era conquistado a duras penas, que reluzia em seu rosto felino.

Daphne examinou as unhas, que brilhavam com uma camada de esmalte perolado. "PERFEITINHA", dizia a embalagem, um slogan tão preciso que parecia irônico. Da última vez que visitara o hospital, Daphne levara consigo um vidrinho de Va-Va-Voom vermelho para pintar as unhas de Himari.

Não contara à mãe sobre isso porque sabia o que Rebecca diria, que visitar Himari era uma perda de tempo. Mas Daphne não sabia se estava indo por Himari ou por si mesma.

— Pelo menos você se livrou desse *obstáculo*. — Rebecca apontou para as revistas em seu colo: *People, Us Weekly, Daily News*. Todas elas recheadas de fotos em que Nina Gonzalez parecia vulgar e inferior ao lado de Daphne. Se bem que, nos últimos dias, desde que Beatrice anunciara o noivado, a cobertura sobre Nina havia diminuído drasticamente. — Bom trabalho, Daphne — acrescentou a mãe, sem jeito. Claramente nada acostumada a fazer elogios.

Depois de voltar da festa de réveillon no Smuggler's, Daphne dera a Natasha a dica sobre Jefferson e Nina. Descobrira até em qual dormitório Nina morava, para que Natasha pudesse ficar de tocaia. Bastou um pouco de pesquisa na internet e um telefonema para a universidade. Ela sabia que a *Daily News* não poderia publicar uma história daquela sem uma evidência fotográfica.

— Não foi tão difícil — respondeu Daphne. — Os comentários fizeram boa parte do trabalho por mim.

Daphne sabia que não existia alvo mais fácil do que uma suposta alpinista social, motivo pelo qual encorajara Natasha a adotar essa abordagem no artigo. Como era de esperar, a internet ficou furiosa com a ideia de que havia alguém tentando enganar seu amado príncipe. Alguns chegaram ao ponto de afirmar que as mães de Nina haviam planejado a vida da filha com esse propósito, que Isabella buscara a posição de governanta especificamente para que Nina cruzasse o caminho do príncipe. "Essa garota é que nem erva daninha", escreveu um comentarista. "Feia de se ver e com talento para escalar."

Daphne não se sentia arrependida. Nina cavara a própria cova ao resolver ir atrás do príncipe, quando todo mundo já sabia que ele pertencia a Daphne.

Existiam muitos outros garotos nos Estados Unidos, tão anônimos quanto ela, milhões, na verdade. Será que Nina não entendia que, para namorar alguém tão famoso quanto Jefferson, ela se tornaria uma figura pública?

Se não aguentava a pressão, não deveria ter se colocado na linha de frente.

— Quando você vai encontrar o Jefferson? — Rebecca interrompeu os pensamentos da filha. — Você deveria dar um jeito de mencionar essa festa.

Daphne fingiu assoprar as unhas, com a mente a mil por hora, mas não lhe ocorreu nenhuma mentira plausível.

— Não tenho tido notícias dele, na verdade — admitiu ela.

Ali estava, o motivo pelo qual Daphne estava sentindo essa vaga e cáustica insatisfação. Tinha feito tudo que estava a seu alcance, conspirado, chantageado e derrubado a concorrência, mas Jefferson ainda não tinha entrado em contato. O que ele estava esperando?

Rebecca desviou os olhos para o celular, onde rolava a página de vários blogs de fofoca. Ela arregalou os olhos quando viu algo específico.

— Talvez *esse* seja o motivo. — Sua mãe lhe entregou o aparelho com a voz baixa. Daphne o pegou, temerosa.

Alguém havia tirado uma foto tremida de Nina e Jefferson numa festa da faculdade na noite anterior.

— Ele foi a uma *festa de fraternidade* com ela? — Daphne se forçou a respirar fundo, esforçando-se para não gritar. — Depois de todos aqueles artigos, não existe a menor possibilidade de o palácio permitir esse namoro.

— Ele não é herdeiro. Tem mais liberdade do que a Beatrice. — Sua mãe franziu a testa. — Daphne, você perdeu completamente o controle da situação.

— Eu... Você acabou de dizer que eu tinha feito um bom trabalho — gaguejou, mas Rebecca reprimiu seus protestos com um olhar feroz.

— Isso foi antes de eu saber que foi um desastre.

O pânico ameaçou dominar as sinapses de Daphne.

— Não sei mais o que fazer! Não posso me jogar em cima dele, tentei no réveillon e não funcionou.

Rebecca se virou para a filha com um olhar impassível.

— Existem duas pessoas naquele relacionamento. Se não está chegando a lugar nenhum com o príncipe, é hora de mudar a abordagem.

Quando entendeu o que a mãe quis dizer, Daphne quase passou mal. Era incapaz de se imaginar encontrando Nina Gonzalez. Desprezava aquela garota.

— Daphne, você não pode ficar sentada de braços cruzados esperando que alguma coisa aconteça. Ninguém chega a lugar nenhum assim — sibilou sua mãe. Como se Daphne já não soubesse disso.

Rebecca se recostou na cadeira e deslizou a mão pelas bordas das revistas em seu colo para organizá-las numa pilha perfeita.

— Você não aprendeu nada comigo? Nunca ataque um rival a menos que possa destruí-lo. Se não for capaz de ir até o fim, melhor nem começar — disse ela em voz baixa.

Daphne fez que sim, mas voltara a pensar em Himari, que já estava em coma há oito meses. "Se não for capaz de ir até o fim, é melhor nem começar."

O que aconteceria se Himari acordasse e resolvesse contar ao mundo, e a Jefferson, o que Daphne tinha feito?

28

BEATRICE

Beatrice não conseguia dormir.

Na semana desde que ela e Teddy anunciaram o noivado, a agenda dos dois tinha enchido num ritmo alucinante, abarrotada de jantares, discursos e visitas a projetos de caridade. Naquela manhã, a família inteira tinha ido a um abrigo para pessoas sem teto do outro lado da cidade. Beatrice mal tivera tempo de arrumar o cabelo e se maquiar para a sessão de fotos marcada para mais tarde, para o noivado com Teddy. As imagens seriam reproduzidas posteriormente em todas as mercadorias relacionadas ao casamento. Almofadas, bonecos de papel, canecas, cartas de baralho, e, é claro, a edição limitada de selos temáticos do casamento real. Tudo teria o rosto deles estampado. Embora parecesse ridículo, Beatrice sabia muito bem que não podia se dar ao luxo de recusar os pedidos de licenciamento, não quando as estimativas mais recentes sugeriam que o casamento impulsionaria a economia com uma injeção de trezentos milhões de dólares.

Para ser sincera, estava feliz por sua agenda estar tão apertada. Se sentia como um daqueles tubarões que precisavam nadar o tempo todo se quisessem permanecer vivos. Enquanto participava de reuniões com membros do Congresso, ou discutia detalhes do casamento, ou até *sorria* para alguém, era capaz de esquecer por alguns instantes que o pai estava doente e que o reinado dela estava muito mais próximo do que qualquer um poderia imaginar.

Era capaz de esquecer que o agente de segurança que a seguia feito uma sombra não era mais Connor, e sim Jake.

Mas o esquecimento nunca durava o suficiente. Porque tudo no palácio a fazia se lembrar de Connor, seu senso de humor, a agilidade e a confiança de seus movimentos. A forma com que seus olhos azul-acinzentados brilhavam toda vez que a via.

Por mais que o palácio estivesse mais cheio do que nunca nos últimos dias, por mais que tivesse um *noivo*, Beatrice nunca se sentira tão sozinha.

Ela saiu da cama e abriu as janelas para contemplar a rede de luzes cintilantes que se estendia pela capital. Os postes brilhavam em rigorosas linhas retas ao redor do retângulo sombreado que marcava a localização do John Jay Park.

Seu estômago roncou, ressentido. A família de Teddy tinha ido ao palácio jantar naquela noite para discutir os detalhes da festa de noivado da semana seguinte, e o apetite de Beatrice não a acompanhara. Ela se forçara a comer algumas garfadas de peixe-espada, mas cada pedaço se assentou em seu estômago como vidro. Por sorte, ninguém tinha percebido, da mesma forma que ninguém parecia ver além dos sorrisos falsos da princesa, nem notar a sombra que se aninhava em seus olhos.

Com um suspiro profundo, Beatrice vestiu um robe e desceu os degraus em direção à cozinha. Os eletrodomésticos de aço inoxidável e os elegantes *cooktops* pretos irradiavam um brilho convidativo. Não havia ninguém ali àquela hora, os primeiros cozinheiros e ajudantes de garçom só chegariam às seis da manhã.

Ela abriu a geladeira, pronta para pegar um dos recipientes com sobras que os cozinheiros sempre guardavam justamente para esse tipo de situação, mas se detêve. Não queria comer os restos gelados do jantar daquela noite. Pela primeira vez na vida, Beatrice ia preparar a própria comida.

Depois de alguns minutos vasculhando por toda parte, desenterrou uma panela gigante. Ela a encheu de água e levou ao fogão para ferver, mexendo nos botões. Como se chamava mesmo aquela tela de arame que Connor tinha usado para escorrer a massa cozida? E onde ficava o macarrão naquela cozinha enorme?

Aquela noite na cabana parecia ter acontecido em outra vida, com outra Beatrice. Como as coisas eram simples antes de ter tomado conhecimento da doença do pai. Antes de ter que desistir de Connor.

Apoiou as palmas das mãos na bancada, com a respiração entrecortada pelo pânico. E, não precisando sustentar aquele frágil sorriso no rosto, já que não havia mais ninguém por perto para ver, ela se deixou chorar.

— Beatrice? Está tudo bem?

Samantha estava na porta, vestida com um robe idêntico ao seu, a mãe delas lhes dera de presente no último Natal. O cabelo da irmã estava preso de lado num rabo de cavalo desgrenhado que fazia sua cabeça parecer torta. Típico de Samantha.

Beatrice se apressou em secar as lágrimas.

— Estava tentando fazer macarrão — admitiu. — O que você está fazendo aqui?

— A mesma coisa que você, eu acho. Não comi muito no jantar.

— Ah. — De repente, a presença da irmã fez com que Beatrice se sentisse insegura e hesitante. Ficara tão imersa no próprio desconforto durante a refeição com a família de Teddy que não tinha parado para pensar que poderia ter sido desconfortável para Samantha. Mas será que, àquela altura, ela já não tinha esquecido Teddy?

Com preguiça, Sam bateu uma pantufa contra a outra.

— Lembra daquela vez que a gente veio aqui depois de um jantar de Estado e sem querer derrubamos aquele bolo enorme?

— Tiveram que mandar alguém comprar cinquenta potes de sorvete de limão no último segundo — relembrou Beatrice. Aquilo acontecera quando o avô ainda era vivo e esse tipo de comportamento ainda passava impune. — A gente se deu mal naquela noite.

— A gente sempre se dava mal — rebateu Sam, dando de ombros. — Com o Jeff e eu era assim, pelo menos.

A água começou a ferver na panela. Beatrice grunhiu e se virou para o fogão. Ainda não tinha encontrado nenhuma massa.

— Acho que tem um pouco de macarrão com queijo na despensa — avisou Sam.

— Que despensa? — Beatrice só sabia dos armários onde se guardavam os copos, os talheres, a porcelana...

— Aquela com a comida dentro. — Sam disfarçou o sorriso. — Vamos ver, deixa comigo.

Beatrice se esforçou para esconder a surpresa com o gesto de Samantha.

— Na verdade, seria ótimo.

Sua irmã mergulhou na despensa e emergiu instantes depois com uma caixa azul e branca que dizia: "MACARRÃO COM QUEIJO: AVENTURA REAL!" O macarrão achatado tinha o formato de minúsculas tiaras e estrelas, bem como de uma garota num vestido de gala que, suspeitou Beatrice, deveria ser *ela*.

— O responsável por reabastecer a cozinha tem senso de humor — Beatrice ouviu-se dizer. Sam arqueou a sobrancelha, mas não respondeu.

As duas ficaram em silêncio enquanto Sam abria a caixa, despejava o macarrão na água quente e, minutos depois, escorria a massa. Ela tirou leite e manteiga da geladeira, misturou as quantidades certas e acrescentou o molho de queijo em pó.

— Como é que você sabe isso tudo?

— É só macarrão com queijo, qualquer um sabe — observou Sam, depois se retraiu. — Desculpa, eu não...

— Não tem problema. A gente sabe que eu não sou normal. — Beatrice riu, mas não achava graça nenhuma. Odiava se sentir tão inútil diante das tarefas mais simples. Odiava que sua realidade a impedisse de estar preparada para levar uma vida mais comum.

— Cozinhar é basicamente seguir instruções. Não tem mistério.

"Então eu deveria ser ótima", pensou Beatrice, lamentando-se. Seguir instruções era tudo que sabia fazer.

Sam serviu em duas tigelas de cereal, pegou duas colheres e subiu na bancada para se sentar com os pés pendurados no ar. Instantes depois, Beatrice imitou a irmã. Não era como se desse para levar macarrão com queijo tarde da noite para a sala de jantar oficial.

O macarrão estava delicioso, a cálida cremosidade do queijo era reconfortante. Beatrice se perguntou o que Connor diria se visse as princesas naquele estado, sentadas em cima da bancada da cozinha, comendo macarrão com queijo inspirado na família real.

— O que é isso no seu dedo? — A voz de Sam reverberou pela cozinha cavernosa. — Não está usando o anel?

Beatrice baixou o olhar e avistou a mão esquerda, desnuda no lugar em que o enorme diamante deveria estar. Olhando de perto, dava para ver a linha preta desbotada que Connor desenhara ali.

— Eu tiro o anel de noite para lavar o rosto, não quero que se manche — mentiu. — Devo ter deixado sem querer no porta-joias em cima da pia.

Todas as noites, Beatrice tirava o anel no instante em que ficava sozinha. Era frio e pesado demais, sua carga era quase excessiva demais para suportar. Parecia pertencer a outra pessoa e ter sido entregue a ela por engano.

— Você o ama?

A pergunta de Sam a pegou tão desprevenida que ela quase derrubou a tigela de cerâmica.

— Só estou tentando entender — insistiu Sam. — Aquele dia no seu quarto, depois de ter pedido ele em casamento, você parecia tão infeliz. Tenho ficado de olho em você e no Teddy durante os eventos relacionados ao noivado, esperando que um de vocês diga "Eu te amo", mas nunca aconteceu.

Beatrice se remexeu na bancada. Samantha era muito mais observadora do que o mundo imaginava.

— Eu só queria que tivesse sido qualquer um, menos o Teddy. Pelo menos, se fosse outra pessoa... — Sam se deteve antes de completar a frase, mas Beatrice sabia o bastante para preencher as lacunas.

Se Teddy se livrasse do noivado, ao menos *uma* das irmãs Washington estaria feliz.

Beatrice presumira que Sam estava flertando com Teddy por rancor, ou por tédio. Não tinha se dado conta de que os sentimentos da irmã eram muito mais profundos.

Beatrice girou a colher entre os dedos. Era pesada, com o cabo coberto de frutas e folhas gravadas.

— Sinto muito — disse. — Queria que fosse diferente.

Os olhos de Sam brilharam.

— Então *mude* as coisas! Desnoive-se do Teddy para que vocês dois possam seguir em frente!

— Eu não posso simplesmente me "desnoivar". — Beatrice revirou os olhos com a palavra escolhida por Sam. — Não agora. Seria uma decepção para todo mundo.

— Para quem, a equipe de RP e os organizadores da festa? Caso tenha esquecido, eles trabalham para *você*!

— Não estou falando deles — disse, sem forças.

— Então qual o motivo? — As bochechas de Sam assumiram um tom indignado de vermelho. — Se você não ama o Teddy, por que está com tanta pressa de se casar? — A irmã sempre tivera aquele temperamento, cruel e ágil feito um raio. Beatrice sentiu seu autocontrole emocional começar a vacilar.

— Sei que pode parecer rápido, mas pensei muito, tá? Estou tentando mesmo fazer a coisa certa pelo país.

— Por que motivo o *país* precisa que você se case agora?

De repente, Beatrice sentiu-se tonta.

— Estabilidade — insistiu ela —, continuidade, simbolismo.

— Você só está dizendo um monte de palavras sem sentido!

— Porque o papai está *morrendo*!

Beatrice não queria ter dito. Desejou poder pegar a frase no ar e guardá-la de volta no peito, onde suas asas, afiadas feito navalhas, batiam furiosamente havia semanas. Mas era tarde demais.

— O quê? — Sam agarrou as beiradas da bancada com tanta força que os nós dos dedos ficaram brancos.

— Ele está com câncer — disse Beatrice, desolada.

— O quê? — repetiu Sam, prendendo a respiração com um arquejo. — O que você... Mas como... Por que ele não contou?

Ela conseguiu dizer, por fim. Uma lágrima escorreu por seu rosto e caiu dentro da tigela de macarrão, àquela altura esquecida em seu colo.

Beatrice também começou a chorar enquanto contava tudo de maneira desconexa e apressada. O diagnóstico fatal do pai, as razões dele para manter a informação em segredo, e o que pedira de Beatrice.

Com um barulho estridente, Sam deixou o macarrão com queijo de lado e a envolveu com os braços.

Fazia anos que não se abraçavam desse jeito. Até aquele momento, Beatrice não tinha se dado conta do quanto sentia falta da irmã.

— Não acredito que você tem lidado com tudo isso. — Sam acariciou seus cabelos. — Você segurou as pontas tão bem que eu jamais teria percebido que você estava mal.

— Às vezes eu acho que seguro as pontas bem *demais* — murmurou Beatrice. Odiava que seus irmãos a achassem fria ou insensível. Só porque fora criada para esconder as próprias emoções, não significava que não as *sentisse*.

Sam fez que sim. As lágrimas ainda reluziam em suas bochechas.

— Que bom que você contou. Ninguém deveria carregar esse peso sozinho.

— É isso que significa ser herdeira do trono. Estar sozinha — disse Beatrice de forma automática.

Passear sozinha, dormir sozinha, sentar-se sozinha num trono solitário.

Mesmo depois que se casasse com Teddy, Beatrice sabia que ainda se sentiria sozinha.

As geladeiras zumbiam baixinho. As lâmpadas do teto lançavam seus grandes feixes de luz sobre as feições de Samantha.

— Você já sonhou em ser outra pessoa? — perguntou Beatrice depois de alguns instantes.

— Sempre sonhava em ser você. Porque eu sou um zero à esquerda, e você é literalmente a pessoa mais importante do mundo. — Sam inclinou a cabeça para olhar para Beatrice, confusa. — Mas você não deveria se sentir assim. Por que raios *você* ia querer ser outra pessoa?

Nunca ocorrera a Beatrice que Sam pudesse ter ciúmes dela, que, na verdade, preferiria ser a herdeira.

— Porque eu não pedi por nada disso. — Beatrice respirou fundo. — Pode acreditar, sei bem a sorte que eu tenho por ter nascido com esse privilégio. Mas ainda sinto inveja de todas as outras pessoas do país, porque elas têm o direito de escolher os rumos das próprias vidas. Os outros jovens podem sonhar em ser astronautas, bombeiros, dançarinos ou médicos — disse, desolada. — Mas nunca na minha vida alguém me perguntou o que eu queria ser quando crescesse, porque só existe um futuro possível para mim.

— Beatrice, você *quer* ser rainha? — perguntou Sam, com os olhos arregalados.

— Não tem nada a ver com querer — lembrou-lhe Beatrice. — Sou uma Washington, como você, e virar rainha sempre esteve no meu futuro. O caminho que devo seguir já está traçado, mas o seu não precisa. Você tem opções, tem liberdade, coisas que nunca vou ter.

As duas ficaram em silêncio diante dessas palavras.

Sam pegou a mão da irmã e a apertou com carinho.

— Lembra quando a gente era pequena e eu entrava de fininho no seu closet para roubar suas roupas?

— Sua peça favorita era aquele vestido de Páscoa rosa-claro. Com os sapatos combinando — relembrou Beatrice, melancólica.

— Eu queria muito ser como você naquela época — confessou Sam com a voz rouca. — Eu queria *ser* você. Quando percebi que era impossível, que só você era a futura rainha, e eu jamais poderia ser você, por mais que eu me esforçasse, decidi ser tudo o que você não era.

— Você o quê?

— Por que você acha que eu sempre me comportei desse jeito? — Sam deu de ombros. — Você seguia as regras, então eu as desobedecia. Você era disciplinada e organizada, então eu era indomável. Eu me sentia excluída — acrescentou baixinho. — Você estava sempre por aí fazendo coisas importantes de futura rainha.

Beatrice endireitou a postura, surpresa.

— *Eu* também me sentia excluída, Sam. Você e o Jeff sempre tiveram seu vínculo indestrutível de gêmeos. Eu acabava me sentindo uma intrusa.

— Desculpa — sussurrou Sam. — Eu não sabia.

Beatrice só conseguiu assentir com a cabeça. Queria ter tido aquela conversa anos antes, em vez de esperar que as circunstâncias as forçassem a se entender.

Sam pigarreou.

— Olha, sei que você não pediu por essa vida, mas não consigo imaginar mais ninguém a levando com tanta graça e dignidade. Você é a próxima na linha de sucessão ao trono e vai ser rainha, as coisas são assim. Mas esse fato não precisa te definir. Você ainda é uma pessoa, e essa ainda é a *sua* vida. A gente pode dar um jeito nisso. Tem que existir uma maneira de exercer a função para a qual você nasceu sem ter que se sacrificar no processo.

Beatrice ficou surpresa com a maturidade e a sabedoria da irmã. Ela apertou a mão de Sam, comovida.

— Obrigada.

— Estou do seu lado, Bee — disse-lhe Sam, usando o apelido pela primeira vez no que devia ser uma década. — Depois de tudo isso, só quero ter certeza de que você esteja bem.

Beatrice voltou a fitar os olhos turvos de Samantha e se lembrou de como a irmã estivera nervosa ao entrar na cozinha mais cedo.

— E você? — ela quis saber. — Está bem?

— Na verdade, não. — Sam baixou a cabeça, e seus cílios lançaram sombras sobre seu rosto. — Eu e a Nina tivemos uma briga horrível. Senti que não seria apropriado falar disso com o Jeff. É estranho conversar sobre a Nina com ele. A mamãe e o papai nunca me ouvem, de qualquer maneira, e eu não podia falar com você.

— Agora pode — assegurou-lhe Beatrice. — Chega de segredos, chega de mal-entendidos. De agora em diante, uma protege a outra.

Sam esboçou um sorriso tímido.

— Acharia ótimo.

Enquanto Beatrice dava outro abraço em Samantha, o nó congelado em sua garganta pareceu se soltar, nem que fosse só um pouquinho. O que quer que acontecesse, ao menos a irmã estaria ao seu lado.

29

SAMANTHA

Na manhã seguinte, Samantha bateu na pesada porta de madeira do escritório de seu pai.

— Oi, pai, você está ocupado?

— Sam! Pode entrar — respondeu o rei.

Normalmente, não passava ali sem ser convidada. No entanto, depois da conversa que tivera com Beatrice na noite anterior, Sam precisava conversar pessoalmente com o pai. Olhá-lo nos olhos e lhe perguntar sobre o câncer. Talvez ainda existisse uma solução, para todos eles. Talvez o prognóstico não fosse tão ruim quanto Beatrice temia.

Seu pai estava sentado atrás da mesa, revirando um pequeno baú de couro cheio de papéis. Quando Sam entrou, ele ergueu os olhos e abriu um sorriso cansado.

— Que bom você que veio. Preciso falar de um assunto com você.

Sam abriu a boca, transbordando de perguntas, "É muito grave?", "Por que não nos contou?", mas as palavras vacilaram e morreram em seus lábios. Ela percebeu, com um aperto no coração, que não precisava perguntar nada, porque já sabia.

Seu pai não parecia bem. Ela não tinha certeza de como não tinha notado as mudanças, devem ter sido graduais e sutis o suficiente para que passassem despercebidas no dia a dia. Agora que o examinava de perto, podia ver como sua pele estava fina, as sombras roxas sob seus olhos. Cada movimento era acompanhado por um novo cansaço.

Sam afundou na cadeira de frente para ele e tentou com todas as forças controlar a respiração, para que suas feições assumissem uma expressão de naturalidade. Seu pai não pareceu notar a angústia da princesa.

— Você já tinha visto a Caixa antes? — perguntou ele, enquanto organizava os papéis em várias pilhas. Algo na maneira com que pronunciou a palavra fez Samantha imaginá-la com o "c" maiúsculo.

— Não tenho certeza. — A Caixa era do tamanho de uma maleta, forrada com couro gofrado e dobradiças lubrificadas. Sam percebeu que o pai a abrira com uma pequena chave dourada.

— Ela guarda meus assuntos do dia. Grande parte já está em formato eletrônico. — Ele apontou para o tablet na altura do cotovelo. — Mas algumas coisas ainda são impressas. Atas do Gabinete, relatórios de várias agências federais, documentos que exigem minha assinatura. Minha parte favorita são as cartas — acrescentou, tirando um envelope branco de dentro da Caixa.

— Cartas?

— Recebo centenas de cartas todos os dias — informou-lhe o pai. — Todas são respondidas, sem exceção, em sua maioria pelos meus secretários juniores. Mas pedi que escolhessem duas cartas ao acaso diariamente, e essas eu mesmo respondo. É algo que seu avô também costumava fazer.

— Sério?

O rei fez que sim.

— Acho bem útil. É como se fosse um instantâneo diário do que se passa na mente dos americanos a cada momento.

— As pessoas me mandam DMs. É parecido — comentou Sam.

— DMs?

— Mensagens diretas. Nas redes sociais, sabe?

— Ah — respondeu o rei, evidentemente confuso. — Bom. É importante que as pessoas sintam que têm uma linha direta com o monarca. Que somos acessíveis, e empáticos, e receptivos. Principalmente porque costumam escrever sobre temas muito pessoais.

— Elas costumam escrever sobre o quê? — perguntou Samantha, curiosa.

— Tudo. Elas querem perdão para alguém que está preso, ou querem que eu mude de ideia a respeito de alguma nova proposta de lei. A biblioteca local delas está caindo aos pedaços; um parente está doente; a sala de aula do quarto ano precisa de material escolar. Então, claro, vêm as cartas cheias de críticas por alguma coisa que eu fiz.

— As pessoas te criticam? — explodiu Sam, correndo em defesa do pai. — Por que seus secretários não filtram essas cartas para que você não precise vê-las? — Ler esse tipo de mensagem parecia masoquista, como ir atrás dos comentários negativos nas redes sociais. Sam aprendera a evitar esse conteúdo.

— Porque eu peço a eles que não façam isso — respondeu o pai. — Samantha, as críticas são algo positivo. Significa que você lutou por alguma coisa. As únicas pessoas livres de censuras são aquelas que nunca tomaram partido.

Ela se remexeu no assento, desconfortável.

— Claro, mas isso não significa que você precise sair *lendo* os ataques de desconhecidos.

— Pelo contrário. Preciso sim — argumentou ele. — Alguns dos momentos mais decisivos da nossa nação vieram dos críticos mais ferrenhos da nossa família. Por exemplo, foi Red Fox James que, graças aos seus esforços, conseguiu estabelecer os ducados nativo-americanos. A oposição é *essencial* para o governo, como o oxigênio para o fogo. Agora essas vozes, esses movimentos, estão vindo da sua geração. — O olhar amável do rei pousou em Sam. — Se bem que, historicamente, as pessoas que dão início à mudança costumam fazer isso de fora da monarquia, não de dentro.

— Como assim? — perguntou ela, confusa.

— Estou falando de *você*, Sam — disse o rei, esboçando um meio sorriso. — Você nunca hesitou ao dizer à nossa família quando cometemos um erro.

Ela soltou um suspiro divertido.

— Você está mesmo me *agradecendo* por ser encrenqueira?

— Vamos chamar de "rebelde" — brincou o pai. — Soa um pouco melhor.

Sam perdeu o sorriso ao olhar para a carta nas mãos dele, ainda fechadas.

— Como você responde a essas pessoas que te escrevem?

— Com honestidade e respeito. Se posso ajudar com o que pedem, normalmente é o que eu faço. Mesmo que signifique contornar as regras oficiais e fazer uma doação particular. A sensação de fazer a diferença na vida de alguém, mesmo que pouca, é agradável. Principalmente nos dias em que sinto que não consegui resolver problemas maiores.

Seu pai abriu o envelope e alisou a carta na superfície da mesa. As palavras seguintes foram mais suaves, quase como se falasse para si.

— Muitas vezes me pergunto qual deve ser a sensação de pedir ajuda cegamente dessa forma, de escrever uma carta para o rei e esperar a resposta. Queria ter alguém com quem contar para conselhos. Mas tudo que me resta é rezar.

Sam não tinha esperança de fazer exatamente o que ele descreveu, despejar todos os problemas nos ombros do pai? Queria que ele lhe dissesse que tudo ficaria bem, como sempre fizera quando a filha era pequena. Ela se deu conta de que esses dias ficaram no passado.

Sam olhou pela janela, com a vista embaçada. Havia um buraco na estrutura de ferro, que seu pai sempre jurou ter sido causado por uma bala de revólver numa tentativa de assassinato do rei Andrew. Tentou se concentrar naquilo, desesperada, para não chorar na frente dele.

— Sam — começou a dizer seu pai, mas, antes que pudesse terminar, teve um repentino acesso de tosse e tirou um lenço do bolso para cobrir os lábios. — Desculpa — disse ele, com um sorriso ofegante —, minha garganta está meio seca.

Sam fez que sim em silêncio.

Por fim, ele recostou-se no assento, devolveu o lenço ao bolso e pressionou as mãos sobre a carta do cidadão, alisando distraidamente as dobras.

— Eu queria te agradecer. Percebi todo o seu esforço para fazer com que o Teddy se sentisse parte da família. Sua mãe me disse que você ajudou a escolher o anel de noivado da Beatrice.

— Não fiz grande coisa. — A culpa corroeu o estômago de Sam.

— Sei que você nunca soube muito bem qual deveria ser seu papel no futuro, que às vezes se sente deslocada. — Seu pai a olhou atentamente. — Mas a Beatrice vai precisar contar com você quando for rainha, um dia.

Sam notou o acréscimo de "um dia".

— Contar comigo para o quê? — Ela sacudiu a cabeça, confusa. — Não sou tão inteligente quanto a Beatrice.

— Existem muitas maneiras de ser inteligente, Sam. Não se trata apenas de livros e decoreba. Também envolve sabedoria, paciência e compreender as pessoas, algo que você sempre foi capaz de demonstrar. Sem contar que a Beatrice vai estar cercada de cortesãos lhe dizendo o que ela quer ouvir, e você, como já deixamos bem claro, não sofre desse problema. — Ele disse com leveza, mas Sam sentiu um tom de urgência nas palavras.

— A Beatrice vai contar com você para ouvir a verdade nua e crua. Espero que você lhe ofereça apoio quando necessário e a critique quando ela merecer. É para isso que servem os irmãos.

— Você tem razão — disse Sam com a voz rouca. Como irmã de Beatrice, Sam deveria ter sido sua crítica mais atenciosa, mas também sua defensora mais feroz. Em vez disso, passara anos tratando a irmã como se as duas estivessem em lados opostos do campo de batalha.

Bem, isso acabara na noite anterior.

Seu pai esboçou um sorriso.

— Sempre achei que você e a Beatrice formam uma grande equipe, que representam diferentes aspectos da monarquia. Vocês são como Eduardo, o Príncipe Negro, e João de Gante.

— Eu sou *João de Gante* na analogia? — protestou Sam. — Ele se casou por dinheiro, manipulou o sobrinho e não chegou a tentar roubar o trono de Castela também?

O rei ergueu as mãos num gesto de rendição.

— Os primeiros anos! — disse ele. — Quando eram adolescentes, o rei Eduardo III usou o Príncipe Negro e João de Gante para diferentes propósitos políticos. Eram irmãos muito unidos que claramente confiavam um no outro e eram capazes de dividir as tarefas de um jeito que fazia sentido. Tinha muitas coisas que o Príncipe Negro, como herdeiro do trono, não podia fazer, mas João de Gante se encarregava delas.

— Tipo o quê, recolher impostos? — brincou Sam.

Seu pai riu com apreço.

— Isso não está de todo errado. Às vezes, você vai ter que agir como um para-raios. Lidar com toda a negatividade e a inveja que as pessoas não se atrevem a mostrar à Beatrice. Mas você já sabe disso.

Sam piscou os olhos, surpresa. Nunca tinha pensado dessa maneira. Que algumas das críticas feitas a ela poderiam ser, na verdade, críticas direcionadas a *Beatrice*, ou à monarquia em geral, e que foram canalizadas para ela porque não havia outro caminho.

Talvez esse fosse apenas mais um aspecto de ser a princesa reserva.

— Como chefe de Estado — prosseguiu o rei —, a Beatrice não vai poder se encarregar de nenhuma causa beneficente. Ela não pode demonstrar nenhum tipo de preferência pessoal. Mas você pode. Esse é um dos pontos fortes inerentes à monarquia, você não busca a reeleição, como os membros do Congresso; não tem motivações políticas, mas tem continuidade. Você pode se deixar guiar pelo bom senso e pela empatia, de um jeito que, para eles, seria impossível.

Seu pai nunca tinha falado com ela desse jeito, como se a filha pudesse fazer a diferença. Sam se sentou na beirada da cadeira.

— O que você quer que eu faça?

— Esperava que você assumisse um papel mais ativo na Fundação Washington. Gostaria de lhe oferecer uma vaga no conselho — anunciou o rei.

A fundação era uma instituição de caridade que doava milhões de dólares todos os anos, em geral por meio de iniciativas novas ou negligenciadas, para as quais contribuía com grandes quantias e ajudava a aumentar a conscientização. O bisavô de Sam a criara havia muitos anos, quando se deu conta de que não podia realizar muito por meio do governo. A fundação lhe proporcionou um meio direto para ajudar o povo americano, sem ter que convencer o Congresso a aprovar novas leis.

— Obrigada, pai. — Sam sentiu-se estranhamente honrada.

— Não precisa me agradecer — disse ele com voz rouca. — Você fez por merecer. Fiquei te observando no abrigo ontem. Você tem um talento natural, em especial com as crianças pequenas. Você se faz de boba, ri e pula com elas como se ninguém tivesse vendo. Chegou até a se lembrar daquele garoto da última visita.

Quando visitaram o abrigo, Sam reconhecera uma das crianças do ano anterior, um menino chamado Pete, que tinha lhe contado sobre sua música. Ela perguntara se ele ainda tocava violão, e ele saíra correndo atrás do instrumento, encantado de saber que a princesa se lembrava. No fim das contas, a visita se transformou num divertido show improvisado.

Sam deu de ombros.

— Não foi nada.

— Para aquele garotinho foi muito importante, sem dúvida — insistiu o rei. — Essa é uma das suas qualidades mais incríveis, Sam. Você não é pretensiosa, faz as pessoas se sentirem ouvidas. As pessoas se identificam com você, e isso é algo que cairia bem à monarquia.

Sam pensou no que dissera a Beatrice na noite anterior, que a irmã precisava encontrar uma maneira de fazer com que sua vida lhe pertencesse. Talvez ela devesse fazer o mesmo. Podia até ser a princesa suplente, mas ainda era *ela*. Talvez pudesse usar sua posição para fazer algo significativo, para fazer de fato a diferença.

— Sinto muito se pressionei demais — prosseguiu o rei, olhando para a mesa. — Achei que você precisasse contar com a minha experiência, quando a verdade é que, desde o início, era eu quem precisava da sua inexperiência. — O rei abriu um sorriso. — Você é uma força da natureza, Sam. Quando é você mesma, é a arma secreta da família.

— Pai — Ela teve que engolir em seco para manter a voz firme. — Obrigada. Significa muito saber que você acredita em mim.

— Sempre acreditei. Sinto muito por não ter me saído tão bem em demonstrar — admitiu ele. — Agora, o que queria me perguntar? Você não veio aqui para conversar sobre alguma coisa?

Sam contemplou o sorriso calmo do pai, os firmes olhos castanhos, cheios de sabedoria. De repente, não se sentia mais capaz de acusá-lo. O rei contaria a ela sobre a doença quando se sentisse pronto. Enquanto isso, cada momento com ele seria um presente.

— Não, não era nada. Só queria passar um tempinho com você. — Seus olhos se voltaram para a Caixa. — Posso te ajudar com isso?

— Quer responder essa aqui para mim? — sugeriu ele, e deslizou o envelope na direção da filha.

— Tenho que assinar como se fosse você?

— Pode ser — disse seu pai. — Ou com o seu nome. Acho que o autor da carta adoraria saber de você.

Sam fez que sim, e o sol iluminou seu cabelo conforme ela se inclinava sobre o papel.

— Eu te amo, pai.

Sua Majestade abriu um sorriso.

— Também te amo, filhota. Muito.

30

DAPHNE

Daphne mudou de faixa com uma guinada agressiva, resistindo ao impulso de ultrapassar o limite de velocidade. Não podia se dar ao luxo de ser parada por um guarda, por mais que fosse capaz de convencê-lo a não lhe dar uma multa.

Finalmente chegara o momento de enfrentar Nina Gonzalez.

Uma semana depois do vazamento das fotos de Nina e Jefferson na festa da fraternidade, o problema só tinha piorado. Seja lá o que tivesse acontecido naquela noite parecia ter servido para resolver todas as diferenças do casal. Desde então eles andavam juntos por *toda parte*. Em uma cafeteria local, em assentos de primeira fila num jogo de basquete, caminhando pelo campus da King's College.

Daphne sabia que a mãe tinha razão, precisava conversar com Nina, a sós. Não deveria perder tempo tentando entrar em contato com o príncipe quando Nina claramente era o ponto fraco no relacionamento dos dois.

Mas, planejar uma situação em que pudesse falar com Nina sem Jefferson por perto fora mais difícil do que Daphne havia previsto. A princípio, tinha pensado em segui-la fora das aulas, mas Daphne sabia que seu rosto era muito familiar. Alguém a veria e ligaria os pontos, então ela ia acabar fazendo o papel da ex-namorada maluca que fica à espreita do lado de fora do dormitório da namorada nova.

Por fim, configurou alertas de internet para avisá-la quando o nome de Nina fosse mencionado, além de monitorar de perto as várias hashtags sobre Nina e Jefferson. Vinte minutos antes, alguém finalmente tinha feito um post, uma foto tremida de Nina dando uma olhada nos vestidos de grife da Halo.

A Halo era uma butique que existia havia décadas no centro de Herald Oaks, e todos sabiam que a loja tinha a melhor seleção de vestidos da cidade. Daphne não podia acreditar que Nina tinha dado as caras por lá. Será que não percebia que estava na loja preferida de Daphne, no *território* dela? Era quase como uma declaração de guerra.

Lembrou do convite que sua família havia recebido no início da semana, em papel creme com bordas douradas, estampado com o brasão dos Washington.

O Lorde Camareiro, a pedido de Suas Majestades,
solicita a honra de sua presença
em uma recepção em homenagem
à Sua Alteza Real Beatrice Georgina Fredericka Louise
e Lorde Theodore Beaufort Eaton,
a ser realizada na sexta-feira, sete de fevereiro, às oito da noite.
Solicita-se resposta dirigida aos cuidados do Lorde Camareiro.
Palácio de Washington

Daphne tinha toda a intenção de comparecer à festa de noivado. Se Nina e Jefferson estiverem juntos por lá, ela se certificaria de que, até o fim da noite, não estivessem mais.

Ela entrou de supetão no estacionamento da Halo, com os nervos à flor da pele, e atravessou as portas da frente como um furacão. Precisava agir depressa, não fazia ideia de quanto tempo Nina ficaria ali. Isso se já não tivesse ido embora.

Tinha muita gente dentro daquele espaço de pé-direito alto. Um casal dando uma olhada na vitrine de joias, duas mulheres que riam enquanto compravam bolsas acolchoadas idênticas. Daphne não conseguia entender mulheres que iam juntas às compras e levavam as mesmas peças. Será que não percebiam que o verdadeiro propósito das roupas era dar destaque à pessoa?

Alguns olhares se voltaram para ela ao reconhecê-la, embora ninguém tivesse a cumprimentado. Daphne ficou se perguntando quem teria publicado aquela foto nada lisonjeira de Nina. Esperava que também tivessem a ideia de tirar uma foto *dela*, já que estava espetacular com seu suéter marfim sem mangas e sua calça de couro cor de creme. Para ostentar aquele estilo monocromático de inverno era preciso ter um corpo absolutamente perfeito. O que era o caso de Daphne.

— Daphne! Não sabia que você vinha. Tenho alguns vestidos reservados para você lá nos fundos para a festa da Beatrice. — Era seu vendedor favorito, Damien.

Poucos anos mais velho que Daphne, com olhos azul-claros e um sorriso que provavelmente já tinha levado inúmeras mulheres a comprarem coisas que não precisavam.

— Sem problema. Só vim para dar uma olhadinha. — Daphne tentou minimizar a estranheza, mas sabia que Damien não estava acreditando. Nunca na vida tinha ido à Halo só para "dar uma olhadinha". Ela *sempre* lhe mandava mensagem com antecedência, para que ele soubesse para qual evento, na interminável rotação de cerimônias oficiais, ela precisava se vestir. Assim, quando Daphne chegava, ele já tinha um provador pronto para ela, cheio de opções.

Antigamente, Damien permitia que Daphne devolvesse os vestidos que usava. Ela deixava as etiquetas, escondia atrás do sutiã quando dava, depois levava os trajes de volta à Halo no dia seguinte. Damien nunca dizia nada, simplesmente lhe dava uma piscadela e fazia o reembolso. Assim que o relacionamento com o príncipe Jefferson veio a público, ele convenceu o gerente a dar a Daphne um desconto promocional, para que ela pudesse comprar as peças a preço de custo. Mesmo depois que ela e o príncipe terminaram, o desconto tinha sido mantido.

— Você vai amar os vestidos que acabaram de chegar — disse Damien, enquanto tentava levá-la na direção oposta, muito determinado. — Tem um rosa-claro que vai ficar *perfeito* em você. A Arabella Skyes tentou comprar ontem, mas eu disse a ela que já estava reservado. — Ele acenou para outro vendedor, que saiu apressado, provavelmente para buscar o vestido em questão.

Daphne sabia o que ele estava tentando fazer, envolver o restante da loja numa conspiração silenciosa para mantê-la longe de Nina, e ela o adorou ainda mais por isso. Mas de forma alguma seria dissuadida de sua missão.

— Na verdade, queria olhar a seção de roupas de gala sozinha dessa vez — disse Daphne, e seguiu em direção à parte da loja que abrigava todos os vestidos. Daquela vez, Damien não fez nada para impedi-la.

Como era de esperar, ali estava Nina, dando uma olhada nos vestidos com expressão de perplexidade. Daphne notou, satisfeita, que ela estava usando uma legging preta com uma blusa larguinha que mais parecia pertencer à avó de alguém. Seus coturnos faziam um ruído indigno a cada passo.

Será que Nina não percebia que se tornara uma figura pública e que não podia sair de seu dormitório a menos que estivesse perfeita?

— Nina! — disse Daphne, satisfeita por soar verdadeiramente surpresa. — Que coincidência. A Samantha tá aqui?

— Ah, hm. Daphne. Oi — gaguejou Nina, evidentemente pega de surpresa. — A Sam não está, na verdade. Vim sozinha.

Daphne notou uma anomalia no tom de voz de Nina e ficou alerta. Era evidente que acontecera alguma coisa entre as duas supostas melhores amigas.

Talvez Samantha não aprovasse o relacionamento de Nina com o irmão gêmeo. Talvez fosse *isso* que tenha incomodado a princesa na festa de réveillon, motivo pelo qual passara a noite sozinha no bar, em busca de alguém que bebesse com ela. Porque tinha acabado de descobrir que o irmão e a melhor amiga estavam saindo às escondidas.

Daphne largou o macacão estampado que fingia examinar.

— Honestamente, não sei quem decidiu que macacões contavam como traje formal — disse para puxar assunto. — Sei que nossas pernas ficam incríveis com eles, mas não dá para entrar na festa de noivado da Beatrice usando *calça*. É por isso que está procurando vestido, né?

— Tentando — respondeu Nina, sem jeito.

Então ela *ia* à festa, afinal. Pelo menos Daphne ficou sabendo de antemão. Daria um jeito. Ela era Daphne Deighton e conseguia consertar qualquer situação.

— Estava mesmo esperando te encontrar. Como você tem passado depois daqueles artigos horríveis?

— Prefiro não falar sobre isso, na verdade — respondeu Nina, fingindo examinar uma etiqueta com o preço, seu desconforto era evidente.

— Também já passei por tudo isso, você sabe — disse Daphne afetuosamente. — Sei bem como é horrível. Só queria dizer que estou aqui, caso precise de qualquer ajuda.

Nina parecia confusa com aquele gesto inédito de amizade vindo da ex do namorado.

— É muito gentil da sua parte, mas eu não ia querer te incomodar — disse ela com cautela.

Daphne sacudiu a cabeça.

— Eu e o Jefferson somos amigos — insistiu. — Sei que nós duas nunca fomos próximas, mas está claro que ele se importa com você. Pode acreditar, eu entendo. Provavelmente sou a *única* pessoa no mundo que entende.

Ela viu que Nina a ouvia, baixando a guarda sem poder evitar.

— É horrível mesmo — arriscou Nina.

— Não é? — disse Daphne, e seus olhos se encontraram num gesto que Nina certamente interpretou como empatia.

— Esse vestido ficaria lindo em você — prosseguiu Daphne, tomando as rédeas daquela conversa com pulso firme. — Mas é muito grande. Onde será que está o Damien?

Como imaginava, o vendedor apareceu no mesmo instante. Era provável que estivesse bisbilhotando a conversa do outro lado da arara de roupas. Daphne não se importava. Se ele vendesse a história à imprensa, pegaria muito bem para ela.

— Será que você poderia nos arrumar um provador e separar alguns vestidos para Nina? — pediu ela com voz doce enquanto conduzia a outra garota.

— Não posso, você não precisa...

— Ah, vamos, o baile é daqui a poucos dias, e você claramente não estava fazendo nenhum progresso por conta própria — lembrou-lhe Daphne. — Além disso, é bem mais divertido do que fazer compras sozinha.

Em questão de minutos, estavam nos fundos da loja com duas araras cheias de vestidos. Havia dezenas de opções. Seda e chiffon, mangas bufantes e sem mangas, justos e mais soltinhos. Daphne percebeu com satisfação que Damien não havia *de fato* selecionado as melhores opções, como se quisesse minar secretamente seus esforços para ajudar Nina. A ideia a comoveu.

Ela sorriu e começou a examinar os vários vestidos, descartando os rejeitados com determinação brutal. Enquanto Nina entrava numa das cabines para experimentá-los, um atrás do outro, Daphne não deixava o assunto morrer. Confessou que a revista *People* havia detonado a primeira roupa que ela usara em público. "Era um vestido verde horrível que me fazia parecer enjoada; não sei o que passou pela minha cabeça" e que, nas primeiras semanas, lia cada um dos milhares de comentários que surgiam nos artigos on-line.

"Não conte seus segredos a ninguém", a mãe de Daphne sempre dizia, "mas faça com que as pessoas acreditem que você os contou. Isso cria uma ilusão de intimidade".

— Eu também leio todos os comentários! Bom, por um tempo. No fim das contas, acabei deletando todos os perfis das redes sociais — disse Nina por trás da porta do provador. — Você nunca fez isso, né?

— Acho que pensei que, se eu fugisse, os *haters* venceriam — replicou Daphne, simplesmente.

Nina se pôs na frente do espelho com um vestido preto de caimento reto que não caberia em Daphne por ter peito demais. É claro, o cabelo de Nina era opaco e sem luzes, ela estava sem maquiagem e as unhas não estavam feitas. Mesmo assim, até que não ficou mal.

— Como foi que você fez para que todo mundo... — Nina hesitou, soando vulnerável. — Para que todo mundo *gostasse* de você?

"Eles nunca vão gostar de você, porque vão sempre me amar."

Em voz alta, respondeu:

— Mais cedo ou mais tarde, vão acabar gostando. Depois vão deixar de gostar, depois gostar de novo, e por aí vai. As coisas são assim.

Daphne deu de ombros, como se não importasse, e mudou de assunto.

— Esse vestido aí, não sei, não. É meio sem graça — declarou, e tirou de uma das araras um vestido tipo sereia, na cor marfim, de um ombro só. — Que tal esse?

Nina franziu a testa, intrigada.

— Não é esquisito usar branco numa festa de noivado? Não quero que ninguém fique pensando que estou tentando roubar o brilho da Beatrice.

Oops. Nina crescera ao lado da família real, claro que não cairia num truque tão barato.

— Verdade — concordou Daphne, sem titubear. — Não pensei direito, desculpa.

— Vou experimentar esse aqui — disse Nina, que pegou um vestido azul-marinho ornamentado com um padrão em veludo preto e fechou a cortina do provador.

Não suspeitava de nada. Só isso explicaria por que sua bolsa, uma de palha de quinta categoria, que só deveria ser usada no verão, estava bem ali no corredor, implorando para ser revistada.

Com um único movimento discreto, Daphne a abriu e tirou de dentro o celular.

Era protegido por impressão digital. Daphne deslizou a tela para ativar a câmera, depois clicou no ícone no canto inferior esquerdo para vasculhar as imagens salvas no rolo de Nina. Certamente haveria algo comprometedor, que Daphne pudesse enviar a si mesma para acabar com essa garota de uma vez por todas. Foi passando uma foto atrás da outra, sem fôlego, mas não encontrava nada além de prints de deveres de casa, fotos de livros — *livros!* — e uma ou outra selfie com uma garota de cabelos escuros que Daphne não reconheceu.

Que perda de tempo. Nina era esperta o suficiente para não tirar nenhuma foto com Jefferson, muito menos com lingeries sensuais.

A cortina se abriu. Rapidamente, Daphne devolveu o celular à bolsa e recuou um passo.

— Ficou absolutamente *perfeito* — disse ela, entusiasmada. — Acho que nossa missão está cumprida.

— Acha mesmo? — Nina girou de um lado para o outro para se examinar de perfil. — Mesmo de salto, talvez fique um pouco comprido...

Daphne fez que sim. Esforçou-se para não parecer tão satisfeita consigo mesma ao dizer:

— Não se preocupe com isso, a loja faz a bainha para você. Vou falar com uma das costureiras agora mesmo.

"Pobre Cinderela", pensou Daphne presunçosamente, "cuidado com a fada madrinha em quem você confia. Pode ser que não tenha um vestido para o baile, no fim das contas."

31

NINA

Na mesma semana, Nina atravessou as portas de vidro da Halo e dirigiu-se ao balcão de mármore onde ficava o caixa. Ficou surpresa ao ver como a loja parecia diferente desde a última vez em que estivera ali. Estava completamente vazia e revirada, como se tivesse sido saqueada por um bando de socialites desesperadas.

Que bom que Nina tinha comprado seu vestido antes do frenesi de última hora.

A atendente do balcão, que digitava no celular com indiferença, ergueu os olhos com a chegada de Nina.

— Posso ajudar?

— Meu nome é Nina Gonzalez. Vim buscar um vestido que precisou de uns ajustes — explicou Nina. A vendedora deixou escapar um suspiro de cansaço e desapareceu na sala dos fundos.

Ao entrar na loja no fim de semana anterior, Nina logo ficara perplexa, tinha muitas opções de vestido, em estilos variados. Desejara mais que tudo poder contar com a ajuda de Samantha, só que ela e a princesa ainda estavam brigadas.

Nina entrara em estado de alerta quando Daphne surgiu. Tinha presumido que as duas trocariam meia dúzia de amenidades e voltariam a se ignorar. Mas, para sua completa surpresa, Daphne sugerira que fizessem compras *juntas*.

Não conseguiu pensar numa desculpa rápida. Sentia que a butique inteira as observava e sabia que, caso se recusasse, a história acabaria na internet. A doce Daphne oferecera ajuda, mas Nina a rejeitara sem dó nem piedade. Assim, resignara-se ao inevitável e seguira em direção aos fundos da loja, onde acabara por encontrar um lindo vestido azul e preto.

Nunca na vida Nina tinha gasto tanto dinheiro numa única peça de roupa, mas disse a si mesma que valia a pena. A festa de noivado de Beatrice era uma noite importantíssima para ela e Jeff, porque seria o primeiro evento familiar dos Washington a que os dois compareceriam como casal. Diante do mundo todo e de toda a imprensa ali reunida.

Nina mudou o peso de uma perna para a outra, impaciente. Ao menos estava mais bem-vestida do que da última vez que estivera ali.

Nada disso era fácil para ela, porque aquele estilo country club era o oposto do dela, mas Nina começava a pensar nele mais como uma fantasia. Como se tivesse sido escalada para um filme. Naquele dia, por exemplo, estava interpretando o papel de "Namorada do príncipe indo buscar seu vestido para o baile". A personagem usava vestido de manga comprida, meia-calça e brilho labial nude.

— Sinto muito, mas seu vestido não está aqui — disse a vendedora, surgindo por detrás de uma cortina que, ao que parecia, levava ao estoque.

Nina olhou de relance para o crachá da garota e esboçou um sorriso.

— Lindsay. Sabe quando vai ficar pronto? Preciso dele para amanhã à noite.

Lindsay sacudiu a cabeça.

— Não temos nada com seu nome.

— É azul-marinho com detalhes em preto. Estava separado para fazer a bainha — disse Nina, e se deu conta de que estava balbuciando. Ela engoliu em seco e tentou pensar em como Samantha lidaria com a situação. — Estive aqui no domingo com Daphne Deighton. Damien nos atendeu.

— O Damien está de folga hoje.

— Poderia olhar de novo, por favor? — Nina ignorou a onda de pânico que revirava seu estômago.

A vendedora foi ao computador. Digitou no teclado por alguns instantes antes de franzir a testa.

— Nina Gonzalez?

— Isso. — Nina estava a ponto de dizer: "Não me conhece?", mas se deteve a tempo. Essa fama instantânea estava mexendo com a cabeça dela.

Lindsay franziu a testa ainda mais.

— Você cancelou o pedido.

— O quê? Não cancelei.

— Cancelou, sim — insistiu Lindsay. Ela falava com energia, com uma espécie de prazer, como se aquela prova a redimisse. — Está registrado bem aqui: você ligou na mesma tarde para cancelar a compra. Disse que tinha encontrado outra peça da qual gostava mais.

— Não fui eu — explodiu Nina. — Não sei quem foi, mas vocês devem ter trocado os nomes, devem ter me confundido com outra cliente. Eu não cancelei a compra.

Lindsay exalou um suspiro que deixava bem claro que aquilo não era problema dela.

— Nós reembolsamos o dinheiro no seu cartão de crédito, já que não tínhamos começado a fazer os ajustes — informou, como se Nina devesse ficar animadíssima por ter o dinheiro de volta.

O coração de Nina batia desesperadamente no peito.

— A festa de noivado é *amanhã*. Tenho que estar lá, no baile, com o Jeff!

— Não sabia que você iria ao baile com Sua Alteza — respondeu Lindsay. Nina supôs que a vendedora estava tentando lembrá-la de que, como plebeia, ela deveria ter se referido a Jeff da maneira correta.

— Cadê o vestido? Vou mandar fazer os ajustes em outro lugar. — Nina engoliu em seco. Estava a ponto de soar histérica.

— Lamento informar que outra pessoa comprou o vestido alguns dias atrás — respondeu Lindsay, e Nina percebeu que a vendedora já não fingia não saber a qual vestido ela se referia. — Mas, é claro, fique à vontade para dar uma olhada nas araras e ver o que ainda temos disponível. Mas imagino que muitas das peças que sobraram não sejam do seu tamanho. Foram dias de muito movimento.

— O que está acontecendo aqui? — perguntou um homem de cabelos grisalhos e óculos de armação metálica enquanto saía da sala dos fundos. Ele perscrutou Nina com evidente desgosto. — Algum problema?

Foi então que Nina percebeu o que estava acontecendo.

Essas pessoas estavam tentando se livrar dela. Sabiam muito bem quem ela era e não a aprovavam. Não aprovavam sua procedência, nem seu estilo, nem a maneira com que supostamente havia "roubado" Jeff. Esse era o tipo de gente que postava todos aqueles comentários horríveis na internet.

Os poucos clientes ali presentes os olharam, curiosos pelo drama que se desenrolava bem diante de seus olhos.

Nina nunca tinha chorado por *roupas*, mas se viu à beira das lágrimas. Esforçou-se ao máximo para contê-las. Fazer uma cena em público só resultaria em mais artigos difamatórios, ao lado de fotos de seu rosto ruborizado e aborrecido.

Como ia encontrar um vestido de gala de um dia para o outro? Antes, quando ia a esse tipo de evento, Samantha lhe emprestava alguma peça, mas dessa vez não seria possível.

Seus ombros despencaram. Nina se lembrou do que Sam lhe dissera quando foi ao seu dormitório e tudo acabou naquela briga terrível. "Você é como uma irmã para mim."

Até então, Nina estivera focada em se lembrar de todas as vezes em que Samantha tinha sido insensível ou egoísta. Mas, outra memória veio à tona. Da época em que Nina fizera o terrível corte tigelinha, aquele que Jeff mencionara no Wawa. As garotas da escola passaram a implicar com ela sem dó nem piedade.

Quando Nina contou a Sam o que tinha acontecido e que teria que aturar aquele corte por meses, até que o cabelo crescesse de novo, Sam pegou uma tesoura e fez o mesmo corte no próprio cabelo, num gesto de solidariedade. E, claro, sendo a princesa, ela conseguiu deixá-lo na moda, fazendo de Nina uma criadora de tendências, salvando-a, assim, do ostracismo social no quinto ano.

Nina tinha acusado Sam de não valorizá-la, mas lhe ocorreu que talvez ela tenha feito o mesmo. Eram amigas há tanto tempo que ela passara a ver a amizade das duas como algo permanente, tão imutável e seguro quanto o Monumento Georgiano.

Nina se encolheu ao lembrar de algumas das coisas que dissera. Bem, ela ia ver Samantha no baile do dia seguinte, de qualquer maneira, bem que podia adiantar-se em um dia. Nina precisava da ajuda de Sam.

E do perdão da amiga.

32

SAMANTHA

Samantha estava sentada de pernas cruzadas no sofá, lendo distraidamente um artigo no laptop, quando ouviu uma batida tripla familiar na porta.

Deixou o computador de lado, certa de que ouvira mal ou de que um dos criados a tinha visto usar aquela batida e estava tentando provocá-la. Mas, ao abrir a porta, deu de cara com Nina.

Sam desejou poder abraçar a amiga e desabafar sobre tudo que tinha acontecido desde a briga. Nina e Jeff podiam até ter feito as pazes, Jeff contara tudo a Sam logo depois do ocorrido, e Sam tinha visto fotos dos dois juntos na semana anterior. Só que ela e Nina ainda não tinham se falado desde aquele dia fatídico no dormitório. O silêncio vibrava com todas as coisas que tinham gritado uma para a outra.

Nina pigarreou. Estava vestida de uma maneira totalmente atípica, com um vestido conservador e meia-calça, e o cabelo normalmente ondulado estava puxado para trás.

— Desculpa vir sem avisar. Eu só estava aqui perto, e pensei... — Nina deixou a frase no ar, confusa.

Sam franziu a testa.

— Nina, o que houve?

— Não acredito que estou prestes a dizer isso, mas tenho uma emergência de moda.

— Emergência de moda? — Um sorriso surgiu no canto dos lábios de Sam. Tinha certeza de que Nina nunca usara aquela expressão antes.

Nina assentiu com a cabeça rapidamente, de modo que algumas mechas de cabelo escapuliram do coque. Assim parecia mais com ela.

— Houve um mal-entendido com os ajustes do meu vestido e agora não tenho nada para usar amanhã. Todas as lojas da cidade estão reviradas. Você sabe onde eu posso encontrar um vestido de última hora? — perguntou em voz baixa.

Sam já nem tentava mais esconder o sorriso. Considerando os outros problemas monumentais que enfrentava no momento, era um alívio e tanto encontrar um que pudesse de fato resolver.

— Parece que precisamos ir às compras. — Ela pegou Nina pelo pulso e a puxou para o corredor.

— Não tem mais nenhum vestido na cidade inteira, andei procurando — Nina começou a protestar, mas Sam continuou conduzindo a amiga, um corredor atrás o outro.

— Vamos às compras aqui mesmo. — Ela parou quando chegaram a uma tela metálica sensível ao toque. Sam passou as digitais e a porta abriu sem fazer barulho.

Nina arregalou os olhos.

— Pensei que você só tivesse acesso por biometria ao cofre das Joias da Coroa.

— Não é o cofre das Joias da Coroa, mas é quase tão bom quanto. — Samantha entrou, animada, e as luzes controladas por sensores de movimento se acenderam.

Estavam diante de um armário de tamanho industrial, pelo menos cinco vezes maior do que o quarto de Sam. Em três das paredes havia barras suspensas abarrotadas de todo tipo de vestido que se possa imaginar: vestidos de gala, vestidos curtos com lantejoulas e vestidos leves para se usar de dia. A última parede consistia em uma série de prateleiras revestidas de uma luxuosa camurça preta, repletas de acessórios. Chapéus, luvas e bolsas de todos os tamanhos, das mais funcionais, de couro, às mais ornamentadas, tão pequenas que mal comportavam um brilho labial. Incontáveis pares de sapatos estavam alinhados como uma variedade de doces coloridos e brilhantes.

No canto mais distante, ficava a plataforma de costureira, diante de um enorme espelho de três lados. Na parede, um interruptor para escolher entre LUZ DO DIA, SALÃO DE BAILE, TEATRO, JANTAR e NOITE. Sam nunca tinha entendido direito como as configurações de "teatro" e "jantar" eram diferentes de "noite", mas e daí? Era divertido brincar com elas.

— Bem-vinda — entoou Sam na voz de um apresentador de *game show* — ao Armário de Gala.

— O que é tudo isso, quer dizer…

— É o armário coletivo que eu, Beatrice e minha mãe dividimos. Só vestidos formais e de gala. Vários ainda nem foram usados.

Nina girou lentamente.

— Como é que eu nunca estive aqui?

— Porque nunca tivemos um alerta vermelho de emergência de moda antes. — Como Nina não riu da piada, Sam pigarreou. — Toda vez que algum evento se aproximava, eu simplesmente separava algumas opções para você. Presumi que você não *quisesse* vir.

Nina se encolheu com as palavras, e Sam se deu conta de que dissera a coisa errada, acabou fazendo Nina se lembrar de todos aqueles comentaristas de portal que ridicularizavam seu senso de moda. Distraidamente, Nina puxou a bainha de seu vestido de manga comprida.

— Você tem razão. Eu não entendo nada desses trecos.

Sam ficou feliz que a rainha não estivesse ali para ouvir Nina chamar de "trecos" aquela sala cheia de vestidos de alta costura no valor de milhares de dólares, com bordados intrincados, tecidos de *chiffon* e delicadas lantejoulas costuradas à mão.

— Não se preocupe, você está em boas mãos. Porque eu entendo. — Um sorriso tomou conta do rosto de Sam. — E passei anos esperando por esse momento. Você, Nina Gonzalez, não tem outra opção a não ser se tornar meu manequim humano.

Já estava rodando a primeira barra, sem deixar de papear.

— Você tem o torso bem comprido, então os vestidos da Beatrice vão ficar melhores em você do que os meus. É uma pena, porque meu estilo é *muito* mais divertido — brincou ela, enquanto pegava um design requintado após o outro. O vestido pêssego de gola alta da festa de gala do museu do ano anterior, coberto de minúsculos cristais que refletiam luz. Um vestido vermelho com arabescos pretos que desciam pela saia larga e pesada. Um vestido de seda fúcsia que Beatrice usara numa visita oficial à Grécia. Sam os jogou sobre o braço, um em cima do outro, em uma pilha de cores vivas.

Nina sacudiu a cabeça.

— Sam, não posso deixar você fazer isso. Eu estava economizando para comprar meu próprio vestido.

— Ótimo. Então amanhã você pode ir no salão para fazer pé e mão. Se dê esse presente.

— Sério. Eu não posso pegar nada emprestado da sua família.

Sam revirou os olhos.

— Quem disse, a polícia da moda?

— Foi o *Robert* que disse, quando foi na minha casa com um contrato de confidencialidade!

Sam ficou imóvel. Ela apertou um dos cabides revestidos de feltro com tanta força que quase o quebrou. Não era de surpreender que Nina pensasse que os Washington a faziam se sentir tão minúscula.

— Esquece o Robert. Ele não tem nada que ficar te dizendo o que fazer. Se ele disser qualquer coisa, eu o demito.

— Não sei se você tem autoridade para fazer isso — respondeu Nina, embora estivesse quase sorrido.

— Por favor — disse Sam, marcando bem as sílabas. — Não pode só experimentar algumas peças? Você é a amiga mais antiga que eu tenho, e *nunca* me deixou te vestir, não desse jeito.

— Você está se aproveitando do meu desespero — reclamou Nina, mas obedeceu e abriu o zíper do vestido para experimentar o primeiro que Samantha lhe ofereceu, um azul-cobalto justo, coberto de lantejoulas.

— E daí? — Sam abriu um sorriso enquanto deslizava várias opções de vestido pelas barras de titânio do armário. — Você vai mesmo me privar de algo que me traz tanta alegria?

— Você só gosta de fazer isso porque dá uma falsa sensação de controle num mundo caótico. — Nina se virou para que Sam pudesse fechar o zíper.

Sam foi pega de surpresa pela sacada da amiga. Mas, antes que pudesse responder, Nina se virou para encará-la. Suas bochechas estavam rosadas e seus olhos, brilhantes.

— Senti muita saudade, Sam.

Foi o suficiente para deter o turbilhão de Samantha, que congelou, fazendo com que os vestidos caíssem de seus braços e se amontoassem no chão.

Ela passou por cima das peças de alta costura como se fossem uma pilha de lenços de papel e envolveu a amiga num abraço.

— Odiei brigar com você.

— Foi péssimo! — disse Nina. — Desculpa ter estourado daquele jeito. Não foi justo da minha parte. É que eu estava tão abalada, por causa dos paparazzi e de todos aqueles comentários.

Sam recuou um passo.

— Andei pensando no que você disse, sobre o jeito como eu tratava você. Desculpa mesmo — disse ela com fervor. — Odeio ter feito você se sentir assim.

— Muito não era culpa sua.

— Mesmo assim. A partir de agora, você me diz como posso melhorar?

Nina sorriu.

— No momento, você pode me observar desbravando essa pilha enorme de vestidos e me dar sua opinião no processo.

— *Isso* eu posso fazer — garantiu Sam, e começou a recolher os vestidos espalhados pelo tapete.

Era um alívio saber que, apesar de tudo que estava errado no mundo, algo ali tinha se endireitado.

Conforme Nina experimentava um vestido atrás do outro, ela e Samantha iam pondo em dia o papo acumulado de semanas. Falaram sobre a reconciliação de Nina com Jeff, e sobre ela ter feito compras com *Daphne*.

— Isso é muito estranho — disse Sam, sem rodeios. — Ex-namoradas não vão simplesmente às compras com as namoradas atuais, não por vontade própria.

— Foi o que eu pensei. Quem sabe, pode ser que ela esperasse que alguém informasse tudo aos tabloides. Pegaria bem para ela.

Certamente era plausível, mas Sam não pôde deixar de pensar que havia mais coisa por trás dessa história. Tudo parecia conveniente demais para ser uma coincidência.

— Além disso — acrescentou Nina, arqueando a sobrancelha —, você não tem moral para falar. Se não me falha a memória, estava tomando shots com a Daphne na festa de réveillon.

Sam riu, quase tinha se esquecido disso.

— Só porque não consegui encontrar você! — protestou ela.

Até que tinha sido meio divertido tentar remover as camadas de comportamento impecável que envolviam Daphne feito uma armadura.

— E você, Sam? — perguntou Nina. — Você está bem, depois de todas aquelas notícias sobre a Beatrice e o Teddy?

Sam fez que sim, bem devagar.

— Eu e a Beatrice conversamos. No fim das contas, foi uma longa sequência de mal-entendidos entre a gente. E quanto ao Teddy — Sua voz falhou um pouco, mas ela seguiu em frente. — Estaria mentindo se dissesse que estou animada com a ideia, mas a Beatrice tem motivos para se casar com ele. E não é como se eu fosse capaz de impedi-la. Então, estou tentando fazer o melhor que posso para superar esse assunto. Tenho buscado distrações. Aliás…

Ela olhou para o vestido de Nina, coberto de pompons fofos na parte inferior, e segurou a risada.

— Você está parecendo um algodão-doce que passou pelo triturador. Próximo!

— Você e a *Beatrice* são amigas agora? — Nina sacudiu a cabeça enquanto tirava o vestido inadequado. — Quanto tempo a gente ficou sem se falar?

— Tempo demais.

— O que fez vocês duas se reconciliarem? Encontraram um inimigo em comum ou o que?

"Encontramos. O câncer do meu pai."

Sam mordeu o lábio para se conter. Queria contar a Nina sobre o prognóstico do pai. Sentira vontade de ligar e desabafar com a melhor amiga no segundo em que recebera a notícia.

Embora tirar aquele segredo das costas pudesse fazê-la sentir-se melhor, também era egoísta. Na verdade, o segredo não lhe pertencia e ela não tinha o direito de compartilhá-lo. E Sam não queria pôr o peso da doença do pai nos ombros de outra pessoa. Muito menos no de Nina, não depois de tudo pelo que a amiga havia passado recentemente.

Naquele momento, o que as duas precisavam era continuar jogando aquele elaborado jogo de se vestir de alta costura.

— Acho que eu e a Beatrice tínhamos muitas coisas para pôr em dia — explicou ela. — É como dizem, primeiro as irmãs, os namorados a gente vê.

Nina bufou.

— Não sei quem diz isso, mas tudo bem.

Sam pegou o vestido rejeitado, alisou as alças no cabide de veludo e passou para Nina um modelo azul-claro que se espalhou ao redor delas como uma cascata de seda.

— Além disso, vendo pelo lado bom, o noivado da Beatrice não desviou a atenção da mídia de você e Jeff? — perguntou Sam enquanto observava Nina entrar no vestido.

— Um pouco, sim. Só é bem frustrante ver o tanto de gente que me odeia sem nunca ter me *conhecido*.

— Quer que eu envie a equipe de segurança para dar uma lição nesse povo? — perguntou Sam, de repente se sentindo muito protetora.

Nina virou de frente e de costas na plataforma, ignorando diplomaticamente a oferta da amiga. Estava parecendo um bolo de casamento com cobertura azul.

— Não posso usar isso, de jeito nenhum.

— Experimenta um desses aqui — sugeriu Sam, separando alguns vestidos de caimento reto. — Promete para mim que não vai mais ler nenhum comentário de internet. Essa gente só está com inveja do quanto você é inteligente, equilibrada e segura. E, sabe, porque você está namorando um príncipe.

— Sam — Nina torceu as mãos, nervosa. — Você realmente está bem em relação a mim e o Jeff? Eu jamais ia querer fazer você se sentir esquisita, ou desconfortável.

— Minhas duas pessoas favoritas do mundo percebendo como são incríveis uma para a outra? Por que é que eu não ficaria tranquila com isso? — perguntou Sam, com um brilho travesso nos olhos. — Mas é claro, eu espero que vocês deem o meu nome à primogênita, já que fui eu quem juntei vocês.

O rosto da amiga enrubesceu, o que fez Sam rachar o bico.

— Tudo bem — concedeu ela. — Pensando bem, nossa família não seria capaz de lidar com outra Samantha.

Nina abriu um sorriso, com as bochechas ainda vermelhas.

— Só pode existir uma que nem você, Sam.

33

DAPHNE

Não havia sensação melhor do que entrar numa festa e saber que, de todas as jovens ali, você era sem dúvida a mais bonita.

Daphne entrou no salão de baile como um cisne ao entardecer, os olhos iluminados pelas expressões de admiração que se refletiam neles, sem contar os vários olhares de inveja. Seu vestido balançava de modo muito agradável, acompanhando seus movimentos. Era de uma cor suave, entre champanhe e rosa-claro, com alças delicadas que deslizavam sobre seus ombros, e várias camadas de tule que caíam em cascata como pétalas. Seu cabelo estava solto em cachos brilhantes que lhe cobriam as costas.

Ela viu a princesa Juliana, da Holanda, conversando com lady Carl, que parecia muito séria num longo vestido preto, será que não sabia *nada* de etiqueta? Não pegava bem usar preto numa festa de noivado. E ali estava Herbert Fitzherbert, aquele de nome infeliz, flertando sem jeito com um dos cavalariços mais bonitos do rei. Fragmentos de diferentes conversas chegavam aos seus ouvidos.

— ... eu até que demitiria meu assistente, mas a essa altura, ele sabe coisas demais a meu respeito...

— ... não, a melhor torrada com abacate é a de Toulouse, com certeza. Vou te levar a um *brunch* amanhã...

— ... ela não é mal-educada, só é francesa. Se você queria ser paparicada, deveria ter trabalhado na embaixada sueca...

— ... ouvi dizer que Sedley pretende acabar com essa proposta assim que for publicada...

Todos paravam para cumprimentá-la conforme passava, prendendo a respiração com toda sua beleza. Daphne deu a cada um deles um sorriso sereno, sem revelar a ansiedade que sentia ou como seus músculos estavam tensos por baixo do vestido. Era como uma corredora olímpica pronta para o tiro que dava a largada. À espera de Jefferson.

Então viu Ethan Beckett se aproximando a passos largos, e seu sorriso se tornou real.

— Dança comigo? — perguntou ele, em seu típico jeito brusco.

Daphne sabia que não deveria aceitar a oferta. Tinha um príncipe para encontrar, um relacionamento para desmanchar e sempre, sempre, uma infindável lista de pessoas para encantar.

Em vez disso, deu a mão a Ethan e permitiu que ele a guiasse em meio à multidão e ao brilho que enchia o salão de baile.

Ele rodeou o corpo de Daphne com o braço para descansá-lo suavemente na base da coluna dela. Com a outra mão, entrelaçaram os dedos.

— Você parece satisfeita demais consigo mesma.

— É mesmo? — perguntou ela em tom leve.

— Parece que alguém acabou de lhe conceder um condado. — Ele esboçou um sorriso sarcástico, e Daphne sentiu que também sorria.

— E aí, vai me contar qual é o plano? — prosseguiu Ethan.

Daphne não o contradisse. Ele tinha o hábito desconcertante de não se deixar enganar por ela, não importa o que fizesse.

— Se eu tivesse um plano, dificilmente lhe diria os detalhes.

— Não esperaria nada de diferente.

Os movimentos de Ethan não eram ostentosos, embora tivessem uma elegância inesperada. Ele era autoconfiante e movia os pés sem esforço, algo raro para alguém tão alto. Outros pares menos glamorosos rodopiavam e conversavam ao redor dos dois, fazendo com que a beleza de Daphne se destacasse ainda mais.

— Você dança bem — observou.

— Da próxima vez que fizer um elogio, tente não parecer tão surpresa — disse ele, com um leve sorriso em seus lábios em forma de arco.

— Não tenho o hábito de elogiar as pessoas.

— Você é uma parceira de dança bem tranquila — reconheceu ele, e uma faísca brilhou em seus olhos de ônix. — Formamos um belo par.

Daphne não sabia o que responder. Estava tão ciente quando Ethan do motivo pelo qual dançavam tão bem juntos. Porque ele conhecia os movimentos dela e ela conhecia os dele, por trás de todas as acaloradas contendas verbais, no fundo eram iguais.

A música terminou. A multidão irrompeu em aplausos e a banda passou ao próximo número. Daphne e Ethan, seguindo um acordo tácito, não pararam de dançar.

— Vou sentir sua falta, sabia? — disse ele em voz baixa.

— Como assim? — perguntou ela, e notou que, por algum motivo, seu coração acelerou.

— Quando você e Sua Alteza voltarem, vou sentir sua falta. — Era estranho vê-lo se referir a Jefferson pelo título formal, mas Daphne fingiu não escutar. Assim como fingiu não entender o significado oculto daquelas palavras.

— Não planejo ir embora.

Nenhum dos dois sorria, como se tivessem chegado a um ponto que estava além dos sorrisos. Embora estivessem rodeados de gente, Daphne sentia que estavam sozinhos, uma bolha de silêncio incerto num mar de ruídos.

— Daphne — disse Ethan por fim. — O que você quer? Sério.

Uma parte estranha de si sussurrou uma resposta que Daphne se recusava a reconhecer. Ela silenciou aquela voz de maneira brutal.

— Eu quero tudo — respondeu a ele.

Não havia necessidade de desenvolver. Daphne queria uma coroa, que talvez fosse a única coisa no mundo que Ethan não seria capaz de dar a ela. Não importava quanta riqueza ou poder obtivesse, não importava o quanto conspirasse, se esforçasse ou subisse na vida.

— Tudo — repetiu Ethan, seco. — Bom, se isso é o suficiente para você.

Por alguma razão, as palavras dele a fizeram rir, de repente, os dois estavam gargalhando, e as risadas giravam em torno deles conforme repetiam os familiares passos de valsa.

Os olhos de Ethan ainda estavam cravados nos dela.

— O que acontece quando uma força imparável colide com um objeto imóvel? — perguntou ele em voz tão baixa que poderia estar falando sozinho. Como Daphne o encarava com curiosidade, ele explicou. — É um paradoxo da filosofia antiga. O que acontece quando uma força imparável, como uma arma que nunca falha, encontra um objeto imóvel, como um escudo que não pode ser quebrado?

— E aí? — perguntou ela, jogando sem paciência os cachos avermelhados para trás. — Qual a resposta?

— Não tem resposta. Por isso é um paradoxo. Um enigma.

Mas Daphne sabia a resposta. O que acontecia eram *faíscas*. Ela sentiu o corpo inclinar-se na direção de Ethan e se forçou a recuar um passo.

Deveria ter sido mais esperta, sobretudo depois do que acontecera entre eles em maio.

Daphne se recusou a permitir que seu humor estragasse a festa de aniversário de Himari, embora, com o passar da noite, seu sorriso se tornasse mais fraco.

Estava preocupada com o próprio relacionamento. As coisas com Jefferson não iam bem fazia algum tempo. Ele andava se esquivando, passava dias ignorando a existência dela, saindo com os amigos e se deixando ser fotografado com qualquer garota que pusesse o braço em volta da cintura dele. Daphne estava apavorada, com medo de que o príncipe terminasse com ela depois de se formar no ensino médio, na semana seguinte.

Não ajudava que ele estivesse em Santa Bárbara naquele momento, no primeiro casamento da família real em décadas. A tia dele, Margaret, finalmente ia se casar com o namorado ator, e Jefferson não havia convidado Daphne para acompanhá-lo.

Os tabloides estavam em polvorosa. "DAPHNE ESTÁ DE FORA DO CASAMENTO!", diziam as manchetes. Vários blogs tinham examinado a lista de convidados com atenção obsessiva, para ponderar quem poderia levar Jefferson a traí-la. Enquanto isso, as casas de apostas diminuíram as chances de Daphne se casar com o príncipe de uma em sete para uma em dezoito, em algum ponto entre a prima em terceiro grau, lady Helen Veiss, e a princesa do México, de seis anos.

Daphne vagava sem rumo pela casa de Himari, com um copo de margarita na mão. Era sua marca registrada nas festas, beber água com gás num copo de margarita, porque parecia tão festivo que ninguém questionava, mas naquela noite não tinha água, só tequila. Ela esperava que, se bebesse o suficiente, pudesse esquecer por um instante que aquele relacionamento tão importante, pelo qual tanto lutara, estava em frangalhos. Até então, não tinha funcionado.

Quando a festa se transformou num vale-tudo inconsequente, com todo mundo pulando e se beijando na pista de dança improvisada, Daphne atingiu seu limite. Saiu de fininho, cruzou os ladrilhos frios do terraço e abriu a porta de correr da casa de hóspedes.

O sofá-cama estava armado com lençóis e cobertores, provavelmente ideia dos pais de Himari, caso alguém ficasse bêbado demais na festa para conseguir voltar para casa. Aquele silêncio lhe convinha. Daphne soltou um suspiro e afundou na beirada da cama.

Então a porteira se abriu, e ela começou a chorar.

— Está tudo bem?

Ethan estava parado diante da porta. A luz o iluminava por trás e lhe dava o aspecto daquelas pinturas medievais em que as figuras eram desenhadas em folhas de ouro.

— Estou bem — retrucou Daphne, recuperando o orgulho. Enxugou as lágrimas bruscamente. Não tinha jurado nunca chorar na frente de ninguém?

Ethan juntou-se a ela na beirada da cama.

— O que está acontecendo?

Daphne não conseguia desviar o olhar das líquidas íris escuras dos olhos dele. Haviam passado muitas horas juntos, ela como namorada do príncipe e ele como melhor amigo, e Ethan sempre fora agradável com ela. Mas, por alguma razão, Daphne tinha a sensação de que ele a *conhecia*. De que, ao contrário dos outros, ele não se deixava enganar pelo comportamento dela. De que ele via as ideias que giravam ao redor de sua fachada calma.

Mesmo assim, ela não era capaz de interpretá-lo.

Daphne entendia Jefferson havia muito tempo, ele não era tão complicado. Para ela, aquilo já tinha se tornado uma espécie de jogo, introduzia temas aparentemente ao acaso — a música reggae, a Inquisição Espanhola, o escândalo do Congresso no ano anterior — e tentava adivinhar o que Jefferson diria. Até então, não errara uma única vez.

Não acontecia o mesmo com Ethan, que era irritante, evasivo e impossível de entender.

— Posso ajudar em alguma coisa? — insistiu ele.

Daphne deixou escapar um suspiro e deu de ombros com desdém.

— Há quanto tempo você conhece o Jefferson?

Se Ethan ficou surpreso com a pergunta, não demonstrou.

— Somos amigos desde o jardim de infância — respondeu ele.

Ela já sabia.

— E continuaram sendo tão próximos desde os cinco anos? — Daphne não queria soar condescendente, mas se *ela* não tinha sido capaz de manter o interesse do príncipe por três anos, como Ethan tinha conseguido durante quase toda a vida deles?

Ele deu de ombros.

— Na verdade, foi o rei que me convidou pela primeira vez, sabia? Acho que ele pensou que seria bom para o Jeff andar com alguém de origens diferentes.

Alguém de classe média. — Ethan falou abertamente, sem rodeios, quase como se tivesse orgulho de ser um plebeu. Em seguida, voltou a olhar para Daphne. — Por que pergunta?

Ela agarrou a colcha e cerrou a mão em punhos.

— Preciso descobrir o que eu fiz para que o Jeff perdesse o interesse — ouviu-se dizer, num tom vazio e monótono. — Senão, ele vai terminar comigo.

Não queria ter confessado aquele medo, muito menos para Ethan, mas estava entorpecida pela tequila e não se importava mais.

— Que besteira — disse Ethan em voz baixa. — Tem que ser muito trouxa para jogar fora a chance de ficar com você.

Algo no tom de voz dele fez Daphne erguer os olhos, mas o rosto do garoto estava firme e inescrutável como sempre. Ela engoliu em seco e explicou.

— As coisas entre mim e o Jefferson parecem estranhas ultimamente. Com a formatura dele chegando, não sei o que vai acontecer.

Ethan também devia estar bêbado, o álcool embotando sua polidez cínica de sempre, porque suas palavras seguintes a chocaram.

— Por que você se importa, já que nem gosta do Jeff?

Daphne piscou os olhos, surpresa.

— É claro que eu me importo. Eu am…

— Você *ama* ele? Sério? — A voz de Ethan ridicularizou a palavra.

— Cheguei muito longe para parar agora! — As palavras eram como champanhe saindo de uma garrafa, impossível contê-las, como se a válvula de emergência que controlava a pressão de Daphne finalmente tivesse explodido. — Passei anos me esforçando para ser perfeita o bastante para a família real — disse ela com veemência. — Você faz alguma ideia de como tem sido difícil?

— Não, mas…

— É exaustivo, e não posso relaxar nunca, nem por um segundo! Tenho que ser sempre encantadora, não só com o Jefferson, com os pais dele e com a mídia, mas com *toda e qualquer* pessoa que cruza o meu caminho, porque elas vão me julgar por aquele momento pelo resto da vida. Não posso parar de sorrir se não quiser que tudo desmorone ao meu redor!

Os sons da festa pareciam muito distantes, como se saídos de um sonho. Ethan praguejou.

— Se as coisas são mesmo assim, então talvez você e o Jefferson *devessem* terminar. Talvez ele não seja a pessoa certa para você. Talvez — prosseguiu ele — você devesse ficar comigo.

Daphne não soube como responder.

Sentia um turbilhão de emoções confusas. Atração e irritação, carinho e ódio, todas lutando para prevalecer dentro dela, como se cada neurônio em seu cérebro tivesse se transformado num espetáculo de luzes elétricas.

Ethan se aproximou, virando-se para ela no colchão. Seus olhos brilhavam, escuros, ardentes e repletos de perguntas.

Aquela era a última chance de recuar, de fingir que nada tinha acontecido e ir embora. Mas ambos estavam imóveis, como um par de sombras silenciosas.

Apesar do silêncio, Daphne sentiu uma faísca entre eles.

De repente, estavam caindo juntos na cama, um emaranhado de mãos, lábios e calor. Daphne puxou o vestido pela cabeça com impaciência e a peça caiu no chão com um sussurro.

— Tem certeza? — A respiração de Ethan provocou pequenas explosões por toda sua pele, como fogos de artifício. Foi o mais próximo que chegaram de reconhecer como aquilo era errado.

— Tenho — respondeu Daphne. Sabia o que estava fazendo, sabia as promessas que estava quebrando, promessas feitas a ela mesma e a Jefferson. Não se importava mais. Se sentia fluida, eletrizada, irresponsável de forma gloriosa.

Sentia-se, pela primeira vez em anos, ela mesma. Não a versão pública e envernizada de Daphne Deighton que ela mostrava, mas a versão verdadeira, a garota de dezessete anos que mantinha escondida lá no fundo.

♛

— Daphne? Preciso falar com você. — Sua mãe atravessou a pista de dança em direção aos dois, sem nem se dar ao trabalho de reconhecer a presença de Ethan.

— Ah. Tudo bem. — Daphne se perguntou qual seria a expressão em seu rosto, para que Rebecca tivesse vindo correndo atrás dela.

Os olhos dela encontraram os de Ethan por um breve instante, e ela viu que ele entendeu, viu sua decepção. O rapaz acenou com a cabeça e se afastou.

Rebecca cravou as unhas na parte interna do braço de Daphne e a arrastou para longe.

— Você não tem tempo para distrações, muito menos hoje.

— O Ethan é o melhor amigo do Jefferson — disse Daphne, cansada. — Estava só dançando com ele.

"E me lembrando da noite em que perdi a virgindade com ele."

— Mesmo que esteja dançando com um imperador, ainda espero que você esteja presente para a entrada da família real — sibilou Rebecca.

— Mãe — Daphne desacelerou o passo. — Você já se perguntou, quer dizer, será que isso tudo vale mesmo a pena?

Rebecca apertou o braço da filha com tanta força que ela mal conseguiu conter um grito de dor.

— *Daphne*. — Como sempre, sua mãe conseguiu transmitir um mundo de emoções numa única palavra. — Vou fingir que você não fez essa pergunta. Jamais repita nada desse tipo, nem para mim, muito menos para o seu pai. Não depois de tudo que fizemos por você.

Ela se afastou e Daphne apertou as mãos para esconder o tremor repentino. Sua mãe estava certa. Tinha se dedicado a esse objetivo por tempo demais para começar a ter dúvidas.

Na pele da parte interna do braço de Daphne estava um anel de meias-luas vermelhas, uma lembrança das unhas de Rebecca.

Depois de uma comoção no Portão dos Suspiros, o arauto surgiu para bater seu bastão no chão.

— Suas Majestades, o rei George IV e a rainha Adelaide!

Daphne observou a entrada do rei e da rainha junto aos demais. Em seguida, vieram Beatrice e seu noivo. Instantes depois foi a vez de Samantha e, por fim, Jefferson.

Ele entrou no salão de baile sozinho, como ditava o protocolo. Somente alguém prometido a algum dos membros da família real tinha permissão para caminhar ao lado deles. Contudo, após andar alguns metros, Nina Gonzalez saiu do meio da multidão e foi ficar ao lado dele.

Daphne sentiu embrulho no estômago ao ver Jefferson oferecer o braço a Nina.

No mesmo instante, percebeu que a armadilha que havia criado na Halo não servira. No mínimo, tinha piorado as coisas, porque Nina estava ainda melhor naquele vestido, cinza-escuro com gola redonda, espartilho e saia carregados de pérolas grafite.

— Você tem uma missão a cumprir — disse Rebecca em voz baixa. Como se Daphne corresse o risco de esquecer.

Ela se forçou a respirar fundo e a suprimir a onda de frustração, ressentimento e inveja que ameaçava afogá-la. Não podia se dar ao luxo de perder a compostura por causa de uma *ninguém*.

Seria bom que Nina aproveitasse aquela hora com Jefferson, pois era a última que teria. No instante em que Daphne estivesse sozinha com ela, partiria para o ataque.

34

NINA

Nina tinha comparecido a muitas festas no salão de baile do Palácio de Washington, mas nunca o tinha visto tão bonito.

O espaço estava repleto de flores. Hortênsias verdes, lírios e dálias de um laranja brilhante se espalhavam por todas as superfícies. Lustres de cristal lançavam fitas de luz por todo o recinto. A luz incidia sobre saias de tule, smokings recém-engomados, joias que tinham sido retiradas dos cofres especialmente para a ocasião, já que todos os cortesãos competiam para ver quem brilhava mais.

Para onde quer que olhasse, Nina via o monograma do casamento, "B&T". Estava impresso em folha de ouro nos guardanapos de coquetel, bordado nas toalhas das mesas altas e pintado na bateria da banda.

Um homem de cabelos escuros, dançando a alguns metros com uma mulher num vestido de veludo amarrotado, olhou nos olhos de Nina. Ele a encarava com uma mistura de tédio e desdém.

— Jeff — sussurrou Nina no ouvido do príncipe. — Quem é aquele?

Ele se virou para seguir o olhar dela e deu uma risada.

— Aquele é Juan Carlos, filho mais novo do rei da Espanha. A gente costumava passar férias com a família deles, na casa de veraneio que eles têm em Maiorca. — Habilmente, Jeff afastou Nina do príncipe da Espanha. — Ele chegou a chamar a Beatrice para um encontro. Bom, praticamente todos os príncipes estrangeiros já chamaram, em algum momento. Mas ela recusou.

— A Beatrice rejeitou um príncipe?

— Não sei por que você está tão surpresa. Se não me falha a memória, você já fez a mesma coisa. Várias vezes. — brincou Jeff, e arqueou a sobrancelha, questionador.

Nina corou com a memória.

— Bom, se não *me* falha a memória, você mereceu — disse ela em tom leve. — E, ao contrário da Beatrice, não sou uma princesa. Não tenho que me preocupar com protocolos nem com relações internacionais se rejeito um *encontro*.

Jeff riu.

— Bom, de qualquer maneira, ele e a Beatrice nunca teriam dado certo. A família dele o chama de "Juan Beberrán Carlos" — acrescentou Jeff em tom conspiratório —, porque ele sempre anda com um frasco de bebida no bolso do paletó quando tem que cumprir obrigações reais.

Nina lançou outro olhar ao príncipe espanhol, que ainda dançava com a mulher de veludo. Instintivamente, ela apertou os ombros de Jeff. Se os dois não tomassem cuidado, se não encontrassem algo que importasse para eles, algum tipo de *propósito*, poderiam acabar como Juan Carlos. Ociosos, cansados do mundo e flutuando sem rumo de um evento real para o outro.

Era o risco inerente de ser o príncipe substituto.

— Você está linda, sabia? — murmurou Jeff. O desejo evidente em sua voz, rouca e profunda, interrompeu abruptamente a linha de raciocínio de Nina.

Ela mordeu o lábio para conter o sorriso.

— Sam me ajudou. Eu não teria nem um vestido sem ela.

O vestido cor de fumaça de Nina era repleto de contas que se moviam ao redor de seu corpo e lhe proporcionavam uma sensação muito curiosa, como se dançasse na água. Seu cabelo escuro estava preso para cima como uma nuvem noturna, da qual alguns fios soltos escapavam para emoldurar o rosto.

— Você também não está nada mal — acrescentou, indicando com a cabeça o paletó de Jeff, aquele que o príncipe havia lhe emprestado no terraço tantos meses antes. Ele havia até colocado os alamares e o cinturão reluzente, embora faltasse a espada.

— *Sabia* que você gostava de homens com roupa de príncipe. — Jeff abriu um sorriso travesso. — Se bem que, se eu soubesse que o príncipe Hans viria, teria usado meu medalhão da Ordem dos Cavaleiros de Malta. É a única condecoração que eu tenho e ele não.

— Príncipe Hans? — Nina seguiu o olhar de Jeff até um garoto esguio com óculos de armação quadrada. — Ele é dinamarquês?

— Norueguês.

Nina se esforçou para não revirar os olhos.

— Desculpa, mas quantos membros da realeza estrangeira estão aqui?

— Tantos quantos conseguiram chegar a tempo. — Jeff deu de ombros. — O pai do Hans é um dos padrinhos da Beatrice.

Claro que era. Nina se lembrou de um livro que, certa vez, tinha devolvido à estante da biblioteca, *Famílias reais menores da Europa*, repleto de páginas e mais páginas de árvores genealógicas. Olhara para elas com olhos esbugalhados, todas aquelas linhas e ramificações que se encontravam e se cruzavam entre si, antes de fechá-lo, exasperada.

Ela olhou para onde Beatrice e Teddy estavam, cercados por uma multidão de convidados ávidos.

— Ainda não acredito que a Beatrice está noiva. Aconteceu tão rápido. — Nina estava pensando em Samantha, em como devia ser difícil para ela ter que ver Teddy com Beatrice. Sentia-se quase culpada por estar tão feliz quando a amiga claramente não estava.

— Eu gosto do Teddy — disse Jeff, sem rodeios. — Ele é um cara bacana, e parece ser um bom partido para a Beatrice, mesmo que…

— O quê?

Jeff deu de ombros, desconfortável.

— É óbvio que estou errado, mas lá em Telluride, só por um tempinho, eu meio que achei que estava rolando um clima entre ele e a Samantha.

Nina franziu os lábios e ficou em silêncio.

— A Beatrice nunca foi indecisa. Não fico surpreso por ela ter tomado uma decisão a respeito do Teddy tão depressa. — Jeff falava com ternura por cima das delicadas notas do jazz. — Acho que, quando você encontra a pessoa certa, nada mais importa.

Nina fez que sim, entendia o que ele estava falando.

Ela não sabia ao certo se seria capaz de se acostumar com tudo aquilo, a exposição, o interminável escrutínio público. Era muito mais intenso do que quando era apenas amiga de Samantha. Ela costumava ficar à margem. Claro, já tinha assistido a inúmeras sessões de fotos e passado por várias fileiras de fotógrafos, mas ninguém nunca a notava.

Ser namorada de Jeff era totalmente diferente. Nina ainda ficava surpresa sempre que via o próprio rosto estampado num tabloide, ou quando ouvia seu nome no meio da multidão.

Ultimamente, no entanto, Nina percebera que o tom de algumas notícias estava mudando. Não sabia bem o motivo, se era porque as pessoas haviam se cansado das matérias que a retratavam como alpinista social, ou porque os tabloides tinham encontrado outra vítima para ridicularizar. Talvez outras garotas comuns, de famílias plebeias, quisessem acreditar no conto de fadas, de que elas também eram capazes de encontrar um príncipe encantado.

Fosse qual fosse o motivo, tinha notado menos veneno contra ela naquela noite do que esperava. Nina tinha ido ao baile de noivado de Beatrice pensando que seria um ninho de cobras. Que seus únicos aliados de verdade eram Sam e Jeff, e que todos os demais declarariam com todas as letras a predileção por Daphne. Ficara agradavelmente surpresa com a quantidade de rostos familiares no salão de baile. Alguns eram amigos de sua mãe, outros, colegas de classe de Sam e Jeff. Tinha ainda pessoas que não conhecia, mas que a cumprimentavam com um aceno de cabeça em aprovação.

As mãos de Jeff desceram por suas costas. Nina se aproximou um pouco mais e pôs o braço em volta do príncipe para repousar a cabeça sobre seu ombro. Seu corpo formigava, alerta, e as palavras que ela ainda não se atrevera a dizer corriam por suas veias.

Nina morrera de medo de deixar de ser ela mesma em meio a todo o glamour e protocolos, na natureza inerentemente pública do relacionamento dos dois. Mas, encontrara algo muito maior.

Ela amava Jeff.

E, por mais que sempre soubesse disso, por mais que seu amor por Jeff fosse tão antigo que ela mal conseguisse se lembrar de uma época em que não o amava, Nina se permitiu aprender tudo de novo.

35

BEATRICE

Beatrice se sentia como uma boneca de corda mecânica, recitando as mesmas frases repetidas vezes: "Estamos muito contentes por você ter vindo"; "Obrigada pelos votos de boa sorte"; "Estamos muito animados."

Não podia se dar ao luxo de pensar muito sobre o significado das palavras, caso contrário, corria o risco de desmaiar. Na verdade, uma gota de suor já escorria por suas costas, sob o tecido duro de seu vestido.

A peça conseguia evocar as núpcias sem se parecer com um vestido de noiva. Seus panos de seda eram de um creme tão escuro que beirava o dourado, com detalhes em tafetá. Ela usava o cabelo num coque intrincado e a tiara Winslow na cabeça. Diamantes brilhavam feito lágrimas em suas orelhas.

Incontáveis nobres esperavam diante dela, em ordem de prioridade, para parabenizar o casal pelo noivado. Eles contornavam a lateral do salão numa fila infinita. Beatrice não parava de imaginá-los começando a dançar, numa espécie de conga aristocrática.

Olhou para a irmã, que ficara à esquerda dela, resoluta, como se temesse que em algum momento Beatrice fosse precisar de apoio. Desde a conversa na cozinha, percebera uma maturidade inédita em Samantha. Não era mais a mesma princesa que havia passado todo o ensino médio rindo, despreocupada. Via nela mais perspicácia, ela falava com mais conhecimento.

Em algum momento do ano anterior, enquanto Beatrice não prestava atenção, sua irmã mais nova tinha crescido.

Beatrice conseguira segurar as pontas com todos os duques e marqueses, mas, quando estavam na metade dos condes, ela começou a se sentir desgastada. A fila de cortesãos parecia eterna.

Teddy — ela ainda não conseguia pensar nele como seu *noivo* — pousou a mão nas costas dela num gesto silencioso de apoio. Talvez tivesse percebido seu cansaço.

— Robert. — Beatrice virou-se para o camareiro. — Será que poderíamos dar uma pausa de cinco minutos?

Robert franziu as sobrancelhas.

— Sua Alteza Real, é de praxe que os membros recém-noivos da família real recebam os cumprimentos de todos os nobres reunidos no início do baile de celebração. — Uma das principais habilidades de Robert era dizer não à realeza sem enunciar a palavra.

Para o alívio de Beatrice, Teddy interveio com voz firme.

— Não tem problema, Robert, podemos fazer uma pausa. Ou, se você não achar inapropriado, posso aceitar os cumprimentos em nome da princesa com prazer.

— Obrigada. — Beatrice se voltou para Teddy com gratidão no olhar. Em seguida, pegou as volumosas saias com ambas as mãos e deixou o salão.

No instante em que entrou no corredor, Beatrice começou a correr. Não importava para onde estava indo, contanto que continuasse em movimento, indo para longe daquele salão onde via B e T entrelaçados por toda parte. Beatrice sequer se lembrava de ter aprovado aquele monograma, mas imaginava tê-lo feito. Tudo relacionado ao casamento havia se tornado um borrão.

Ela passou cambaleando por uma das salas do andar de baixo, onde os convidados haviam deixado seus presentes no início da noite, e parou abruptamente.

— Connor?

Ele estava ao lado de uma mesa de madeira que grunhia com o peso de tantos presentes, a maioria embrulhados em papéis de cor marfim ou prata. Embora Beatrice e Teddy tivessem insistido que queriam apenas doações para caridades, todos pareciam determinados a enchê-los de presentes.

— Sei que não fui convidado — Connor apressou-se em dizer. Não estava de uniforme, vestia calça jeans e um suéter que realçava o azul-acinzentado de seus olhos. Na mão, tinha uma caixa amarrada com fita de cetim. — Só queria entregar isso antes.

— Obrigada — disse Beatrice, porque precisava dizer alguma coisa e, no momento, sua mente era incapaz de formular outras palavras.

A coisa certa a fazer era seguir em frente, para longe de Connor. Voltar ao salão de baile, onde seu noivo e o resto de seu previsível futuro real a aguardavam.

Em vez disso, Beatrice entrou na sala e fechou a porta sem fazer barulho.

— Não é necessário, Sua Alteza Real — disse Connor, pronunciando as três últimas palavras com intensidade. — Sei que você tem que voltar para a festa.

— Por favor, não me venha com "Sua Alteza Real".

Ele cruzou os braços na defensiva.

— O que você quer de mim, Beatrice? Você deixou bem claro como seriam as coisas entre a gente. Nós já nos despedimos — lembrou-lhe ele. — Só espero que esteja feliz com suas escolhas.

— Talvez não esteja.

A frase saiu como um sussurro quase inaudível.

Connor ficou imóvel.

— O que quer dizer?

Beatrice percebeu que sua controlada persona pública escapulia como se estivesse tirando um vestido.

— Quero dizer que nossa história não acabou. Ou, pelo menos, eu não superei você. — Respirou fundo. — Não importa o que aconteça, nunca vou conseguir.

Bem devagar, deu um passo à frente e levou a mão ao rosto dele para traçar cada sarda, cada curva e cada sombra que passara a conhecer tão bem. Ela as conhecia melhor do que o próprio reflexo.

— Bee — disse ele com voz rouca.

Ela pegou o suéter com as duas mãos e o puxou para um beijo.

A boca dele ardia na dela. Beatrice fechou os olhos e se agarrou a Connor com intensidade. Era como se vivesse num mundo sem oxigênio e de repente pudesse, por fim, respirar. Como se fogo corresse em suas veias e, caso ela e Connor fossem descuidados, o mundo inteiro queimaria com eles.

Quando finalmente se separaram, Connor manteve as mãos nas dela, como se a ideia de não se tocarem fosse insuportável. Os dois se apressaram em falar.

— Desculpa mesmo...

— Eu nunca quis...

— Beatrice — interrompeu Connor, e ela ficou em silêncio. — Se você me aceitar, eu volto. Para ser seu guarda de novo.

O bordado na parte superior do vestido agitou-se com o ritmo de sua respiração.

— Sério?

Ele fez que sim, com ar solene.

— As últimas semanas foram torturantes. Percebi que não suporto a ideia de viver uma vida sem você. Não estou dizendo que vou gostar de vê-la se casando com ele — acrescentou Connor, atrapalhando-se um pouco com as palavras —, mas eu entendo, Bee. Você é a herdeira e não pode tomar suas próprias decisões.

Ele voltaria para ela. Estariam juntos novamente. Beatrice tentou ficar satisfeita, mas tudo que conseguia ver era Connor, ajoelhado diante dela no jardim, com o coração nos olhos.

— Eu seria um tolo se tentasse escolher quais partes de você deveria amar — prosseguiu ele. — Eu te amo, Beatrice. Você por inteira, mesmo a parte que pertence à Coroa. Mesmo que signifique que não podemos ficar juntos de verdade.

— Eu também te amo.

— Tudo bem, então. Vou pedir para voltar ao meu antigo posto. — Connor sorriu para ela. — Desse jeito, pelo menos, temos um ao outro.

Beatrice sabia que não podia aceitar.

O que eles tinham era *real*. Ela era dele e ele era dela, essa era simplesmente a verdade, talvez a mais poderosa em toda a corte. Algo tão verdadeiro era algo pelo qual valia a pena lutar.

— Não. — Beatrice recuou um passo e sacudiu a cabeça. — Não posso pedir isso de você. Você merece muito além do que uma vida pela metade.

— Como assim?

Beatrice tirou o anel de noivado de diamante do dedo, revelando a linha preta que havia por baixo. Pela primeira vez em semanas, seu sorriso não era forçado.

— Ainda está aí? — perguntou ele, incrédulo.

Ela não tinha sido capaz de suportar a visão do próprio dedo sem aquela linha.

— Eu retoquei — confessou, e respirou fundo. — Connor, vou cancelar o casamento.

Ver Connor foi um lembrete bem claro de tudo que Teddy não era. Beatrice gostava de Teddy e o compreendia, além de saber que ele teria sido um excelente primeiro rei consorte, sem sombra de dúvida. Se não tivesse conhecido Connor, talvez fosse suficiente.

Só que ela *tinha* conhecido Connor. Eles conseguiram se encontrar neste mundo conturbado, confuso e defeituoso. E, agora que sabia qual era a sensação de amar alguém de verdade, Beatrice não poderia se contentar com nada menos.

— Mesmo? — O sorriso esperançoso no rosto de Connor quase a fez derreter.

— Mesmo. Vou conversar com meu pai hoje, dizer a ele que não posso me casar com o Teddy. — Ela sentiu um embrulho de medo no estômago ao imaginar a conversa.

— O que você acha que ele vai dizer?

Beatrice queria muito poder dizer a Connor que daria tudo certo. Mas, depois de tudo que haviam passado juntos, ele merecia a verdade.

— Honestamente, eu não sei.

— Ele não vai me aprovar — disse Connor em voz baixa. — Nem o resto do país. As pessoas enlouqueceram quando ficaram sabendo do Jeff e Nina, e ele nem é o herdeiro. O povo jamais vai aceitar que a futura rainha namore o *segurança*.

— Se as pessoas realmente acharem isso, então talvez eu não queira ser sua rainha.

Connor bufou, exasperado.

— Não diga uma coisa tão leviana.

Beatrice deu um passo adiante, aninhando seu corpo no dele. Depois de alguns instantes, Connor deixou que seus braços a envolvessem e a puxou para mais perto. A princesa pressionou o rosto contra o peito dele e respirou seu perfume, tão familiar. O mundo inteiro parecia mais leve.

— Já te perdi uma vez. Não vou suportar perder de novo — murmurou. — Não sei o que vai acontecer, nem como as pessoas vão reagir, mas vamos dar um jeito. Seja o que for, faremos isso juntos.

Um relógio soou no corredor. De repente, Beatrice se perguntou que horas eram. Todos aqueles viscondes e barões provavelmente ainda estavam na fila para parabenizá-la por um noivado que estava decidida a romper antes que a noite chegasse ao fim.

— Com certeza estão procurando por você — disse Connor, como se lesse a mente dela. Ele abriu um sorriso. — Quanto mais cedo for, mais cedo vai poder tirar esse anel do dedo.

Beatrice deu um passo em direção à porta e hesitou, indecisa. Odiava a ideia de se afastar de Connor tão cedo, quando tinha acabado de voltar para ele.

— Vem comigo? Você pode pôr o uniforme, dizer a todo mundo que voltou a ser meu guarda.

— Com todo respeito, não quero chegar nem perto daquela festa — disse Connor, ironicamente.

— Eu entendo.

— Vou estar aqui quando acabar — assegurou ele. — E, Bee, Boa sorte com seu pai.

— Obrigada. — Ela ficou na ponta dos pés para roçar os lábios nos de Connor mais uma vez.

Enquanto voltava pelo corredor, a princesa alisou o vestido amarrotado e pôs uma mecha solta de volta no coque. Seus olhos brilhavam muito e seus lábios eram de um rosa intenso. Ela sorria para si mesma, um sorriso secreto, que parecia iluminá-la de dentro.

Para qualquer um que a visse, Beatrice era uma jovem apaixonada.

36

NINA

Nina estava no banheiro feminino do primeiro andar quando ouviu um grupo de garotas entrar. As batidas dos saltos em uníssono acompanhavam suas vozes, cúmplices e cadenciadas.

— Você *viu* o vestido dela? Ela passou por um upgrade rapidinho, depois que pôs as mãos no dinheiro do príncipe.

— Acha que ela comprou aquele vestido?

— A mãe dela que não foi, com o salário do governo.

Nina congelou.

— Ouvi dizer que ela está tão desesperada por dinheiro que andou vendendo fotos *dela mesma* para os tabloides.

Bufadas de reprovação.

— Era de esperar que ela tivesse mais estilo, já que cresceu no palácio.

— Fala sério, Josephine, você sabe que classe não se compra, se nasce com ela.

As palavras arrancaram um coro de risadinhas maliciosas.

"Quero ver se vão se atrever a dizer tudo isso na minha cara", pensou Nina, e saiu furiosamente da cabine do banheiro. Seu vestido tilintava com as contas de cristal como granizo sobre o pavimento.

O trio de garotas estava reunido diante da pia, feita de uma enorme placa de quartzo rosa retro iluminada, com torneiras em formato de pescoço de ganso. Nina lavou as mãos, ignorando-as com muita frieza. Elas trocaram olhares antes de fugirem do banheiro num farfalhar de saias.

Ela se recusou a permitir que a mesquinhez das garotas arruinasse sua noite, mas Nina engoliu em seco. Quando era só ela e Jeff, tudo parecia tão simples. Em ocasiões como aquela, o resto do mundo voltava, com toda sua feiura sórdida.

Daphne Deighton escolheu aquele momento para entrar no banheiro. Estava resplandecente num delicado vestido cor de champanhe.

— Nina. — Seu olhar cravou no de Nina através do espelho. — Você está linda. Uma pena todo o mal-entendido na Halo, claro, mas esse vestido é divino.

Ela sorria como sempre, mas Nina sentiu algo áspero e inflexível sob a ternura superficial de sua voz.

— Obrigada — respondeu com cautela. Então, entendeu o verdadeiro significado das palavras de Daphne e deteve-se. — Como foi que você soube sobre a confusão na Halo?

O autocontrole de Daphne vacilou por um instante. Foi algo tão rápido que Nina não teria nem percebido se não estivesse prestando atenção.

— O Damien me contou, claro. Ele se sentiu péssimo com a situação. Que bom que tudo deu certo, no fim das contas!

Nina poderia ter assentido e seguido em frente, mas a suspeita estava ali e ela precisava saber.

— Daphne — disse ela com muita cautela —, foi você quem cancelou minha compra?

Ela esperava que Daphne negasse. Mas, para sua surpresa, a garota girou nos calcanhares e caminhou pela fileira de cubículos, abrindo cada uma das portas para se certificar de que estavam vazias.

Boquiaberta, Nina observou Daphne voltar para a entrada do banheiro e trancar a porta. Ao se virar, todo traço de sorriso havia desaparecido de suas feições perfeitas, como se a máscara tivesse caído e Nina finalmente pudesse ver a verdade.

— Sim — disse Daphne, sem mais. — *Sempre* fui eu, todas as coisas que aconteceram com você desde que começou a se envolver com o Jefferson. Fui eu que dei o endereço do seu dormitório para os paparazzi e os ajudei a encontrar fotos comprometedoras suas. Eu que plantei a história nos tabloides. Eu que liguei para a butique, fingindo ser você, e cancelei a compra do vestido.

Nina piscou. Foi estranhamente pega de surpresa pela franqueza da confissão de Daphne.

— Você fez tudo isso só para tentar voltar com o Jeff?

— "Tudo isso"? — Daphne sorriu, um sorriso mordaz e brilhante que combinava com a luz em seus olhos verdes. — Nina, estou apenas começando.

Nina cambaleou para trás.

— Você é louca — disse com veemência. O que dera em sua cabeça para deixar Daphne trancar as duas num banheiro?

— Eu te acho uma garota legal, então vou dar um conselho. Você precisa terminar esse namoro agora, antes que acabe se machucando. Você jamais vai entrar para a família Washington, não com suas origens.

— Minhas *origens*? — balbuciou Nina. — Para a sua informação, o rei e a rainha sempre gostaram de mim.

— Como melhor amiga da Samantha e como filha de uma das *funcionárias* deles, com certeza. Como namorada do único filho homem? Acho que não.

— Minha mãe é ministra do Gabinete, não governanta — disse Nina em voz baixa. — E desculpa, mas que parte das suas origens torna você mais qualificada? O fato do seu pai ser um lorde?

— Um baronete — corrigiu Daphne em tom seco —, e sim. Ao contrário de você, passei a vida inteira treinando para esse trabalho. Porque *é* um trabalho.

— Eu não...

— Você sabe a quem chamar de Sua Alteza Seréníssima ou Sua Alteza Imperial, em vez de Sua Alteza Real? Consegue identificar o herdeiro do trono de cada país, o príncipe de Gales, a princesa das Astúrias e o delfim francês? Você conhece a linhagem de cada um dos treze ducados soberanos? Como se dirige a um juiz federal ou a um membro do Congresso? — Daphne fez uma pausa em seu monólogo para respirar. — Você não faz *ideia* do que é preciso para namorar o príncipe.

Nina não podia acreditar na lista bizarra de pré-requisitos que Daphne tinha acabado de enumerar.

— Não sei como era seu relacionamento com o Jeff, mas o nosso é diferente. Ele não se importa com essas coisas.

— Seu relacionamento com o Jefferson nunca é só seu. É uma posição pública. Você vive dentro de um aquário, sempre exposta e em julgamento.

Nina sacudiu a cabeça, embora as palavras de Daphne fossem assustadoramente parecidas com o que ela mesma dissera a Jeff não fazia muito tempo. Daphne percebeu a hesitação e se aproveitou dela.

— O rei e a rainha nunca vão permitir que o Jefferson se case com você — prosseguiu. — Jamais.

— Mas quem falou em casamento? A gente tem *dezoito anos*!

— Ah. Entendi. — Daphne tinha a aparência felina e satisfeita de alguém que protegia com zelo o próprio território. — Você só está tendo um casinho com ele até que ele encontre alguém sério. Ótimo. Desse jeito, não vai se decepcionar quando acabar. Porque não existe a menor possibilidade de futuro para vocês dois, Nina. Você está patinando em gelo derretido. Ele pode até gostar de você agora, mas é só uma questão de tempo.

— Uma questão de tempo antes do *quê*?

Daphne deu de ombros.

— Antes que ele perceba que você não serve para um relacionamento de longo prazo.

Nina nunca sequer tinha pensado em casamento, mas não podia deixar de se perguntar se Daphne tinha razão. Se não conseguia se enxergar numa relação séria com Jeff, qual era o sentido de se deixar apaixonar por ele e, mais cedo ou mais tarde, acabar machucada?

"Pare com isso", repreendeu-se. Era exatamente isso que Daphne queria, fazer com que ela duvidasse do relacionamento, que duvidasse de Jeff.

Daphne deu um passo à frente, provavelmente esperando que Nina recuasse, mas ela se manteve firme. Apesar dos vestidos de gala, das joias e dos penteados elaborados, eram como duas guerreiras se rodeando no campo de batalha.

— Quer saber? — declarou Nina. — Sinto pena de você. Se o que está dizendo é verdade, se realmente dedicou a vida inteira a ser a imagem da princesa perfeita, é patético.

— Ah, não. *Você* não tem o direito de sentir pena de *mim* — disse Daphne, com um brilho perigoso nos olhos.

— Mas sinto — repetiu Nina. — Porque, ao contrário de você, me importo com o Jeff como *pessoa*. Não com o fato de ele ser um príncipe.

Daphne riu, embora sem alegria.

— As duas coisas dão no mesmo, Nina. Você não pode querer o Jeff como um homem comum e ignorar os cargos e os títulos dele. Se você não sabe disso, é uma tola.

— É melhor amá-lo de verdade do que amá-lo *por causa* dos cargos e dos títulos dele!

— Oh, minha nossa, você o *ama*. — Daphne deu uma risadinha maliciosa. — É uma pena para você. Porque o Jefferson vai voltar a si e se livrar de você logo, logo. Até lá, vou estar bem aqui, fazendo da sua vida um inferno.

Nina sabia, com uma certeza assustadora, que Daphne falava muito sério.

— Vou contar a todo mundo a verdade sobre você. Que você é uma mentirosa, uma manipuladora...

— Eu adoraria te ver tentar. — Daphne lançou um olhar fulminante. — Em quem você acha que vão acreditar? Eu sou a queridinha do país, e você é uma caça-níqueis com sede de fama com quem ele buscou consolo antes de voltar para mim.

Nina abriu a boca para responder, mas não conseguiu dizer nada porque, lá no fundo, sabia que era verdade. O país tomaria partido de Daphne.

— Um dia você vai me agradecer — disse Daphne em voz baixa. — Você não tem estômago para essa vida. Estou te fazendo um favor a longo prazo.

Com isso, destrancou a porta e saiu para o corredor.

Nina piscou os olhos, atordoada. Havia um sofazinho de dois lugares em um dos cantos, e ela desabou sobre ele numa pilha desajeitada de contas.

Ficou sentada ali por um tempo, com o queixo apoiado nas mãos, olhando para a parede oposta. A luz que caía do lustre de cristal do teto de repente lhe pareceu uma torrente de lágrimas congeladas em pleno outono por uma rainha má das neves.

Como tinha sido ingênua e estúpida de pensar que entraria na festa com seu lindo vestido e ficaria tudo bem. Ela não sabia como se comportar na corte, com suas múltiplas camadas de promessas e favores mordazes. Aquela corte recompensava pessoas como Daphne, frias e brutais, que faziam o que bem entendessem e não olhavam para trás. Nina jamais poderia competir com esse tipo de gente. Não queria.

Não era o mundo dela e nunca seria.

♛

Nina esfregou os braços para se aquecer. De cada lado dela se estendiam as asas do palácio, inundadas pela luz do luar. Ela estava na sacada, aquela com o ninho de pássaros, onde ela e Jeff haviam assistido aos fogos de artifício tantas semanas antes.

Dessa vez, Nina não ficou surpresa ao ouvir os passos do príncipe atrás dela.

— Aí está você. — A voz de Jeff era afetuosa, mas ele pareceu perceber a palidez e o olhar sombrio de Nina e correu para perto dela.

— Precisamos conversar — disse ela gravemente.

Jeff tirou o paletó como se fosse envolvê-lo nos ombros de Nina, mas ela se afastou. Ele deixou cair os braços ao lado do corpo, reprimido.

— Nina, você está bem? O que aconteceu?

"Sua ex-namorada, isso que aconteceu." Ela segurou firme nas grades de ferro forjado.

— Eu estava tão animada com a noite de hoje — começou a dizer. — Por estar aqui com você, neste evento tão importante para a sua família. Achei que estivéssemos prontos para isso.

— *Estamos* prontos para isso, Nina. Espero que saiba o quanto é importante para mim que você esteja aqui.

Ela sacudiu a cabeça.

— Você pode até estar, mas eu não. Todas as mentiras e o fingimento, o salão cheio de duas caras. Não sei lidar com isso.

— Já disse, esquece os comentários das pessoas na internet — insistiu Jeff. — Minha família te ama, todo mundo que importa te ama.

— Tem certeza der que sua família me aprova? — Nina seguiu em frente antes que ele pudesse interromper. — Não estou falando da Sam. Estou falando dos seus pais. Você honestamente acha que eles permitiriam nosso casamento?

Ela meio que esperava que Jeff a defendesse, mas, em vez disso, ele recuou.

— Não é meio cedo para falar sobre casamento?

— Seria, se fôssemos um casal normal e eu não tivesse que me preocupar em ser ou não *adequada*! — Nina se odiou por ter repetido o argumento de Daphne. Mas, como todo bom insulto, as palavras dela tinham um fundo de verdade. Por isso causaram um dano tão profundo.

— Não estou tentando te assustar ou ser irracional — acrescentou ela, impotente. — Mas não tenho a menor vontade de entrar num relacionamento fadado ao fracasso desde o início. Não quero namorar alguém sabendo que os pais dele sentem vergonha de mim.

Jeff pegou a mão de Nina, e dessa vez ela deixou.

— De onde você tirou tudo isso?

Ela deixou escapar um suspiro.

— A Daphne me encurralou no banheiro feminino e me disse para terminar com você. Ela está tentando me tirar do caminho desde o início. Ela sabotou meu vestido.

— O que houve com seu vestido? — interrompeu Jeff, confuso.

— E foi ela que plantou nossas fotos nos tabloides, aquelas que tiraram na porta do meu dormitório! Foi ela que mandou os paparazzi irem lá aquela noite!

— A Daphne não fazia ideia da gente. Ninguém sabia, lembra?

— Tem certeza de que não contou a ela no réveillon? — Nina não conseguiu reprimir o ciúme. — Eu vi vocês dois conversando no pátio do Smuggler's. Estavam bem próximos.

— O que você quer que eu diga? Sim, a Daphne deu em cima de mim no réveillon, mas eu a rejeitei, disse a ela que estava com outra pessoa. — Ele balançou a cabeça, desapontado. — Poxa, Nina. Pensei que você fosse ser pelo menos uma vencedora elegante.

— Elegante — disse Nina sombriamente. — Aí está mais uma das várias coisas que a Daphne sabe ser e eu não.

O clima ficou tenso, pesado e ainda mais sinistro do que antes. Nina lutava para respirar. Então, algo que Jeff dissera se encaixou.

— Você contou a ela, *sim*. Mesmo que não tenha falado meu nome — insistiu. — Depois de contar que estava saindo com outra pessoa, ela claramente descobriu que era eu. E mandou a imprensa no meu dormitório!

— Você percebe como está soando paranoica? — perguntou Jeff, incrédulo. — A Daphne odeia a imprensa. Jamais faria isso. Eu sei que ela pode parecer intimidante, ainda mais para alguém como você, mas ela não me magoaria desse jeito.

Nina não deixou de notar que ele dissera "me magoaria". Não "nos magoaria".

— Para "alguém como eu"? — repetiu ela, pasma. — Uma *plebeia*, é o que você quer dizer?

— Claro que não. Só quis dizer alguém que não conhece a Daphne há anos.

— Você me conheceu quando tínhamos seis anos — lembrou-lhe Nina. Não precisou acrescentar que era muito mais tempo do que ele conhecia Daphne.

Jeff olhou para a ponta do sapato de Nina, que saía por baixo do vestido.

— Eu e a Daphne tivemos um término amigável. Somos amigos. Seja lá o que tenha dito a você, tenho certeza de que foi com boas intenções.

Ele estava mesmo tomando partido dela?

— Não acredito que você namorou a Daphne. Ela é terrível.

— Por que você está desse jeito? Eu estou com *você* agora. Que importância tem o que aconteceu no passado?

— Porque eu não acho que esteja *mesmo* no passado! — estourou Nina. — A Daphne claramente não te superou. E, pelo jeito com que defende ela, talvez você não a tenha superado também!

Ela se desvencilhou da mão de Jeff.

— Ela é manipuladora, Jeff. Está mentindo para você desde o início.

— Nina...

— É um absurdo que eu seja a suposta caça-níqueis, quando na verdade a Daphne que é. Eu gosto de você *apesar* do seu cargo, e a Daphne gosta de você *por causa* dele!

O príncipe contraiu a mandíbula.

— Eu e a Daphne namoramos por quase três anos — disse ele. Nina recuou um pouco com o lembrete. — Acho que eu teria percebido se ela estivesse mentindo para mim o tempo inteiro.

— Não. Você está cego demais pela beleza dela para perceber — insistiu Nina. — Ela está brincando com você, Jeff. Usando você. Deveria ganhar um Oscar por isso, porque é a performance do século. Ela te convenceu de que se importava com você, quando tudo que importa para ela é ser princesa!

— Então agora você a está acusando de ser uma sociopata — retrucou ele em voz baixa.

— Exatamente! Ela passou todo o relacionamento de vocês fingindo, e se você não percebe isso, é ainda mais bobo e superficial do que eu achava!

Nina olhou fixamente para a cidade, furiosa consigo mesma por estar chorando, mas era tarde demais.

Se ao menos tivesse provas do que acontecera no banheiro, mas era a palavra dela contra a de Daphne. E, se Jeff fosse ficar do lado de Daphne, bem, ali estava sua resposta.

Jeff deixou escapar um suspiro.

— Não quero fazer nenhuma promessa que não possa cumprir, nem sobre casamento nem sobre os rumos da nossa relação. Não estou tentando enganar você. Tudo que eu sei é que quero dar uma chance para a gente.

— Nós *demos* uma chance para a gente, e não deu certo — disse Nina em voz baixa. — Não consigo lidar com isso. Os repórteres, as análises constantes, o fato de sua ex-namorada estar determinada a se livrar de mim. Até mesmo o *contrato de relacionamento* que seu advogado me enviou por e-mail. É coisa demais.

Jeff não respondeu de imediato. Parecia atordoado com as palavras.

— Nina — disse ele, por fim. — Se fôssemos só nós dois, se eu fosse um cara normal, as coisas seriam diferentes?

"É claro que seriam", Nina queria dizer, mas a ideia não fazia sentido. Imaginá-lo como um suposto "cara normal", como um estudante universitário desarrumado que trabalhava para poder pagar pela pizza e cerveja, era ridículo. Jeff era o príncipe dos Estados Unidos e ponto final.

Assim como Nina jamais passaria de uma plebeia.

— Nunca vamos ser só "nós dois", Jeff.

Ele fez que sim.

— Eu sinto muito.

Nina se virou para ele com o rosto cheio de lágrimas.

— Eu também.

Ficaram ali parados, um inclinado na direção do outro, mas sem se tocar.

— Acho que é isso, então — disse Jeff, por fim. — A gente se vê.

Ele deu um último beijo na testa dela, mais como um amigo se despedindo do que um namorado. Em seguida, voltou para dentro do palácio, e as portas se fecharam atrás dele com um clique definitivo.

Nina apoiou os cotovelos nas grades. Sentiu pontadas no estômago, como se toda a dor e a tristeza de seu corpo a torcessem feito uma toalha, arrancando lágrimas de seus olhos.

Precisava ir embora do palácio e, dessa vez, não voltaria mais.

37

SAMANTHA

"Não estou com inveja", Samantha lembrou a si mesma enquanto vagava pela festa da irmã como um floco de neve perdido. Seria mesquinho sentir inveja num momento como aquele. O noivado de Beatrice era uma questão de Estado, uma decisão *dinástica*, e o pai delas estava morrendo. Comparado a isso, parecia egoísta desejar estar com Teddy. Havia muito mais em jogo do que seu coração adolescente partido.

Seu cérebro racional sabia e aceitava tudo isso, mas não era como se as coisas fossem menos dolorosas.

Ao menos Nina e Jeff pareciam felizes. Passaram a noite toda grudados um no outro, sorrindo apaixonados como dois bobos, embora Sam não os visse mais na pista de dança. Provavelmente tinham escapulido para ficarem sozinhos.

Quem ela não parava de ver, não importa o quanto tentasse evitar, era Teddy.

Desde a conversa no cofre das Joias da Coroa, ela e Teddy tinham conseguido se evitar de forma admirável. Além do mais, ele parecia estar sempre viajando entre Washington e Boston. Ao vê-lo, Sam murmurava uma saudação educada e se afastava em seguida.

Mas, naquela noite, Teddy parecia estar por toda parte. Sam se deu conta de que uma parte estúpida de si acompanhava os movimentos dele, com uma espécie de zumbido de alerta que parecia operar por baixo da superfície de sua consciência.

Ele estava lindo de smoking, com os cabelos loiros um pouco mais compridos do que o habitual. Lindo e completamente fora de seu alcance. Sam agarrou a haste do copo com tanta força que deixou uma marca em seus dedos. Ela estivera quase, *quase* a ponto de aceitar que abriria mão dele. A decisão tinha sido mais fácil quando ele não estava bem ali, diante dela.

Tinha muitos outros rapazes na festa, caso quisesse se distrair. Sam se forçou a girar pela pista de dança com eles, um atrás do outro. Alastair von Epstein,

Darius Boyle, e o infame lorde Michael Alden, que havia contrariado os desejos da família e se tornado um nadador profissional. Ele era ainda mais bonito pessoalmente, com aquele sorriso branco e perfeito que se via em embalagens de cereal e comerciais de pasta de dente.

Sem dúvida, Samantha estava vestida para flertar. Um vestido vermelho espetacular, estilo sereia, para combinar com seu batom marcante, o cabelo em cachos que caíam sobre um dos ombros, e rubis nas orelhas. Tinha um aspecto glamoroso, como uma estrela dos anos de ouro de Hollywood.

Ela fez um esforço consciente por um tempo. Olhou para Michael através dos cílios e riu das piadas dele, por mais que não tivessem graça, mas seu coração não estava ali.

— Sam, posso falar com você?

Beatrice havia surgido atrás dela, sozinha, o que era pouco habitual.

— Claro — respondeu Sam, curiosa.

Ela seguiu a irmã até um canto do terraço com colunatas, por trás de um enorme arranjo de peônias brancas num vaso de vidro lapidado. Um jovem com o uniforme da Guarda Revere as seguiu e, por fim, postou-se na beirada do salão.

— O que aconteceu com seu outro guarda? O alto e bonitão? — Sam não reconhecia o novo agente de segurança de Beatrice.

— O Connor? — Sua irmã deixou escapar um estranho suspiro que era quase uma risada, e a voz ficou mais aguda do que o normal. — Ele vai voltar. Foi uma licença temporária.

Havia algo de diferente em Beatrice aquela noite. A lua arrancava faíscas das pontas de sua tiara e lançava uma luz pálida sobre seu rosto. Parecia mais bonita e delicada do que nunca.

Beatrice olhou ao redor para se certificar de que ninguém bisbilhotasse a conversa. Em seguida, aproximou-se de Sam.

— Vou desmanchar o noivado — disse abruptamente.

— O quê? Mas... *por quê?*

— Você estava certa. Eu e o Teddy não estamos apaixonados. Não deveríamos assumir esse tipo de compromisso, não quando existem outras pessoas no mundo para nós. Pessoas pelas quais *podemos* nos apaixonar — acrescentou ela, com um olhar sugestivo para Sam.

— Mas e aquilo tudo que você disse, sobre precisar se casar antes... — Sam se conteve antes de dizer "antes que o papai morra", mas Beatrice entendeu.

— Vou falar com o papai hoje à noite, assim que conseguir um momento a sós com ele. Sei que ele não vai ficar muito animado com a ideia — admitiu. — Mas, com sorte, vai entender.

Sam olhou para o salão de baile. Para as centenas de pessoas que tinham vindo celebrar a história de amor entre Beatrice e Teddy.

— Tem certeza? — sussurrou ela. O vento uivava em seus ouvidos, abafando as risadas e o burburinho da festa. — Vai mesmo dizer ao mundo que mudou de ideia?

Beatrice sacudiu a cabeça com um sorriso incontrolável.

— Quem liga para o que o mundo vai pensar? As únicas opiniões que importam agora são as da nossa família e da família do Teddy.

Era uma resposta tão atípica de Beatrice que Sam só conseguiu piscar os olhos, sem palavras.

O vento puxava com mais insistência as saias de seus vestidos e os grampos de seus cabelos. Mesmo assim, nenhuma das duas saiu do lugar.

— Não acredito que você faria isso por mim — conseguiu dizer Sam, por fim.

— Estou fazendo por *nós*. Tem muitas coisas na nossa vida que não podemos controlar, por sermos quem somos, mas não faz sentido ter que fazer esse tipo de sacrifício.

Foi então que Samantha se deu conta.

— Você está com outra pessoa — chutou ela.

A expressão no rosto de Beatrice, de surpresa e nervosismo por ter sido descoberta, mas de emoção nua e crua, foi a confirmação de que precisava.

— Promete para mim que não diz nada a ninguém até eu conversar com o papai.

Sam queria pegar as mãos da irmã e dar gritinhos de alegria. E pensar que a certinha e cuidadosa Beatrice estava tendo um caso às escondidas.

— Quem é? Alguém que eu conheço?

O sorriso de Beatrice vacilou.

— Você já o viu, sim — respondeu ela lentamente.

— Ele está *aqui* hoje?

Quando Beatrice fez que sim, Sam olhou em direção à festa, sem fôlego, perguntando-se qual dos rapazes ali dentro seria o namorado secreto da irmã.

— Não vai ser fácil — disse Beatrice, hesitante. — Esse cara, não é tão evidentemente apropriado quanto o Teddy.

— Poucos são. — Sam tentou fazer piada da situação.

— É um plebeu.

Sam piscou. Agora entendia por que Beatrice tinha feito todas aquelas perguntas estranhas sobre a tia Margaret. Ela queria saber o que aconteceria caso não suportasse se casar com nenhum dos rapazes na lista de seus pais, caso decidisse seguir o coração.

— Pois é — prosseguiu Beatrice, interpretando a expressão de Sam. — Não é o ideal. O que posso fazer?

— Você vai dar um jeito. Só... um passo de cada vez. Concentre-se em sair do noivado com o Teddy primeiro, antes de tentar entrar em outro. — Sam tentou encorajá-la.

Não fazia ideia de como a irmã conseguiria um feito tão absolutamente inédito quanto se casar com um plebeu.

Beatrice suspirou.

— Não estou muito ansiosa para dar a notícia ao papai. Ou à mídia. Queria saber qual é o protocolo para romper um noivado real. Já aconteceu antes?

— Aconteceu, claro! — exclamou Sam. — No século XIX, teve mais casamentos cancelados do que oficializados. Acontecia o tempo todo quando as alianças políticas mudavam.

— Ótimo. Vou dizer ao papai que podemos considerar o noivado rompido de Edward I como precedente. — Beatrice deu uma risada abafada, depois ficou em silêncio. — As pessoas vão me odiar por um tempo.

— Pode ser — admitiu Sam. — Ou talvez fiquem orgulhosas de você por estar segura de si e ter coragem o suficiente para pôr um fim nisso tudo.

Beatrice fez que sim, embora não parecesse convencida.

Sam voltou a olhar para o salão.

— O Teddy já sabe?

Ela se lembrou do comentário de Teddy quando ele lhe disse que Beatrice o pedira em casamento: "Não se diz não à futura rainha." Ele nunca teria sido capaz de romper o noivado por conta própria, não quando o destino de sua família e de toda a sua comunidade dependia dele.

Mas, se Beatrice desmanchasse, não tinha nada que os Eaton pudessem dizer em protesto.

Beatrice negou com a cabeça. A luz dourada da festa dançava em seu perfil, refletia em um de seus brincos e deixava a outra metade de seu rosto na sombra.

— Você é a primeira pessoa para quem estou contando.

Talvez fosse ousado de sua parte, mas Sam teve que perguntar.

— Posso contar a ele?

— Achava que ele merecia ouvir de mim... — começou Beatrice, mas pareceu mudar de ideia com a expressão no rosto de Sam. Ela sorria com um alívio inconfundível. — Pensando bem, talvez *você* devesse contar. O papel da dama de honra é lidar com complicações do casamento, né? — disse em tom leve, como se cancelar o casamento do século fosse uma complicação *banal*.

Sam envolveu a irmã com os braços.

— Obrigada.

Apesar dos esforços para evitar Teddy a noite toda, apesar de ter passado os últimos dez minutos ali fora no terraço, Sam percebeu que sabia exatamente onde encontrá-lo.

Estava perto da beirada da pista de dança, rodeado por um semicírculo de pessoas que lhe desejavam tudo de bom. Sam foi direto até ele. Sentiu como se estivesse flutuando, como se uma alegria borbulhante e contagiosa a tivesse tirado do planeta e ela nunca mais quisesse descer.

Teddy a olhou, surpreso. Claramente não tinha esperado que Sam fosse atrás dele aquela noite. Nem ela, até aquele momento.

— A Beatrice quer falar com você. Acho que é para tirar mais fotos — anunciou em voz alta. Em seguida, posicionou-se de modo que somente ele pudesse ler seus lábios. "Chapelaria, cinco minutos", disse sem emitir som, e foi embora antes que Teddy pudesse questioná-la.

♛

Ele chegou em quatro minutos.

Sam estava tão ansiosa que caminhava de um lado para o outro. Bem, *caminhar* não era a palavra mais adequada, levando-se em conta o espaço limitado, ela só podia dar um passo em cada direção. Não parava de pensar na última vez em que estivera ali com Teddy, no Baile da Rainha, quando ainda era a garota despreocupada que bebia cerveja trancada num armário. Quando tudo que conhecia sobre ele era o nome e o calor do sorriso.

— Eu não deveria ter vindo — disse Teddy, hesitante, parado na porta.

— Você é o quê, um vampiro que precisa ser convidado para entrar? — Sam o puxou para dentro e fechou a porta. — Está tudo bem, prometo.

— Sam, não. — Ele recuou um passo, já com a mão na maçaneta. Para Samantha, seu código de honra era algo único e maravilhoso, um resquício do século anterior.

— Beatrice vai cancelar o noivado.

Sam estava atenta à reação dele, assim, apesar da escuridão, ela viu a expressão chocada e surpresa de Teddy. Ele deixou a mão cair da maçaneta.

— O quê?

— Ela vai cancelar o casamento — disse Sam mais uma vez.

— Ela disse por quê?

— Porque ama outra pessoa.

— Ah — respondeu Teddy, soltando o ar. — Achei mesmo que fosse o caso.

— Você o quê?

Ele mudou o peso de uma perna para a outra, o que fez com que as luxuosas peles atrás dele se movessem junto. Sam se forçou a permanecer imóvel, embora todos os átomos de seu corpo vibrassem com a proximidade dos dois.

— De vez em quando, a Beatrice ficava com um olhar distraído. Eu sabia que ela devia estar pensando em outra coisa, ou outra *pessoa* — disse Teddy lentamente, e deu de ombros. — Ela nunca sorria desse jeito para mim.

— Teddy — Sam queria que tivesse algum tipo de iluminação ali dentro, para que pudesse vê-lo melhor, tentar desvendar seus pensamentos.

— Não que eu a culpe — prosseguiu Teddy, com a voz rouca e indecifrável. — Até porque eu estava fazendo exatamente a mesma coisa.

Ele estava falando dela, não estava?

Sam precisou recorrer a todo o seu autocontrole para não se aproximar mais.

— Então você não está decepcionado?

— Honestamente? Estou aliviado. E feliz pela sua irmã, por ela ter encontrado alguém que ama. Ela merece.

A chapelaria estava muito silenciosa, os dois tão imóveis quanto os casacos de pele suntuosos que os envolviam. Sam estava mais do que ciente de cada centímetro de escuridão que a separava de Teddy.

A voz dele rompeu o silêncio.

— E agora, o que vai acontecer?

— A Beatrice vai conversar com nosso pai hoje à noite, contar a ele sobre a decisão. Depois, tenho certeza de que Robert vai entrar na jogada, para descobrir a melhor maneira de dar a notícia. É provável que ele faça vocês darem outra entrevista, ou talvez uma coletiva de imprensa. Vocês vão ter que devolver todos os presentes empilhados naquela sala. *E* cancelar a degustação de bolo do próximo fim de semana — acrescentou Sam, naquele seu jeito nervoso e inquieto. — Eu estava muito ansiosa por essa parte.

— Samantha. Estava perguntando o que vai acontecer com *a gente*.

Sam engoliu em seco. Era como se tivesse derretido, como se não fosse nada além de eletricidade envolta em pele.

— Da última vez que estivemos aqui, você disse que se recusava a aceitar ordens minhas.

— Depende da ordem.

— Bom, eu *esperava* que você me beijasse, mas, já que não posso te dar ordens, acho que vou ter que...

As palavras seguintes foram silenciadas quando Teddy aproximou os lábios dos de Sam.

Já não parecia mais importar que ela não pudesse vê-lo. Que ele era escuridão, e ela era escuridão, e a escuridão os rodeava. Porque o mundo inteiro tinha se reduzido àquele único ponto de contato, à ardente sensação da boca dele na dela.

Ela rodeou os ombros dele com os braços e o puxou para mais perto. Teddy pôs as mãos por baixo dos cachos dela para segurar sua nuca, enquanto a outra mão deslizava pela cintura. Sam ficou sem ar. Eles caíram de costas nos casacos de pele, e Teddy bateu a cabeça numa prateleira, mas nem isso foi capaz de interromper o beijo.

— A gente devia voltar — sussurrou Teddy por fim, seu hálito quente no ouvido dela.

Sam mordiscou o lábio inferior dele uma última vez, só porque podia. Mais do que vê-lo sorrir, ela pôde sentir o sorriso contra sua pele.

— Bom, já que somos *obrigados* — replicou ela, melodramática, e se forçou a recuar um passo. Estava perigosamente perto de arrastar Teddy para seu quarto, sem se importar com as consequências.

— Sam — Teddy acariciou o cabelo dela, que havia se tornado uma sombra contra a escuridão. — Sinto muito pelo jeito com que tudo isso desenrolou. Não foi justo com você.

— Não foi justo com nenhum de nós. — Sam pensou em Beatrice, pressionada pelo próprio pai para ficar noiva quando, na verdade, não era o que ela queria.

— Eu *gosto* de você — disse Teddy, sem rodeios. — Lá em Telluride, tudo que eu queria era poder apertar um botão de pausa, para continuarmos passando tempo juntos, descobrindo mais coisas sobre você. O que estou tentando dizer é que você merece mais do que isso. Do que se esconder comigo numa chapelaria.

As palavras aqueceram o coração dela.

— É, eu não me importaria se fosse um pouco mais espaçoso — brincou, mas ele não mordeu a isca.

— Eu só odiaria causar problemas para você, com sua família.

Não importava o que acontecesse, Sam sabia que ela e Beatrice estariam juntas.

— E você e *sua* família? — perguntou para se esquivar do assunto.

Teddy respirou fundo.

— Não sei — admitiu. — Espero que a gente consiga dar um jeito. Se não, acho que vou descobrir qual a sensação de perder tudo.

— Nem tudo. Você ainda vai ter a mim.

Sam procurou a mão dele e Teddy a segurou firme.

— Vamos ter que dar tempo às pessoas, sabe? — disse ele. — Nenhum de nós vai sair muito bem dessa situação. Eu vou ser o cara namorando a irmã da ex-noiva, e você, a dama de honra namorando o ex-noivo.

— Mais cedo ou mais tarde elas vão superar. Quando se trata de casamentos reais, já aconteceram coisas mais estranhas — declarou Sam, com mais confiança do que sentia.

— Como por exemplo?

— Luís XIV teve um caso com a esposa do irmão. Henrique VIII se casou com a esposa do próprio irmão. — Sam riu. — Também tem o rei medieval, Hardecanuto, cujo nome significa "nó duro", que morreu de bebedeira num banquete de casamento. É sério — insistiu ela, ao ver o olhar cético de Teddy. — Ele literalmente morreu de tanto beber!

— Eu acredito — respondeu ele, tentando não rir.

— Está zombando de mim?

— Jamais — disse ele rapidamente. — Só pensando em como vai ser difícil ficar com você. Difícil, imprevisível e nunca, jamais, entediante.

Ela corou, lisonjeada e constrangida ao mesmo tempo.

— Então tá bem. Que tal se eu sair primeiro, e aí você espera alguns minutos, só para garantir? Nos vemos perto do bar? — sugeriu Teddy.

Sam fez que sim enquanto ele saía. Apenas alguns segundos tinham se passado quando ela disparou para o corredor, a bainha do vestido arrastando no chão conforme corria para alcançá-lo.

— Ah, Teddy! — disse ela em voz alta, com estudada casualidade. — Que bom ter encontrado você!

— Achei que a gente tivesse combinado de esperar alguns minutos — sussurrou ele, embora estivesse sorrindo.

— Deixa as coisas serem do meu jeito, pelo menos uma vez.

— Tenho um pressentimento de que, com você, nunca vai ser "pelo menos uma vez" — respondeu Teddy. — Se bem que, preciso dizer, estou tranquilo quanto a isso.

38

DAPHNE

Daphne estava conversando com a condessa de Cincinnati quando Nina passou de cabeça baixa pelas portas do salão. Estava pálida e abalada, embora não chorasse. Apesar de tudo, Daphne ficou impressionada com esse detalhe.

Ela observou Nina dar uma última olhada na festa, como se quisesse guardá-la na memória, e depois sair com um tilintar das contas cinzentas de cristal.

Daphne olhou na direção da mãe, corando em seu momento de triunfo. Rebecca tivera razão, no fim das contas. Nina era a chave para separá-los, não Jefferson. Sua mãe a olhou nos olhos e indicou o príncipe com a cabeça.

Mas Daphne não estava com pressa. A última coisa que queria era que Jefferson se sentisse *perseguido*.

Só foi procurá-lo quando a noite se aproximava do fim, quando a multidão no bar começou a se dispersar e menos casais ocupavam a pista de dança.

Como era de esperar, Jefferson estava na Sala Reynolds, uma pequena câmara no corredor do salão de baile. As janelas estavam cobertas por cortinas cáqui e um enorme sofá se estendia diante delas como um grande animal adormecido. No canto, um bar. Não costumava haver nenhum funcionário trabalhando por ali e, vez por outra, Daphne já tinha visto o próprio rei na sala, preparando martínis.

O príncipe estava sentado numa banqueta reluzente, com o corpo inclinado para a frente e cotovelos apoiados no bar. Ao seu lado, uma garrafa cara de uísque escocês. As várias prateleiras guardavam copos de cristal em uma das paredes, mas naquela noite Jefferson decidira deixar as sutilezas de lado e bebia direto da garrafa.

Daphne fechou a porta ao entrar, e os sons da festa logo foram interrompidos.

Jefferson mal ergueu o olhar com a chegada dela.

— Ah, oi.

— Noite difícil? — perguntou ela, compassiva, sem se deixar abater pelo tom dele. Sempre tinha sido capaz de levantar o ânimo de Jefferson quando a embriaguez o deixava sentimental. — Parece que precisa de um amigo.

— O que eu preciso é de um companheiro de copo.

Daphne se acomodou na banqueta ao lado dele.

— Cadê a Samantha? Ela foi uma excelente companheira de copo em Telluride.

— É verdade — disse Jefferson, e ela viu que ele se recordava de algo. — Vocês duas não estavam tomando shots juntas?

Era bom saber que ele ainda não conseguia desviar o olhar dela, por mais que quisesse.

— Quem, eu? — perguntou Daphne com falsa inocência. Ela tirou os saltos cravejados de *strass* e apoiou os pés na barra inferior da banqueta. — O que estamos bebendo?

Ele passou o uísque para Daphne, com um toque de desafio no gesto, como se não esperasse que ela fosse aceitar.

— Saúde — disse Daphne com leveza. A garrafa pesava em sua mão. Ela tomou um longo gole e pôs a garrafa no bar, devagar e com elegância.

Conseguira prender a atenção do príncipe.

— Tá tudo bem? — Seu leve vestido cor de champanhe caía ao redor dela ao se inclinar para a frente. Daphne sabia que, naquele momento, tinha um aspecto doce e angelical, desde a curva pálida do pescoço até os lábios rosados e as unhas claras.

Jefferson suspirou.

— É provável que você já saiba, mas a Nina terminou comigo hoje.

— Não. — Daphne respirou fundo. — Eu não sabia.

Ele lhe lançou um olhar curioso.

— Ela falou umas coisas bem estranhas de você, na verdade. Te acusou de mandar os paparazzi até o dormitório dela, de vazar a história de que estávamos juntos.

Daphne abriu a boca em choque, formando um "O" perfeito.

— Eu não fazia ideia de que vocês estavam juntos, que dirá de qual é o dormitório dela — disse com uma risada confusa. — Além do mais, eu jamais faria uma coisa dessas. Você sabe como eu odeio a imprensa.

— Foi o que eu disse a ela. Mas, de onde a Nina tirou uma ideia dessas?

Daphne percebeu a incerteza. E sabia que isso estava por vir, sabia que Nina iria até o príncipe cheia de acusações sobre ela. E exatamente por isso tinha vindo preparada.

Nina não estava mais presente e, como disse certa vez o rei George I, a história é escrita pelos vencedores.

— Sinto muito. É tudo culpa minha. Toda essa confusão, digo — explicou Daphne em resposta ao olhar intrigado de Jefferson. — Eu disse à Nina mais cedo que eu me culpava. Acho que ela entendeu errado.

— Você se culpava? Pelo quê?

— Claro que ela se sentia perdida — disse Daphne gentilmente, de modo que não parecesse um insulto, e sim uma observação discreta. — Ela não estava preparada para lidar com toda a atenção que estava recebendo. Tentei dar alguns conselhos quando fomos às compras…

— Você foi às compras com a Nina?

— A gente se encontrou por acaso na Halo, e eu a ajudei a escolher um vestido. — Daphne suspirou. — Acho que não valeu o esforço. Ela claramente pensou que eu estava me intrometendo. Só queria que ela aprendesse com os meus erros.

Jefferson assentiu em silêncio. Ele olhou para a lareira, sobre a qual pendia um retrato famoso e inacabado de seus avós, o rei Edward III e a rainha Wilhelmina. A parte superior estava completa, mas a inferior se dissolvia em esboços de linhas de carvão, de modo que o vestido da Rainha-Mãe mudava de uma tinta cor de chama para esboços a lápis. Depois que o marido morreu, ela se recusou a permitir que o artista terminasse a pintura. E assim permaneceria, para sempre incompleta.

— A Nina não gosta de você — disse Jefferson abruptamente. A explicação de Daphne ainda não tinha o convencido.

"Claro que não gosta", pensou Daphne, embora assentisse com ar sereno.

— Eu não a culpo. Ela sabia no que eu estava pensando hoje.

— E no que você estava pensando?

Daphne ergueu os olhos para encontrar os dele, depois baixou rapidamente os cílios negros e espessos.

— No que eu ainda sinto por você. Não vou dizer que sinto muito pelo seu término com a Nina. Porque não é a verdade.

Ela deixou que as palavras caíssem entre os dois como dados lançados num jogo de azar, exceto pelo detalhe de que Daphne nunca deixava nada ao acaso. Jefferson não a beijaria, ela estava ciente disso. Era cedo demais. Precisava dizer as palavras e permitir que se assentassem no cérebro dele.

Ele se remexeu no assento meio sem jeito, como se não soubesse como se comportar na presença dela depois de ouvir aquilo. Daphne esperou um instante. O silêncio deixava muita gente desconfortável, mas com ela era diferente. Sabia o que poderia ser realizado com um minuto de silêncio, se deixasse tudo acontecer em seu próprio ritmo.

— Obrigada por dividir comigo — disse ela por fim, e passou a mão por ele para pegar a garrafa de uísque. Tomou outro longo gole antes de passar a bebida para Jefferson.

Ele pigarreou.

— Lembra quando a gente veio aqui jogar Uno?

— Você e o Ethan estavam tentando transformar num jogo de bebida! — recordou-se Daphne. — Faz tanto tempo que não consigo nem lembrar quem ganhou.

Jefferson abriu um sorriso sarcástico.

— Não fui eu, se minha ressaca na manhã seguinte serve de pista.

— Não era dia de semana?

— Ah, era. Tenho certeza de que eu implorei para que você me levasse um sanduíche de café da manhã lá no beco.

Os alunos do St. Ursula não deveriam visitar o campus dos alunos do Forsythe e vice-versa, mas tinha uma faixa de grama entre os dois, que eles tinham, sem muita criatividade, batizado de "beco", onde podiam se encontrar entre uma aula e outra para um beijinho rápido. Ou, no caso de Daphne, levar Gatorade e um sanduíche de café da manhã para o namorado.

— Sinto falta daquela época. — O sorriso de Daphne estava repleto de nostalgia. — Deixando tudo de lado, sinto saudade de ser sua amiga. Já me peguei várias vezes indo atrás do celular porque queria te contar alguma coisa, mas aí...

A mão de Jefferson estava em cima do bar entre eles. Daphne sabia como seria fácil entrelaçar os dedos nos dele, mas não queria espantá-lo.

Em vez disso, suspirou e olhou para baixo, os diamantes em suas orelhas balançaram e refletiram a luz.

— Queria que pudéssemos ser amigos de novo.

O príncipe assentiu lentamente com a cabeça.

— Não vejo por que não.

♛

Mais tarde, Daphne estava a caminho dos portões principais do palácio. Tinha acabado de se despedir de Jefferson. Bem, talvez *se despedir* fosse um pouco de exagero, já que ela o havia entregue aos braços prestativos de um dos agentes de segurança. Por um momento breve, tinha chegado a considerar a ideia de subir com ele, mas decidiu que não. Não queria que ele pensasse nela como um consolo temporário para superar Nina, quando Nina sempre fora o consolo temporário depois *dela*.

De qualquer maneira, tinham ficado bêbados demais passando o uísque de um para o outro, enquanto relembravam os velhos tempos e riam das memórias antigas. Daphne decidiu que seria melhor deixar as coisas assim, no ponto alto. Reacendera o fogo, e isso bastava até o momento.

Daphne não se deu ao trabalho de voltar para a festa, não havia mais ninguém que precisasse ver, e seus pais já tinham ido para casa fazia muito tempo. Ela parou no corredor dianteiro para pegar o casaco com um criado. Embora tivesse tomado muito menos goles do que Jefferson, sentia o uísque pulsando languidamente em suas veias. Estava bastante bêbada.

E exausta. Esse era o lado ruim do sucesso, podia ser ainda mais cansativo do que o fracasso. Tudo tinha sido como uma maratona. Todos aqueles dias e noites planejando e conspirando, rompendo um relacionamento e se preparando nos bastidores. Ela resistira por pura teimosia, mas não tinha mais energia para manter-se de pé.

A rotatória de entrada do palácio era sempre um caos depois de uma festa importante. Uma longa fila de pessoas alinhava-se na varanda da frente, todos à espera de um dos carros de cortesia que o palácio oferecia sem custo depois de uma noite dessas. Daphne soltou um suspiro e foi para o final.

— Daphne? Quer carona?

De alguma maneira, não ficou surpresa ao ver Ethan na frente da fila, segurando a porta aberta de um carro.

Daphne se deteve sob a luz da lua e deixou o casaco escorregar pelos ombros. Havia algo novo e distinto no ar, algo em que não deveria prestar atenção. Mas prestou.

— Seria ótimo. Obrigada — murmurou, e deslizou atrás dele para o banco de trás. Ethan se inclinou para a frente para informar ao motorista o endereço dela.

— Podemos deixar você primeiro. Afinal, era o seu carro.

— Sem problema — disse Ethan rapidamente, e então sorriu. — Cavalheirismo, e coisa e tal.

Daphne se deu conta de que, na verdade, não sabia onde Ethan morava, nunca estivera na casa dele, nem nunca sequer conhecera a mãe dele. Ela se perguntou, por um breve instante, por que ele nunca convidara nenhum dos amigos para uma visita. Será que a mãe não os aprovava? Ou Ethan tinha seus próprios motivos?

— E aí? Como foi? — Ethan quis saber. Através do vidro fumê, a cidade era um borrão salpicado de ouro. Os arranha-céus do distrito financeiro se destacavam no horizonte, e as janelas dos escritórios ainda iluminados formavam um favo de mel.

— A Nina terminou com o Jefferson.

— Meus parabéns. — Ele aplaudiu lenta e silenciosamente. — Se bem que, preciso dizer, estou surpreso por você não estar com o Jeff até agora, depois de uma vitória dessas.

Ela poderia ter contado a Ethan que Jefferson estava bêbado demais, que fizera mais do que o suficiente por uma noite. Em vez disso, tudo que Daphne disse foi:

— Pois é, não estou.

Ele arqueou a sobrancelha.

— Estou curioso. Como foi que conseguiu?

De repente, era um alívio e tanto estar ali sentada com Ethan, sem esconder nada. Ao longo de toda a conversa com Jefferson, Daphne estivera em estado de alerta, monitorando cada gesto e palavra. Mas, com Ethan, podia ser ela mesma.

Ela lhe contou tudo o que fizera com Nina, desde o início.

O carro fez uma curva fechada e, como nenhum dos dois estava com cinto de segurança, o peso do corpo de Ethan caiu sobre o dela.

Ele logo se afastou, mas a distância entre os dois ficou mais curta.

— Estou impressionado — declarou ele quando Daphne terminou a história. — Sabotagem *e* intimidação. Você se superou. Realmente dizimou a garota.

Algo na forma com que ele dissera aquilo a incomodou.

— Alguma vez duvidou de mim? — perguntou ela, irritada.

— Jamais. — Ethan se deteve, como se não tivesse certeza se deveria ou não dizer suas palavras seguintes, mas foi em frente e as disse mesmo assim. — É uma pena que o Jeff não aprecie nem metade do que você é capaz.

— Não é verdade.

Ele deixou escapar uma risada.

— O Jeff não te conhece como eu. Tudo o que ele vê é sua aparência, o que é uma pena, porque a melhor coisa sobre você é sua mente. Essa mente brilhante, teimosa e sem escrúpulos, e sua incrível força de vontade.

Daphne quis protestar, mas Ethan a olhava com uma expressão que ela nunca vira antes.

Era o olhar de alguém que conhece você, o melhor e o pior, sabe o que você fez e o que é capaz de fazer e que, apesar de tudo isso, o escolhe. Era um olhar que Daphne nunca tinha visto em Jefferson, mesmo depois de anos de namoro.

— Para — sibilou ela, e depois disse de novo, em voz mais alta — Só *para*, tá? Não sei como ganhar com você!

— Daphne. Nem sempre *ganhar* é o mais importante.

— Claro que é!

Ela ergueu a mão para alisar o cabelo, sentindo-se poderosa e inquieta. Antes que pudesse baixá-la novamente, Ethan a pegou. O polegar do rapaz acariciou seu pulso em pequenos círculos, lentos e vagarosos, que deixaram Daphne sem fôlego. Ela não se afastou, por mais que o rosto de Ethan estivesse mais perto do dela. Pela primeira vez, não havia nenhum traço de sarcasmo nos lábios carnudos e sensuais.

— Ethan — Daphne queria soar crítica, mas sua voz saiu perigosamente incerta.

Quando os lábios finalmente se tocaram, parecia inevitável.

O beijo percorreu seu corpo feito uma droga, circulando descontroladamente por suas terminações nervosas. Daphne o puxou para mais perto. Sabia que era um erro tolo, que estava jogando fora todos os anos de trabalho árduo. Mas não se importava.

A escolha deveria ter sido bem simples. De um lado, estava Jefferson, o *príncipe*. Todo mundo queria que os dois ficassem juntos, os pais de Daphne, os pais de Jefferson, *todo o país* e Daphne.

Mas, mesmo assim, ali estava ela. Era como se o toque dos lábios de Ethan nos seus tivessem causado um curto-circuito em seu cérebro, e nada mais tivesse importância.

Ela saiu do lugar para sentar em cima dele, montada em seu colo. Os dois tatearam no escuro, afastando a espumosa montanha de suas saias. Os lábios dele percorreram seu pescoço, e ela jogou a cabeça para trás enquanto segurava possessivamente os ombros de Ethan. Era como se os dois fossem um par de lâminas se chocando para fazer fogo.

Ethan estava certo sobre uma coisa: Jefferson não conhecia seu lado verdadeiro e jamais conheceria.

39

BEATRICE

Beatrice só conseguiu um momento a sós com Teddy quando a festa já estava quase no fim.

Eram convidados demais, todos ansiosos para desfrutar de seu momento privado com os futuros cônjuges. Ela olhou Teddy nos olhos algumas vezes, e uma centelha invisível de comunicação se transmitiu entre eles. Até que outra pessoa o puxava de lado ou o fotógrafo pedia uma foto a Beatrice, e mais uma vez acabavam se afastando em direções opostas.

Ainda tinham alguns convidados na pista de dança, já gasta. Os criados se aproximavam com copos d'água e tentavam gentilmente encaminhá-los até a saída, onde uma longa fila de carros se estendia pela rotatória. Até os grandes arranjos de flores já haviam perdido o brilho e pétalas soltas começavam a cair no chão.

Por fim, Beatrice virou-se para Teddy e pediu um momento a sós. Ele assentiu com a cabeça e ela o levou até um canto da pista de dança, por trás de uma coluna de granito cor-de-rosa.

— Teddy, eu sinto muito, por tudo — ela apressou-se em dizer. — Espero que saiba que eu... Quer dizer, eu nunca deveria...

— Não tem problema — assegurou ele, olhando-a com ternura. — Contanto que você esteja bem.

Acrescentou, dando à frase uma entonação final que a transformasse numa pergunta.

— Ainda não — admitiu Beatrice. — Mas acho que vou ficar, ou espero.

Teddy lhe lançou um sorriso gentil, o tipo de sorriso que ela não merecia.

— O que posso fazer para ajudar?

O fato de Teddy ser tão honrado e atencioso num momento como aquele alimentava seu sentimento de culpa. Mesmo Beatrice rompendo o noivado, ele ainda se concentrava em facilitar as coisas para *ela*.

— Por favor, não conte a ninguém. — Um calafrio a percorreu ao se lembrar de que fizera o mesmo pedido quando ficaram noivos, mas por razões diferentes. — Preciso dar a notícia ao meu pai primeiro. Depois, podemos pensar nos próximos passos.

Teddy fez que sim.

— Vou continuar me comportando como seu noivo até que me diga o contrário.

— Obrigada — murmurou Beatrice. — E obrigada mesmo por ser tão compreensivo em relação a tudo isso. Por não me odiar, mesmo depois do que eu fiz você passar.

— Jamais odiaria você. — Ele pegou a mão dela, embora o gesto não fosse nada romântico, e sim uma tentativa de a transmitir um pouco de sua força. — O que quer que aconteça, saiba que sempre pode contar comigo. Como um amigo.

Beatrice assentiu com a cabeça, incapaz de falar.

Quando voltaram para o que restava da festa, os Eaton tinham se enfileirado para se despedir.

Ali estavam todos eles: os pais de Teddy, o duque e a duquesa de Boston; Lewis e Livingston, os irmãos mais novos de Teddy; e a mais jovem entre os irmãos, Charlotte. Mesmo que ainda não os tivesse conhecido, Beatrice saberia que eram parentes. Todos tinham a mesma aparência. Seus cabelos dourados e o ar patrício e fotogênico remetiam a jogos de futebol ao ar livre, tortas de maçã recém-saídas do forno e verões ventosos em Nantucket. Pareciam muito confortáveis em seus smokings e vestidos de baile, como se acordassem e se vestissem para eventos de gala todos os dias.

— Obrigada por terem vindo — disse Beatrice a cada um deles, com um aperto de mão, aquela família não era do tipo que abraçava.

— Estou muito animado. Muito animado! — disse o pai de Teddy em voz alta, jogando um braço brincalhão em volta dos ombros do filho.

Beatrice viu o meio abraço desconcertado de despedida que Teddy deu em Samantha e segurou o riso. Talvez, se tivessem sorte, as duas irmãs Washington pudessem ter um final feliz.

Quando os Eaton se foram, Beatrice pigarreou.

— Pai? Será que eu posso falar com você? A sós.

— Claro. Vamos até o meu escritório para um último drinque — sugeriu ele, com o sorriso ainda estampado no rosto.

Beatrice o seguiu e se sentou numa cadeira de frente para ele. Um criado devia ter mantido o fogo aceso a noite toda, pois as chamas ardiam alegremente na enorme lareira.

Queria poder relaxar na poltrona como a jovem que era. Pôr os pés nas almofadas e virá-los para o lado, descansar a cabeça nas costas do assento. Contudo, não tinha permissão para esse tipo de informalidade, porque, naquele momento, não era uma filha conversando com o pai.

Era uma futura rainha, conversando com o rei. Esse era o contexto em que ela e o pai começaram aquela discussão, "uma questão a ser tratada entre monarcas", dissera ele quando lhe contou que estava doente. E era assim que ela daria continuidade.

O rei pegou a garrafa numa mesa lateral e serviu Bourbon em duas taças de cristal lapidado. Entregou uma a Beatrice, que tomou um gole no mesmo instante. O álcool dava coragem, certo?

— Que noite, hein? — comentou ele, ainda muito animado. — Você estava linda, Beatrice. Tão majestosa. Estou orgulhoso de você.

O único jeito de dar aquela notícia era dizer tudo de uma vez, pensou ela, então reuniu forças.

— Pai, quero romper o noivado.

O sorriso de júbilo sumiu do rosto dele.

— Do que você está falando?

— Não posso me casar com o Teddy. Eu não o amo.

De repente, ela falava com urgência, como se tivesse aberto uma torneira e tudo saísse de dentro dela feito água, tão depressa que era incapaz de frear as palavras.

— Tentei me apaixonar, de verdade. Sabia o quanto era importante para você. Mas não posso fazer isso, pai. Nem mesmo por você.

O rei fez que sim.

— Eu entendo — disse ele, e o embrulho no estômago de Beatrice começou a amainar. Fora muito menos complicado do que ela esperava. Deveria saber que o pai não a pressionaria.

— Vamos adiar o casamento. Assim, você e o Teddy vão ter mais tempo de se conhecer — prosseguiu o pai, alheio ao desânimo de Beatrice. — De qualquer maneira, ainda não anunciamos a data. Vamos dizer ao comitê de planejamento que você precisa de mais seis meses, desacelerar o ritmo. Talvez você e o Teddy pudessem fazer uma viagem, passar um momento especial juntos, longe de todas as aparições públicas. Sei que minha doença apertou muito os prazos — acrescentou, olhando para baixo. — Sinto muito ter feito você se sentir sobrecarregada.

— O problema não é o tempo, pai — disse Beatrice com as mãos cerradas no colo, frenética. — Daqui a um ano, vou continuar não querendo me casar com ele.

A raiva brilhou nos olhos do rei.

— Ele fez alguma coisa para magoar você?

— Claro que não — disse ela, impaciente. — O Teddy é ótimo, mas...

— Então qual o problema?

— Eu me apaixonei por outra pessoa!

— Ah. — sussurrou o pai, como se tudo que conseguisse dizer no momento fosse aquela única sílaba. Beatrice não se atreveu a responder.

— Quem é? — perguntou ele, por fim; a comoção o deixara inexpressivo.

— Connor Markham.

— Seu *agente de segurança*?

— Sei que ele não está na sua lista pré-aprovada de opções — Beatrice apressou-se em dizer. — Sei que não é um nobre. Mas, pai... Eu o amo.

O vento assobiava e uivava contra as janelas. O fogo sibilava, e faíscas voavam enquanto a lenha se reposicionava. Beatrice pegou a taça para tomar outro gole nervoso do Bourbon. O líquido emitia um intenso brilho âmbar à luz da lareira.

— Sinto muito, Beatrice. Mas não. — disse o rei, por fim.

— Não?

Aquela seria mesmo a resposta dele? Recusar categoricamente o pedido da filha, como se ela fosse uma criança pedindo para ficar acordada até mais tarde?

— Certamente você entende que isso está fora de cogitação. — Seu pai se calou por um instante, para que Beatrice tivesse tempo de assentir. Como a filha não reagiu, ele seguiu em frente. — Beatrice, você não pode desmanchar seu noivado com Theodore Eaton, que vem de uma das melhores famílias do país, é inteligente, honrado e gentil, porque está apaixonada pelo seu guarda.

Ela tentou não estremecer com a forma com que ele disse "uma das melhores famílias do país", como se isso pudesse ser medido por títulos centenários.

— Connor também é tudo isso, pai. Inteligente, honrado e gentil.

— O Teddy se formou com honras em Yale. Seu guarda nunca foi para a faculdade, mal conseguiu se formar no ensino médio!

— É você quem sempre diz que existe mais de um tipo de inteligência! — Beatrice cerrou os dentes. — Eu sei que não existe nenhum precedente histórico, mas não significa que seja *errado*.

Seu pai não respondeu de imediato. Ele balançou o copo e o gelo tilintou enquanto mantinha os olhos fixos na lareira.

— Você se lembra do que seu avô sempre dizia, que a Coroa divide você em duas pessoas, uma pública e a outra privada? Que você é, ao mesmo tempo, Beatrice, a futura rainha, e Beatrice, a jovem adulta?

Beatrice girou o anel de noivado para a frente e para trás, tirando e devolvendo ao dedo repetidas vezes. De repente, sentiu o impulso de jogá-lo do outro lado da sala.

— Lembro — respondeu ela.

— Será assim sua vida inteira. E vai piorar quando você for mãe e tiver um herdeiro ao trono. — Por fim, o rei ergueu a cabeça e olhou diretamente nos olhos de Beatrice.

A tristeza nua e crua em sua expressão a deixou sem ar.

— Meu lado pai está muito feliz por você ter encontrado o amor. É claro que não importa para mim, como pai, com quem você está, contanto que a pessoa a trate bem e a faça feliz.

— Mas... — completou ela, quando o pai ficou em silêncio. Ficou chocada ao ver as lágrimas brilhando nos olhos dele.

— Meu outro lado, o lado que responde à Coroa, sabe o quanto é impossível. Se você fosse qualquer outra pessoa... — O rei estremeceu e pôs a mão no peito, como se sentisse dor. — Só que você nunca foi "qualquer pessoa". Beatrice, você não pode ficar com esse rapaz e ser rainha. Teria que abrir mão de tudo por ele.

Ela se sentiu indignada.

— Antes você me dizia que nada era impossível, que poderíamos encontrar uma solução para qualquer coisa se pensássemos com calma e criatividade.

— Eu estava falando sobre problemas políticos!

— Pelo que você está me dizendo, este *é* um problema político! Essa lei existe há dois séculos. Talvez seja hora de termos um plebeu no trono! — Olhou para ele, suplicante. — Você é o rei, pai. Com certeza pode fazer alguma coisa. Assinar um decreto, ou apresentar uma lei ao Congresso. Tem que haver uma saída.

Seu pai ficou muito sério antes de voltar a falar.

— Mesmo que eu pudesse fazer alguma coisa, não faria.

— O quê? — Beatrice pigarreou e se controlou para não gritar. — Você não vai mesmo me ajudar a me casar por amor?

— Beatrice, eu sempre *quis* que você se casasse por amor — insistiu o pai. — Só esperava que você se apaixonasse dentro de certas diretrizes. Por isso convidei todos aqueles rapazes para o Baile da Rainha. Eles são muito mais adequados para essa vida do que Connor.

"Dentro de certas diretrizes." Beatrice ficou envergonhada ao perceber que poderia ter dado certo. Que, mais cedo ou mais tarde, poderia ter se convencido de que amava Teddy, se não fosse por Connor.

Ela se sentou na beirada do assento e falou em tom mordaz:

— Você acha mesmo que eu não deveria estar com o Connor porque ele é um *plebeu*?

Seu pai balançou a cabeça, cansado.

— Beatrice, você já estudou a Constituição de trás para a frente. Será que não sabe a essa altura que os Pais Fundadores nunca faziam nada sem um bom motivo? — Ele se serviu de mais uma dose de Bourbon. Seus lábios estavam contraídos e seus olhos, sombrios. — A lei existe para proteger você, e a Coroa, de situações desse tipo. De casamentos inconvenientes.

As lágrimas ardiam nos olhos de Beatrice. Precisava de espaço, precisava de um minuto para *pensar* numa solução.

— Por que não dá uma chance a ele?

— Não tem a ver comigo, Beatrice. Se eu fosse a única pessoa que você precisasse convencer, já teria minha bênção — disse seu pai em voz baixa. — Mas conheço os defeitos do mundo, sei como as pessoas vão te julgar sem dó nem piedade, como primeira rainha dos Estados Unidos. Conheço a tarefa, quase impossível, que você tem pela frente. Confie em mim quando digo que, caso você se case com o Teddy, ele vai te ajudar a carregar esse peso de mil formas diferentes. Ele vai te encorajar, te apoiar. Vai ser um *trunfo* para você, enquanto o Connor não seria nada além de um obstáculo. Você não pode se dar ao luxo de ter um obstáculo. Já vai ser difícil o suficiente por si só.

— Porque eu sou mulher — disse Beatrice categoricamente.

Seu pai não discutiu.

— Exatamente, porque você é mulher, e o mundo vai tornar tudo mil vezes mais difícil para você. Não é certo, nem justo, mas é a verdade. Você vai ser a *primeira* rainha dos Estados Unidos. O caminho à sua frente é muito mais íngreme do que aquele que os onze reis anteriores percorreram. Você vai ter que fazer muito mais para provar seu valor, ganhar o respeito dos dignitários e políticos estrangeiros, e até mesmo dos seus próprios súditos. Passei anos tentando ajudar a te preparar, para facilitar as coisas para você o máximo possível, mas é um desafio que você vai ter que enfrentar todos os dias.

— O Connor *sabe* de tudo isso, pai. Ele viu minha vida de perto, e não o assustou. Eu posso contar com ele como fonte de apoio. — "Já é o que eu faço."

— Ele vai te afundar — disse seu pai bruscamente. — Beatrice, tenho certeza de que ele tem boas intenções, mas esse rapaz não faz ideia de onde está se metendo. Como é que ele vai se sentir depois de anos, *décadas*, ouvindo que não é bom o suficiente? Sentando-se do seu lado em silêncio durante milhares de cerimônias de Estado? Ele vai ser obrigado a submeter a vida *inteira* às exigências da Coroa.

O rei respirou fundo para reunir forças.

— O Connor pode te amar agora, mas será que o amor dele é forte o suficiente para suportar tudo isso?

"Claro que é", Beatrice quis dizer. Mas as palavras não alcançaram seus lábios.

— A lei pode parecer ridícula e ultrapassada para você, mas ela é sábia — sustentou seu pai. — Por que você acha que tantos dos nossos antepassados se casaram com princesas estrangeiras? Não era apenas para selar tratados políticos. Era porque mais ninguém fora capaz de se encarregar desse trabalho. Ninguém, a não ser os filhos de outros monarcas, foi criado desde a *infância* para liderar milhões de pessoas.

— Você está o subestimando — Beatrice tentou dizer com firmeza, mas sua voz falhou.

O rei enxugou as lágrimas.

— Beatrice, estou tentando proteger vocês. Mesmo que você *pudesse* se casar com o Connor, seria um erro. Um dia, quando ele se desse conta de quantas coisas abriu mão por você, se arrependeria da escolha. Ele passaria a odiar você. E, pior ainda, passaria a se odiar.

Beatrice ficou imóvel. As palavras de seu pai a paralisaram por completo.

— Mas... eu o amo — repetiu.

— Eu sei. — Seu pai apertou o copo com força. — Se serve de consolo, você não é a primeira monarca a encarar esse tipo de sacrifício. Vários reis que vieram antes de você abriram mão de alguém que amavam para satisfazer demandas da Coroa. E eu me incluo nisso.

Beatrice não assimilou as palavras de imediato. Quando a ficha caiu, ergueu o olhar de supetão.

— *O quê?*

— Eu também amei outra pessoa antes da sua mãe.

O sangue da princesa se agitou com o choque. Só se ouvia o crepitar da lareira.

— Quem... — Beatrice sentiu os lábios secos e rachados.

— Era uma plebeia.

— O que aconteceu com ela?

— Não a vejo há muito tempo — disse em tom sério. Beatrice estava distraída demais para perceber que não era a resposta à sua pergunta.

Seu pai se apaixonara na juventude e tivera que abrir mão desse amor para se casar com Adelaide. Beatrice tentou se imaginar fazendo o mesmo com Connor, nunca mais vê-lo, ou saber se ele tinha sido capaz de seguir em frente. Casar-se com outra pessoa. A simples ideia apertava seu coração.

— Beatrice, eu sei que você ama seu guarda agora, mas esse tipo de amor não dura. — O rei fez uma pausa para tossir antes de prosseguir.

— Sua mãe e eu não estávamos apaixonados quando nos casamos. Nós nos apaixonamos dia após dia. O amor verdadeiro vem de formar uma família, de enfrentar a vida juntos, com todos os seus problemas, surpresas e alegrias. — Ele suspirou. — Sei que você não ama o Teddy agora, mas também sei que, se você se casar com ele, vai acabar amando. De uma forma verdadeira. *Esse* é o tipo de amor sobre o qual você pode construir um futuro, não o que quer que sinta pelo Connor agora.

Beatrice passou um tempo em silêncio, olhando para o fogo sem enxergá-lo. Sua mente girava com tudo o que o pai lhe dissera.

— Não — disse ela, por fim.

A palavra caiu feito uma pedra no silêncio.

O rei inclinou a cabeça na direção dela.

— Como assim, não?

— Quero dizer que não aceito. Você pode até acreditar nessa lei, pode até pensar que ela protege a Coroa, mas eu me recuso a ser limitada por ela. Não sou como você ou a tia Margaret — declarou, com a determinação refletida no rosto como nunca antes. Em seguida, levantou-se.

Seu pai fez uma careta.

— Beatrice, por favor, não diga coisas assim.

— Por que não? — Suas palavras ganharam força, formando uma avalanche cada vez mais rápida, impulsionada pelo calor incandescente de sua raiva. — Passei a vida *inteira* procurando a ideia da perfeição, tentando ser a princesa perfeita, a filha perfeita, a futura rainha perfeita. Pelo quê?

Os olhos do rei estavam vidrados e o rosto, pálido.

— Pelo país — disse ele, e tossiu de novo.

— E por acaso o *país* vai me amar do jeito que o Connor me ama? Vai ouvir meus segredos, me dar um beijo de bom dia e dizer que vale a pena correr atrás dos meus sonhos? Dei tudo de mim pelo país e, mesmo assim, eles querem mais! Quando será suficiente?

Beatrice nunca tinha falado assim antes. As palavras destravaram uma parte surpreendente de si mesma, como se, ao abrir a porta de sua suíte, tivesse descoberto que havia mais cômodos do que imaginara, todos cheios de possibilidades, esperando que ela os explorasse.

— Talvez as coisas fossem mais fáceis se eu realmente me afastasse de tudo! — disse ela com raiva. — Deixe que a lei tire meus títulos e me exclua da linha de sucessão, não me importo. Deixe que a Samantha seja a primeira rainha no meu lugar!

Beatrice sabia que estava partindo para o ataque como um animal encurralado, que não estava falando sério. Ou será que estava?

Pensou em Samantha, caminhando pelo salão de baile com a pose de uma imperatriz.

E se Beatrice *não fosse* rainha?

Seu pai a encarou com o rosto desfigurado pelo horror.

— Beatrice, por favor.

Foi tudo o que conseguiu dizer antes de levar a mão ao peito, acometido por um acesso de tosse.

A tosse não parava.

O lampejo de raiva de Beatrice se dissipou rapidamente quando viu o pai se dobrar sobre si mesmo, com as mãos nos joelhos. O rosto dele estava ficando vermelho, os olhos fechados e sua tosse, cada vez mais alta e rouca. Um arrepio de apreensão percorreu a espinha da princesa.

— Pai! — Ela pegou uma garrafa d'água da mesa lateral para tentar fazê-lo beber, mas não funcionou, a água escorreu inutilmente pelo queixo dele.

O rei desabou e caiu de joelhos, com as mãos apoiadas no chão.

— *Socorro! Alguém me ajude! É o rei!* — Beatrice afundou no tapete ao lado dele. Percebeu vagamente que o vestido estava manchado de sangue vermelho vivo. O sangue de seu pai, o sangue que ele estava tossindo, e ela não podia fazer nada para ajudá-lo.

Foi uma questão de segundos antes que a equipe de segurança invadisse a porta, os segundos mais longos da vida de Beatrice. Tudo pareceu se dissolver numa névoa de pânico. Só conseguia ouvir a respiração irregular do pai. As pontas da tiara cravaram-se impiedosamente em seu crânio.

— Pai, vai ficar tudo bem, eu prometo. Estou bem aqui — disse ela com a voz entrecortada, as mãos nos ombros dele, até que um dos agentes a afastou gentilmente. Não parou de falar com ele enquanto os paramédicos chegavam para transferi-lo para uma maca.

Tudo estava acontecendo muito rápido. Beatrice se forçou a suprimir o grito que se formou dentro dela, ou talvez estivesse mordendo a língua, porque sentiu sangue na boca, misturado com o gosto metálico do medo.

— Sinto muito — repetiu diversas vezes, como se fosse uma oração. — Fique comigo, pai. *Por favor.*

40

DAPHNE

Daphne piscou os olhos, despertando lentamente. Pelas janelas, o céu era de um cinza-chumbo, riscado com os primeiros raios de luz fracos do amanhecer.

Ao lado dela, com a respiração suave e regular, estava Ethan Beckett.

Ela se sentou em um movimento rápido e abraçou os lençóis de cetim creme enquanto seu quarto, seu erro, ia parando de girar. Seu vestido estava jogado no chão numa montanha de tule, ao lado dos sapatos que ela tinha tirado e as várias peças do smoking de Ethan, uma trilha recriminadora de pistas que a lembravam do que eles haviam feito. De novo.

Ethan se mexeu ao lado dela, mas continuou dormindo. Por um instante, Daphne deixou os olhos vagarem sobre ele. Seu torso comprido, seus ombros musculosos, a sombra dos cílios nas maçãs do rosto. O cabelo cacheado na nuca. Lembrou-se de como, poucas horas antes, havia emaranhado as mãos naquele cabelo, enquanto jogava a cabeça para trás para suprimir um gemido. Daphne estremeceu com a lembrança.

Queria poder rebobinar como uma boa e velha fita cassete, ou, melhor ainda, arrancar a fita e enchê-la de furos.

Não entendia a corrente de desejo que pulsava entre ela e Ethan, apesar do que acontecera da última vez, ou talvez por causa disso. Quem sabe o que os dois fizeram juntos tenha forjado um vínculo sombrio entre eles, como se fossem heróis — ou melhor, anti-heróis — que se aventuraram juntos no submundo, e agora seus destinos estavam para sempre interligados.

Não. O que quer que fosse aquilo, Daphne precisava pôr um ponto final, imediatamente.

Ethan devia ter sentido que estava sendo observado, porque piscou os olhos lentamente e despertou.

— Oi — murmurou ele com um sorriso preguiçoso, e tentou puxar Daphne para perto. Ela se esquivou dos braços dele e recuou.

Ela o odiava por estar tão sexy naquele momento, com o corpo ainda quente e enrugado de sono.

— Ethan, você precisa ir embora.

Ele soltou um suspiro e se sentou.

— Vamos pelo menos conversar sobre isso.

— Não tem nada para se conversar.

Ele sacudiu a cabeça, desafiador, quase na defensiva.

— Daphne, já é a segunda vez que nos jogamos nos braços um do outro. Não estou dizendo que sei o que isso significa, mas você não acha que deveríamos tentar descobrir?

— Até onde eu sei, não aconteceu nada. Vamos deixar o assunto morrer, assim como já fizemos antes.

Só que a vez anterior tinha sido muito, muito pior.

Ethan sustentou o olhar.

— Não posso continuar fingindo que nada aconteceu.

— Não deveria ter acontecido nada entre a gente. Não podemos fazer isso com o Jeff! — sibilou Daphne, se assustando por tê-lo chamado pelo apelido pela primeira vez.

— Não estamos fazendo *nada* com o Jeff — argumentou Ethan. — Olha, da última vez a gente tinha muitos motivos para sentir culpa. Mas agora é diferente, você não está mais com ele. Eu me recuso a agir como se isso fosse um erro causado pelo álcool.

A luz cinzenta invadiu o quarto até chegar à antiga caixinha de música na cômoda alta, onde as joias de Daphne brilhavam. No encosto da cadeira da escrivaninha estava um delicado lenço preto que Jefferson lhe dera porque, certa vez, ela mencionou que gostaria de ter um para todas as festas a que compareciam quando fazia frio. Esse era o tipo de namorado que Jefferson tinha sido. O tipo que se lembrava de qualquer comentário aleatório e tomava uma atitude a respeito. Ou, pelo menos, o tipo que enviava um dos assistentes de sua família para tomar uma atitude a respeito.

— O Jefferson é seu melhor amigo, e eu o namorei por quase três *anos*. Isso... — Daphne fez um gesto raivoso que abrangia todo o quarto, os lençóis amarrotados e as roupas jogadas por toda parte como destroços após uma explosão. — Isso precisa parar.

— Você está mesmo me dizendo que a noite de ontem não significou nada para você?

Ethan a encurralou. Ela não podia admitir que não tinha significado nada. Não depois de dormir com ele duas vezes, quando nunca tinha feito o mesmo com Jefferson durante os três anos de namoro. Mas Daphne se recusava a ser pressionada a dizer algo de que poderia se arrepender mais tarde. Recusava-se a verbalizar sentimentos que nem deveria ter, para início de conversa.

O silêncio se estendeu até ficar insuportável. Ethan ergueu o braço, como se fosse tocá-la, mas pareceu ter pensado melhor.

— Você está mentindo para si mesma — disse-lhe ele. — Está fingindo que tudo isso é só físico, que não significa nada, quando nós dois sabemos que não é verdade.

Por uma fração de segundo, Daphne se permitiu imaginar como seria dizer sim. Dizer a Ethan que ela o escolhia. Cair de novo no círculo quente de seu abraço, deixar que ele a continuasse olhando daquela forma mágica e intensa.

Seus reflexos brilhavam para ela do espelho da parede; Ethan a observava com aqueles olhos escuros cintilantes, enquanto os de Daphne disparavam de um lado para o outro, indecisos. Os dois estavam envoltos num brilho azul espectral, e ela percebeu que vinha de seu celular, que estava abarrotado de mensagens. Ela estendeu a mão para tirá-lo da mesinha.

Sua tela inicial estava coberta por dezenas de pequenos balões. Eram alertas como "ÚLTIMAS NOTÍCIAS", cujo nível de pânico aumentava conforme a noite avançava.

"Sua Majestade o rei deu entrada na UTI do Hospital St. Stephen…"

"Após sofrer uma trombose coronariana, Sua Majestade respira com ajuda de aparelhos. Não há novas informações sobre seu estado de saúde. A família o acompanha no momento…"

O rei, no *hospital*?

A pulsação de Daphne acelerou enquanto seu medo e incerteza aumentavam. No entanto, suas décadas de treinamento também haviam sido ativadas.

Era uma notícia drástica, terrível e devastadora, e Daphne não a tinha visto porque estava na cama com o garoto errado. Deu graças a Deus em silêncio por seus pais ainda não terem invadido o quarto para avisá-la.

— O rei está no hospital — disse a Ethan num tom seco e direto. — Você precisa ir embora. Vai pela escada dos fundos, senão meus pais podem te ver.

Ela saiu da cama e foi até o armário para escolher uma roupa. Um cardigã recatado e jeans escuros, uma corrente de prata com uma cruz, botinhas de camurça. Será que teria tempo de lavar o cabelo ou era melhor fazer um rabo de cavalo baixo?

— O que você está fazendo? — perguntou Ethan enquanto a observava.

Uma espécie de calma indiferente tomou conta de Daphne. As coisas que estava pensando sobre ela e Ethan há dois minutos pareciam a impossibilidade mais absurda e bizarra do mundo.

— Estou indo para o hospital.

— Para ficar ao lado do Jeff.

— Ele precisa estar cercado de pessoas que o amem no momento. — Daphne olhou para ele, tão serena como se fossem velhos amigos se cumprimentando numa festa em jardim. — Imagino que a gente se veja lá mais tarde.

Ethan saiu da cama e começou a se vestir, com movimentos secos e vingativos. O músculo de sua mandíbula tremeu. Daphne viu o rosto dele passar de surpresa à dor e depois à raiva. "Ótimo", pensou. A raiva era o sentimento mais seguro. Ela sabia lidar com isso.

— Tudo bem, Daphne. — A camisa de Ethan estava semi-abotoada, ele segurava o paletó no braço e os sapatos, com cadarços amarrados, em uma das mãos. — Se é assim que você quer que as coisas sejam, assim elas vão ser. Vou te deixar curtir sua vitória do jeito que você quer. *Sozinha*. — Ele falava em voz baixa e assustadora. — Porque é assim que você vai ficar caso o escolha, sabia? *Sozinha*. Mesmo que um dia você consiga, e tenha um anel no dedo, uma coroa na cabeça e um título enorme e elaborado. Mesmo assim, ainda vai chegar um momento em que todo mundo vai sair da sala e vocês dois vão ficar sozinhos. Você e um príncipe que mal te conhece. Espero que valha a pena.

Os ecos lamentosos daquela palavra — *sozinha, sozinha, sozinha* — pareciam persegui-la, muito depois de Ethan ter fechado a porta.

41

NINA

— Minha vez — ronronou Daphne, com uma sobrancelha erguida para deixar seu desafio claro.

Nina abriu suas cartas e as segurou bem perto para que ninguém as visse. Os rostos pretos e vermelhos ornamentados, gravados com paus, ouros e espadas, a encaravam, impassíveis. A mão dela não era boa.

Daphne baixou o valete de copas com um floreio.

— O cafajeste — declarou ela, referindo-se ao valete, já que antigamente os rostos do baralho representavam a família real e essa carta se referia ao príncipe, que partia corações.

Nina não tinha nada e Daphne sabia. Ela esboçou um sorrisinho.

— Venci — declarou.

Nina a observou pegar tudo que estava em cima da mesa, os olhos brilhando de cobiça.

Depois de empilhar as joias no colo, ela olhou para Nina com fria surpresa e disse:

— O que ainda está fazendo aqui? Você sabe que não é seu lugar.

Nina se sentou depressa, e o coração batia forte no peito. Fora só um pesadelo.

Então, os acontecimentos da noite anterior voltaram à sua mente com dolorosa clareza: seu confronto com Daphne, seu término com Jeff. Depois, Nina não tinha conseguido voltar ao campus, onde seria cercada por olhos ávidos e curiosos. Em vez disso, pedira ao motorista que a levasse para casa.

Ao menos ali não seria bombardeada com lembretes constantes de Jeff. Todo o resto, até seu dormitório, parecia estar impregnado de lembranças dele. Não podia nem pedir um milk-shake pós-término do Wawa, porque até isso parecia pertencer a ela e Jeff agora.

Era exatamente por esse motivo que Nina não quisera se aproximar dele, lá no início. Bem no fundo, sabia que não daria certo. Que, não importava o quanto quisessem estar juntos, as circunstâncias sempre conspirariam para separá-los.

A luz das primeiras horas da manhã tocava todos os pequenos confortos familiares de seu quarto de infância, a velha tela de vime no canto, as lâmpadas de cobre, as almofadas roxas. O ambiente estava quente, um calor seco e empoeirado com o qual Nina queria se embrulhar como um cobertor. Percebeu que tinha adormecido com o braço enfiado debaixo da velha gata de pelúcia, Lenna, o que não fazia há anos.

Teimosamente, Nina começou a virar o rosto de volta para o travesseiro, mas ouviu ruídos no andar de baixo. Parecia que alguém estava chorando. Ela vestiu um roupão de banho por cima do pijama e desceu correndo as escadas, descalça.

Suas mães estavam juntas no sofá, e Isabella apoiava a cabeça no ombro de Julie. A luz da televisão piscava sobre o rosto delas, realçando as olheiras. Isabella tinha uma caixa de lenços em cima do colo e mexia nervosamente no objeto. As duas estavam fungando.

— O que está acontecendo? Está tudo bem?

Sua mãe Isabella levantou o rosto, repleto de lágrimas.

— O rei está no hospital em situação crítica.

A mãe de Nina mudou de lugar, para que a filha se acomodasse no assento entre as duas, sem dizer uma palavra. Era assim que sempre assistiam aos filmes quando Nina era criança — ela no meio, cercada pelo calor das mães e seus respectivos perfumes.

Isabella pegou o controle remoto e aumentou o volume.

— Todos os canais suspenderam a programação normal. Estão oferecendo cobertura vinte e quatro horas.

Em frente ao Hospital St. Stephen, uma repórter tinha uma das mãos enfiada no bolso do casaco preto e a outra segurando firme um microfone.

— Para todos os telespectadores que estão se juntando a nós agora, estamos fazendo a cobertura dessa história ainda em andamento desde as duas da manhã, horário da costa leste, quando o rei foi levado às pressas para o hospital depois da festa de noivado da filha, Sua Alteza Real Beatrice. O palácio ainda não emitiu um comunicado oficial sobre seu estado de saúde. Tudo que sabemos é que Sua Majestade se encontra na unidade de terapia intensiva do St. Stephen.

Nina sacudiu a cabeça.

— Eu o *vi* noite passada na festa, e ele parecia bem. Chegou até a dançar com a rainha por um tempo! Como foi que isso aconteceu?

O rei sempre foi tão animado, com aquela risada explosiva e exuberante... Parecia impossível que uma doença fosse capaz de atingir alguém tão cheio de vida.

— Simplesmente *aconteceu* — disse Julie em voz baixa. — Não existe como nem por quê para esse tipo de tragédia. Não existe explicação. Nem tudo na vida faz sentido.

Nina buscou o celular no bolso e digitou o número de Sam, mas foi direto para a caixa postal. Ela se perguntou como estaria a amiga, como estaria *Jeff*.

Essa era a pior tragédia possível, não era? Uma que não dá para prever. Para algumas coisas, como términos de relacionamento ou brigas com a melhor amiga, era possível ao menos se preparar. Mas não havia como antecipar algo assim: o ataque cardíaco que surge ao acaso, poucas horas depois da festa de noivado da filha.

— Você se lembra do dia da coroação? — A voz de Isabella interrompeu seus pensamentos.

— Vagamente. — Elas haviam se posicionado num ponto nos confins da rota de desfile, ansiosas para ver o novo rei e a nova rainha. Nina se lembrava de carregar uma bandeirinha americana numa vara de madeira e agitá-la furiosamente, de comprar um sorvete de cereja de um vendedor ambulante e lamber a doçura pegajosa dos próprios dedos.

— Pessoas que nem se conheciam conversavam entre si, todo mundo agindo como se a capital inteira tivesse se tornado um grande festival de rua. — Isabella ainda segurava um lenço de papel nas mãos. Começou a dobrá-lo repetidas vezes, em triângulos cada vez menores. — Nunca pensei que fosse ter a chance de trabalhar para ele, e aí...

Ela suspirou.

— Ele foi um rei tão bom.

Um calafrio percorreu a espinha de Nina ao ouvir as palavras de sua mãe, tão definitivas. Parecia que já estava *de luto* por ele.

— A gente não sabe o que está acontecendo. Pode ser que se recupere totalmente.

— O palácio ainda não emitiu nenhum comunicado. Não é um bom sinal — rebateu sua mãe. Bem, se havia alguém que sabia como funcionava a infraestrutura interna do palácio, esse alguém era ela.

Nina voltou a pensar nos gêmeos. Pensou na família real inteira, reunida numa daquelas salas de espera sombrias, no aguardo de boas notícias que poderiam nunca chegar.

— Você deveria ir ao St. Stephen — interveio Julie, como se lesse os pensamentos da filha. — Sei bem que o Jeff e a Samantha precisam de um rosto amigo agora.

Nina odiava a ideia de deixar a melhor amiga passar por aquilo sozinha. Mas não havia a menor possibilidade de encarar o príncipe no momento.

— Não, mãe. Não posso.

— Sei que vai ser estranho ver o Jeff depois da noite passada — disse sua mãe gentilmente. — Mas você deveria ir pela Sam.

Nina sabia que a mãe tinha razão. Mas, em seguida, pensou na noite anterior, em como Jeff tinha tomado o lado de Daphne automaticamente. Em como tinha parecido fácil para ele dar as costas para o relacionamento dos dois.

— Você não entende. Não foi um término normal.

— Faz sentido, já que o relacionamento de vocês era bem pouco normal.

Nina acenou com a cabeça num gesto de concordância, enquanto acomodava um travesseiro no colo para abraçá-lo.

— Quer falar sobre isso? — perguntou sua mãe. Como Nina não respondeu de imediato, ela tentou mais uma vez. — Parecia que você e o Jeff estavam tão felizes juntos... Não consigo entender o que aconteceu entre vocês.

"Não foi *o que* aconteceu entre nós", pensou Nina, "mas *quem*." A glamorosa e insidiosa Daphne Deighton, que conseguiu o que queria, como sempre.

Nina respirou fundo e contou às mães tudo o que tinha acontecido.

Quando terminou, o rosto de Isabella estava salpicado de manchas vermelhas de raiva.

— Como ela *ousa*? Eu sempre soube que tinha algo de errado com aquela garota. Mas que...

— Eu sinto pena dela — interrompeu sua mãe. — Ela claramente perdeu a noção da realidade.

Nina fez que sim.

— Por isso ela é tão perigosa. E é capaz de fazer qualquer coisa para conseguir o que quer.

— Deixa eu ver se entendi direito — prosseguiu Isabella, enquanto cruzava as pernas. — Você está se rendendo só porque a ex-namorada horrível do Jeff te encurralou no banheiro e te disse umas coisas desagradáveis?

— Não estou *me rendendo*. Só estou cansada disso tudo. Da atenção dos paparazzi, da forma com que o palácio vivia se intrometendo no nosso relacionamento. Do fato de que eu tive que mudar meu estilo para estar com ele. As coisas que a Daphne disse foram só a cereja do bolo.

Suas mães se entreolharam por cima dela. Nina quase podia sentir a indecisão das duas, as mensagens silenciosas que cruzavam entre elas.

— Nina, eu estaria mentindo se dissesse que ficamos animadas quando você nos contou que estava namorando o príncipe — começou a dizer sua mãe. Foi uma forma branda de se expressar, já que as duas ficaram sabendo da notícia pelos tabloides. — Mas também ficou muito claro para a gente que você e o Jeff realmente se importavam um com o outro. Esse tipo de sentimento não acontece com muita frequência. Vale a pena lutar por ele, defendê-lo. Principalmente de gente como a Daphne.

Nina mudou de posição no assento.

— Lutar contra a Daphne? Vocês não estão entendendo como ela é.

— Ah, Nina. Eu já enfrentei as Daphne Deighton do mundo umas mil vezes. — Isabella suspirou com pesar. — Você acha que sua mãe e eu não sabemos qual é a sensação de ouvir que não somos boas o suficiente, que não nos encaixamos na sociedade? Sou uma mulher lésbica e latina numa posição de enorme poder dentro da administração do rei. Isso me rendeu muito mais inimigos do que amigos. Todos os dias eu encaro pessoas como a Daphne, gente que joga sujo, que pensa que merece qualquer coisa apenas porque pode estender as mãos gananciosas e pegar.

— Exatamente! — exclamou Nina. — Como é que eu posso ganhar de alguém assim? Respondendo na mesma moeda? — A ideia de tentar vencer uma guerra de manipulação contra Daphne a intimidava. Ela parecia incapaz.

— Claro que não.

Julia penteou o cabelo de Nina com os dedos: um gesto de ternura quase inconsciente.

— Sua mãe e eu apoiamos uma à outra para não perdermos o contato com a realidade. Gente como a Daphne, que anda pelo mundo machucando os outros, escondendo sua verdadeira personalidade… *essas* pessoas são as desafortunadas. Você não pode se preocupar. Tudo que pode fazer é ser você mesma, por completo, sem pedir desculpas. Não tem que mudar por ninguém, nem mesmo pelo príncipe. E, se o Jefferson não te amar do jeito que você é, então ele não é o rapaz que eu pensei que fosse — acrescentou em voz baixa.

Nina sacudiu a cabeça.

— Sei lá. Eu e o Jeff dissemos coisas bem duras um ao outro. — Ela não chegou a chamá-lo de superficial e egoísta?

— Ah, meu bem. Um dia você vai entender que palavras são só isso: palavras. Elas podem machucar, mas também podem curar.

As três olharam para a TV, que mostrava uma vista panorâmica da multidão reunida em frente ao hospital. A capital devia estar parada. Milhares de pessoas foram às ruas e falavam em voz baixa e triste. Desconhecidos se abraçavam; a polícia monitorava os cruzamentos, para proteger as pessoas que saíam das calçadas, cegas pelas lágrimas.

A repórter falava sobre a bolsa de valores, que suspenderia as atividades até segunda ordem, mas Nina não estava ouvindo. Só conseguia pensar naquela enorme demonstração de amor e apoio à família real. Precisava fazer parte disso.

— Momentos assim nos ajudam a suavizar as coisas, ver o que realmente importa — interveio Isabella.

Nina pensou no que Jeff lhe dissera naquela noite no campus, quando a havia surpreendido com o milk-shake do Wawa. "Você já é parte da nossa família. Seu lugar é ao nosso lado. Ao meu lado."

Ela se levantou e, distraída, passou a mão pelo cabelo, que ainda estava emaranhado graças ao laquê do penteado exuberante da noite anterior. Precisava sair. Não importava o que havia acontecido entre ela e Jeff, Nina precisava ficar ao lado de Samantha.

— Vocês acham... — Ela deixou a pergunta pairando no ar e olhou para as mães, insegura. — Vocês acham que ele vai querer me ver?

— Não sei — respondeu a mãe com honestidade. — Mas só tem um jeito de descobrir.

♛

Apenas vinte minutos depois, pararam na entrada do Hospital St. Stephen. Julie estava dirigindo, ainda de pijama, com Isabella sentada no banco do passageiro, lançando olhares preocupados para Nina. Elas insistiram em lhe dar uma carona, para que Nina não precisasse ter o trabalho de estacionar.

Nina observou, tão apavorada quanto surpresa, sua mãe passando de uma faixa a outra e ultrapassando os sinais amarelos sem olhar para trás. Pela primeira vez, não fazia diferença. As ruas estavam quase vazias. Cafeterias e lavanderias estavam fechadas e às escuras, com placas de "FECHADO TEMPORARIAMENTE" coladas nas portas. A capital estava em silêncio, como se todos prendessem ansiosamente a respiração e pusessem as próprias vidas em suspenso enquanto a do rei estava por um fio.

Elas estacionaram na porta da emergência do hospital para evitar as câmeras e os microfones reunidos na entrada lateral. Nina viu a pontinha do Estandarte Real tremulando no telhado do prédio, ao lado da bandeira americana, como se houvesse alguém que não soubesse que o rei estava internado.

— Boa sorte, meu bem — murmurou Isabella quando Nina abriu a porta traseira do carro. — Eu te amo.

— Também te amo, mãe. — Seus olhos se voltaram para Julie e seu sorriso vacilou. — Obrigada pela carona, mãe. Me desejem sorte.

Nina informou seu nome na recepção e sentiu alívio ao descobrir que já tinha sido incluída na lista de visitantes pré-aprovados.

— Com certeza vão gostar de ver você — disse a administradora, que olhou para as mãos vazias de Nina com uma expressão intrigada.

Nina tentou não revelar sua consternação. Será que deveria ter trazido flores? Tinha saído de casa com tanta pressa que nem havia pensado a respeito. Daphne provavelmente teria aparecido com um presente, mas, por outro lado, não era Daphne quem estava ali. Era Nina.

Quando chegou à ala particular onde o rei estava sendo tratado, ela se deteve. Dois agentes de segurança do palácio estavam postados diante das portas duplas. Ao reconhecerem Nina, abriram caminho para que ela passasse.

Acelerou o passo. A sala de espera estava bem à frente. O que diria a Samantha, a *Jeff*? Nina decidiu que não poderia se preocupar com isso. Teria que confiar que encontraria as palavras certas quando chegasse o momento.

E, de repente, ali estava ele, fazendo a curva do corredor, com a tristeza estampada no rosto. Nina queria estar ao lado dele. Abriu a boca para cumprimentá-lo.

Daphne fez a curva ao lado dele.

Nina cambaleou e se escondeu atrás de uma máquina de refrigerante. Observou, com horror crescente, enquanto Daphne pegava Jeff pelo braço, um gesto íntimo e confiante. Em seguida, Daphne olhou para cima, preocupada, e assentiu com a cabeça, ouvindo algo que ele dizia. Usando um suéter cinza-escuro recatado, uma simples corrente com uma cruz e uma leve camada de maquiagem.

Estava perfeita, como sempre. Perfeita e elegante, enquanto Nina estava desgrenhada e envelhecida, com os olhos vermelhos de chorar a noite inteira.

Será que Jeff tinha mesmo ligado para Daphne e lhe pedido para ir com ele ao hospital?

Nina tentou não ficar tonta. Apenas doze horas antes, ela e Jeff haviam estado juntos, abraçados na pista de dança, e no momento ele já estava de volta com *ela*. Isso só confirmava tudo o que Daphne dissera. O relacionamento dele com Nina não passava de uma nota dissonante, uma breve interrupção em seu *verdadeiro* namoro.

No fim das contas, era Daphne quem tinha todas as cartas.

Nina sabia que deveria ser forte e seguir em frente de qualquer maneira. Deveria sentar-se ao lado de Samantha e envolvê-la em um abraço, dizer à melhor amiga que estava ali, não importava o que acontecesse.

Mas Nina não era corajosa o suficiente. Recuou antes que Jeff ou Daphne pudessem vê-la.

Enquanto se arrastava cegamente pelo corredor, parecia que o único ruído em todo o hospital vinha dela. Era o som de seu coração se partindo em mil pedaços mais uma vez.

42

SAMANTHA

Samantha memorizara a obra de arte na parede à sua frente. Conhecia cada gradação sutil de sua cor, cada curva de seu desenho. Teria preferido olhar pela janela para variar, mas a sala de espera não tinha nenhuma.

Talvez a sala tivesse sido projetada assim de propósito, para que as pessoas não pudessem acompanhar a progressão do sol no céu. Dessa maneira, não notariam a passagem do tempo e ficariam ainda mais ansiosas do que já estavam. Era uma explicação tão boa quanto qualquer outra, já que também não havia um relógio ali dentro.

Ela olhou o celular para conferir a hora. Ainda estava no modo avião, tinha mudado a configuração do aparelho horas antes, quando não conseguiu mais lidar com os alertas das notícias de última hora. Era quase meio-dia. Já tinham mesmo se passado dez horas desde que chegaram? Tudo parecia surreal, pegajoso e escuro como um sonho ruim.

Sam decidiu tirar o celular do modo avião. No mesmo instante, notificações com mensagens de apoio vindas de todo mundo que conhecia inundaram a tela. Uma das mensagens era de Nina, "Sinto muito, muito mesmo, pelo seu pai. Queria poder estar aí no hospital com você. Saiba que estou pensando em você o tempo inteiro. Te amo."

Sam respondeu com um *emoji* de coração vermelho. Era o que era capaz de fazer.

Ela estava no quarto quando ouviu os gritos de Beatrice do outro lado do palácio. Gritos crus e aterrorizados que não pareciam sair da garganta da irmã. Sam correra escada abaixo, com o vestindo vermelho tipo sereia ainda no corpo, as saias em volta dos pés descalços como uma poça de sangue. Desamparada, vira os paramédicos levarem o pai para a ambulância. As fitas de seu uniforme tremulavam toda vez que a maca se movia.

A rainha estava ao lado de Samantha. As luzes da ambulância dançavam morbidamente pelo rosto dela, e a única coisa que revelava as emoções da mãe era a tensão em sua mandíbula. Beatrice cambaleou um pouco, como se seu equilíbrio tivesse sido afetado por álcool ou, mais provavelmente, pelo choque.

Observaram, em completo silêncio, a van saindo para o hospital. A sirene retumbava ao redor delas como uma rajada de som raivoso pelas ruas.

Segundos mais tarde, entraram apressadas no carro que as esperava para seguir a ambulância e reuniram-se ali, naquela sala de espera anônima, onde passaram a noite inteira fazendo exatamente isso. Esperando. E rezando.

Os médicos apareciam a cada meia hora para mantê-los informados, embora sempre dissessem que, mais uma vez, o estado de saúde do rei não tinha mudado. Ainda respirava com a ajuda de aparelhos.

Não permitiam que ninguém entrasse para vê-lo. Não era como se ele estivesse acordado. Sam não podia deixar de pensar que não era um bom presságio. Sua mente mórbida a lembrou da corte francesa, na qual os membros da família real não tinham permissão para visitar parentes doentes, porque acreditava-se que, se um rei ou rainha testemunhassem uma morte, o país inteiro seria amaldiçoado.

Sam mudou de posição, fazendo com que as almofadas da cadeira rangessem em protesto. Ninguém nem sequer ergueu o olhar. Jeff estava no assento ao lado dela, com a cabeça entre as mãos, e Daphne sentou-se do outro lado dele. Sam estava chocada demais para questionar a presença de Daphne naquele momento. Apenas segurou a mão da mãe enquanto a cabeça voava inutilmente de um pensamento para o outro.

A rainha Adelaide mal tinha falado desde a chegada ao hospital. Segurava a mão da filha com tanta força que as unhas se cravaram na palma de Sam. Ela nem percebera.

A Rainha-Mãe estava ajoelhada em um dos cantos, e as contas brancas de seu rosário tilintavam em suas mãos enquanto ela sussurrava sua litania de orações. Não se mexia há horas. Se tinha alguém capaz de devolver a saúde ao rei através de orações, Sam sabia que esse alguém era sua avó.

Beatrice estava sentada um pouco mais afastada dos demais, na beirada da cadeira, tão apavorada e frágil quanto uma boneca de porcelana. A mão de Teddy estava apoiada em seu ombro, hesitante, embora Beatrice parecesse nem perceber o contato.

Ele não parava de olhar para Sam, e seus olhos se encontravam de vez em quando, num fluxo silencioso de comunicação. Ela sabia que estavam brincando com fogo ao trocarem olhares, mas todos estavam envolvidos demais na própria angústia para se darem conta. Sam queria com todas as forças que Teddy estivesse sentado ao lado *dela*. Que pudesse sentir o calor reconfortante do corpo dele enquanto tudo desabava ao seu redor.

Tudo tinha acontecido tão depressa que ele e Beatrice não chegaram a anunciar que iam desmanchar o noivado. O que significava que Teddy teria que seguir interpretando o papel de noivo de Beatrice por mais tempo.

Distraída, Sam arregaçou as mangas do suéter de gola alta enquanto se perguntava qual dos funcionários tinha escolhido aquela peça. Poucos minutos depois de ela e os irmãos terem chegado ao hospital, ainda com as roupas do baile, Robert surgira correndo com uma mala cheia de "roupas confortáveis". Sam esperava calças de yoga e um moletom, mas era preciso manter as aparências.

Tinha fingido não ver as outras roupas enfiadas no fundo da mala, vestido e saltos pretos, caso precisassem sair do hospital de luto.

— Preciso de um minuto — declarou, e gentilmente desvencilhou-se da mão da mãe. Precisava ir a algum lugar, qualquer lugar, apenas para sair daquela sala de espera e seu silêncio opressor.

Havia uma sala de descanso no fim do corredor. Alguém deixara um pedido de comida ali. Muffins, bananas, uma grande tigela de frutas vermelhas. Como se a família real pudesse estar pensando num *bufê* naquele momento.

Sam não estava com fome, mas precisava fazer alguma coisa com as mãos. Mover-se ajudaria a espantar os pensamentos ruins, que eram como sombras que se multiplicavam e se estendiam dentro de sua cabeça. Ela se ocupou fazendo um chá, aquecendo a água numa máquina e escolhendo um sabor sem notar qual era.

Ao ouvir passos, Sam se virou, na esperança de que Teddy a tivesse seguido. Mas era seu irmão.

— É bom que a vovó não te veja com isso aí — brincou Teddy, indicando a caneca com a cabeça. Foi uma piada indiferente, mas Sam apreciava o esforço.

— Eu sei, eu sei. Uma princesa bebendo chá. É o fim da monarquia. — Embora os Estados Unidos não estivessem em guerra com a Grã-Bretanha há duzentos anos, todo mundo ainda agia como se beber chá fosse um ato antipatriótico. O palácio se recusava até mesmo a servir chá em seus eventos, apenas café. Que nem sequer era *cultivado* no país.

— Você está bem? — perguntou Jeff em voz baixa.

— Não muito.

Sam deixou escapar um soluço abafado e seu irmão a envolveu com os braços. Ficaram assim, abraçados, pelo que parecera uma eternidade.

Sam não se preocupou em dizer nada. Palavras não serviam para expressar alguns sentimentos. E estava com Jeff, que a entendia num nível elementar. Com quem já tinha compartilhado o ritmo de seus batimentos cardíacos.

Por fim, se separaram. Sam piscou para afastar as lágrimas, pegou um pote em miniatura de mel e pôs um pouco no chá.

— Sei que é ridículo, levando em conta tudo que está acontecendo, mas eu preciso perguntar. — Porque estava curiosa, e porque precisava se distrair, nem que fosse apenas por um segundo. — Por que a Daphne está aqui, e não a Nina?

Jeff deu uma risada estranha, reconhecendo a banalidade da pergunta.

— Imaginei que você soubesse. A Nina terminou comigo ontem.

— Sério? — perguntou Sam, deixando-se cair numa das cadeiras de plástico. Jeff puxou a que estava ao lado dela e fez o mesmo, apoiando os cotovelos na mesa.

— Ela disse que não queria fazer parte disso — disse ele, impotente. — A mídia, as análises sem fim. Era coisa demais para ela.

— Mas...

"Mas vocês pareciam tão felizes ontem à noite", Sam quis protestar. E no dia anterior, no Armário de Gala, Nina sorria e ficava toda vermelha só de ouvir o nome de Jeff. O que poderia ter acontecido para que a amiga mudasse de ideia?

Olhou mais uma vez para o rosto de Jeff, e as perguntas morreram em seus lábios. O irmão já estava sofrendo o suficiente sem ter que reviver cada detalhe do término.

— Jeff, eu sinto muito.

Ele assentiu com a cabeça, taciturno.

— Quando a Daphne chegou no hospital de manhã, não fui capaz de mandá-la embora.

Foi então que Sam entendeu a mensagem de Nina. Quando a tinha lido, estava entorpecida demais pela tristeza para perguntar por que a amiga não viria. Era porque Nina não queria encontrar o ex-namorado no dia seguinte ao término. Sam não podia culpá-la.

— Desculpa ter tornado as coisas desconfortáveis com sua melhor amiga — acrescentou Jeff, como se lesse a mente da irmã.

— Não vai ser desconfortável — assegurou Sam, embora tivesse medo de que ele estivesse certo. Talvez sua amizade com Nina não fosse ser a mesma depois, porque o fantasma de Jeff sempre pairaria entre as duas. Um espaço que ele deveria ter ocupado.

Jeff pegou um muffin e o devolveu à mesa logo depois.

— Aconteceu rápido demais — disse ele em voz baixa. — Tudo está mudando, e não sei como impedir. Só queria que as coisas voltassem a ser como eram.

— Eu sei — concordou Sam.

E, depois dos eventos dos meses anteriores, as coisas jamais voltariam ao normal. Jeff tinha razão. Tudo mudara. Ou talvez *ela* que tivesse mudado. Porque Sam não se contentava mais em deixar os dias passarem de braços cruzados.

Durante grande parte de sua vida, ela e Jeff estiveram de acordo em quase tudo. Posavam juntos todos os anos para a imprensa, no dia do aniversário deles, frequentavam os mesmos campos de futebol, foram criados pela mesma babá. Se comunicavam por meio de uma linguagem truncada de gêmeos, "Isso"; "Certeza mesmo?"; "Ok agora". Mesmo depois de crescidos, iam às mesmas festas e saíam com o mesmo grupo de amigos. Não havia nenhum segredo entre os dois.

Sempre tinham se sentido como duas faces da mesma moeda. A dupla de bobos da corte, sempre divertida. O canhão emocional que a família soltava pelas ruas sempre que precisava distrair o país.

Sam não tinha certeza de quando isso mudara. Talvez fosse a doença do pai, ou as palavras de Teddy, que vinham dando voltas em sua cabeça desde a viagem a Telluride.

Tudo que sabia era que não via mais Jeff como uma extensão. Que sentia-se mais próxima da irmã mais velha do que do irmão gêmeo.

Talvez fosse a sensação de finalmente amadurecer.

43

DAPHNE

Daphne jamais deveria ter duvidado de suas habilidades.

Ao chegar aquela manhã com um buquê de lírios e pedir que a equipe do hospital liberasse sua entrada, não estava segura de que permitiriam que fosse à ala real.

Ela se assustara quando o próprio Jeff atravessou o corredor e a envolveu com os braços num gesto de emoção.

— Obrigado por ter vindo. Significa muito para mim — dissera, com voz rouca. — Será que você poderia ficar?

— É claro.

Ele a levara até a sala de espera, onde sentaram em meio ao silêncio palpitante de ansiedade. Jefferson não parava de segurar a mão de Daphne, como se buscasse o simples conforto do contato humano.

Não tinha imaginado que seria tão simples. Que, depois de meses planejando e manipulando com todo o cuidado do mundo, depois de cálculos, bastaria uma única tragédia para que Daphne voltasse à vida do príncipe.

Mas acontecimentos como aquele mudam as pessoas. Ou melhor, *revelam* sua verdadeira personalidade. Eliminam o que sobra até que elas emerjam limpas e afiadas como uma flecha recém-amolada.

Não tinha dúvida de que Daphne mudara para sempre depois do que fizera a Himari.

Não parava de lançar olhares furtivos para o príncipe enquanto se perguntava no que ele estaria pensando. Será que aquilo significava que tinham voltado? Ao fim da conversa da noite anterior, concordaram em voltar a ser amigos, mas com certeza amigos não passavam o dia inteiro de mãos dadas numa sala de espera de hospital, certo?

Uma vozinha estridente dentro da cabeça de Daphne não parava de lembrá-la de que, naquela manhã, ela acordara ao lado de Ethan. Que tinha ido de Jefferson direto para os braços do melhor amigo dele, *outra vez*. Ter dormido com Ethan fizera sua mente percorrer um túnel escuro de lembranças, de todas as coisas horríveis que tinham acontecido depois da primeira vez em que ficaram juntos.

Não gostava de pensar naquilo. Daphne tinha um código moral bastante flexível, mas nem mesmo ela era capaz de aceitar o que havia feito. Sua melhor opção era compartimentar o ocorrido, enfiá-lo numa caixa escura e deixá-la de lado. Na maioria das vezes, dava certo.

Mas, depois das palavras de Ethan, depois de passar a manhã inteira à espera de boas notícias que nunca chegavam, assim como no dia da queda de Himari, a caixa estava aberta, e todas as memórias voltaram de uma só vez.

Daphne sentiu uma necessidade avassaladora de conversar com alguém, tirar aquele peso das costas. Mesmo que fosse com alguém que não podia escutar.

— Você se importa se eu der uma saidinha? — perguntou ela, apertando a mão de Jefferson.

— Claro que não — assegurou-lhe ele.

Daphne se levantou com um aceno de cabeça e alisou cuidadosamente o cabelo sobre os ombros. Chegando ao elevador, em vez de descer, foi para o andar de cima, em direção à ala de pacientes de longa permanência. Já havia percorrido tantas vezes aquele caminho para o quarto de Himari que seria capaz de fazê-lo de olhos fechados.

— Oi. Sou eu — disse ela, enquanto se acomodava na cadeira ao lado da cama de Himari. Por instinto, seu olhar percorreu os monitores médicos, nos quais a vida da amiga era reduzida a uma série de números e linhas verdes irregulares. — Estava pensando no dia em que a gente se conheceu. Lembra que a gente fez dupla para aquele trabalho no nono ano?

Elas ficaram encarregadas de pesquisar sobre uma era da história. No mesmo instante, Himari havia insistido para que falassem sobre os anos 1920. "A gente pode usar boás na apresentação", observara, com uma expressão no rosto que indicava a obviedade daquilo, como se a simples menção dos boás eliminasse qualquer outro argumento.

Daphne caíra na risada. "Você me ganhou nos boás."

Naquela tarde, Daphne foi à casa de Himari para experimentar as fantasias no sótão da família. Ali, em frente ao espelho, as duas rindo e se exibindo, os olhos brilhando sobre a montanha de penas, a amizade delas fora selada.

Daphne apoiou os cotovelos nos joelhos, numa postura pouco feminina, e suspirou.

— Queria que você pudesse responder. Toda vez que venho fico me perguntando o que você me diria se pudesse. Eu me pergunto se você ao menos *gosta* que eu venha.

Daphne não sabia ao certo por que visitava Himari com tanta frequência. "Mantenha os inimigos por perto", já dizia o ditado. Só que Daphne ainda tinha dificuldade de pensar em Himari como uma inimiga. Mesmo depois de tudo.

— Talvez você me odeie — prosseguiu. — Você tem todo o direito.

Normalmente, não falava tanto em suas visitas, não mais. Nas últimas vezes, ficou sentada em silêncio escovando o cabelo da amiga enquanto observava a pulsação nos monitores brilhantes. Naquele dia, porém, Daphne sentiu um estranho impulso de confessar seus segredos. Quase podia vê-los, estavam ali com ela no quarto, espreitando nos cantos, voando ao redor dela com grandes asas de couro.

— Provavelmente você não liga, mas estou quase voltando com o Jefferson. Ele estava saindo com uma garota nova, a Nina, mas ela terminou. Bom, eu *fiz* com que ela terminasse. — Daphne pegou a mão de Himari e fechou a outra palma sobre os dedos da amiga. — E, não que você aprove, mas dormi com o Ethan de novo.

♛

Daphne não se atrevera a reconhecer o que havia acontecido entre ela e Ethan na festa de aniversário de Himari.

Acordara no meio da noite e saíra de fininho antes que alguém pudesse vê-la, enquanto Ethan roncava no sofá-cama. Se nunca falasse em voz alta, disse a si mesma, seria como se nada tivesse acontecido.

Até a semana seguinte, na casa de Himari, quando a amiga a confrontou sobre o assunto.

— E aí, quando você vai contar ao príncipe sobre você e o Ethan? — perguntou Himari, condenando-a com o olhar.

— Como é? — balbuciou Daphne.

Estavam no quarto de Himari, experimentando os vestidos para a festa de formatura do dia seguinte. Uma festa no palácio, para a qual tinham planejado ir juntas, como melhores amigas.

Himari revirou os olhos para o choque da amiga.

— Não se faz de boba, Daphne. Eu vi você e o Ethan na minha festa de aniversário, na casa de hóspedes. Há quanto tempo isso está rolando?

Ela tinha visto os dois e não dissera nada até então? Daphne olhou com culpa pela janela da amiga, para contemplar a cena do crime. As luzes da piscina faziam com que a casa de hóspedes brilhasse mais forte do que nunca, como se Himari a tivesse iluminado com esse propósito.

— Não parava de pensar que você mesma contaria ao Jefferson. — Himari olhou fixamente para a amiga. — Mas acho que eu também não diria nada, se namorasse o príncipe, supostamente guardasse minha virgindade para o casamento, e estivesse dormindo com o melhor amigo dele. Isso é que é ter classe, Daphne.

— Eu não *estou dormindo* com o Ethan! Foi só aquela vez, e foi um erro! Quero passar uma borracha nisso e fingir que nunca aconteceu.

— Não dá para apagar algo assim. — O rancor estava estampado no rosto de Himari, e seus olhos escuros brilhavam, condenando a amiga.

— Meu relacionamento com o Jefferson não é da sua conta, tá?

— É da minha conta porque eu vi! Você pode não ter problema em *mentir*, mas eu tenho.

— Me deixa explicar — tentou dizer Daphne, mas Himari a interrompeu.

— Explicar? Para mim? — Ela deu uma risada vazia e impiedosa. — Você deve explicações ao *Jeff*, isso sim. Foi a confiança dele que você traiu. Mas vou te dar uma chance. Ou você conta a ele até o fim da festa amanhã, ou eu conto.

Daphne engoliu em seco. Sua garganta parecia uma lixa seca.

— Você está me chantageando?

Himari abriu um meio sorriso.

— Prefiro pensar como um forte incentivo para que você faça a coisa certa.

— Por que você quer me prejudicar?

— Do meu ponto de vista, é *você* quem está prejudicando o *Jefferson*. Você não acha que é hora de deixar o caminho livre? Deixar que ele namore outra pessoa, para variar?

Daphne olhou para amiga com uma incredulidade muda. Deveria ter percebido. Himari queria o príncipe.

Claro, as outras garotas sempre quiseram Jefferson. Daphne passara todo o namoro defendendo-se delas em festas, na escola e até mesmo nas ruas. O príncipe não podia andar sem que as garotas gritassem e erguessem cartazes que diziam "CASA COMIGO, JEFF!". Daphne se resignara há muito a vê-las se exibindo e flertando com ele, atirando-se em seus braços como se ela não estivesse bem ali.

Mas Daphne nunca tinha suspeitado que a melhor amiga também estivesse de olho nele.

Perguntou-se se aquela amizade em algum momento havia sido verdadeira ou se Himari tinha fingido o tempo todo. Se estivera apenas esperando um deslize de Daphne para poder ocupar seu lugar.

— Se você acha que ele vai me trocar por você, está enganada.

Himari deu uma risada rude.

— Talvez sim, talvez não. Acho que vamos descobrir.

Daphne não conhecia aquele lado de Himari. Sua crueldade despertava a mesma crueldade nela. Era como se não conhecesse mais a amiga.

No dia seguinte, ela disse a Ethan que a encontrasse depois da aula, no beco que separava os dois campus. Ele tinha ao menos metade da responsabilidade pelos eventos daquela noite, e também não podia permitir que a verdade viesse à tona. Não se quisesse manter seu melhor amigo.

Quando ela lhe contou sobre o ultimato de Himari, Ethan franziu a testa.

— Talvez a gente devesse contar ao Jeff. Agir antes dela. Se a informação vier de nós, podemos nos sair melhor.

Daphne se esforçou para não falar alto. O beco estava vazio, por sorte, mas nunca se sabia quem poderia dobrar a esquina.

— Você não pode estar falando sério. Não existe nenhuma maneira da gente se sair *melhor* dessa história, Ethan. O Jefferson não pode descobrir. Foi um erro pontual, algo que nunca deveríamos ter feito e do qual nos arrependemos.

— Foi, é? — pressionou ele, atento e curioso.

— Claro que foi.

O mais estranho de tudo era que Daphne não se sentia culpada de verdade. Sabia que deveria, que *os dois* deveriam, era uma terrível traição dupla, da namorada e do melhor amigo. Mesmo assim, o único sentimento de culpa que Daphne tinha sido capaz de esboçar foi uma vaga sensação de peso por não sentir remorso.

Surpresa, ela se deu conta de que, na verdade, não se arrependia do que tinha feito.

Apenas lamentava por ter sido flagrada.

— Não vejo como podemos impedir que a Himari conte a ele, se ela está decidida — disse Ethan lentamente.

Daphne revirou os olhos, frustrada. Por que ele não parecia mais determinado a consertar aquela situação?

— Talvez a gente possa atrapalhá-la — refletiu ela, pensando em voz alta. Seus sapatos esmagavam as pedrinhas enquanto ela andava de um lado para o outro.

Sua cabeça dava voltas, os pensamentos se encaixavam como engrenagens de um relógio, percorrendo mil possibilidades por segundo. Precisavam de um modo de jogar Himari para escanteio, fazê-la parecer ridícula, até mesmo absurda, para que, caso ela contasse a Jefferson o que os dois fizeram, ele não acreditasse em uma só palavra.

— Se ela enchesse a cara na festa, as acusações pareceriam uma ladainha incoerente.

— Mesmo que ela chegue a ficar bêbada, não vai se esquecer do que sabe — lembrou-lhe Ethan. — Como é que isso vai impedi-la de ir atrás do Jeff depois e contar tudo a ele?

Ele tinha razão. Precisavam de alguma vantagem.

— Se a gente embebedá-la o suficiente, pode ser que ela faça algo ridículo. Algo que a gente possa fotografar, para usar contra ela e ameaçar dizendo que, se ela contar ao Jefferson de nós dois, a gente mostra as fotos aos pais dela.

Ethan fez que sim.

— Eles são tão rígidos com ela que é capaz de funcionar — concordou ele. — Chantagear a chantagista. Só que...

— Só que estamos falando da Himari, e nós dois sabemos que ela não fica bêbada e sai fazendo coisas incriminadoras — completou Daphne. Por mais que as pessoas insistissem para que ela relaxasse um pouco, Himari nunca bebia mais do que uma taça de vinho. Tinha muito medo das punições dos pais. Na única vez em que ela e Daphne foram flagradas bebendo um drinque de vinho no terraço, eles ameaçaram mandar a filha para a escola militar caso fizesse de novo.

Um pânico frio percorreu o corpo de Daphne e varreu qualquer pensamento diferente de sua cabeça.

Foi só então, com a mente brutalmente vazia, que ela soube qual seria o plano. Não parecia nem que o elaborara, era como se alguém tivesse escrito, em letras garrafais, e agora ela finalmente pudesse ver.

— O que foi? — perguntou Ethan ao compreender a expressão dela.

— A gente podia fazer com que ela *parecesse* bêbada.

— Está sugerindo o quê, que a gente a drogue? — perguntou Ethan de brincadeira, mas como Daphne não riu, ele arregalou os olhos, inquieto.

— Me ouve. — disse Daphne depressa. — A gente podia pôr um negocinho na bebida da Himari. Nada muito forte, só uma dose mínima. Se ela falar alguma coisa, vai parecer papo incoerente de bêbado. Ou ela pode simplesmente desmaiar no sofá antes que tenha a chance. Todo mundo vai pensar que ela bebeu demais, rápido demais. Obviamente, não vai estar em condições de nos entregar. A gente tira algumas fotos dela, só para garantir. Para usar como ameaça no futuro.

— Daphne. Por favor, me diz que você está brincando.

Então Ethan não ia ajudá-la. Tudo bem, sem problema. Daphne agiria por conta própria. Como acontecia com tudo.

— Deixa pra lá. Você está certo — concordou, tão depressa que não soou muito convincente. — Vou dar outro jeito.

Mas só havia um jeito para Daphne. Só sabia seguir em frente, sempre adiante.

Naquela noite no palácio, ela despejou um pouco de sonífero na bebida de Himari.

Foi fácil, na verdade. Ninguém sabia que Himari e Daphne estavam em pé de guerra. Tudo que Daphne precisou fazer foi pedir a outra garota que levasse a taça de vinho para a amiga, por favor.

No mesmo instante, Himari ficou visivelmente mais bêbada, e suas palavras, mais altas e contundentes. Minutos depois, ela se retirou para uma sala de estar. Daphne ficou parada na porta com Jefferson enquanto observava Himari repousar a cabeça nas caras almofadas do sofá, com os olhos se fechando.

A festa seguiu em frente ao redor de Himari por horas. Daphne viu o agente de segurança de Jefferson olhar para ela com a testa franzida, mas não fez nada, o que Daphne considerou um bom sinal. O funcionário tinha treinamento médico, se Himari estivesse em perigo, ele diria alguma coisa, certo?

À medida que a noite avançava e os convidados ficavam mais bêbados, a garota desmaiada acabou se tornando uma espécie de meme. As pessoas posavam para selfies com ela, fazendo um sinal de joinha. Himari estava de boca aberta e um fio de baba escorria pelo sofá. Daphne não ficou surpresa. Himari sempre fora esnobe e inescrutável, e a humilhação dos orgulhosos era uma das fontes de entretenimento favoritas da humanidade.

Pelos olhares raivosos de Ethan, Daphne notou que ele sabia o que ela fizera. No entanto, fez o possível para mantê-lo afastado. Já tinha o suficiente para se preocupar no momento, sem ter que incluir as acusações moralistas do rapaz.

Por fim, mais tarde, ele a encontrou sozinha.

— Não acredito que você fez isso — sussurrou Ethan, indicando Himari com a cabeça.

Daphne deu de ombros. Sabia que era um plano absurdo, mas que outra escolha teria? Sua reputação, seu *relacionamento*, estavam em jogo.

— Ela vai ficar bem. O orgulho vai ficar um pouco ferido, mas ela sobrevive. Estou de olho nela, de verdade — acrescentou Daphne, em tom de voz queixoso. Apesar do que Himari dissera, apesar de ter jogado todos os anos de amizade pela janela, Daphne jamais a machucaria de verdade.

Ethan lhe lançou um olhar curioso.

— Vai fazer o quê, me dedurar? — ela quis saber, erguendo o queixo num gesto desafiador.

— Você sabe que eu não faria isso. — Ele fez uma pausa. — Mas que você é assustadora, isso é.

O comentário soou estranhamente como um elogio.

— Assustadoramente brilhante — corrigiu Daphne.

Uma risada retumbou no peito de Ethan. Por um instante, Daphne se perguntou como seria sentir aquela risada, senti-la *de verdade*, com o corpo colado ao de Ethan, pele com pele.

— Me lembre de nunca pisar no seu calo — disse-lhe ele.

— Acho que você sabe que é melhor nem tentar.

Eles haviam entrado silenciosamente em outra sala, e seguiam em direção à mesa de drinques, quando pararam no meio do caminho. Daphne se forçou a ignorar a estranha sensação que o olhar de Ethan acendeu em seu peito.

Nenhum dos dois viu Himari se levantar do sofá, sonolenta, e seguir para a escada dos fundos, aquela do corredor do andar de baixo. Apesar da droga, ela estava determinada a subir ao quarto de Jefferson para contar a verdade sobre Daphne. E por outros motivos, provavelmente.

Daphne só percebeu que a garota tinha subido metade da escada quando ouviu os gritos de gelar o sangue que ela deu ao voltar rolando pelo chão.

♕

Daphne se contorceu na cadeira do hospital, ainda segurando a mão da amiga. Queria mais do que tudo que as coisas tivessem sido diferentes. Queria ter ouvido quando Ethan tentara dissuadi-la daquele plano ridículo, queria ter forçado uma negociação com Himari. Droga, queria ter feito a vontade de Ethan, para início de conversa, e ter contado ela mesma a verdade a Jefferson.

Perder a virgindade com Ethan era ruim o bastante, mas drogar Himari era muito, muito pior. Pouco importava que sua intenção tivesse sido apenas que ela desmaiasse e permanecesse adormecida. Por causa *dela*, Himari tinha caído da escada e batido a cabeça. Por causa *dela*, a amiga estava em coma havia oito meses.

Ninguém jamais poderia descobrir a verdade sobre aquela noite. Muito menos Jefferson.

— Sinto muito — sussurrou Daphne outra vez, e deixou escapar um suspiro.

O que passou, passou. Agora que já tinha acontecido, Daphne se sentia mais determinada do que nunca a continuar no caminho que tinha traçado. Havia perdido muito, machucara a amiga e perdera os últimos vestígios de sua consciência maltrapilha, para desistir. Precisava ir até o fim. Depois de tantos sacrifícios, não tinha escolha a não ser seguir em frente, sem dó ou piedade.

Daphne ergueu os olhos bruscamente. Sentira uma leve pressão na mão.

Um calafrio percorreu sua espinha. Olhou para o rosto de Himari, mas estava tão inexpressivo como sempre. Mesmo assim, os dedos da amiga pressionavam os de Daphne de modo quase imperceptível. Quase como se quisesse assegurá-la de que ainda estava ali.

Ou para mostrar que estivera ouvindo cada palavra dita por Daphne.

44

BEATRICE

"É tudo culpa minha. É tudo culpa minha."

As palavras ecoavam repetidas vezes pela cabeça de Beatrice, como um mantra hediondo, e não havia nada que pudesse fazer para se livrar delas, porque sabia que eram verdadeiras.

Ela dissera ao pai que não queria ser rainha, que queria abrir mão de seus direitos e títulos para que pudesse se casar com seu *guarda*, e o choque da revelação lhe causara um ataque. Literalmente.

"Pai nosso que estais no céu..." Todas as orações que Beatrice memorizara na infância voltaram à mente de uma só vez e as palavras enchiam sua garganta. Não parava de recitar preces, porque precisava manter a cabeça ocupada, o que servia como uma arma contra o sentimento avassalador de culpa. "O amor tudo sofre, tudo crê, tudo espera, tudo suporta. O amor jamais acaba."

Mas de que amor o versículo falava? Do tipo de amor que sentia por Connor, ou pelo pai, ou o amor protetor que sentia pela irmã? E o amor que sentia pelo país?

Se seu pai morresse...

Não era capaz de concluir a frase. Queria gritar, bater na parede e uivar de angústia, mas ainda tinha um fragmento de força dentro dela que se recusava a deixá-la afundar.

Connor estava ali, de uniforme. Ficou discretamente parado num canto da sala de espera, tentando olhar Beatrice nos olhos, mas ela se recusou a retribuir. Não era capaz de mandá-lo embora, mas também não ousava falar com ele sozinha.

— Sua Alteza Real, Sua Majestade. — Um dos médicos parou na porta, dirigindo-se a Beatrice e sua mãe. — Será que poderíamos conversar?

Beatrice sentiu o coração parar e disparar. Ela assentiu com a cabeça, porque não sabia se seria capaz de falar, e seguiu a mãe pelo corredor.

O médico fechou a porta.

— O estado de saúde do rei não é promissor.

— Como assim? — perguntou a rainha sem se alterar, tão tranquila como sempre, embora suas mãos tremessem a olhos vistos.

— Como sabem, o câncer do rei está se espalhando a partir dos pulmões. O que aconteceu com ele noite passada foi uma trombose coronariana. Significa que um dos bloqueios causados pelo câncer atingiu uma artéria e interrompeu o fornecimento de sangue ao coração. Foi isso que causou o ataque cardíaco.

Trombose. Até a palavra soava cruel.

A mãe de Beatrice se apoiou na parede para manter o equilíbrio. Nem sequer sabia que o marido estava com câncer até chegar ao hospital na noite anterior e ser informada pelo cirurgião-chefe do rei.

— Ele já não deveria ter se recuperado desse ataque cardíaco?

— O ataque causou alguns danos — disse o médico com delicadeza. — O maior problema é que o câncer ainda está ali. Agora estamos com dificuldade para estabilizar a respiração de Sua Majestade.

As lágrimas brilhavam nos olhos da rainha. Os brincos da festa ainda estavam enrolados em suas orelhas, um par de diamantes amarelos tão grandes que pareciam limões em miniatura.

— Obrigada — conseguiu dizer ela, e retornou à sala de espera. Beatrice não a seguiu.

Ela olhou para o médico e engoliu o medo. Por mais que já suspeitasse da resposta, precisava perguntar.

— A trombose coronariana poderia ter sido causada por um momento de choque?

O médico piscou os olhos, educadamente intrigado.

— Choque? Como assim?

— Se ontem à noite tivesse acontecido alguma coisa que surpreendeu muito meu pai, algo que ele não esperava — disse ela, sem jeito. — Isso poderia ter causado o coágulo?

— Um choque por si só não pode criar um coágulo. Só acelerar o processo pelo qual o coágulo entra na corrente sanguínea. Qualquer que tenha sido o *choque* que seu pai sofreu — disse ele com muito tato —, pode ter contribuído para o momento em que aconteceu o ataque. Mas o rei já estava doente.

Beatrice assentiu. Tentou afastar o medo que rastejava pelas rachaduras de sua armadura, manter a máscara plácida dos Washington sobre o rosto. Mas estava ficando mais difícil a cada minuto.

— Será que eu... será que eu poderia ver meu pai?

Talvez fosse pelo que ela acabara de confessar, ou talvez porque simplesmente estivesse com pena dela, mas o médico abriu caminho.

— Cinco minutos — advertiu ele. — O organismo de Sua Majestade não pode suportar mais nenhum estresse.

"Não tem problema. Já disse a ele que estou apaixonada pelo meu guarda e que quero renunciar ao trono. Nada que eu possa dizer vai chocá-lo mais do que isso."

— Obrigada — murmurou, com toda a elegância que foi capaz de reunir.

O silêncio reinava no quarto do hospital, interrompido apenas pelo bipe metódico das máquinas agrupadas. Beatrice as odiava. Odiava todas aquelas linhas e curvas iluminadas que rabiscavam a pulsação que seu pai lutava para estabilizar.

Quando o viu, o pânico se apoderou dela como dedos gelados. De uma hora para a outra, as pernas começaram a tremer.

Seu pai vestia uma camisola de hospital, aninhado debaixo das cobertas da cama estreita. Seu rosto estava de um tom cinza-azulado. O ângulo de seus braços e pernas parecia estranho, como se não passassem de membros supérfluos que ele já não sabia mais usar.

"Ele vai ficar bem", disse Beatrice a si mesma, mas podia sentir o gosto da própria mentira. Porque aquilo não parecia bom.

— Pai, por favor — implorou ela. — Por favor, aguenta firme. Nós precisamos de você. *Eu* preciso de você.

A emoção na voz dela deve tê-lo alcançado através da névoa de dor, porque o rei se moveu e seus olhos se abriram à força.

— Beatrice — murmurou ele.

— Pai! — Ela deu um grito de alegria, que era em parte um riso de gratidão, e se virou para chamar a mãe. Depois de todas aquelas horas, ele estava consciente de novo. Certamente era um bom sinal. — Mãe! O papai acordou, você precisa...

— Espere um segundo. Quero dizer algumas coisas a você.

Seu pai falava em voz baixa, mas com uma urgência que a silenciou. Ele ergueu a mão fraca para pegar a dela. Beatrice segurou a mão do pai entre as dela com tanta força que o anel de sinete dos Estados Unidos se cravou desconfortavelmente em sua palma, mas ela se recusava a soltar.

Não pôde deixar de pensar na última vez em que estivera num leito de hospital, quando o avô usara seu último suspiro para lembrá-la de que a Coroa sempre deveria vir em primeiro lugar.

"Não", pensou ferozmente. Seu pai não podia morrer. Parecia impossível, uma injustiça do universo, que ele morresse quando todos precisavam tanto dele. O rei só tinha cinquenta anos.

— Preciso que você saiba o quanto eu te amo — disse ele, antes que um novo acesso de tosse invadisse seu peito.

Beatrice reprimiu as lágrimas que ameaçavam transbordar.

— Para, pai. Não fala assim. Não vou deixar.

Havia um leve traço de sorriso nos lábios dele.

— Claro que não. Estou mais do que disposto a me curar. Mas decidi lhe dizer algumas coisas, já que elas estão em minha mente.

Ela sabia que um pedido de desculpas poderia perturbá-lo. Só serviria para lembrá-lo do que ela dissera em seu escritório, o que fora a *causa* do ataque cardíaco, para início de conversa. Mesmo assim, Beatrice seguiu em frente.

— Pai, sobre ontem à noite.

— Estou muito orgulhoso de você, Beatrice. Você é muito inteligente e sábia para a sua idade. — Ele não pareceu tê-la ouvido. — Confie no seu próprio julgamento, é sensato. Se alguém tentar pressionar você a fazer algo que não lhe traz um bom pressentimento, analise com cuidado. Não tenha medo de pedir ajuda, seja dos seus conselheiros ou da sua família. Existe muito glamour, muita pompa e circunstância. Não se esqueça...

Sua voz começou a falhar, mas ele se forçou a dizer as últimas palavras, como se fossem um sussurro.

— Não se esqueça de que se honra o *posto*, não a pessoa.

Beatrice se agarrou a ele, como se pudesse mantê-lo ali graças à força de vontade.

— Pai, eu sinto muito. Sobre o Teddy...

— Não tenha medo de enfrentar a oposição. Não vai ser fácil para você, como uma jovem mulher, assumir um posto que a maioria dos homens acha que pode exercer melhor. Tire proveito da sua energia, sua teimosia, e seja fiel às suas crenças. — Ele falava lenta e cuidadosamente, embora cada palavra fosse sublinhada por um chiado ou uma tosse.

Beatrice teve a sensação de que ele havia memorizado aquele discurso. De que estivera deitado ali, naquela cama de hospital, preparando o texto na cabeça nos momentos em que recobrava a consciência.

— Pai — disse ela com voz fraca.

— Foi a maior honra da minha vida ajudar a preparar você para o cargo. Você vai ser uma rainha magnífica.

Beatrice mordeu o lábio para reprimir o choro.

— Eu te amo, pai.

— Eu também te amo, Beatrice — disse ele com intensidade na voz. — Sobre o Connor e o Teddy...

Ele jogou a cabeça para trás nos lençóis e fechou os olhos com um movimento das pálpebras, como se o esforço para permanecer acordado tivesse sido excessivo.

Beatrice deixou escapar um soluço de angústia. O rei não precisava terminar a frase, porque ela já sabia o que ele quis dizer. Ele estava lhe dizendo que ela precisava abrir mão de Connor, casar-se com Teddy e dar início ao resto de sua vida.

Ela sentiu que um eixo girava e se movia nas profundezas de seu ser. Era a engrenagem que silenciava sua parte humana e permitia que a parte que respondia à Coroa assumisse o controle.

— Sua Alteza Real — disse o médico ao abrir a porta. — Acho que é hora de deixar o rei descansar.

— Eu não... — Beatrice não queria deixar o pai daquele jeito, depois de ter gasto tanta energia naquele discurso. Parecia que ela estava desafiando o destino.

— Está tudo bem, Beatrice. Vou me sentar com ele um pouco. — A rainha apareceu na porta. Tinha lavado o rosto e refeito a maquiagem, com a clara intenção de esconder a evidência das lágrimas. — Por que você não vai lá fora? Pode levar a Sam e o Jeff também. Tenho certeza de que as pessoas vão amar ver vocês. Muitas vieram de longe para estar aqui agora.

A última coisa que Beatrice queria era dar uma volta, mas lhe faltava força emocional para dizer não.

— Está bem. Voltaremos logo.

Ela apertou a mão do pai uma última vez e foi dar o aviso aos irmãos e a Connor.

Sam e Jeff aceitaram o plano de imediato.

— É uma boa ideia — disse Sam em voz baixa, enquanto passava a mão pelo rabo de cavalo.

— Teddy. Você vem comigo, certo? — A voz de Beatrice quase falhou, mas ela lhe estendeu a mão. — Seria bom para o país nos ver juntos agora.

Houve um momento de silêncio tenso. Beatrice sentiu o olhar questionador de Teddy e o ressentimento que Samantha irradiava quando os dois se deram conta do significado das palavras.

Não podia desmanchar o noivado com Teddy, não agora, depois que a simples ameaça de deixá-lo tinha levado o pai ao *leito de morte*.

Nenhum deles disse nada enquanto desciam o elevador e saíam para cumprimentar a multidão que os esperava na porta.

Era uma tarde ensolarada e o céu estava de um azul bizantino que não combinava em nada com o que acontecia dentro do hospital. A luz dourada os banhava, e Beatrice desejou poder proteger os olhos ou usar óculos escuros. Ela foi forçada a piscar até se acostumar.

O ar era frio e cortante. Ela respirou fundo, como se, ao inspirar e expirar com duas vezes mais intensidade, pudesse respirar pelo pai. Em seguida, virou-se para a multidão que os esperava.

Beatrice não conseguia se lembrar da última vez em que presenciara uma saudação real tão sombria. Normalmente eram festivas, porque costumavam fazer parte de paradas ou festas, com crianças aplaudindo e as pessoas agitando bandeiras, pedindo-lhe para tirar selfies ou para que ela lhes desse um autógrafo.

Naquele dia, Beatrice simplesmente apertou mãos e aceitou alguns abraços. Muita gente lhe entregou flores, com bilhetes ou cartões para seu pai. Ela agradeceu em voz baixa e passou tudo para Connor. Ao fazê-lo, roçou os dedos nos dele, num gesto egoísta e silencioso. Mesmo depois de se afastar, sentiu o peso dos olhos cinzentos sobre ela.

Não fazia ideia de como encontraria forças para abrir mão dele. Não depois de tudo o que os dois já tinham passado.

Beatrice se forçou a não pensar naquilo. Concentrou-se em acenar com a cabeça e dar apertos de mão, em fazer os lábios recitarem uma sequência de frases repetidas, "Obrigada por estar aqui. Agradecemos suas orações. Sua presença é muito importante para o meu pai." Pela primeira vez, fazer isso foi um alívio, pois poderia se deixar levar pelo treinamento e se tornar uma marionete, permitindo que o ritual assumisse o controle.

Tinha uma vaga noção de que Teddy estava fazendo o mesmo alguns passos atrás dela. Sam, por outro lado, havia recuado para o mais longe possível.

Beatrice ainda sentia o olhar da irmã apunhalando-a pelas costas. Sabia que ela estava brava com ela por aparecer com Teddy em público quando tinha dito que desmancharia o noivado.

De vez em quando, Beatrice pegava uma garrafa d'água para beber, na esperança de acalmar o estômago, que de repente parecia muito vazio. Talvez fosse ela quem estivesse vazia. Talvez fosse tão fria quanto a irmã sempre pensara, apenas motivada pelo dever. Sentia-se tão oca e desumana quanto aquela garrafa de plástico, completamente esvaziada de tudo.

Foi quando o cirurgião de seu pai desceu a escada principal do St. Stephen às pressas que ela soube.

O médico avançava aos tropeços como um fantasma de jaleco branco, seguido pela rainha Adelaide. Lorde Robert Standish congelou com dezenas de buquês nos braços. Ele os deixou cair em estado de choque, e as rosas, as tulipas e as delicadas frésias brancas cobriram os degraus como um tapete de lágrimas.

Connor se virou para Beatrice com a tristeza e seu amor por ela estampados no rosto, diante do mundo todo.

— Sinto muito, Bee — sussurrou ele, tão chocado que esquecera do protocolo. — Sinto muito, muito mesmo.

O mundo inteiro parecia dar voltas, a gravidade mudava, e Beatrice teve a sensação de colidir com a parede mais dura que existia. Talvez tudo não passasse de um pesadelo. Isso explicaria por que tudo parecia tão surreal, por que o mundo havia se tornado borrado e instável.

Beatrice cravou as unhas na palma da mão com tanta força que lágrimas brotaram dos olhos, mas ela não acordou.

— Não — alguém repetia em voz baixa. — Não, não, não.

Beatrice levou alguns segundos para perceber que era ela mesma. A angústia a fragmentava, como se tivesse chegado a um extremo de si que não conhecia, à fronteira da dor, da fadiga e da tristeza que ninguém deveria cruzar.

Connor foi o primeiro a se recompor e se curvar, uma profunda reverência militar a que só faltava o floreio com a espada. Teddy o seguiu de imediato. Jeff engoliu em seco e fez o mesmo.

O rosto de Beatrice ardia. Ela se perguntou se eram as lágrimas, congeladas em sua própria pele.

Por um instante prolongado, se permitiu ser uma jovem que chorava.

Estava chorando por seu pai. Seu rei, mas também seu pai. Sentia falta dele com uma intensidade que a rasgava por dentro.

Chorava por Teddy e Connor, por Samantha e por si mesma, por aquele último momento de juventude que estava prestes a deixar para trás. Por todos os reis que tinham vindo antes e que enfrentaram aquele mesmo momento abrupto em que o mundo de repente parava.

Samantha cruzou um tornozelo sobre o outro e fez uma reverência. Seu rosto estava coberto de lágrimas, e seu olhar perdido pelo choque.

A rainha Adelaide fez o mesmo. Sua reverência era lenta, sem dobrar as costas, reta e severa como um atiçador.

— Sua Majestade — sussurrou.

De repente, todos se curvaram. Filas e filas de pessoas, todos ali reunidos, a multidão silenciosa que viera apoiar seu pai, saudaram-na com reverências e acenos de cabeça, provocando uma onda de homenagens que varreu a rua como peças de dominó caindo.

Ouviu-se um rangido lá do alto. Todos ergueram o olhar quando a bandeira americana baixou a meio mastro e seu tecido tremulou com o vento. O Estandarte Real permaneceu onde estava. Era a única bandeira que não baixava nunca, nem mesmo após a morte de um soberano, porque, no momento em que um monarca morria, outro o substituía na mesma hora. O rei está morto, vida longa à rainha.

O Estandarte Real passava a representar Beatrice.

Centenas de olhos pousaram sobre ela, enquanto as lentes das câmeras se preparavam para testemunhar o momento.

Beatrice sabia o que se esperava dela naquele instante, o que um herdeiro do trono deveria fazer em sua primeira aparição como rei ou rainha. Ela e seu professor de etiqueta discutiram isso uma vez, muitos anos antes, embora à época parecesse abstrato e distante. Sentiu-se grata por ter tido aquela conversa, por ter aquele momento já planejado para ela. Por ter um script ao qual recorrer, já que sua mente estava entorpecida.

Beatrice olhou para a multidão e fez uma reverência profunda, muito respeitosa. E se manteve naquela posição.

Com a cabeça baixa e as lágrimas escorrendo pelo rosto, havia dignidade e elegância em cada curva de seu corpo. Beatrice executou o movimento perfeitamente, como uma dançarina, para honrar o povo que seu pai havia servido e prometer que ela também daria a vida a serviço. Aquela reverência era um símbolo do compromisso que assumia como nova monarca.

Ficou daquele jeito até ouvir os sinos da igreja dobrando na rua, anunciando a morte do rei.

Outros sinos tocaram por toda a cidade, varrendo a capital com sua nota sombria e profunda. Beatrice imaginou as pessoas paralisadas diante da TV ou do rádio, ou assistindo à cobertura ao vivo em seus celulares, como se a agitação e o clamor de todo o mundo moderno tivessem silenciado.

Quando, por fim, se levantou, não era mais a princesa Beatrice.

Era Sua Majestade Beatrice Regina, rainha dos Estados Unidos. Que seja longo o seu reinado.

AGRADECIMENTOS

Quando comecei a trabalhar no conceito deste livro em 2012, mal ousei ter esperança de que um dia pudesse ser publicado. Ainda parece um sonho virando realidade! Sou muito grata pelo apoio e pela orientação de todos que tornaram esta obra possível.

À minha editora, Caroline Abbey: obrigada por apostar em mim. Não sei o que eu faria sem sua sabedoria, seu senso de humor feroz e sua disposição para passar horas e horas falando sobre monarquias.

Eu não poderia pedir por uma equipe editorial melhor que a da Random House. Michelle Nagler, Mallory Loehr, Noreen Herits, Emily Bamford, Kelly McGauley, Jenna Lisanti, Kate Keating, Elizabeth Ward, Adrienne Waintraub e Emily DuVal: obrigada por tudo que vocês fizeram para que *Realeza americana* ganhasse vida. Seu entusiasmo e genialidade coletivos nunca deixam de me surpreender. Também devo um agradecimento especial a Alison Impey, o gênio criativo por trás da capa incrível.

Joelle Hobeika: obrigada pelo enorme conhecimento sobre o mundo editorial e, acima de tudo, por acreditar neste projeto durante todos esses anos. E obrigada a toda a equipe da Alloy Entertainmnet: Josh Bank, Sara Shandler, Les Morgenstein, Gina Girolamo, Romy Golan, Matt Bloomgarden, Josephine McKenna e Laura Barbiea.

Não canso de me surpreender com a equipe de direitos internacionais da Rights People. Alexandra Devlin, Allison Hellegers, Harim Yim, Claudia Galluzzi e Charles Nettleton: obrigada por levar *Realeza americana* a tantos lugares ao redor do mundo.

Sou grata por contar com o apoio incondicional dos meus amigos, que discutiram comigo diferentes pontos da trama e cronogramas dessa história alternativa com mais paciência do que eu mereço. Sarah Mlynowski, obrigada por toda a ajuda criativa. Margaret Walker, você merece um agradecimento especial por sempre ser minha especialista e entusiasta da história dos Estados Unidos.

Nada disso teria sido possível sem meus pais, que me ensinaram a acreditar que posso alcançar qualquer coisa que eu planeje. Amo vocês com todo o meu coração. Lizzy e John Ed, vocês sempre foram meus maiores defensores e também meus melhores amigos. E, por fim, Alex — como você bem sabe, às vezes até os autores ficam sem palavras. A única coisa que posso dizer é: obrigada por estar ao meu lado a cada passo do caminho.

Impressão e Acabamento:
LIS GRÁFICA E EDITORA LTDA.